GIANNA MILANI
Commissario Tasso bekommt Gegenwind

Weitere Titel der Autorin:

Commissario Tasso auf dünnem Eis
Commissario Tasso stochert im Nebel
Commissario Tasso treibt den Winter aus

GIANNA
MILANI

Commissario Tasso bekommt Gegenwind

KRIMINALROMAN

Lübbe

Originalausgabe

Dieses Werk wurde vermittelt durch die
Michael Meller Literary Agency GmbH, München.

Copyright © 2024 by Gianna Milani
Copyright © 2024
Bastei Lübbe AG, Schanzenstraße 6 – 20, 51063 Köln

Vervielfältigungen dieses Werkes für das Text- und
Data-Mining bleiben vorbehalten.

Textredaktion: Dr. Frank Weinreich, Bochum
Umschlaggestaltung: Uıberlin / Patrizia Di Stefano
Umschlagmotiv: Illustration: © Michael Pleesz, www.pleesz.com
Satz: hanseatenSatz-bremen, Bremen
Gesetzt aus der Adobe Garamond Pro
Druck und Verarbeitung: GGP Media GmbH, Pößneck

Printed in Germany
ISBN 978-3-7577-0064-5

5   4   3   2   1

Sie finden uns im Internet unter luebbe.de
Bitte beachten Sie auch: lesejury.de

La capra – die Ziege

Eine Ziege ist ganz sicher
nicht einfach nur
ein Schaf mit Hörnern.

Einige Personen, denen Sie vielleicht begegnen

Bei der Polizia di Stato
Aurelio Tasso, Commissario in Bozen
Mara Oberhöller, seine ehemalige Praktikantin
Johann Vierweger, sein ehemaliger Ispettore,
    im Ruhestand
Dottore Bruno Visconti, Questore
Dottore Gianluca Ferrara, Vice-Questore
Mauro Cosentino, Agente
Alessia Rosso, Assistentin des Questore
Dottore Simone Agnelli, Rechtsmediziner
Paolo Dacosta, Ispettore aus Meran

Mara Oberhöllers Umfeld
Jakob Oberhöller, Vater, Bürgermeister von Meran
Friedrich Oberhöller, älterer Bruder
Robert Oberhöller, jüngerer Bruder
Veronika (Vreni) Bacher, Maras beste Freundin
Giulio di Fabar, Maras Freund

Bozen
Davide Gallo, Bürgermeister von Bozen
Ricardo Bosco, Assistent des Bürgermeisters,
    Informant
Franco Napoletano, Bankdirektor in Burgstall

Dottore Giorgio Fabio, Rechtsanwalt
Hedwig Vernatscher, Tassos Tante mütterlicherseits und
  neuerdings Bruno Viscontis Zimmerwirtin

Sankt Martin in Passeier
Lenka Jovanović, Schafzüchterin, das Opfer
Sebastian (Wastl) Matzoll, Lenkas Knecht
Alois & Marie Schwarz sowie
Werner & Sara Schweigkofler von den benachbarten
  Bauernhöfen
Lukas Schweigkofler, Tischler und Bestatter, Werners Bruder
Berta Kirchner, Bäckerin im Ruhestand
Marion Kirchner, Bäckerin, Bertas Tochter
Max(imilian) Lanz, Inhaber des Gasthofs *Zum Lamm*
Theodor Innerlufer, Dorflehrer
Hildegard Taufers, Haushälterin des Dorflehrers
Gottlieb Huber, Pfarrer
Luigi Santoro, Carabiniere & Paola, seine Ehefrau

Die Dorfjugend:
Frederick Schweigkofler, Werners und Saras Sohn
Matthias und Martin Schwarz, Alois' und Maries Söhne
Gustav und Gertrud Pfitscher
Laura Santoro, Luigis & Paolas Tochter

Prolog, in dem niemand den Teufel anbetet und dennoch ein vorwitziger Jugendlicher glaubt, der Leibhaftige sei hinter ihm her

Frederick Schweigkofler fühlte sich alles andere als wohl in seiner Haut, und das lag nicht an der Akne, die sein Gesicht wieder einmal mit teils schmerzhaften und nässenden Pusteln bedeckte.

Vielmehr sollte er hier nicht sein. Und schon gar nicht um diese Uhrzeit. Aber er konnte gar nicht anders, denn seine ewig stichelnde Neugier trieb ihn dazu. Seine Mutter lag ihm ständig in den Ohren, dass ihn das noch eines Tages ins Verderben stürzen werde. Vielleicht hatte sie ja recht, und heute Nacht war es so weit …

Er wischte sich mit einem Stofftaschentuch über die feuchte Stirn. Es war so kalt, dass sein Atem zu sehen war, doch er trug nur ein dickes Flanellhemd. Die Gnade der Jugend – auch das ein Spruch seiner Mutter, die meist noch im Hochsommer über kalte Füße klagte. Frederick vermutete eher, dass es die Aufregung war, die ihn jetzt warm hielt. Er glaubte beinahe, das Blut in seinen Ohren rauschen zu hören. Wahrscheinlicher aber war es nur der Bach entlang des Zauns, der dieses Anwesen umfasste; ein winziger, namenloser Zufluss der Passer.

Behutsam pirschte Frederick näher, bis er die grob verputzte Mauer des weitläufigen Stalls erreichte. Der Hof von Lenka Jovanović lag etwas außerhalb des Ortskerns, in einer

Sackgasse ganz im Süden oberhalb der Pseirerstraße. Hier kam niemand ohne ein Anliegen hin, erst recht nicht weit nach Mitternacht.

Frederick war in der vorangegangenen Nacht auch schon einmal hier herumgeschlichen, da war aber rein gar nichts passiert, außer, dass der Hund im Wohnhaus angeschlagen hatte. Das hatte er dieses Mal zu verhindern gewusst, indem er sich vom Waldrand aus genähert hatte und somit nicht am Haus vorbeimusste.

Vielleicht hatte er ja heute mehr Glück. Frederick fasste endlich genug Mut. Er legte die schweißnassen Hände auf das raue Brett und zog sich zum Stallfenster hinauf. Und schalt sich sofort einen Narren. Da drinnen war es stockfinster, er erkannte hinter den verdreckten Butzenscheiben nicht einmal Schatten. Was hatte er erwartet? Dass dort noch Kerzen oder Fackeln brannten, nachdem das Ritual abgeschlossen war?

Das *angebliche* Ritual, verbesserte er sich rasch in Gedanken. Aber darum ging es ja. Die Jovanović schlachte in jeder Vollmondnacht eine ihrer Ziegen, um sie dem Teufel zu opfern, behauptete der Pfitscher Gustav. Sie sei eine Hexe, hatte dessen Schwester Gertrud mit vor Aufregung glänzenden Augen ergänzt.

Das war natürlich Schmarrn, davon war Frederick überzeugt. Aber irgendetwas ging auf diesem Hof in manchen Nächten vor sich. Nur was?

Er ließ sich fallen und blickte sich in alle Richtungen um. Der Wald am Berghang reichte hier bis zu den Hausweiden. Die Lärchen, so schien es Frederick, streckten ihre Äste wie knochige Finger nach ihm aus und zeigten auf ihn.

Lenka Jovanović war der Traum aller Jungen im Dorf, kurvig und blond, noch keine dreißig und alleinstehend. Und

Letzteres war offenbar wiederum das, was einige der gestandenen Männer gegen sie aufbrachte. Sicher, im Passeiertal wurde spät geheiratet, das war nicht das Problem. Das Problem war vielmehr, dass die Jovanović nicht heiraten *wollte*. Und dass sie irgendwelche Ideen umzusetzen gedachte, moderne Ideen.

Frederick steckte die Hände in die Hosentaschen und schlenderte zur Stalltür.

Wenn er es recht bedachte, fanden alle die junge Frau irgendwie anziehend – *verrucht*, hörte er seine Mutter murmeln –, aber niemand wollte das zugeben. Und nicht nur die alten Bauern hatten etwas gegen sie, Bauern wie sein Vater Werner Schweigkofler oder der andere Nachbar, Alois Schwarz. Nein, auch der Pfarrer und der alte Dorflehrer wetterten gegen die Zugezogene. Warum, das erschloss sich Frederick nicht. Es sei denn, an den Gerüchten mit der Teufelsanbetung war doch etwas dran.

Inzwischen hatte sich Fredericks Herzschlag beruhigt, und er spürte die Kälte der sternenklaren Nacht. Für Anfang November war es noch nicht wirklich kalt, doch nur im Hemd einfach herumzustehen, das war sogar ihm zu frisch.

Vor der Stalltür sah er im fahlen Mondlicht etwas glänzen. Er hob es auf und betrachtete es enttäuscht. Keine Münze, sondern nur ein silberfarbener dicker Knopf. Unter den Fingerkuppen waren Verzierungen zu spüren, aber das konnte er sich später noch ansehen. Achtlos steckte er ihn in die Hosentasche.

Zögerlich stupste Frederick anschließend gegen die Klinke. Und erschrak zu Tode, als das hölzerne Türblatt mit einem Knarren nach innen schwang. Hastig machte er einen Satz nach hinten, erwartete halb, dass ihm jemand entgegensprang; Lenka Jovanović oder der Teufel oder … Nicht einmal eine Geiß zeigte sich. Der Gang blieb leer. Er hörte das Rascheln von Stroh, Schnauben und Hufscharren. Kein Geräusch, das in einem Stall mit Huftieren nicht zu erwarten wäre.

Kurz zögerte Frederick erneut, bevor er hineinschlüpfte. Seine Neugier ließ überhaupt nichts anderes zu, als dass er sich wenigstens einmal umschaute. Vielleicht kam er dem Geheimnis der jungen Bäuerin ja auf die Spur?

Er blieb eine Weile stehen, damit sich seine Augen an das Dämmerlicht gewöhnten, und schlug zur Sicherheit ein Kreuzzeichen. Doch schon auf den ersten Blick sah er, dass das nicht nötig gewesen wäre. Es gab keinerlei Hinweise auf irgendwelche Rituale, nicht einmal einen Kerzenstummel auf einer Fensterbank oder so etwas.

Dies war ein Stall wie jeder andere, ungewöhnlich groß vielleicht, da die erste Tat der neuen Besitzerin darin bestanden hatte, einen Durchbruch zum Nebengebäude zu schaffen, um mehr Tiere unterbringen zu können. Die gesamte Fläche wurde durch hüfthohe Holzwände in eine Reihe von Verschlägen aufgeteilt, in denen ungefähr achtzig Schafe und zwanzig Ziegen untergebracht waren. Frederick war einmal mit seinem Vater hier gewesen, im letzten Sommer, als Lenka Jovanović die gesamte Nachbarschaft eingeladen hatte. Damals hatte sie noch geglaubt, sie könnte gut mit allen auskommen.

Soweit Frederick das beurteilen konnte, hatte es nicht an ihr gelegen. Aber wenn er ehrlich war, konnte er das kaum einschätzen. Er war den ganzen Tag in Meran in der Schule, übernachtete sogar hin und wieder bei einem Kumpel in der Stadt, wenn ihm die Fahrt mit dem Linienbus zu lästig war. Den Sommer hatte er die letzten zwei Jahre auf der Alm verbracht. Was wusste er schon, was Lenka Jovanović den lieben langen Tag auf ihrem Hof trieb?

Jedenfalls keine verbotene Teufelsanbetung.

Während Frederick so dastand, grübelte und den Stallgeräuschen lauschte, stieg ihm ein vertrauter Geruch in die Nase. So roch es, wenn auf dem Hof seiner Eltern geschlachtet wurde – nach warmem Blut.

Frederick hob die Nase und schnüffelte. Das war der metallische Geruch von Blut, nur eine vage Note zwischen dem Ziegengestank, aber doch ganz eindeutig. Hatte sich vielleicht eines der Tiere verletzt? An den Quatsch mit dem Ritual glaubte er jedenfalls längst nicht mehr.

Er konnte inzwischen Einzelheiten ausmachen. Vorsichtig tastete er sich die Bretterwand entlang. Dabei fiel ihm auf, dass die Klapptüren zwischen den Verschlägen allesamt offen standen. Das war merkwürdig. Die Verschläge dienten schließlich keinem anderen Zweck, als bestimmte Tiere voreinander fernzuhalten. Ein Schaf reckte die Schnauze darüber und blökte ihn an. Beiläufig streichelte er das Tier und ging weiter.

Da, ganz hinten, an der schmalen Seitenwand lag ein dunkler Fleck im Stroh. Frederick neigte den Kopf. Das sah nicht nach einem Schaf aus, auch nicht nach einer Ziege. Den Umrissen nach schien es sich eher um einen … Menschen zu handeln?

»Verzeihung?«, fragte er halblaut. »Ist da jemand? Geht es Ihnen gut?«

Ein Schaf hob den Kopf und schnaubte. Ein anderes trat auf den leblosen Körper und sprang dann mit einem Satz darüber.

Was stimmte hier nicht? Frederick tastete herum, bis er einen Riegel in der Holzwand fand, die den Pferch vom Gang trennte. Hastig öffnete er die Tür und trat ein. Die Schafe stoben blökend auseinander. Erneut trat eines auf den Menschen, der dort lag. Frederick ging in die Hocke, ignorierte die Schafe und fasste an eine Stelle, wo er eine Schulter vermutete. Dabei hoffte er inständig, dass er sich irrte und doch nur einen Haufen alter Decken vor sich hatte. Der Blutgeruch war überwältigend.

»Hören Sie mich? Was ist passiert?« Er rüttelte sanft, spürte eindeutig Haut und Knochen unter dem Stoff. Nichts geschah. Er entdeckte einen wachsweißen Fleck im Stroh. Eine Hand. Zögernd streckte er die Finger aus, wollte nach dem Puls fühlen. Gerade berührte er die eiskalte Haut, als er Stimmen hörte. Er erstarrte.

Wer war da draußen? Seine Kumpel? Wohl kaum. Er war allein hergekommen in dieser Nacht. Die anderen hatten zu viel Angst. Sie gruselten sich nicht nur vor dem Ritual und seinen möglichen Folgen, sondern auch vor dem nahen Wald und dem abgelegenen Anwesen. Frederick hatte das lächerlich gefunden. Diese Teufelssache, ja, wegen der war ihm schon unbehaglich gewesen. Doch nachts auf einem Bauernhof herumzuschleichen, wofür brauchte es da Mut? Was sollte daran unheimlich sein? Und da es Gertrud offensichtlich imponierte, hatte er sich darauf eingelassen, in dieser Nacht allein zu gehen.

Wer auch immer da draußen war, näherte sich. Schon konnte Frederick zwei Stimmen ausmachen, Männer, die halblaut miteinander sprachen. Hatten die mit dem, was hier passiert war, etwas zu tun?

Er dachte nicht länger nach. Er sprang und drängte sich an den Tieren vorbei in den nächsten Pferch und dann in den übernächsten. Jetzt kam ihm zupass, dass alle Türen offen standen. Die Schafe bewegten sich wie in Wellen von ihm weg und schwappten genauso wieder zurück, kaum dass er im letzten Pferch landete, der am weitesten vom Eingang und dem leblosen Körper entfernt war. Dort duckte Frederick sich hin, schmiegte sich an das Holz und verharrte. Die Schafe beschnüffelten ihn nur wenige bange Atemzüge lang und entschieden dann, dass er nicht interessant genug war, um sich weiter mit ihm zu beschäftigen.

Die beiden Männer betraten den Stall. »… kommt der in Teufels Küche, das sage ich dir.«

»Jetzt mach halblang, ist ja noch nichts passiert.«

Frederick rührte sich nicht. Die Tiere um ihn herum stampften und schnauften und raschelten im Stroh, da würden ihn die Männer hoffentlich nicht bemerken.

»Ist hier kein Licht, verflucht?«

»Die lässt ja die Tiere alle durcheinanderlaufen, sogar die Schafe mit den Ziegen.«

»Ich sag doch, das ist eine Schlampe. Vom Viehhalten hat die keine Ahnung.«

»Guck mal, da, der dunkle Fleck. Liegt sie da?«

»Meinst du das ernst? Es stimmt also?«

Frederick hörte, wie die beiden über den Gang schlurften. Er war sich nicht sicher, aber der eine könnte sein Vater sein. Was machte der hier? Und er fragte sich, ob es besser oder erst recht schlecht war, wenn sein eigener Vater ihn erwischte, wie er hier herumlungerte. Dass ihm das ordentlichen Ärger einbringen würde, daran hatte Frederick keine Zweifel.

»Hier!« Der eine hatte zum ersten Mal etwas lauter gerufen.

Diese Stimme kannte er auf jeden Fall, aber er war zu nervös, um sich darauf zu konzentrieren, wer es sein könnte.

»Die Tür zum Pferch ist offen. Lass uns nachsehen.« War es sein Vater? Oder doch nicht? Die Stimme klang ruhig und besonnen, aber etwas zu hoch. Doch das war vielleicht der Aufregung geschuldet. Diese beiden waren nicht zufällig hier, und was auch immer sie hier taten, sie taten es verstohlen in tiefster Nacht.

Was ging hier vor sich?

Trotz aller Neugier wagte er es nicht, über die Bretterwand zu schauen. Er hörte Fußscharren, leises Fluchen.

Dann folgte ein Ausruf: »Der Herr erbarme sich, die ist tot! Guck dir das an, hier ist alles feucht und klebrig! Das muss Blut sein.«

Ein Streichholz wurde angerissen.

»Bist du verrückt? Bei all dem Stroh!«

»Jetzt schau du, was mit der los ist, bevor ich mir die Finger verbrenn!«

»Tot ist die, hast du's immer noch nicht verstanden? Eiskalt! Und hier, schau dir das an.«

Was es war, sollte Frederick nicht erfahren. Offenbar war das Streichholz erloschen. Weiteres Rascheln im Stroh, dann ein Stoß, der sogar die Bretterwand erzittern ließ, gegen die er kauerte. Gefolgt von einem gemurmelten Fluch. Die beiden Männer berieten sich halblaut, die Worte waren nicht zu verstehen. Nur wenige Augenblicke später hatten sie den Stall verlassen.

Frederick kam hoch und blickte sich um. Die Stalltür stand jetzt offen, und ein kalter Wind zog herein.

Dahinten lag eine Tote, eine Frau. *Die*, hatte einer der Männer gesagt. Die Hofherrin? Lenka Jovanović? Was war hier passiert?

Er entschied, dass er das für heute nicht mehr wissen wollte. Wer *die* auch war, er konnte nichts mehr für sie tun. Hastig sprang er über die Bretterwände, verließ den Stall und drehte sich nur einmal um, um die Tür zuzuschmettern. Damit das Böse nicht herauskam oder nicht noch mehr Böses hinein; er hätte es nicht sagen können.

Dann rannte er los, als wäre nun doch der Leibhaftige hinter ihm her. Und beinahe wünschte sich Frederick, dass es genau das war, dass hier nicht mehr als ein lächerliches Ritual stattgefunden hätte. Dass Lenka Jovanović seinetwegen eine Hexe war – eben eine verdammt gutaussehende – und er da vorhin in diesem Stall keine Tote berührt hätte. Angewidert schüttelte er die Hand aus. Das nutzte natürlich gar nichts.

Das schreckliche Gefühl kam aus seinem Bauch. Es blieb.

1. Kapitel, in welchem Mara nach Hause beordert wird, ihr Meran aber immerhin einen hübschen Empfang bereitet

»Das ist nicht dein Ernst!«, rief Mara aufgebracht in den Telefonhörer. Nervös wickelte sie die Schnur um ihren Finger.

»Es war mir niemals ernster. Du packst heute noch deinen Koffer! Und setzt dich morgen früh in den ersten Zug nach Meran.«

»Das ist doch völlig übertrieben! Was soll denn passieren?«

»Das ist es ja! Es kann alles passieren! Und ich rechne auch damit, dass einige Menschen durchdrehen werden, andernfalls würde ich mir nicht solche Sorgen machen!«

»Ich finde das etwas übertrieben.«

»Übertrieben? Herrgott noch mal, Mara! Ein amerikanischer Präsident ist erschossen worden! Wir können doch noch überhaupt nicht ermessen, welche Folgen das haben wird. Ich will einfach kein Risiko eingehen. *Wir* wollen kein Risiko eingehen. Deine Mutter und deine Großmutter sind da völlig meiner Meinung.«

Mara blinzelte. Sie stand in einer der vier Telefonzellen im Keller ihres Wohnheims. Hin und wieder kamen Studierende vorbei, grüßten flüchtig, wenn sie Mara kannten, und kümmerten sich ansonsten nicht um sie. Alles war still und friedlich, auch oben in den Aufenthaltsräumen. So, wie es bisher an jedem Abend seit Beginn ihres Studiums gewesen war. Lediglich im Fernsehzimmer wurde jetzt vermutlich darüber debattiert, was der Tod des amerikanischen Präsidenten John F. Kennedy für Konsequenzen nach sich ziehen mochte.

Mara seufzte. Was hatte sie sich nochmal dabei gedacht, zu Hause anzurufen? Jedenfalls hätte sie niemals erwartet, ihren Vater derartig aufgelöst am Apparat zu erleben. Und noch weniger hätte sie damit gerechnet, dass Jakob Oberhöller sie umgehend nach Hause beordern würde. Mitten im Semester. Er war aufgeschlossen und hatte Kontakte in alle Welt. Aber Mara hatte bereits seit dem Beginn ihres Studiums im Frühjahr den Eindruck gehabt, dass er Mailand für den Vorhof der Hölle hielt. Oder zumindest für einen Ort, an dem innerhalb kürzester Zeit Jugendliche auf den Straßen randalieren und Steine werfen würden.

Mara holte Luft. »Tata, ich denke nicht, dass es nötig ist, dass ich nach Hause …«

»Ich bin nicht länger bereit, das mit dir zu diskutieren! Du kommst!«

»Ich verpasse wichtige Vorlesungen!«

»Die kannst du nachholen. Sofern sie überhaupt stattfinden.«

»Die werden hier jetzt nicht die Universität schließen.«

»Woher willst du das wissen?«

»Das ist doch wieder nur, weil ich eine Frau bin«, versuchte Mara es anders.

»Sofern es dich beruhigt: Robert wird ebenfalls nach Hause kommen. Er wird morgen Mittag hier sein.« Jakob Oberhöller sprach nun etwas ruhiger. »Es ist nur für ein paar Tage. Nur so lange, bis wir wissen, wie sich die Weltpolitik entwickelt. Vermutlich hast du ja recht, und es wird nichts weiter geschehen. Aber falls doch, haben wir unsere Kinder lieber in der Nähe.«

»Es wird schon nicht gleich ein Krieg ausbrechen.«

»Mara! Sag so was nicht leichtfertig dahin! Die Welt brennt schon heftig genug!«

»Entschuldigung.« Sie traf eine Entscheidung. »Gut, ich komme morgen. Wenn möglich, melde ich mich vom Bahnhof noch einmal und gebe Bescheid, wann ich in Meran eintreffe. Dann könntet ihr mich abholen.«

»Sehr gut! Wirklich, das erleichtert mich. Pass auf dich auf und gute Reise.«

Mara hängte den Hörer ein und starrte noch einen Moment auf die schwarze Wählscheibe. Jakob Oberhöller war außer sich vor Sorge. So kannte sie ihren Vater gar nicht. Normalerweise war er ein besonnener Mann, der nicht gleich Katastrophen beschwor. Vermutlich lag es daran, dass er als begeisterter Bewunderer Kennedys so große Hoffnungen auf den amerikanischen Präsidenten gesetzt hatte.

Im Sommer war die ganze Familie nach Berlin gereist, um dem Staatsbesuch des Präsidenten in Deutschland beizuwohnen. Über Kontakte, die Jakob Oberhöller nach dem Krieg mit hochrangigen Militärs der Alliierten geknüpft hatte, waren sie sogar zu einem Empfang in der amerikanischen Botschaft eingeladen worden. Der Präsident ließ sich an jenem Abend allerdings nicht blicken, und auch sonst war dieser Teil des Besuches eher enttäuschend gewesen, da er sich kaum von den Empfängen lokaler Größen im Meraner Kurhaus unterschied. Wichtig tun, sehen und gesehen werden, das war auch in Berlin die Devise. Da Mara aber niemanden kannte und es auch nicht wagte, jemanden anzusprechen, hatte sie sich fürchterlich gelangweilt. Und so waren ihr vor allem die vielen Frauen in Erinnerung geblieben, die nach dem Vorbild der Präsidentengattin Jackie Kennedy eng geschnittene Kostüme und Pillboxhüte trugen. Ihr jüngerer Bruder Robert hatte gelästert, dass er gar nicht gewusst habe, mit wie vielen

Abstufungen von Rosa die weibliche Garderobe aufwarten könne.

Mara verließ die Telefonzelle und ging zurück in den Aufenthaltsraum, den sie nach den Abendnachrichten des *Programma Nazionale* verlassen hatte, um daheim anzurufen. Robert habe er ebenfalls nach Hause beordert, hatte ihr Vater gesagt. Das zumindest war eine schöne Nachricht, hatte sie doch erwartet, ihn erst an Weihnachten wiederzusehen.

Und das galt auch für Vreni. Sie sollte sich gleich nach ihrer Ankunft mit ihrer besten Freundin verabreden. Und mit Giulio – falls der sie überhaupt sehen wollte. Zwischen ihnen beiden war noch so vieles ungesagt. Dagegen würde ihr Vater doch bestimmt nichts einzuwenden haben?

*

Mara verließ das Gebäude des Meraner Bahnhofs und blieb für einen Moment stehen. Leichter Schneefall hatte eingesetzt, und es schien, als wäre über den Vorplatz samt den Bäumen, parkenden Autos und Bussen ein weißes Tuch ausgebreitet worden. Die Luft war feucht und roch nach Holzkohlefeuern und Winter. Ein Mann mit einer dicken Fellmütze stapfte mit einem Dackel an der Leine vorüber und hob dabei die Beine, als türmte sich der Schnee bereits einen halben Meter.

Mara zog dagegen fröstelnd die Schultern hoch. Sie trug nur einen leichten Mantel, weder Mütze noch Schal oder Handschuhe. In Mailand war es zwar nicht warm gewesen, es hatte sich jedoch auch nicht so angefühlt, als stünde der Winter so bald vor der Tür.

»Mara! Hier bin ich!«

Sie wandte sich dem Ruf zu und erblickte ihren Bruder Friedrich, der neben dem silbernen Mercedes 220 ihres Vaters stand und winkte. Mara grüßte zurück, nahm ihren Koffer und ging auf ihn zu.

Lachend kam ihr Friedrich entgegen. »Du bist aber pünktlich! Gib mir dein Gepäck. Ist das alles, was du dabeihast?«

»Ehrlich gesagt habe ich nicht vor, lange zu bleiben. Ich weiß nicht, wie Tata sich das vorstellt und wie viele Vorlesungen ich seiner Meinung nach verpassen soll. Das Semester hat gerade erst angefangen. Für Montag sind alle Veranstaltungen abgesagt, da verpasse ich nichts. Aber ich würde doch gerne im Laufe der nächsten Woche wieder zurück nach Mailand.«

»Das verstehe ich. Warten wir einfach die kommenden Tage ab und sehen, wie sich die Lage entwickelt.«

Mara sagte nichts dazu. Sie war immer noch hin- und hergerissen, weil sie sich fragte, ob sie die gesamte Situation vielleicht zu naiv einschätzte oder ob ihr Vater es mit seiner Sorge übertrieb. Während sie auf der Beifahrerseite einstieg, verstaute ihr Bruder den Koffer.

»Du lässt dir die Haare wieder länger wachsen, Schwesterherz? Steht dir, finde ich.«

»Wirklich?«

»Ich bin dein großer Bruder, würde ich dich jemals anlügen?«

»Wenn es dir nützt, selbstverständlich!«

Seine Antwort bestand in einem breiten Grinsen, während er den Motor startete und anfuhr.

Mara strich sich eine Strähne zurück. Sie hatte die Haare im Frühjahr zu einem modischen kinnlangen Bob schneiden lassen. Das war zwar praktisch, hatte ihr jedoch nicht gefallen. Sie war froh, wenn sie bald wieder einen Zopf tragen konnte.

»Wie ist denn die Stimmung zu Hause? Wie geht es Tata?«, fragte sie.

»Schwierige Frage.« Friedrich bog in die Freiheitsstraße

22

ein, eine Allee mit wunderschönen Häusern und Villen der Gründerzeit. Genau deshalb war die Straße im Zweiten Weltkrieg die erste Adresse für militärische Hauptquartiere gewesen, ob es nun die Nazis waren, nachdem sie Norditalien besetzt hatten, oder die Alliierten, die nach Kriegsende zum Aufräumen kamen. Die meisten Anwesen hatten beides überstanden und erstrahlten inzwischen wieder in altem Glanz.

Friedrich nahm sich weiterhin Zeit für die Antwort, während er tat, als müsste er sich auf den Verkehr konzentrieren. Mara musterte ihn derweil von der Seite, das fein geschnittene Gesicht mit der kleinen Nase unter dem sorgsam frisierten dunkelbraunen Haar. Er sah, fiel ihr auf, wie die jüngere Version ihres Vaters aus, nur dass der an den Schläfen immer grauer wurde. Sie selbst kam mit ihrem glatten blonden Haar eher auf ihre Mutter.

»Tata hat die Ermordung des Präsidenten unheimlich mitgenommen«, sagte Friedrich erst, nachdem sie die Passer überquert hatten und Richtung Obermais unterwegs waren, wo das Anwesen der Oberhöllers lag.

»Wieso nur? Also ja, es ist schon sehr schockierend, aber er klang gestern am Telefon so, als erwartete er, dass jetzt der nächste Weltkrieg ausbricht.«

»Vielleicht glaubt er das wirklich.« Friedrich klang düster. »Wenn du mich fragst, ist das Fernsehen schuld. Die Nachrichten wurden gestern Abend unterbrochen, und dann haben sie die Bilder gezeigt.«

»Ich weiß, die habe ich auch gesehen.«

»Ich glaube, das ist Tatas Problem. Diese Bilder. Er konnte jede Sekunde und in Farbe miterleben, wie der Präsident in dem Cabrio sitzt und im nächsten Moment nach hinten überkippt. Und dann dieser entsetzte amerikanische Kommentator, der versucht zu verstehen, was da gerade passiert.

Ich muss schon sagen, dass ich es auch beängstigend fand. Das war, als würde ich danebensitzen.«

Mara nickte. Das konnte sie schon nachvollziehen. Sie hatte dieselben Nachrichten gesehen. Das tat sie jeden Abend, an dem sie nicht unterwegs war; es war in ihrem Wohnheim so üblich. Allerdings handelte es sich bei dem Gerät im Aufenthaltsraum des Wohnheims um ein ziemlich altes Schwarz-Weiß-Gerät. Aber war das wirklich so ein großer Unterschied? Wenn, wie gestern, die Ereignisse besonders aufwühlend waren, saßen die meisten jedenfalls noch länger beisammen und diskutierten. Sie alle waren richtig schockiert gewesen, eine Studentin hatte sogar geweint. Mara war nach einiger Zeit gegangen, weil sie Kopfschmerzen von dem ganzen Gerede und dem Zigarettenrauch bekommen hatte. Sie hatte sich, zum ersten Mal seit vielen Wochen, wieder ein wenig verloren gefühlt, so weit weg von zu Hause in der Großstadt unter all den fremden Menschen. Dieses merkwürdige Gefühl, das sie zu Beginn des Studiums begleitet hatte, war zurückgekehrt, und wenn sie es nicht besser wüsste, hätte sie es Heimweh genannt. Sie hatte sich Anfang des Jahres so darauf gefreut, zu Hause auszuziehen und auf eigenen Beinen zu stehen. Aber sich an die neue Umgebung zu gewöhnen war ihr schwerer gefallen, als sie erwartet hatte.

So war es ihr nach den dramatischen Eindrücken der Nachrichten nur folgerichtig erschienen, ihre Eltern anzurufen, um sich ein wenig zu beruhigen und ihnen zu sagen, dass sie sich keine Sorgen machen mussten. Dass ihr Vater sie umgehend nach Hause bestellte, hatte sie dann allerdings doch überrascht.

Die Straße stieg an, und Friedrich fuhr langsam und vorsichtig, um nicht ins Rutschen zu kommen. Zum Glück lag noch nicht viel Schnee, auf dem Asphalt schmolz das meiste auch sofort wieder weg. Dennoch verwandelten die unablässig fallenden Flocken die Welt um sie herum allmählich in ein Winteridyll. Der Eindruck verstärkte sich bei der Einfahrt in die ruhigere Dantestraße. In den Gärten waren die Rosen- und Oleanderbüsche bereits mit Säcken umhüllt worden, die Kübel mit den Zitrusfrüchten in Wintergärten oder Garagen eingelagert. Nicht wenige Fensterläden blieben bei dem Wetter heute geschlossen. Vor einer bonbonrosafarbenen Villa mit einem Vorbau aus dunklem Holz kehrte ein Mann in einem schwarzen Mantel den ersten Schnee vom Gehsteig. Dabei wirkte er so eifrig, als hätte er seit Tagen darauf gewartet.

»Nimmst du denn auch an, dass etwas Schlimmes passieren wird?«, fragte Mara ihren Bruder.

Er schüttelte nachdrücklich den Kopf. »Natürlich wird es einige Wellen schlagen. Für heute Nachmittag hat der Kaufmannsbund eine Sondersitzung einberufen. Die Geschäftsleute wollen sich austauschen. Und du kennst das: Deren einzige Sorge ist natürlich, dass Gäste ihren Winterurlaub stornieren könnten. Warum sie das tun sollten, erschließt sich mir persönlich zwar nicht, aber manche haben diese Sorge.« Er lachte kurz auf. »Es ist wirklich immer dasselbe, Mara. Ich weiß nicht, ob ich das bis zum Ende meines Lebens aushalte. Mir war schon klar, was mich erwartet, als ich mich entschied, in Vaters Fußstapfen zu treten, aber dass es in vielerlei Hinsicht derartig provinziell zugeht, ist doch etwas enttäuschend.« Er wandte den Kopf. »In Mailand ist sicherlich mehr los.«

»Das schon, aber ich arbeite hart. Unter der Woche gehe ich nicht raus und bekomme kaum etwas mit. Das Studium ist ziemlich fordernd.«

Sie hatten die Auffahrt zum Anwesen der Oberhöllers erreicht. Die Fassade glänzte in einem frischen Gelb. Es handelte sich um eine Gründerzeitvilla, die ihr Großvater hatte erbauen lassen und die seit knapp achtzig Jahren in Familienbesitz war. Sie wirkte zur Straße hin kleiner, als sie war, da sich das Anwesen in den Hügel hineinschmiegte. Mara ließ den Blick über die hohen Fenster, Türmchen und Erker wandern. Sie liebte ihr Elternhaus; aus ihren beiden Zimmern im zweiten Stock auszuziehen, um nach Mailand zu gehen, war eines der Dinge, die ihr am schwersten gefallen waren.

»Bevor ich das vergesse: Veronika hat sich nach dir erkundigt. Sie scheint geahnt zu haben, dass du an diesem Wochenende nach Hause kommst.«

»Sie kennt meinen Vater eben auch ganz gut.« Mara hatte ohnehin vorgehabt, bei ihrer besten Freundin vorbeizuschauen. Wenn sie schon hier in Meran sein musste, konnte sie die Zeit auch nutzen. Sie hatte sogar überlegt, nach Bozen zu fahren, um Bruno Visconti zu besuchen und sich nach Commissario Aurelio Tasso zu erkundigen. Der sollte von seiner Pilgertour nach Santiago de Compostela inzwischen zurückgekehrt sein – falls er überhaupt nach Bozen zurückkam. Bei ihrem letzten Treffen hatte er mehr als unstet und rastlos gewirkt. Die interne Untersuchung wegen Meineides war dank eines hervorragenden Anwalts glimpflich ausgegangen, sodass Tasso seine Tätigkeiten als Commissario wieder aufnehmen konnte, wenn er wollte. Doch er hatte durchblicken lassen, dass er mit der Aufgabe haderte, weshalb er sich für ein halbes Jahr hatte beurlauben lassen. Dabei hatte Mara nicht ganz verstanden, was genau ihm so zu schaffen machte.

Friedrich stellte den Motor aus. Für einen Moment wurde es ganz still im Wagen. Sie standen auf der gekiesten Einfahrt und blickten auf das von einer Buchsbaumhecke eingerahmte Gartentor. Auch die Kletterrose, die im Sommer an einem Spalier emporrankte, war von einem braunen Sack umhüllt. Das hatte vermutlich Anna-Sophia Lechner, Maras Großmutter, höchstpersönlich getan, so etwas überließ sie nicht dem Gärtner.

Schneeflocken fielen auf die Windschutzscheibe und schmolzen. Auf der Fahrerseite zog kalte Luft durch einen Spalt, weil Friedrich das Seitenfenster ein wenig geöffnet hatte. Mara wagte kaum zu atmen, hatte das Gefühl, in eine winterliche Parallelwelt geraten zu sein. Wenn hinter dem Seitenerker des Hauses jetzt eine Eisprinzessin auftauchte, würde sie das jedenfalls nicht wundern.

Dann knackte die Heizung des Wagens, und der Zauber zerbrach.

Rasch kurbelte ihr Bruder die Scheibe hoch. »Los, ab ins Haus. Sonst frieren wir im Handumdrehen fest.«

Es schien kälter geworden zu sein. Oder es kam Mara nach der Wärme im Auto nur so vor. Fröstelnd zog sie den Mantel enger. Vielleicht war es sogar ganz gut, dass sie jetzt nach Hause gekommen war, dann konnte sie einen zusätzlichen Koffer mit dickerer Kleidung packen. Offen gestanden hatte sie keine Ahnung, was für eine Witterung sie im Mailänder Winter erwartete. Irgendwie hatte sie die Stadt im Geiste schon zum stets warmen Süden Italiens gezählt, was natürlich völliger Blödsinn war. Die Temperaturen würden schon noch ordentlich sinken.

»Wie geht es Giulio?«, fragte Friedrich, während sie im Flur ihre Mäntel auszogen.

Mara spürte einen kleinen Stich im Magen. »Ich weiß es nicht«, bekannte sie.

Überrascht zog Friedrich die Augenbrauen in die Höhe. »Ich dachte, ihr seid ...«

»Zusammen?« In Maras Ohren klang das Wort lieblos und wurde den romantischen Möglichkeiten nicht gerecht.

Ihr Bruder nickte, schien zu spüren, dass er die falsche Frage gestellt hatte.

Mara hängte ihren Mantel auf und stellte den Koffer ab. »Wir haben vor zwei Wochen das letzte Mal telefoniert. Und das zeigt auch schon das gesamte Ausmaß unseres Problems.« Sie lächelte traurig. »Es ist nicht nur die Entfernung, weißt du? Ich lerne wirklich viel und engagiere mich in einer Gruppe Studentinnen, die sich für Frauenrechte einsetzt. Und Giulio lernt noch mehr; er ist wie besessen. Er hat ein großes Ziel vor Augen. Da bleibt kein Platz für ein Zusammensein.«

So lautete zumindest das nüchterne Ergebnis des letzten Telefonates. Sie hatten vereinbart, einander Zeit zu geben, sich erst einmal auf die jeweiligen persönlichen Ziele zu konzentrieren. Ganz sachlich waren sie geblieben, hatten sich versichert, dass diese Lösung zunächst einmal die vernünftigste sei. Wie viele Stunden Mara in der folgenden Nacht Löcher in die Dunkelheit gestarrt und auch die eine oder andere Träne vor Selbstmitleid vergossen hatte, wollte sie ihrem Bruder gegenüber nicht eingestehen. Vermutlich ahnte er es sowieso. Auch wenn er der ältere der beiden war, hatte er Mara schon von Kindesbeinen an immer nähergestanden.

Auch jetzt sagte er nichts. Mit einem stillen Lächeln tätschelte er ihr bloß die Schulter und zeigte auf die Tür zum Wohnzimmer. »Vater und Nonnina warten im Wintergarten. Ich bringe den Koffer in dein Zimmer und komme gleich nach.«

Mara dankte ihm und ging in Richtung Wohnzimmer. Spätestens nach dem Mittagessen, nahm sie sich vor, würde sie Vreni anrufen und sich mit ihr für den Nachmittag verabreden.

*

»Mara, ich bin so froh, dass du da bist!« Veronika war aufgesprungen und umarmte sie stürmisch, kaum dass Mara das Café betreten hatte.

»Jetzt lass mich erst einmal reinkommen. Was ist denn los? Du bist ja völlig aufgelöst. Doch nicht auch wegen dieses Attentats auf Kennedy?«

Veronika ließ sie los und machte einen Schritt zurück. »Kennedy? Ach du liebe Güte, nein! Ich meine, das ist schlimm, aber …« Sie brach mit einem verlegenen Lächeln ab. »Ich hab schon einen Kaffee getrunken, ich war schon etwas früher hier. Aber ich vertrage auch noch einen zweiten.«

»Also bestellen wir erst einmal, und dann erzählst du mir ganz in Ruhe, was es so Dringendes gibt.« Sie setzte sich Veronika gegenüber auf einen der mit dunkelrotem Plüschimitat bezogenen Stühle.

»Schon gut, einverstanden.« Veronika winkte den beiden Kellnerinnen zu, die makelloses Schwarz mit kleinen weißen Schürzen trugen.

Die gesamte Einrichtung des Cafés war in Rot und Gold gehalten. Alles zusammen strahlte eine leicht verstaubte Habsburgermonarchie-Nostalgie aus, wie es sich für ein Café nahe den Wandelhallen gehörte. Mara hatte sich wie geplant mit Veronika für den Nachmittag in Meran verabredet und darauf gehofft, etwas spazieren gehen zu können, aber der unablässig fallende Schnee machte ihnen einen Strich durch die Rechnung. Zumindest war Maras Bedarf danach, über rutschigen Untergrund zu laufen, bereits mit dem Hinweg gedeckt.

Das Wetter mochte auch der Grund sein, warum sie trotz eines Samstagnachmittags fast allein im Café saßen und die Kellnerinnen, eine ganz junge und eine jenseits der fünfzig mit einem grauen Dutt, sich hinter dem Kuchentresen langweilten.

Eigentlich hatte Mara ihre Freundin zappeln lassen wollen, aber Veronika wippte mit beiden Füßen, spielte mit einem Kaffeelöffel und strahlte dabei eine solche Unruhe aus, dass Mara Erbarmen hatte und fragte, was los sei.

»Du musst einen Mord aufklären! Eine Freundin von mir wurde hinterhältig umgebracht!«

»Wie bitte?« Mara verzog den Mund. Das klang selbst für Veronika fürchterlich übertrieben. Und von wem sprach sie? Bis auf ganz wenige Personen war ihr Bekanntenkreis deckungsgleich.

»Du kennst sie nicht.« Wenigstens das klärte ihre Freundin sofort. »Es geht um Lenka Jovanović. Eine Bäuerin aus Sankt Martin im Passeiertal, die ich im letzten Dezember durch einen verrückten Zufall kennengelernt habe. Wir haben uns im Laufe des Jahres angefreundet.« Veronika biss sich auf die Unterlippe und blickte auf ihre leere Kaffeetasse.

Mara musterte sie. Sie verstand deren Verlegenheit nicht. Als hätte sie ein schlechtes Gewissen, ihrer besten Freundin eine neue Bekannte vorenthalten zu haben. Doch sie sagte erst einmal nichts. Vermutlich löste sich auch dieses Rätsel noch von selbst.

Die Kellnerin brachte frischen Kaffee und zwei Stücke Sisi-Torte, bei der es sich um nichts anderes als ein Imitat der berühmten Sachertorte aus Wien handelte, daneben eine ordentliche Portion Schlagsahne. Mara stellte fest, dass sie Hunger hatte. Bei ihr zu Hause wurde samstagabends groß gegessen, und so hatte es am Mittag nur eine dünne Flädlesuppe gegeben.

Veronika hob die Hand mit der Gabel, aber statt zu essen, fing sie mit wilden Gesten an zu erzählen. »Vor zwei Wochen ist Lenka in ihrem Schafstall tot aufgefunden worden. Sie soll schon ein oder zwei Tage dort gelegen haben. Dazu hatten die Schafe auf ihrem Leichnam herumgetrampelt. Das muss also ein ziemlich übler Anblick gewesen sein. Die Polizei sagt, dass es ein Unfall war. Sie wäre vermutlich ohnmächtig geworden und zusammengebrochen. Weil niemand das bemerkt hat, ist sie dann dort verstorben.« Veronika stockte erneut. In ihren Augen glänzten Tränen.

Mara nickte betroffen und murmelte eine Beileidsbekundung, wobei sie sich immer noch wunderte, dass ihrer Freundin diese Sache so naheging. So oder so war es eine schreckliche Geschichte.

»Sie lebte allein auf dem Hof«, fuhr Veronika fort. »Der Knecht, ein älterer Mann aus dem Dorf namens Sebastian, der ihr tageweise hilft, fand sie schließlich und alarmierte die Polizei. Die haben ihre Untersuchungen diese Woche abgeschlossen und gehen von einem tragischen Unglück aus.« Veronika schwieg und stocherte lustlos in der Sahne herum.

»Und?«, fragte Mara, weil sie immer noch nichts sagte. »Warum glaubst du, dass sie ermordet worden ist?«

»Weil ich nicht verstehe, weshalb sie da an einem ganz normalen Tag einfach so im Stall zusammengebrochen sein soll. Der Knecht hat sie am Mittwochmorgen gefunden, und ich war an dem Sonntagnachmittag zuvor noch bei ihr. Es muss also am Montag oder Dienstag passiert sein. Sie war weder krank, noch bedrückte sie irgendetwas, von ihren normalen Sorgen mal abgesehen.«

»Was meinst du denn jetzt damit?«

»Na ja. Sie hatte eben Streit mit zwei Nachbarn. Ältere Bauern, die ihr ständig das Leben schwer gemacht haben. Die wollten Lenka nicht im Dorf haben. Sie haben es wieder und wieder darauf angelegt, sie von dort zu vertreiben.«

»Was haben die denn gemacht?«

»Lenka wollte Schafe züchten. Eine alte Rasse, die sowohl

für Fleisch als auch für Wolle taugt. Beides zusammen ist wohl nicht selbstverständlich, wenn ich das richtig verstanden habe. Der eine Bauer hat ständig die Zufahrt mit seinem Traktor oder Anhängern zugeparkt. Einmal ist ihm sogar – angeblich aus Versehen – eine ganze Ladung Strohballen in die Einfahrt gekippt, und er hat zwei Tage gebraucht, die wieder abzuholen. In der Zeit haben Lenka und Sebastian die Ballen zur Seite geräumt und sich später anhören müssen, dass sie deswegen auseinandergefallen seien und nicht mehr eingelagert werden konnten.«

Mara schwieg. Das klang nach einem kindischen, aber nicht ganz unüblichen Dorfgezanke.

»Dann redeten die beiden Alten immer schlecht über Lenka. Sie würde ihre Schafe vernachlässigen, und die hätten Maul- und Klauenseuche und so was. War natürlich Unsinn, aber der Amtsveterinär hat schon auf der Matte gestanden. Ach, ich bekomme das alles gar nicht mehr zusammen; es war ein Haufen kleiner Nadelstiche.«

»Gut.« Mara hob die Hand. »Lenka war also neu im Dorf, eine zugezogene alleinstehende Frau. Das kann schon reichen, damit es den ein oder anderen alteingesessenen Mann auf die Palme bringt. Und du hast schon recht, daran ist sie nicht gestorben. Trotzdem könnte sie einen Schlaganfall gehabt haben. Oder sie ist ausgerutscht und hat sich den Kopf angeschlagen, wer weiß? Es muss sie noch lange niemand umgebracht haben.«

»Stimmt schon. Aber ich glaub das nicht. Ich glaube es einfach nicht. Da steckt mehr dahinter.«

»Was sagt denn die Polizei? Unfall oder nicht, die werden den Leichnam untersuchen und dann ihre Schlüsse gezogen haben.«

Veronika seufzte gereizt. »Die Polizei sagt mir gar nichts.

Das ist ja auch so was. Ich war auf der Wache in Meran und habe da mit so einem Ispettore gesprochen. Kostner oder Costa hieß er, ich weiß es nicht mehr.«

»Paolo Dacosta?« So hieß ein Ispettore, der an Maras erster Ermittlung im Dezember vor einem Jahr beteiligt gewesen war. Soweit sie sich erinnerte, war Commissario Tasso damals von seiner Arbeit ziemlich angetan.

»Kann sein. Die reden jedenfalls nicht mit mir, weil ich keine Familienangehörige bin. Lenkas Familie wohnt aber in Jugoslawien, keine Ahnung, wo genau. Ihr Tod kümmert hier niemanden. Außer Sebastian vielleicht, weil der jetzt bald keine Arbeit mehr hat. Die Behörden wollen sich darum kümmern, dass die Schafe untergebracht werden, bis dahin versorgt er sie.« Sie stockte. »Wenn die Polizei mir beweist, dass es wirklich ein Unfall war, dann würde ich schon Ruhe geben. Aber ich habe einfach ein schlechtes Gefühl bei der Sache. Diese beiden Bauern … Gerade der eine, Werner Schweigkofler heißt der, der war schon ziemlich aggressiv. Ich habe ihn auch einmal selbst in Fahrt erlebt, als er Lenka angeschrien und bedroht hat. Zum Glück befand sich ein massiver Holzzaun zwischen ihm und uns, sonst wäre er womöglich noch auf uns losgegangen.«

»Schon gut, Vreni, ich mache dir ein Angebot. Ich rede mit der Polizei. Vielleicht sagen die mir etwas. Aber wenn sich herausstellt, dass es ein Herzinfarkt war oder deine Freundin eine dicke Beule am Kopf hatte, wegen der sie vermutlich ohnmächtig geworden und dann verstorben ist, dann gibst du Ruhe. Von wegen, *sie wurde ermordet*. Mal ehrlich, das ist selbst für dich eine Nummer zu dramatisch.«

»Schon gut, ja, ich versprech's dir. Aber wenn es umgekehrt ist und du den gleichen Verdacht hast wie ich, dann ermittelst du, ja?«

»Spinnst du? Ich bin doch keine Hobbydetektivin.«

»Dann überzeugst du eben diesen Ispettore, die Ermittlungen wieder aufzunehmen.« Veronika ließ ihre Gabel klirrend neben den angegessenen Kuchen fallen und reckte herausfordernd das Kinn.

Mara schüttelte wortlos den Kopf. Sie würde mit Dacosta reden, falls sie ihn in Meran antraf. Aber sie würde Veronika ganz sicher keinerlei Versprechungen machen. In was hatte die sich da nur wieder hineingesteigert?

2. Kapitel, in welchem Tasso mit Johann Vierweger in angenehmen sommerlichen Erinnerungen schwelgt

Tasso lehnte sich auf dem durchgesessenen Sofa zurück und schloss die Augen. Anfang des Jahres hatte er zuletzt hier im Wohnzimmer des winzigen Hauses von Johann Vierweger gesessen, und es hatte sich kaum etwas verändert. Ein gusseiserner Ofen bullerte in einer Ecke vor sich hin, Webteppiche über den Natursteinmauern hielten die gröbste Kälte ab. Es war, so viel musste er zugeben, durchaus behaglich.

Ein Poltern riss ihn aus seinen trägen Gedanken.

Vierweger betrat mit schweren Schritten den Raum. Er trug ein Tablett mit Tassen, Tellern und einer Bialetti vor seiner breiten Brust.

Tasso richtete sich auf. »Apfelstrudel, du verwöhnst mich.«

»Du meckerst schon genug über dieses Land, die Leute, die Berge und das Wetter, da will ich dir wenigstens den Kuchen vorsetzen, den du magst.«

»Ich hatte eigentlich erwartet, dass du mich nach unserem gemeinsamen Sommer auf Spaniens Straßen damit aufziehst, dass es selbst mir dort zu heiß war.«

Vierweger setzte sich. »Es war eindeutig zu heiß, vor allem für einen strammen Pilgermarsch.«

»Von stramm kann doch wohl keine Rede sein.«

Von Juli bis September waren sie unterwegs gewesen, ausgerechnet in den heißesten Monaten. Aber Vierweger hatte sich sogar mit seinem Sonnenbrand, den er sich schon am vierten Tag im Nacken geholt hatte, tapfer geschlagen, das musste Tasso ihm zugestehen. Und ihnen beiden war es recht gewesen, die Mittagsstunden in den folgenden Tagen im Schatten von Gasthöfen, Kirchen oder auch unter großen Bäumen zu verbringen.

Vierweger goss den Espresso ein. »Wir sind angekommen, oder nicht? Ich bin nun mal keine zwanzig mehr, mir hat das Tempo gereicht. Und fast achthundert Kilometer zu Fuß! Ich weiß nicht, ob ich das noch einmal tun würde.«

Tasso schmunzelte und sparte sich eine Erwiderung. Wenn er ehrlich war, hätte er es allein vermutlich niemals nach Santiago de Compostela geschafft, sondern hätte spätestens nach der Hälfte aufgegeben. Es hatte Tage gegeben, da hatte sie nur Johann Vierwegers Südtiroler Dickschädel vorangebracht. Tage, an denen er Tassos Gejammer stoisch ignoriert hatte und einfach bis zur nächsten Pilgerunterkunft weitermarschiert war. Es war Tassos Idee gewesen, den Jakobsweg zu pilgern, aber seinem ehemaligen Ispettore gebührte das Verdienst, auch angekommen zu sein.

Vierweger hob seine Tasse. »Wobei ich zugeben muss, dass ich ohne dich verhungert wäre. Dieses Spanisch ist doch zum Verrücktwerden!«

»Ach was, dein Italienisch hätte völlig gereicht. Den Rest hättest du mit Händen und Füßen erledigt.« Tassos Spanisch war nun auch nicht gerade vorzeigbar, aber er hatte während der Pilgertour das Talent entdeckt, sich das ein oder andere Wort abzuleiten. So unähnlich, fand er, war die Sprache dem Italienischen schließlich nicht. Viele Wörter waren gleich, lediglich die Endungen und die Aussprache unterschieden sich – anders als beim Französischen. Vierweger tat sich trotzdem sehr viel schwerer als Tasso. Eine Britin, eine pensionierte Lehrerin, die sie einige Tage lang begleitet hatte, behauptete, das käme daher, dass Tasso zweisprachig aufgewachsen war.

Tasso nahm einen Teller mit Apfelstrudel entgegen und schnüffelte entzückt. Vierweger hatte ihn aufgewärmt. »Und dazu Rosinen und Walnüsse. Köstlich. Den hast du aber nicht selbst gemacht, oder?«

»Gekauft. Meiner wäre natürlich besser, das versteht sich. Aber der Konditor in Kaltern muss schließlich von etwas leben.« Vierweger zwinkerte.

Tasso wusste, dass sein ehemaliger Kollege ganz passabel kochte, aber wenn es ums Backen ging, dann scheiterte er.

»So, mein lieber Aurelio, und nun erzähl, wie schmeckt der Dienst? Ich für meinen Teil fand unsere Ermittlung in Sachen Schnappviech-Mord zwar ganz amüsant, aber wenn ich ehrlich bin, vermisse ich nichts.«

Tasso grinste. »Ich weiß bis heute nicht, wie dieser Journalist Girolamo auf ›Schnappviech-Mord‹ gekommen ist.«

Vierweger setzte sich auf einen Holzhocker und balancierte seinen Teller auf den Knien. »Nun, du weißt sofort, wovon ich spreche. Und es ist ja nicht so, als wäre der Begriff völlig aus der Luft gegriffen, immerhin hatten wir ein verdächtiges Schnappviech.«

»Jaja, schon gut. Nun, ich bin seit dem 1. November wieder im Dienst, und es ist nicht viel los. Von dieser Bäuerin im Passeiertal hast du doch sicherlich gehört?«

»Selbstverständlich, ich habe jeden Artikel in den *Dolomiten* gelesen, und manchmal auch einen italienischen. Sankt Martin ist der Ort, wo ich herkomme – besser gesagt war das die Dorfkirche, die dem Hof meiner Eltern am nächsten lag. War schon jeden Sonntag eine gute halbe Stunde zu marschieren.«

»Na, dann kann ich dir kaum etwas Neues erzählen.«

»Es soll ein Unfall gewesen sein. Ich hatte da anfangs einige Zweifel.« Vierweger stellte seinen leeren Teller auf das Nierentischchen. »Noch ein Stück? Ich habe noch reichlich.«

»Später. Lass mich doch erst einmal aufessen. Weshalb hast du bezweifelt, dass es ein Unfall gewesen sein könnte?«

»Eine Zugezogene, noch dazu aus dem Ausland, die es besser als die einheimischen Bauern machen will? Das kann schon für Unmut sorgen.«

»Das kannst du laut sagen. Und jetzt erzähle ich dir etwas: Sie hat sogar für *noch mehr* Unmut gesorgt, weil sie neben ihren Schafen noch einige Gebirgsziegen vom Balkan mitgebracht hat.« Er blickte Vierweger vielsagend an.

Der alte Südtiroler richtete sich auf. »Fremde Ziegen im Passeiertal! Das hat sie gewagt? Wie konnte sie nur! Stell dir vor, so ein Bock vom Balkan besteigt eine *Gånsit!* Der verwässert eine jahrtausendealte Blutlinie.« Er legte dramatisch die Hand an die Brust und riss die Augen auf.

Tasso legte die Kuchengabel auf den Teller. »Ja, mit ganz ähnlichen Worten wurde es mir auch erklärt.«

»Sie schnallen den Kitzen ein Holzgestell auf den Kopf, wusstest du das auch? Eine *Hournmdschiin*, damit die Hörner gerade wachsen. Wer schön sein will, muss leiden.«

»Na ja. Schön wollte sie der Bauer. Der Ziege wird's egal sein, wie krumm ihre Hörner sind.«

Vierweger verzog die Mundwinkel nach unten. »Ja, schrecklich, was der Mensch dem Vieh alles antut, oder? Aber im Ernst: Dass jemand eine Bäuerin umbringt, weil sie ein paar neue Tiere ins Tal bringt, scheint mir doch sehr weit hergeholt. Das meinte ich nicht damit, als ich gerade sagte, dass ich Zweifel hätte.«

Tasso nickte zustimmend. »Du warst ja nicht der Einzige. Wir haben uns nicht nur in der Nachbarschaft, sondern im gesamten Dorf gründlich umgehört. Dabei erklärten sie mir außerdem, dass es ein wirklich schlimmes Vergehen sei, einer Ziege die Glocke zu stehlen. Es hörte sich beinahe an, als wären die Glocken heiliger als die Tiere selbst. Und so meinte die Haushälterin des Dorflehrers während unserer Befragungen, es könne ja sein, dass die Tote Glocken gestohlen hätte.«

Vierweger klopfte sich lachend auf die Schenkel. »Willkommen im Passeiertal.«

»Natürlich wurde auch das im Scherz gesagt – zumindest ergaben sich jetzt keine Anzeichen dafür, dass wir das ernst nehmen sollten.«

»Und was ist nun deiner Meinung nach dieser Bäuerin zugestoßen?«

»So wie es sich für uns darstellt, hatte die Dame einiges an Alkohol im Blut. Dottore Agnelli meinte, es müssten mehr als 2,5 Promille gewesen sein.«

»Und das morgens früh?«

»Das ist eine der Angaben, die in der Zeitung nicht korrekt wiedergegeben wurden. Sie wurde an einem Mittwochmorgen *gefunden*. Sehr wahrscheinlich lag sie aber schon länger dort. Mindestens sechsunddreißig Stunden, daran hat der gute Dottore keinerlei Zweifel. Und du kennst ihn, er ist da sehr gründlich. Er vermutet sogar, dass der Todeszeitpunkt noch länger zurückliegen könnte. Der Leichnam hat im Pferch gelegen und war von den Schafen ziemlich übel zugerichtet worden. Sicher ist nur, dass der Knecht sie am Sonntagvormittag zum letzten Mal lebend gesehen hat.«

Nachdenklich nickte Vierweger und strich sich über die silbernen Bartstoppeln am Kinn.

»Sie war also«, fuhr Tasso fort, »nicht gerade nüchtern und ist vermutlich beim Füttern gestürzt und dann ohnmächtig geworden. Sie hatte einen blauen Fleck an der Hüfte und eine Platzwunde am Kopf. Ersterer könnte entstanden sein, als sie an den Futtertrog gestoßen ist. Das passt mit der Höhe. Oder eines der Tiere hat sie angerempelt; dort im Stall liefen einige Schafe mit beeindruckenden Hörnern rum. Diesbezüglich wollte unser Rechtsmediziner sich nicht eindeutig festlegen. Die Verletzung am Kopf stammt dagegen sehr wahrscheinlich vom Aufprall auf den Boden. Die Wunde war ziemlich groß. Die Tiere haben das blutverschmierte Stroh zwar überall verteilt, aber es ist auch einiges an Flüssigkeit in die Holzbohlen gesickert. Und in der Kopfwunde befanden sich wiederum keine anderen Spuren außer dem Holz, Stroh und Tierhaaren. Es gibt nicht das geringste Anzeichen dafür, dass ihr jemand mit einem Gegenstand auf den Kopf geschlagen hätte.«

»Wie war die Dame denn im Dorf gelitten?«

»Du meinst abgesehen von der Vermutung dieser Haushälterin, sie könnte den Ziegen die Glocken gestohlen haben?« Tasso lächelte.

»Ja, ich meine die Frage natürlich ernst. Sie soll, so hieß es in einem Artikel, recht gut ausgesehen haben. Noch keine dreißig Jahre, alleinstehend, aber mit einem Kopf voller Ideen. Sie muss ganz schön Aufmerksamkeit erregt haben.«

»Ja, das ist richtig. Unter den Söhnen der umliegenden Höfe gab es jedoch keinen Heiratskandidaten. Wir wissen von keinem Herren, der ihr nähergestanden haben soll.«

»Was ja nicht heißt, dass es wirklich keinen gab.« Vierweger hob vielsagend die Augenbrauen. »Vielleicht ja auch keinen der Jüngeren, sondern vielmehr einen gestandenen Vater und Ehemann.«

»Ja, ich will es nicht ausschließen.« Tasso machte eine wegwerfende Handbewegung. »Aber insgesamt haben wir dafür nicht einmal einen winzigen Hinweis gefunden: kein

Gerücht, keine offen ausgesprochene Vermutung, keine vage dahingesagte Beschuldigung. Und sogar, wenn es so war, ist das allein kein Grund für einen Mord. Diese Geschichte müsste schon größer sein. Ein Eifersuchtsdrama wegen eines zweiten Mannes, versuchte Erpressung seitens des Opfers, es der Ehefrau zu verraten, was auch immer. Der Pfarrer konnte sie nicht leiden und hat daraus keinen Hehl gemacht. Aber außer einer Menge Gift und ein wenig selbstgerechter Empörung, weil die Dame den sonntäglichen Gottesdienst nicht besuchte, hat nicht einmal er uns etwas geliefert, an dem wir hätten ansetzen können.«

Vierweger nickte. »Ich kenne dich gut genug, um darauf zu vertrauen, dass du gründlich warst. Was weißt du sonst über die Bäuerin?«

»Sie wollte ihre Tiere vermarkten. Milch, Käse, Wolle und gelegentlich auch Wurst, so wurde es mir übereinstimmend gesagt.«

»Die ist ja von Sinnen!« Vierweger lachte laut auf. »Mit den Schafen mag das noch angehen, aber die Ziegen vermarkten? Im Passeiertal halten sie Ziegen nicht wegen der Milch, die sind ein Statussymbol!« Er hob belehrend den Finger. »Vor allem mit einer guten Glocke!«

Tasso winkte ihm, den Rest Kaffee aus der Bialetti einzuschenken. »Was das betrifft, haben wir ebenfalls gründlich hingeschaut und uns umgehört. Dass sie moderner dachte, als manchen lieb war, wäre ein mögliches, aber kein starkes Motiv. Aber auch hier haben wir nichts gefunden. Der Einzige, der uns gegenüber offen Vermutungen anstellte, dass jemand bei ihrem Tod nachgeholfen hätte, war ihr Knecht, ein Mann in deinem Alter.«

»Weißt du noch, wie er heißt? Vielleicht kenne ich ihn.«

»Maximilian – nein, so hieß der Wirt. Matthias ... Ich

weiß es nicht mehr. Lufer, Kofler, Hofer ...? Die heißen da alle gleich!«

»Nicht so wichtig.« Vierweger lächelte.

Tasso ärgerte sich, dass ihm der Name nicht einfiel, doch es half nichts. Er seufzte laut. »Am Ende konnte er uns außer seinem Anfangsverdacht keine Gründe für eine weitere Ermittlung geben. Er hat auch niemanden konkret beschuldigt.« Tasso machte eine unbestimmte Handbewegung. »Es war mehr ein allgemeines ungutes Gefühl, das er da äußerte. Er wollte uns, außer den Nachbarn, nicht einmal Namen nennen. Das war aber auch unerheblich, denn unterm Strich haben wir sowieso mit fast dem gesamten Dorf gesprochen.«

Vierweger nickte bedächtig.

»Diese Bäuerin war also eine Fremde und Außenseiterin«, erzählte Tasso weiter, »aber das allein ist kein Motiv. Ich kann mich auch an keine Aussagen erinnern, die in irgendeiner Form verdächtig geklungen hätten. Du kennst das, diese Momente, in denen du stutzt und misstrauisch wirst?«

»Ja, natürlich. Am Anfang ist es oft nur ein Bauchgefühl.«

»Genau. Und hier? *Niente*. Nichts!« Tasso schnitt mit der Handkante durch die Luft.

Vierweger nickte in schweigender Zustimmung.

»Ich habe mit einem sehr fähigen Ispettore aus Meran zusammengearbeitet. Paolo Dacosta kennt sich in den Tälern rund ums Meraner Land recht gut aus. Wie waren uns jedenfalls am Ende einig, dass nichts darauf hindeutet, es könnte etwas anderes als ein Unfall gewesen sein.« Er trank genüsslich seinen Kaffee.

»Dann wird es so sein. Es würde dir keine Ruhe lassen, wenn an der Sache etwas nicht stimmen würde. Dacosta sagt mir nichts. Aber Meran ist, was dies anbelangt, auch weit weg.«

»Ein sanfter Einstieg nach meiner halbjährigen Pause, das muss ich zugeben. Direkt die nächste Mordermittlung hätte ich nicht gebraucht.«

»Und dieser Dacosta, wie ist er sonst so? Könnte es sich endlich um meinen Nachfolger handeln? Nicht, dass ich beim nächsten Todesfall wieder aus meinem Ruhestand gerissen werde.«

»Könnte schon sein. Ich habe ihm gesagt, dass er einen Antrag auf Versetzung nach Bozen stellen soll, und er überlegt es sich. Und, Johann, gib es zu, die Ermittlung in Tramin hat dir Spaß gemacht.«

»Soll ich noch einen Kaffee kochen?«

»Gern.«

*

Es war stockfinster, als Tasso sich verabschiedete und zurück nach Bozen fuhr. Es ging bereits auf neun Uhr zu. Vierweger hatte so reichlich Apfelstrudel eingekauft, dass sie sich entschieden hatten, das Abendessen ausfallen zu lassen.

Das Wetter zeigte sich nicht gerade von der besten Seite. Der Schnee vom Vortag war bereits wieder weggeschmolzen und einem lästigen Sprühregen gewichen, der die Landschaft in ein nebliges Grau verwandelte, das die Autofahrt neben der Dunkelheit zusätzlich erschwerte. Die Scheibenwischer des kleinen Fiat 500 quietschten jämmerlich über die Scheibe und hinterließen eher Schlieren, als für klare Sicht zu sorgen. Immer wieder versuchte Tasso, sie auszustellen, aber dafür fiel der Regen wiederum zu intensiv. So fuhr er im Schneckentempo die gewundene Straße Richtung Bozen.

Erst am Stadtrand fiel ihm ein, dass er Tante Hedwig versprochen hatte, das Auto zu betanken. Die Nadel der Tankuhr stand zwar erst kurz vor der Reserve, aber bei diesen Temperaturen schluckte selbst der kleine Wagen ordentlich. Und so war er froh, als das beleuchtete Schild mit der sechsbeinigen Löwin einer Agip-Tankstelle in Sicht kam.

Erstaunt bemerkte er, dass es rund um die Zapfsäulen menschenleer war. Normalerweise tankten um diese Zeit Familien oder Pärchen, die vom Sonntagsbesuch bei Verwandten auf dem Weg nach Hause waren. Ein dunkelhaariger Junge lümmelte gegen eine der vier Zapfsäulen gelehnt herum und kaute auf einer unangezündeten Zigarette herum.

Tasso hielt, stellte den Motor ab und kurbelte das Fenster herunter. »*Buongiorno*! Einmal volltanken, bitte.«

»Kein Problem.« Der Junge stieß sich ab und zog den Zapfhahn vom Haken.

Tasso stieg aus, gab dem Burschen ein Trinkgeld, damit er auch die Scheiben säuberte – eigentlich bei diesem Wetter sinnlos, aber vielleicht schlierten die Scheibenwischer dann weniger –, und ging zu dem verglasten Häuschen mit der Kasse.

Ein dunkelhaariger kräftiger Mann, möglicherweise der Vater des jugendlichen Tankwarts, saß hinter der Theke. Als Tasso ansetzte, etwas zu sagen, hob er die Hand. Ein Radiosprecher rasselte gerade im Stakkato die Nachrichten herunter.

Tasso reckte ein wenig den Kopf vor und lauschte. »Was hat der da gerade gesagt? Ein Attentäter wurde erschossen?«

»So ist es.« Der Kassierer nickte heftig. »In Amerika. Einer hat den Mann, der den Präsidenten erschossen hat, dafür hingerichtet.«

»Machen Sie Witze?«

»Ganz und gar nicht. Heute Vormittag haben sie diesen Oswald in ein anderes Gefängnis überführen wollen.

44

Und dann hat ihn einer mitten auf der Straße abgeknallt.«
Er streckte den Zeigefinger wie eine Pistole aus und tat, als
würde er auf etwas hinter Tasso schießen.

Tasso glaubte, seinen Ohren nicht zu trauen. Noch ein Attentat in den USA? Liefen denn da alle mit Waffen herum
und konnten ungehindert durch die Gegend ballern? Was
war das für ein Land?

»Warum?«, war das Einzige, was ihm einfiel.

Der Kassierer zog die Schultern hoch. »Das versuchen sie
gerade herauszufinden. Es war so ein Nachtclubbesitzer.«

»Und was haben die da gerade von der Mafia gesagt?«

»Er soll im Auftrag der Cosa Nostra gehandelt haben.
Heißt es. Aber wer kann da schon wissen, was stimmt und
was nicht? Um halb sieben kam die Meldung zum ersten Mal,
da muss es gerade passiert sein.«

»Sie sagten vorhin, es sei heute Vormittag passiert.«

Der Kassierer grinste wissend. »Ich meinte, als bei denen
Vormittag war. Zeitverschiebung, wissen Sie?«

»Ach ja, ich verstehe.«

»Die sagen in jeder Nachrichtensendung was anderes.
Dazu ständig Sondermeldungen. Es ist ein einziges Durcheinander.«

Tasso machte eine Geste, die die gesamte Tankstelle ein-
schloss. »Ist deshalb so wenig los? Sitzen die Menschen alle
vor dem Fernseher?«

»Kann ich mir gut vorstellen. Vor dem Weißen Haus in
Washington wollen Tausende dem Präsidenten die letzte Ehre
erweisen. In den Nachrichten übertragen sie immer wieder
neue Bilder von Staatsoberhäuptern und Trauergästen, die
für die Beerdigung morgen angereist sind. Meine Frau schaut
sich das auch an, zusammen mit ihrer Schwester. Die hat
nämlich einen neuen Fernseher. Wobei meine Schwägerin

vermutlich mehr daran interessiert ist, was diese Jackie Kennedy morgen auf dem Friedhof tragen wird; welches Kleid, welchen Mantel, welchen Hut. Sie kann gar nicht genug von dieser neuen Mode bekommen.«

Der junge Tankwart war fertig und kam herein. Tasso nickte geistesabwesend und zahlte die Summe, die er nannte. Im Auto stellte er fest, dass der Junge die Scheiben tatsächlich erfolgreich gereinigt hatte. Die Scheibenwischer zogen kaum noch Schlieren.

3. Kapitel, in welchem Mara ihrer Freundin wieder einmal keinen Gefallen abschlagen kann, aber mit einer unerwarteten Begegnung belohnt wird

Der Montagmorgen empfing Mara mit versöhnlichem Sonnenschein, nachdem der Sonntag so grau und trübe gewesen war. Daher entschied sie sich, zu Fuß zum Polizeikommissariat zu gehen. Der Weg führte sie erst ein Stück entlang der Passer und anschließend durch die Laubengasse. Sogar mit einem kleinen Umweg über die Gilfpromenade benötigte sie nicht mehr als eine gute halbe Stunde.

Auf dem Kornplatz standen wie jeden Tag einige Marktstände mit Spezialitäten aus der Toskana, Ligurien oder Sizilien. Im Sommer zogen die Händlerinnen und Händler immer viele Gäste an, doch jetzt war kaum jemand unterwegs. Mara hätte sich gern den Pecorino und anderen Käse angesehen, doch sie fürchtete, von der dick vermummten Händlerin in ein Verkaufsgespräch verwickelt zu werden. Daher hielt sie direkt auf das Gebäude mit dem Treppengiebel zu, in dem die Büros der Polizia di Stato untergebracht waren.

Erstaunt bemerkte Mara, dass sie ein wenig nervös war, so wie vor knapp einem Jahr, als sie die Stufen der Questura in Bozen hinaufgestiegen war, um ihr Praktikum anzutreten. So viel war inzwischen geschehen! Sie hatte Commissario Tasso und seine Kollegen bei zwei Mordermittlungen begleitet und das Geschehen rund um die Entführung des Questore Bruno Visconti hautnah miterlebt. Da war es ihr im Laufe der Wochen ganz selbstverständlich geworden, ein Polizeigebäude zu betreten. Aber inzwischen war sie Studentin der Rechtswissenschaften und keine Praktikantin eines Commissario mehr.

Sie betrat den Vorraum und wartete geduldig, bis der Agente hinter dem Empfangstresen einer nervösen alten Dame erklärt hatte, wo sie den Diebstahl ihrer Handtasche anzeigen konnte. Sie beide blickten der Frau nach, wie sie vor sich hin murmelnd davonschlurfte, dann lächelten sie einander wie auf Kommando an.

»*Buongiorno*, Signorina, wie kann ich Ihnen behilflich sein?«

»*Buongiorno*, ich würde gern mit Ispettore Dacosta sprechen, wenn das möglich ist.« Mara bemühte sich um einen ganz selbstverständlichen Ton, als wären sie und der Ispettore langjährige gute Bekannte. Dabei hatte sie Dacosta während ihrer ersten Ermittlung im Dezember 1962 gerade zweimal getroffen. Ob er sich überhaupt noch an sie erinnerte?

»*Momento.*« Der Agente hob einen Telefonhörer und wählte eine Nummer. Es schien, als würde Maras Frage umgehend beantwortet. Immerhin hatte das so weit gut funktioniert, und sie war um langwierige Erklärungen herumgekommen, was sie denn wohl von dem Ispettore wolle.

Der Agente sprach in den Hörer. Dann hielt er die Hand auf die Sprechmuschel und blickte sie an. »Ihr Name, Signorina?«

»Mara Oberhöller.«

»Oberhöller? Wie unser Bürgermeister?«, fragte er verblüfft.

Sie nickte und rang sich ein Lächeln ab. Sie hatte ihren Namen bei der Begrüßung mit Absicht nicht genannt, weil sie genau das vermeiden wollte. Ihr Vater wusste nichts von ihrem Ausflug zu Ispettore Dacosta.

Der Agente legte auf und zeigte auf eine Glastür, hinter der Mara ein Treppenhaus erkennen konnte. »Ispettore Dacosta erwartet Sie im zweiten Stock, linker Flur, erste Tür links.«

Mara ignorierte die Neugier, die ihm unverhohlen ins Gesicht geschrieben stand, und verabschiedete sich.

Im zweiten Stock erwartete Dacosta sie bereits mit einer Thermoskanne und zwei Kaffeebechern in den Händen am Treppenabsatz. Mara hätte ihn beinahe nicht erkannt, da er im Gegensatz zu ihrer ersten Begegnung zivile Kleidung trug und dazu einige Kilo abgenommen hatte. Lediglich die Schultern waren so breit, wie sie in Erinnerung hatte.

Im Gegensatz zu ihr erkannte der Ispettore sie sofort wieder. »Signorina Oberhöller, das ist aber eine Überraschung! Kommen Sie, wir gehen nach hinten in einen der Besprechungsräume, dort sind wir ungestört.« Er lachte freundlich. »Ich möchte doch hören, wie es der Praktikantin aus Bozen ergangen ist.«

»Sie erinnern sich an mich?«

»Aber selbstverständlich! Es kommt schließlich nicht alle Tage vor, dass eine fesche junge Dame einen Commissario bei seiner Arbeit begleitet. Hier hinein.« Er deutete mit dem Kinn auf eine Tür, damit Mara sie öffnete.

Sie betraten einen kahlen Raum, in dem sich außer einem Konferenztisch und einem Tageslichtprojektor nichts weiter befand. Die Fenster an der langen Wand gingen auf den Kornplatz hinaus.

»Nüchterner Raum, aber schöne Aussicht«, erklärte Dacosta und stellte die Thermoskanne ab. »Wenn ich weiß, dass mich eine langweilige Besprechung erwartet, setze ich mich so, dass ich sehen kann, was auf dem Markt so vor sich geht. Möchten Sie überhaupt Kaffee?«

»Sehr gern, herzlichen Dank.«

»Ich gehe noch Milch und Zucker holen. Machen Sie es sich bequem.« Er deutete auf die beigefarbenen Hartplastikstühle und verschwand.

Mara zog es vor, sich ans Fenster zu stellen und das Treiben auf dem Markt zu beobachten. Allmählich belebte sich der Platz ein wenig, und die Marktstände wurden von älteren Herrschaften oder Müttern mit Kinderwagen besucht. Eine Händlerin erklärte gerade gestenreich etwas und hielt dabei abwechselnd verschiedene Pakete in die Höhe, während ihr Kunde, ein älterer Herr mit einem Gehstock, skeptisch den Kopf geneigt hielt.

»Da bin ich wieder.« Dacosta schloss die Tür und ließ sich schwungvoll auf einen Stuhl fallen. »Nun, was führt Sie zu mir?«

Mara setzte sich ihm gegenüber und wartete noch, bis er ihnen beiden Kaffee eingeschenkt hatte. Dabei hatte er die Stirn in konzentrierte Falten gelegt und die buschigen Augenbrauen zusammengezogen, als würde er im Geiste eine mathematische Gleichung lösen. Dazu fiel Mara auf, dass er sehr große Hände hatte.

Er reichte ihr einen Becher und schob ihr die Zuckerdose zu.

»Vielen Dank. Erlauben Sie mir eine Frage aus Neugier, bevor ich Ihnen mein Anliegen erkläre. Waren Sie nicht als Kandidat für Commissario Tasso im Gespräch?«

Er lächelte. »Das bin ich immer noch. Oder wieder, je nachdem, wie Sie es betrachten. Der Commissario war ja eine Zeit lang suspendiert, das haben Sie noch mitbekommen, soweit ich weiß?«

»Ja, richtig. Ich war hautnah dabei.«

»Und danach hat er ein halbes Jahr Auszeit genommen.

Da brauchte er auch keinen neuen Kollegen. Seit dem 1. November ist er wieder im Dienst. Wie es der Zufall wollte, haben wir beide kurz nach seinem Neustart erneut zusammengearbeitet. Das hat wunderbar funktioniert. Ich denke, in dieser Einschätzung sind wir uns einig, sonst hätte er kaum sein Angebot vom letzten Jahr wiederholt, zu ihm nach Bozen zu wechseln.«

»Und? Werden Sie annehmen?«

»Ach, ich weiß nicht.« Er hob beide Hände. »Seine Aufgaben sind natürlich spannender und verantwortungsvoller. Beim Schnappviech-Mord im Februar zum Beispiel, da wäre ich wirklich gern dabei gewesen. Zugleich fühle ich mich in Meran sehr wohl, kenne die Kollegen und die Menschen. Das hier ist wortwörtlich mein Revier.« Er brach ab und kratzte sich am Kinn.

Mara nickte rasch. »Das verstehe ich wirklich sehr gut. Ich studiere seit dem Frühjahr in Mailand, und ich vermisse Meran und meine Freundinnen und die Familie mehr, als ich selbst erwartet hätte.«

Dacosta lachte auf. »Und da haben Sie es! Bozen liegt doch nur ein paar Kilometer weiter südlich die Etsch hinab. Ich wohne in Burgstall und müsste vielleicht nicht einmal umziehen. Da frage ich mich schon, was mich abhält, das Angebot des Commissario anzunehmen. Ich kann es nicht erklären.« Er zeigte auf seinen Oberkörper. »Seit dem Sommer darf ich Zivil tragen. Viele Kollegen beneiden mich darum. Sie alle würden es merkwürdig finden, aber hin und wieder vermisse ich meine Uniform.«

Sie hatte ihm Selbstsicherheit verliehen, möglicherweise war sie sogar eine Art Schutzpanzer, vermutete Mara. Als Mitarbeiter des Commissario würde er den endgültig aufgeben. Das hieß, er hatte Angst vor der eigenen Courage. Es bedeutete für ihn eine Veränderung, wenn er den nächsten Karriereschritt nahm. Aber das ging sie nichts an, die Entscheidung musste Dacosta schon selbst treffen.

»Sie werden schon die richtige Wahl treffen«, sagte Mara.

Er begegnete ihrem Blick ein wenig zweifelnd, doch er widersprach nicht. Dann straffte er die breiten Schultern und richtete sich auf. »Genug davon, was kann ich für Sie tun?«

»Sie haben vorhin erwähnt, dass Sie kürzlich erst wieder mit Commissario Tasso zusammengearbeitet haben. War es die Ermittlung um die verunglückte Bäuerin aus dem Passeiertal?«

»Ganz recht. Woher wissen Sie davon?«

»Eine Freundin von mir hat hier vor einigen Tagen vorgesprochen.« Mara wurde ein wenig verlegen. »Sie ist davon überzeugt, dass es kein Unfall gewesen sein kann. Ich habe ihr versprochen, mich noch einmal umzuhören.« Jetzt, wo sie dem Ispettore das so ins Gesicht sagte, kam es ihr unhöflich vor. Denn das hieß ja, dass sie das Ergebnis seiner Ermittlungen infrage stellte, und das von Tasso gleich mit. Hätte Mara gewusst, dass der Commissario an dem Fall mitgearbeitet hatte, hätte sie Veronika sofort erklärt, dass der keine leichtfertigen Schlüsse zog und so gründlich ermittelte, wie es nur möglich war.

Dacosta nickte nachdenklich. »Ich habe Anfang letzter Woche mit einer jungen Dame in Ihrem Alter gesprochen. Pacher oder Bacher? Kann das sein?«

»Veronika Bacher, das ist sie.«

»Dann muss ich Sie enttäuschen, ich kann Ihnen auch nicht mehr sagen, als ich ihr erklärt habe. Wir haben die Ergebnisse unserer Untersuchungen zu den jugoslawischen Kollegen nach Belgrad geschickt und sie gebeten, die Angehörigen ausfindig zu machen. Wie Sie sich denken können, braucht das Zeit, vielleicht sogar Wochen. Sofern sie sich melden und Fragen haben, werden wir diese beantworten. Aber keinen Außenstehenden, ich bedaure.«

Mara nickte. Was hatte sie erwartet? Dass ihr der Status als ehemalige Praktikantin Zugang zu polizeiinternen Informationen ermöglichte? Das wäre dann doch ein wenig zu hoch gegriffen.

Dacosta musterte sie aufmerksam. »Mir ist nicht ganz klar gewesen, warum Ihre Freundin so felsenfest davon überzeugt ist, dass jemand Signora Jovanović hätte töten sollen. Ja, es gab da einige Querelen mit den beiden Nachbarn. Aber das war doch alles nichts, weswegen sich die Leute umbringen.«

»Ich glaube, sie hat vor allem daran gezweifelt, dass die Bäuerin so mir nichts, dir nichts beim Füttern umfällt. Sie war den Umgang mit den Tieren offenbar gewohnt, da erscheint es nicht sehr wahrscheinlich, dass sie so unachtsam ist, sich von einem Schafbock umrempeln zu lassen.«

»Nicht wahrscheinlich? Das mag sein, aber auch nicht ausgeschlossen.« Dacosta stockte, schien mehr sagen zu wollen, überlegte es sich dann anders. Er lächelte sanft. »Wissen Sie, ich bin gerade einunddreißig geworden, nur zwei Jahre älter als die Tote. Ich kann das sehr genau nachempfinden: Wir alle halten uns in diesem Alter noch für unbesiegbar. Die Vorstellung, dass wir eine unentdeckte Krankheit in uns tragen, Krebs bekommen, einen Schlaganfall, Herzinfarkt oder so etwas erleiden könnten, ist für uns undenkbar. So etwas betrifft alte Menschen, unsere Eltern, erst recht unsere Großeltern. Uns doch nicht! Dabei passiert gerade das tagtäglich und viel häufiger, als wir uns eingestehen wollen. Es spricht leider nichts dagegen, dass dem Opfer genau so etwas zugestoßen ist.«

Mara war seinen Worten sehr aufmerksam gefolgt. »Sie sagen, es spricht nichts dagegen. Aber Sie wollen nur, dass ich das meiner Freundin Veronika sage und sie damit beruhige, habe ich recht? Was also ist Lenka Jovanović zugestoßen?«

Dacosta lachte belustigt auf und hob den Kaffeebecher zu einem Prost. »Nicht schlecht, Signorina Oberhöller, wirklich nicht schlecht. Sie wollen Juristin werden, wenn ich mich recht erinnere? Dann sind Sie jetzt im ersten Semester?«

»Das zweite hat gerade begonnen.«

»Nun, ich hätte nicht gedacht, dass ich meine Worte jetzt schon auf die Goldwaage legen muss. Sie könnten auch eine gute Polizistin werden. Ich würde mir nicht wünschen, jemals von Ihnen verhört zu werden.«

Mara senkte den Kopf und biss sich auf die Lippen. Das Lob schmeichelte ihr, aber was im Kreise der Studierenden als rhetorische Übung galt, mit der sie versuchten, sich gegenseitig mit Worten auszukontern, verfing bei dem erfahrenen Ispettore nicht.

Dacosta strich sich mit beiden Händen über das kurzgeschorene braune Haar und beugte sich dann über den Tisch zu ihr. »Ich sage Ihnen etwas, das ich Ihrer Freundin gegenüber nicht erwähnt habe. Ich erwarte, dass Sie diese Information so vertraulich behandeln wie alles, was Sie damals während Ihres Praktikums gesehen und gehört haben.«

»Natürlich«, beeilte Mara sich, ihm zu versichern.

»Ganz allgemein gesprochen kann es passieren, dass jemand – zum Beispiel eine Bäuerin im Passeiertal – sich vielleicht einen Schluck Wein oder Schnaps genehmigt. Und vielleicht auch einen zweiten oder dritten. Womöglich wissen Sie aus eigener Erfahrung, Signorina Oberhöller, dass mit jedem Schluck die Standfestigkeit leidet. Und Sie vielleicht nicht mehr in der Lage sind, die Dinge, die Ihnen sonst leichtfallen, zu erledigen. Und wenn Sie in dieser Situation von einem übermütigen Schafbock angerempelt werden, dann könnte es doch sein, dass Sie das Gleichgewicht verlieren. Stimmen Sie mir zu?«

Dann war Lenka Jovanović betrunken gewesen, als es passierte? So eine Möglichkeit hatte Mara gar nicht bedacht. Veronika wohl auch nicht. Und es ergab Sinn, das musste sie zugeben.

»Das ist natürlich alles rein hypothetisch«, fügte Dacosta mit einem Augenzwinkern hinzu. »Dazu möchte ich darauf hinweisen, dass der Rechtsmediziner Dottore Agnelli hervorragende Arbeit leistet. So ganz allgemein.«

Mara lächelte ihm zu. »Sie haben laut gemutmaßt, das kenne ich von Commissario Tasso. Ich werde mir ebenfalls noch einmal Gedanken machen. Es muss ja auch nicht gleich eine schreckliche Krankheit sein. Ich erinnere mich noch gut daran, wie unsicher ich auf den Beinen war, wenn ich mal wegen einer Erkältung oder etwas Ähnlichem hohes Fieber hatte. So ein Fieber, das kann ganz schnell gehen.«

»Sehen Sie?«

»Noch eine Kleinigkeit: Gibt es denn nähere Erkenntnisse über den Zeitpunkt, wann das passiert ist?«

Dacosta schüttelte den Kopf. »Nein, da muss ich gar nicht so tun, als wüsste ich mehr, als ich preisgebe. Es hieß, dass es spätestens am Montagabend geschehen ist. Aber sie wurde am Sonntagvormittag das letzte Mal lebend gesehen, von ihrem Knecht. Dazwischen kann alles Mögliche passiert sein.«

»Danke sehr. Ich danke Ihnen außerdem sehr für Ihre Zeit. Es war schön, Sie einmal wiederzusehen. Und wenn Sie mich fragen, sollten Sie das Angebot der Versetzung nach Bozen annehmen.«

»Meinen Sie das ernst?« Er wirkte ehrlich verwundert.

»Sie scheinen mir gelassen genug zu sein, um die grantigen

Momente des Commissario einfach an sich abprallen zu lassen. Also ja, ich meine das völlig aufrichtig.« Sie schmunzelte.

»Wenn Sie meinen?« Dacosta lachte herzlich, sodass sich um seine Augen feine Fältchen bildeten. »Diesbezüglich habe ich bereits ausreichend Erfahrungen gesammelt. Also ja, das bekomme ich hin.« Er erhob sich. »Ich muss Sie leider verabschieden. Auf mich wartet ein Bericht, um den ich mich seit Tagen herumdrücke. Ich bringe Sie noch nach unten.«

*

Mara steckte die Hände in ihren dicken Anorak, den sie angezogen hatte, weil sie hoffte, dass der Tag nicht ganz so kalt werden würde, dass ihr Pelzmantel nötig wäre. Die Sonne war inzwischen bis über die Dächer der umliegenden Häuser gestiegen, doch es fegte ein eisiger Wind über den Kornplatz und trieb braunes Herbstlaub zusammen. Zwei Elstern zeterten in den Kronen der mächtigen Kastanien, während eine Wolke Spatzen zwischen den Marktständen umherjagte.

Das Gespräch mit Ispettore Dacosta war interessant gewesen, sie mochte ihn. Unweigerlich wanderten ihre Gedanken zu Giulio. Sie hatte am Sonntag versucht, ihn zu erreichen, und bei seiner Zimmerwirtin in Bozen angerufen. Aber entweder hatte die Wirtin ihre Botschaft nicht ausgerichtet, oder er war, wie so oft, unterwegs und hatte ihre Nachricht noch gar nicht erhalten. Mara sehnte sich danach, mit ihm zu sprechen. Ihr letztes Telefonat war so unglücklich verlaufen, da wollte sie jede Gelegenheit nutzen, die Dinge zwischen ihnen wieder ins Reine zu bringen. Aber jetzt war er unerreichbar, sicherlich im Labor der Polizia di Stato damit beschäftigt, Fingerabdrücke und Blutproben zu untersuchen.

Nachdenklich kickte Mara einen Kiesel weg. Und was

jetzt? Sie könnte gleich zum Modegeschäft Bacher in den Lauben gehen und Veronika berichten. Würde sie dann von der fixen Idee lassen, es wäre kein Unfall gewesen?

Nicht nur, was Dacosta gesagt hatte, sondern auch die Tatsache, dass Commissario Tasso höchstpersönlich ermittelt hatte, hatte sie selbst davon überzeugt, dass nicht mehr als ein unglücklicher Sturz der Bäuerin zu ihrem Tod geführt hatte. Sie hatte getrunken und war unsicher auf den Beinen gewesen. Möglicherweise war es bereits dunkel, als sie am Abend – Sonntag oder Montag, beides war möglich – zum Füttern hinausgegangen war. Da reichte eine von Schafdung und Stroh rutschige Stelle im Stall, und schon lag sie da.

Mara fand das alles völlig plausibel. Tasso, Dacosta, der Rechtsmediziner Dottore Agnelli – sie alle hatten ermittelt und waren zu dem Schluss gekommen, dass es ein Unfall gewesen sein musste. Nichts deutete darauf hin, dass es anders war.

Würde das auch Veronika überzeugen?

Mara hatte da ihre Zweifel. Sie schlenderte los und schlug den Weg zum Geschäft von Veronikas Eltern ein. Besser, sie brachte dieses Gespräch sofort hinter sich. Dann konnte sie vielleicht am Nachmittag schon ihre Sachen packen und zurück nach Mailand aufbrechen. Heute war die Beerdigung John F. Kennedys, und dann hatte der Spuk hoffentlich ein Ende. Was auch immer ihr Vater für diffuse Befürchtungen gehabt hatte, sie waren nicht eingetreten. Die Menschen waren schockiert, heute Nachmittag würden Millionen in aller Welt vor den Fernsehern sitzen und sich die feierliche Beisetzung ansehen. Dutzende Staatsoberhäupter waren nach Washington gereist und nahmen an der Zeremonie teil.

Aber dann würde die Welt sich weiterdrehen. Der Vizepräsident Lyndon B. Johnson war bereits wenige Stunden nach dem Attentat vereidigt worden und hatte die Amtsgeschäfte übernommen.

Wie vermutlich an vielen anderen Universitäten in Europa und der ganzen Welt wurde auch in Mailand unter den Studierenden die politische Lage heftig diskutiert. Maras Blickwinkel hatte sich in den wenigen Monaten, die sie in der Großstadt verbracht hatte, verändert. Vor allem war ihr bewusst geworden, wie klein und beschaulich ihr Leben in Südtirol bis dahin verlaufen war. Sicher, es gab immer noch Unruhen, und die Verhandlungen zum Autonomiestatus für Südtirol stockten wieder einmal. Im Sommer hatte es eine riesige Welle der Empörung gegeben, weil Carabinieri freigesprochen wurden, die in Trient wegen der Folter von Südtiroler Gefangenen vor Gericht gestanden hatten. Als eine Konsequenz – so vermutete die breite Öffentlichkeit – folgte ein Anschlag auf eine Kaserne im Ahrntal; das war erst Anfang November gewesen.

Mara hatte davon nur über ihre Familie erfahren, ihr Vater war sehr darum bemüht, das alles kleinzureden, damit auch ja keine Gäste der kommenden Wintersaison abgeschreckt wurden. In Mailand hatte das niemanden interessiert, und daher war Mara sicher, dass solche Nachrichten es gar nicht bis nach Deutschland schaffen würden, von wo aus die meisten Gäste anreisten.

Dagegen brannte es in der gesamten Welt, und das Attentat auf den amerikanischen Präsidenten machte die Lage nicht besser. Die Kubakrise vor etwas mehr als einem Jahr hatte immer noch Nachwirkungen, und über den Vietnamkrieg wurde in den Kreisen der Studierenden, zu denen Mara gehörte, erbittert gestritten. Dazu war das religiöse Italien durch den Tod des beliebten Papstes Johannes XXIII. erschüttert worden. Die landesweite Trauer hatte sogar Mara berührt, obwohl sie der katholischen Kirche mehr aus familiärem Pflichtgefühl denn aus Überzeugung nahestand.

All das, und noch mehr, schien näher gerückt zu sein. Mara machte sich sehr viel häufiger Gedanken als früher. Sie konnte sich nur noch nicht entscheiden, ob das für sie persönlich gut oder schlecht war. Das Leben war eigentlich schon kompliziert genug, fand sie.

Nach einem kurzen Spaziergang erreichte sie das Geschäft. Bevor sie eintrat, blieb sie stehen und betrachtete die geschwungenen Lettern auf den Schaufensterscheiben: *Kurt Bacher – Mode & Kurzwaren.*

Veronikas Eltern führten das Geschäft, in dem es nicht nur Oberbekleidung, sondern auch Garne, Knöpfe und Stoffe sowie Bänder und Wolle zu kaufen gab, bereits in vierter Generation. Im Inneren des Ladens erkannte Mara Veronikas Mutter, die gerade einen nachtblauen Stoffballen aus einem Regal wuchtete und vor einer Kundin auf dem Tresen ausbreitete.

Mara zögerte noch ein wenig. Sie mochte eigentlich gar nicht mit Veronika reden, da sie nicht die Antwort mitbrachte, die ihre Freundin hören wollte. Aber was blieb ihr anderes übrig? Was sie versprochen hatte, würde sie halten.

Sie gab sich einen Ruck und öffnete die Ladentür. Eine Glocke bimmelte hektisch.

Frau Bacher blickte auf und lächelte strahlend, als sie Mara erkannte. »Grüß Gott, Mara, das ist aber schön, dich einmal wiederzusehen! Geh gleich durch, Veronika ist im Büro und kümmert sich um die Rechnungen.«

»Guten Morgen und danke, Frau Bacher.« Im Vorbeigehen winkte Mara ihr zu.

Das passte zu Veronika; sie hatte schon immer eine große Vorliebe für alles gehabt, was mit Zahlen zu tun hatte. Wenn sie eines Tages als einzige Tochter das Geschäft von ihren Eltern übernehmen würde, tat sie vermutlich gut daran, sich fähiges Personal für den Verkauf zu suchen. Mit der Kundschaft vermochte Veronika noch umzugehen, aber für gute Ware und ein überzeugendes Beratungsgespräch fehlte ihr jegliches Gespür.

Ein dicker Samtvorhang verbarg einen Durchgang, der den Verkaufsraum von Lager und Büro trennte. Dahinter befanden sich gefüllte Regale und Kartons, die sich bis zur Decke stapelten.

Offenbar war gerade neue Ware angekommen, denn auch der Gang war vollgestellt. Veronika saß mit übereinandergeschlagenen Beinen auf einem Drehstuhl, ein Klemmbrett auf dem Schoß. Mit der Rechten dirigierte sie einen Bleistift durch die Luft und bewegte dabei lautlos die Lippen.

»*Buongiorno, cara amica.*« Mara klopfte gegen den hölzernen Rahmen des Durchgangs.

Die Angesprochene schrak zusammen. Sie verzog empört den Mund und wandte sich zur Tür. »Jetzt habe ich mich verzählt, kannst du nicht … Mara, du bist es! Warst du bei der Polizei?«

»Ja, war ich.« Mara zog den Anorak aus. Sie blickte sich suchend um und lehnte sich dann gegen einen Kartonstapel. Sehnsüchtig schaute sie auf die Kaffeekanne und den Porzellanfilter, der hinter Veronika auf einer mit Papieren und Stoffmustern vollgestopften Anrichte stand.

»Und? Was sagen die? Werden sie die Ermittlungen wieder aufnehmen?«

»Ein Kaffee wäre nett, Vreni.«

»Ich muss erst neues Pulver besorgen.« Veronika legte Klemmbrett und Bleistift zur Seite und starrte Mara herausfordernd an. »Jetzt lass dir nicht jedes Wort aus der Nase ziehen!«

Mara seufzte leise. »Die Ermittlungen sind abgeschlossen. Sie gehen von einem Unfall aus, und wenn du mich fragst, ist das auch alles plausibel.«

»Wieso?«

»Die Bäuerin ...«

»Lenka. Ihr Name war Lenka Jovanović.«

»Warum ist sie dir eigentlich so wichtig?«

»Sie war eine Freundin.«

Mara wartete, aber eine weitere Erklärung kam nicht. »Das klingt fast, als wäre sie mehr als das gewesen. Eine Art Vertraute.«

Veronika senkte den Kopf. Das Haar fiel ihr ins Gesicht und verbarg ihre Augen.

Mara begriff das Verhalten nicht. Wie lange konnten die beiden sich schon kennen? Seit letztem Herbst, das hatte Veronika erwähnt. Was war das Geheimnis dieses innigen Verhältnisses? Sie spürte ein Ziehen in der Brust, und hätte sie es nicht besser gewusst, müsste sie sich eingestehen, dass sie eifersüchtig war. Ein wenig natürlich nur, aber dennoch.

»Lenka ist gestürzt und hat sich den Kopf angeschlagen«, erklärte sie rasch, um sich mit diesem Gefühl nicht weiter auseinandersetzen zu müssen. »Weshalb sie gestürzt ist, wissen die Ermittler nicht mit Sicherheit. Sie war nicht krank, da hattest du recht. Aber da gibt es immer noch viele Möglichkeiten. Ein rempelnder Schafbock, rutschiges Stroh ... Solche Dinge passieren, so tragisch das auch ist.« Sie versuchte, so viel Mitgefühl wie möglich in ihre letzten Worte zu legen.

Energisch schüttelte Veronika den Kopf. »Das kann doch einfach nicht sein. Sie war immer sehr vorsichtig, sie wusste ganz genau, was sie tat. Denk doch mal nach, wie realistisch ist das? Ein Dachdecker fällt doch auch nicht vom Dach, eine Bäckerin verbrennt sich nicht am Backofen. Und genauso lässt sich eine erfahrene Bäuerin nicht von ihren Viechern anrempeln!«

»Es kann doch sein, dass ein Bock sich erschreckt hat!« Mara verlor allmählich die Geduld. Sie hatte genau gewusst, dass ihre Freundin störrisch reagieren würde, dafür kannte sie Veronika gut genug. »Das werden wir nie erfahren, aber es ist immer noch sehr viel wahrscheinlicher als ein Mord.«

Veronika blickte sie finster an und sagte nichts. Dann langte sie auf die Anrichte und zauberte unter einem Stapel Papiere eine Schachtel Zigaretten hervor. »Komm, lass uns eine rauchen.«

Mara nickte und folgte ihr zum Hintereingang, der auf einen Innenhof hinausführte. Im Geschäft war das Rauchen strikt verboten, nicht nur wegen der Brandgefahr, sondern auch, weil der Geruch sich schnell in den Stoffen und Kleidungsstücken festsetzte.

Veronika lehnte sich gegen die weiß gekalkte Wand und klopfte auf die Schachtel, bis zwei Zigaretten hinausfielen. »Bitte entschuldige. Natürlich kann es ein Unfall gewesen sein. Vielleicht war es am Ende wirklich der Schafbock oder ein Ausrutscher, ich weiß es nicht. Mir lässt nur die Stimmung in dem Dorf keine Ruhe. Sie waren alle gegen Lenka. Ein paar mit angeblich guten Gründen, weil sie sich Sorgen um ihre Ziegen machten. Sie sahen eine Bedrohung darin, dass Lenka welche vom Balkan mitgebracht hatte. Mit den Ziegen im Passeiertal ist es das Gleiche wie mit den Kühen in Indien – sie sind heilig.« Sie zündete ihre Zigarette an und zog gierig daran. »Dann gibt es die, die aus Prinzip gegen jedes neue Gesicht im Ort sind. Das sind engstirnige Hinterwäldler, die waren Lenka egal. Aber dann gab es noch diese dritte Gruppe, die etwas gegen sie persönlich hatten. Das waren vier oder fünf Männer, alle so um die fünfzig. Eine eingeschworene Gruppe. Ich hab die selbst erlebt. Die waren mir nicht geheuer. Die haben Lenka bedroht, und das lässt mir keine Ruhe.«

»Bedroht? Wie meinst du das? Das hast du am Samstag bei unserem ersten Treffen gar nicht erwähnt. Da hast du nur von diesen Schikanen gesprochen. Dass sie ihr die Zufahrt blockiert haben, und solche Dinge. Eine explizite Drohung von einer ganzen Gruppe aufgebrachter Kerle ist doch noch einmal etwas ganz anderes, als ein paar Strohballen auf einen Weg zu kippen!«

»Ich möchte nicht darüber reden.« Veronika drehte sich ein Stück zur Seite und starrte auf ein Rankgitter an der gegenüberliegenden Wand, an dem die letzten gelben Blätter einer Kletterrose hingen.

Mara schnalzte wütend mit der Zunge. »Dann kann ich dir auch nicht helfen. Und die Polizei erst recht nicht. Vreni, wenn du einen Verdacht hast, musst du Ispettore Dacosta das sagen. Diese Männer in Sankt Martin werden ihm bestimmt nicht von selbst davon erzählen, dass sie etwas gegen eine Frau hatten, die in einem Stall ums Leben kommt. Und nur aufgrund deines miesen Bauchgefühls wird die Polizei nicht weiter nach Gründen graben, dass es etwas anderes als ein Unfall gewesen sein könnte. Wenn du aber von Drohungen weißt und Namen nennst, dann ist das ein konkreter Ansatz, dem sie nachgehen können. *Nachgehen müssen*, da bin ich deiner Meinung. Aber Dacosta kann nicht hellsehen!«

Veronika biss sich auf die Unterlippe und murmelte etwas.

»Wie bitte?«

»Sie haben sie als Hexe bezeichnet. Gottlieb Huber ist einer von denen, der Pfarrer höchstpersönlich. Er hat behauptet, sie würde den Teufel anbeten. Das war im Spätsommer, Ende August oder Anfang September. Seitdem stand Lenka unter Beobachtung. Natürlich haben alle immer so getan, als glaubten sie es nicht, aber Lenka hat des Nachts Gestalten auf dem Hof herumhuschen sehen. Zum Glück hat sie zwei Schäferhunde. Die haben jedes Mal rechtzeitig angeschlagen.«

»Und das sagst du jetzt erst? Hast du es der Polizei erzählt?«

»Die würden mir ja doch nicht glauben.«

Mara wusste nicht, was sie darauf erwidern sollte. Es fiel ihr selbst nicht leicht, Veronika diese gesamte Geschichte abzukaufen. Klar, es gab in solchen alteingesessenen Dorfgemeinschaften immer wieder Hetze und üble Nachrede gegen Hinzugezogene oder andere, die zu Außenseitern gemacht wurden. Aber im Grunde wussten doch alle, dass an solchen Behauptungen über so einen mittelalterlichen Hokuspokus nichts dran war. Und selbst wenn es sensiblere Gemüter gab, die an den Teufel und Hexen glaubten, würden sie doch nicht zum Äußersten gehen und eine Fremde deswegen umbringen …?

Unbehaglich schwieg Mara und rauchte ihre Zigarette zu Ende. Sie erinnerte sich an einen Vorfall im Rahmen des Schnappviech-Mordes. Da hätten einige Burschen beinahe Lynchjustiz ausgeübt. Es war eine Menge Alkohol im Spiel gewesen, der es dem Aufrührer leicht gemacht hatte, die jungen Burschen aufzuputschen.

Manchmal brauchte es nur wenig. Was, wenn Lenka Jovanović mit einem dieser Männer getrunken hatte? Was, wenn der ihr in den Stall gefolgt war? Sie hatte viel Alkohol im Blut gehabt. Ein leichter Schubs würde ausreichen. Solch eine Berührung musste nicht einmal eine Spur hinterlassen, die Dottore Agnelli finden könnte.

Wie auf ein stilles Kommando ließen Mara und Veronika ihre Zigarettenstummel fallen und traten sie aus.

Mara wusste nicht so recht, was sie von der ganzen Sache halten sollte. Nur ein paar Worte, dahingesagte Sätze, und schon hatte Veronika es geschafft, erneut Zweifel zu säen.

»Wenn es so ist, wie du sagst, musst du noch einmal zur Polizei und eine offizielle Aussage machen«, wiederholte Mara, nachdem sie ins Lager des Geschäfts zurückgekehrt waren. »Ich verstehe gar nicht so recht, warum du mich vorgeschickt hast, noch dazu nur mit der Hälfte der Informationen. Was hast du denn erwartet, was ich da ausrichten kann? Nur weil ich vor einem Jahr ein paar Wochen lang Praktikantin in Bozen war, werden die nicht sofort eine neue Ermittlung starten.«

»Ich kann nicht.« Veronika sagte das so leise, dass Mara erst dachte, sie habe sich verhört. Ihre Freundin war doch sonst nicht so zögerlich.

»Warum nicht?«

»Es geht nicht. Akzeptier das doch einfach. Bitte!«

Mara schüttelte ratlos den Kopf. »Was ist denn nur los mit dir? Mir kannst du alles sagen, das weißt du.«

»Das nicht. Wenn …« Sie brach ab, ihre Augen huschten suchend im Raum umher, ohne etwas zu finden. Dann gab sie sich einen Ruck. »Erinnerst du dich an unser Gespräch über Wolle und das Stricken im letzten Dezember?«

»Natürlich erinnere ich mich. Ich stricke gern, aber du hast mir ständig Vorträge gehalten, es wäre unemanzipiert. In Finnland ist das Stricken übrigens Männersache, habe ich neulich gelesen.«

»Das tut doch jetzt nichts zur Sache. Offiziell war Lenka eine potenzielle Lieferantin für Schafwolle. Ich war regelmäßig bei ihr auf dem Hof und … wir haben über die Verarbeitung und die Vermarktung gesprochen. Die erste Wolle wird derzeit in einer Spinnerei verarbeitet. Das Ergebnis hätte sie

Ende dieses Monats geliefert bekommen, also nächste Woche.«

Mara vermerkte das *offiziell*. Sie ersparte sich die Frage, was Lenka Jovanović inoffiziell gewesen war. Veronika würde darauf nicht antworten. Die beiden hatten sich gut verstanden. Vielleicht musste Mara wirklich nicht mehr darüber wissen.

Sie begriff außerdem, dass Ispettore Dacosta unter Umständen beharrlicher nachbohren würde. Das musste er tun, es war schließlich seine Aufgabe. Was er herausfand, konnte dann nicht nur Veronika in Schwierigkeiten bringen, sondern auch ihre Eltern.

Und war eine beste Freundin nicht genau dafür da? Für die andere einzutreten, wenn es kompliziert wurde? Sich vor sie zu stellen, um die Freundin zu beschützen?

Mara atmete tief durch. »Ich mache dir noch einen Vorschlag. Ich fahre heute nach Sankt Martin und höre mich ein wenig um. Vielleicht treffe ich diesen Knecht ...«

»Wastl. Sebastian Matzoll.« Veronika lächelte eifrig.

»Genau den. Wenn ich ihn finde, rede ich mit ihm. Ich mache mir vor Ort selbst ein Bild. Aber das war es dann. Ich reise morgen zurück nach Mailand, und du machst deinen Frieden mit dir.«

»Schon gut. Danke! Du bist einfach die Beste!« Stürmisch umarmte Veronika sie und küsste sie auf beide Wangen. Lachend erwiderte Mara die Umarmung.

4. Kapitel, in welchem Mara keine Schafe zählt

Unter einem grauen Himmel hingen weiße Wolkenfetzen, die aussahen, als hätte ein Riese Wattebäusche über die Baumwipfel verteilt. Ein leichter Nieselregen hatte eingesetzt, vom Sonnenschein am Morgen blieb nur noch die Erinnerung.

Konzentriert lenkte Mara ihren Fiat 500 die kurvige Straße immer tiefer ins Passeiertal hinein. Meran und weitere kleine Orte wie Riffian und Tschenn lagen längst hinter ihr. Es war schon einige Jahre her, dass sie zum letzten Mal weiter als bis Kuens gekommen war. Das Passeiertal war keine Sackgasse, über das Timmelsjoch und den Jaufenpass führten Passstraßen Richtung Österreich, aber für Mara hatte es nie einen Grund gegeben, eine dieser Routen zu nehmen. Die wenigen Male, die sie mit ihrer Familie nach Innsbruck gereist war, waren sie mit dem Zug durch das Etschtal und über den Brenner gefahren. Dort, wo in diesem Jahr der Bau der Autobahn begonnen hatte, nachdem man die Streckenführung durch das Passeiertal abgelehnt hatte.

Mara versuchte, sich vorzustellen, wie eine Schnellstraße genau dort, wo sie gerade fuhr, verlaufen würde. In ihrer Familie hatte es erbitterte Diskussionen um diese Pläne gegeben. Ihr Vater war ein glühender Befürworter der Idee, da er der Ansicht war, dass es mehr Gäste aus dem Norden für Meran bedeuten würde. Friedrich dagegen fürchtete zu große Beeinträchtigungen für die Berge und die Natur, denn über diese Trasse würden nicht nur Personenwagen rollen, sondern auch zahllose LKW mit Gütern, die es über die Alpen zu

transportieren galt. Die übrigen Mitglieder der Familie Oberhöller versuchten, sich zurückzuhalten, wobei Mara wusste,
dass ihr jüngerer Bruder Robert zur gleichen Meinung wie
sein Vater tendierte und Maras Mutter und die Großmutter
eher Friedrich recht gaben.

Aber sie alle wussten es besser, als sich einzumischen. Als
Bürgermeister hatte Jakob Oberhöller solche Diskussionen
über Monate geführt und reagierte entsprechend gereizt,
wenn die Autobahn auch noch zu Hause auf den Tisch kam.
Selbst Friedrich war dieses Themas am Ende so überdrüssig
gewesen, dass er sich kaum darüber freute, als die Entscheidung zu seinen Gunsten gefallen war.

Wie lange hatte sich die gesamte Debatte hingezogen?
Mara wusste es nicht mehr, in ihrer Wahrnehmung war es
eine halbe Ewigkeit gewesen. Sicherlich hatte es mindestens
zwei Jahre gedauert, denn sie selbst hatte auch in der Schule
darüber diskutieren sollen. Dabei hatte sie es kaum gewagt,
ihre eigene Meinung zu äußern, aus Sorge, es könnte der
Arbeit ihres Vaters schaden. Vermutlich war das Unsinn gewesen, und Mara hatte sich da etwas zu wichtig genommen.
Aber so wenig sie sonst auf den Mund gefallen war, bei diesem Thema hatte sie geschwiegen.

Jetzt, da sie von wenigen entgegenkommenden Autos abgesehen allein auf der Straße unterwegs war, stellte sie fest,
dass sie ihre Meinung geändert hatte. Sie schätzte den Fort-
schritt und hätte es gut gefunden, wenn sie schneller nach
Innsbruck oder sogar München gelangt wäre. Insofern hatte
sie den Bau der Autobahn insgeheim zunächst befürwortet.
Aber seit sie in Mailand wohnte, merkte sie, wie anstrengend
es war, dem ständigen Lärm der Stadt ausgesetzt zu sein.
Wenn sie sich nun vorstellte, dass den ganzen Tag lang Autos und Lastwagen durch dieses Tal donnerten, dann fand

sie diesen Gedanken schrecklich. Und würden die Familien aus dem Norden noch als Gäste kommen, wenn sie statt auf einen Lärchenhain auf eine Asphaltwüste schauen müssten? Das bezweifelte Mara.

Gegen zwei Uhr erreichte sie Sankt Martin und fand einen Parkplatz oberhalb der kleinen Pfarrkirche. Es nieselte immer noch, sodass Mara keine rechte Lust verspürte, auszusteigen. Der Himmel sah aus, als würde die Dämmerung bereits einbrechen. Kaum ein Mensch befand sich auf der Straße, lediglich an der weiß gestrichenen Mauer, die den Kirchhof umgab, drückten sich vier Jugendliche herum. Ein Mädchen und drei Jungen, sofern Mara das mit den Kapuzen und weiten Mänteln richtig erkannte, die sich möglichst lässig und erwachsen zu geben versuchten. Ein Junge hatte den Fuß nach hinten gegen die Mauer gestemmt, das Mädchen rauchte.

Mara würde selbst nächsten Monat erst dreiundzwanzig Jahre alt werden, aber im Vergleich zu dieser Gruppe fühlte sie sich plötzlich steinalt.

Sie gab sich einen Ruck, stieg aus und schloss das Auto ab. Der Knall der Wagentür hatte die Dorfjugend aufmerksam gemacht, und sie bemühte sich, Mara möglichst desinteressiert ganz genau in Augenschein zu nehmen.

Sie verkniff sich ein Grinsen und ging stattdessen die Straße in die andere Richtung bergab. Nach wenigen Minuten hatte sie die Staatsstraße erreicht und wandte sich nach rechts. Nach nicht mal zwanzig Minuten hatte sie den Ortskern einmal vollständig umrundet und stand wieder an der Kirchhofmauer.

Mara zog fröstelnd die Schultern hoch und blickte sich um. Was sollte sie nun tun? Sie hatte gehofft, irgendwem zu begegnen und diese Person in ein unverfängliches Gespräch zu verwickeln. Veronika hatte erwähnt, dass ausgerechnet der Pfarrer ihre Freundin als Hexe bezeichnet hatte. Gottlieb Huber hieß der, erinnerte sie sich. Ob er nun beliebt war oder nicht, über den hätten alle etwas zu sagen gehabt. Aber es war einfach keine Menschenseele auf der Straße, sogar die Jugendlichen hatten sich mittlerweile davongemacht und vermutlich in einem Wetterhäuschen oder einem ihrer Jugendzimmer Schutz vor dem Regen gesucht. Was kein Wunder war, da der allmählich stärker wurde.

Mara ging bis zur nächsten Straßenecke, blickte ratlos erst auf eine geschlossene Bäckerei und dann auf den Gasthof *Zum Lamm*. Beides lag direkt gegenüber der Kirche, was das *Lamm* vermutlich zum Anlaufpunkt für den sonntäglichen Frühschoppen machte.

»Na, das ist aber mal eine schöne Überraschung. Sie hätte ich hier auf keinen Fall erwartet, Fräulein Mara!« Den Worten folgte ein tiefes brummendes Lachen.

Mara hob neugierig den Kopf – und traute ihren Augen kaum. Vor ihr stand Johann Vierweger, hob grüßend eine Hand und wischte sich mit der anderen ein paar Regentropfen aus dem Gesicht.

»Johann! Johann Vierweger, das ist aber ein erstaunlicher Zufall!«

»Na ja, so erstaunlich nun auch wieder nicht, das erzähle ich Ihnen gern. Haben Sie ein wenig Zeit, um mit mir im *Lamm* ein spätes Mittagessen einzunehmen?«

»Sehr gern, da sage ich nicht Nein.«

Der ehemalige Ispettore ging voraus und hielt ihr die schwere Holztür auf. »Bitte, nach Ihnen.«

Mara wurde von Wärme und Bratenduft empfangen. Dazu saßen vier Männer an einem Tisch vor Weingläsern, was ihr endlich die Gewissheit gab, dass hier in diesem Ort doch ein paar Menschen lebten. Alle vier Augenpaare richteten sich neugierig auf sie. Ein fünfter Mann an der Theke mit einem dichten weißen Bart und ebensolchem Haarschopf drehte sich ungeniert um und musterte sie nicht weniger durchdringend.

»Grüß Gott, die Herren!« Mara nickte dem Tisch munter zu.

Sie erhielt ein Brummen sowie ein Nuscheln, das mit viel Fantasie als Gruß durchgehen mochte, zur Antwort. Die stumme Botschaft, dass sie hier als junge Frau, als Fremde – oder noch schlimmer: beides – nichts zu suchen hatte, war unmissverständlich. Warum machten die das?

Johann Vierweger grüßte in die Runde und schloss die Tür. Die fünf Männer musterten den zweiten Neuankömmling nicht weniger unverhohlen. Ihren Mienen nach zu urteilen, fiel das Urteil in seinem Fall neutral aus: kein Eindringling, aber auch kein gern gesehener Gast und außerdem ein Mann.

Aus einer Tür hinter dem Tresen klangen Küchengeräusche, und gleich darauf trat ein drahtiger Mann von vielleicht dreißig Jahren hindurch und trocknete sich die Hände an einem karierten Tuch ab.

»Küche ist eigentlich schon geschlossen bis um sechs«, rief er zur Begrüßung. »Gulasch wär aber noch da.« Er blickte erst Mara fragend an.

»Gern, das nehme ich.« Sie lächelte. »Und ein Glas Mineralwasser, bitte.«

»Kommt sofort, und du, Hans?«

»Für mich das Gleiche, und ich nehme ein Bier dazu, Max.«

Sie wählten einen kleinen runden Tisch in einer Nische, in der sie ungestört reden konnten.

Johann zog den Mantel aus, legte ihn über eine Stuhllehne

71

und setzte sich. »Ganz so zufällig ist es nicht, dass ich hier im Ort bin. Vielmehr besuche ich jeden Montag hier eine alte Freundin meiner Eltern. Und da sah ich Sie vorhin von Weitem die Straße entlanggehen und bin Ihnen dann hierher gefolgt.« Er zwinkerte ihr zu und beugte sich verschwörerisch näher. »Aber jetzt verraten Sie mir gleich, dass Sie hier sind, weil Sie mehr über den Tod dieser Schafbäuerin herausfinden wollen, ja?«

Mara musste sich beherrschen, Tassos ehemaligen Kollegen nicht mit offenem Mund anzustarren. Zugleich erkannte sie eine Gelegenheit, etwas über die Beziehungen der Menschen in Sankt Martin herauszufinden. Dem Wirt oder einem der fünf anwesenden Männer Fragen zu stellen verbot sich von selbst. Ihre Fragen – samt den Antworten, sofern sie überhaupt welche erhielt – würden binnen Minuten bis in den letzten Winkel des Dorfes weitergetratscht werden. Da könnte sie es auch gleich vom Kirchturm herunterbrüllen, dass sie wissen wollte, warum Lenka Jovanović von einigen Einheimischen geschnitten und in Verruf gebracht worden war. Johann konnte sie dagegen vertrauen.

Der Wirt kam mit dem Gulasch. »Lasst's euch schmecken.«

»Gern, Max, danke dir. Mara, einen guten Appetit.«

Mara griff nach dem Besteck. »Wie kommen Sie darauf? Dass ich etwas herausfinden möchte, meine ich«, nahm sie die Frage auf, kaum dass der Wirt fort war.

Johann schmunzelte. »Ich liege richtig, oder? Aber dann beginne ich mit einer einfacheren Frage: Was machen Sie hier im schönen *Alto Adige?* Sie sollten in Mailand sein und studieren.«

»Das habe ich meinem Vater zu verdanken. Nach dem Attentat auf den amerikanischen Präsidenten hat er sich Sorgen gemacht, dass es in der Großstadt zu Ausschreitungen kommen könnte.«

»Warum das denn? Also ja, das wird natürlich politisch einige Wellen schlagen und sich auf die ganze Welt auswirken. Aber dass deswegen Menschen auf die Straße gehen, um sich zu prügeln, erscheint mir weit hergeholt. Wofür oder wogegen sollten die denn sein?«

»Das müssen Sie ihn schon selbst fragen, ich teile diese Befürchtungen ebenfalls nicht. Und ich fahre morgen mit einem Frühzug zurück nach Mailand.« Mara kaute genüsslich. Sie war überrascht, wie gut das Gulasch schmeckte.

Johann trank von seinem Bier und nickte versonnen. »Andererseits, wenn ich es recht bedenke? Auszuschließen wäre es natürlich auch nicht. Da gab es letzten Herbst die Kubakrise, und da ist dieser Krieg in Vietnam. Könnte schon sein, dass es da Aufwiegler gibt, die jetzt einen härteren Kurs gegenüber den Kommunisten fordern. Oder umgekehrt ein Einlenken. Ich habe gar keine Ahnung, wo der neue Präsident steht. Ich hab sogar seinen Namen vergessen.«

»Lyndon B. Johnson aus Texas.«

»Texas? Er stammt aus dem Staat, in dem sein Vorgänger erschossen wurde? Was für ein merkwürdiger Zufall.«

»Ach, Johann, ich bitte Sie, diese ganze Sache ist schrecklich genug. Fangen Sie nicht an, da etwas hineinzuinterpretieren.«

Er lachte amüsiert. »Was mich zu meiner ursprünglichen Frage zurückbringt.« Er senkte die Stimme. »Sie sind wegen des Unglücks dieser Bäuerin hier, oder nicht? Es mag eine Menge Zufälle geben, aber dass Sie einfach so hier zu Besuch herkommen, das glaube ich nicht.«

»Also gut, es stimmt.«

Sie wurden vom Wirt unterbrochen, der kam, um die Teller abzuräumen. Zwei Männer von der Gruppe am Tisch verabschiedeten sich und verließen das Gasthaus – nicht ohne einen letzten neugierigen Blick auf Mara und ihren älteren Begleiter.

»Und Sie, Johann? Denken Sie denn, dass die Tat vollständig aufgeklärt ist?«

Er bedachte sie mit einem langen Blick. »Bis gestern Abend dachte ich das. Aurelio hat mich besucht und meine bisherigen Zweifel zerstreut. Allerdings …«

»Der Commissario war bei Ihnen? Wie geht es ihm?«

»Sehr viel besser als zu Anfang des Jahres. Sogar gut, möchte ich meinen. Der Fall sei ein guter Einstieg gewesen, um sich mit der Polizeiarbeit wieder zurechtzufinden, meinte er.«

»Das freut mich zu hören. Und, na ja, wenn er die Ermittlungen geleitet hat, sieht die ganze Sache auch wieder anders aus. Aber ich habe Sie vorhin unterbrochen. Was wollten Sie sagen?«

»Später. Jetzt erzählen Sie, was Sie mehr wissen als die Polizei.« Er zwinkerte ihr abermals zu.

Mara wunderte es nicht, dass er sie durchschaut hatte. Dazu war er zu lange Polizist gewesen.

»Es ist so …«, begann sie und brach sofort wieder ab. Missbrauchte sie Veronikas Vertrauen, wenn sie die Wahrheit sagte? Aber was nutzte es, falls sie nun ebenfalls schwieg? Außerdem war Johann Vierweger kein offizieller Ermittler. »Mir sind Informationen zugetragen worden, die die Polizei nicht hat. Eine Zeugin hat das Opfer am Sonntagnachmittag noch gesehen und …«

»Am Nachmittag? Sind Sie sicher?«

»Ja, warum?«

»Weil ich sicher bin, dass Aurelio davon gesprochen hat,

dass ihr Knecht sie als Letzter lebend gesehen hatte, und zwar am Vormittag.«

Mara stutzte. »Das stimmt!«, rief sie. »Das hat auch Dacosta zu mir gesagt. In dem Moment ist mir das gar nicht aufgefallen.« Dann war vielmehr Veronika sogar die letzte Person, mit der Lenka vor ihrem Tod gesprochen hatte? Hatten die beiden etwas zusammen getrunken? Sie brummte frustriert, was ihr einen erstaunten Blick von Johann einbrachte.

»Da sollte Ihre Zeugin aber schleunigst eine Aussage machen. Das ändert möglicherweise etwas«, sprach er dann aus, was sie gerade dachte.

»Das ist es ja, sie will nicht. Deshalb bin ich hier. Ich dachte, dass ich vielleicht etwas herausfinde. Wobei ich nicht einmal weiß, wonach ich suchen sollte. Dieser Knecht wäre der Einzige. Aber … ich weiß nicht einmal, wo der Hof liegt.«

»Wenn es nur das ist, da kann ich helfen. Am Dorfrand im Süden, ein Stück den Hang hinauf, weg von der Staatsstraße.« Er beugte sich vertraulich näher. »Zufällig wollte ich mich dort ein wenig umsehen. Möchten Sie mich begleiten?«

*

Nur wenige Minuten später gingen sie in raschem Tempo an der Kirchhofmauer entlang zurück in südliche Richtung. Die Wolken waren dichter geworden, und feuchter Nebel hing an den Dachfirsten und Gassenecken. In einzelnen Fenstern brannte bereits Licht. Davon abgesehen wirkte das Dorf wieder wie ausgestorben.

Johann kramte Zigaretten aus seiner Manteltasche hervor und zündete sich eine an, nachdem Mara abgelehnt hatte. »Ich bin vorhin nicht dazu gekommen«, begann er, »Ihnen von *meinen* Zweifeln zu erzählen. Bei dieser Geschichte geht mir nämlich auch eine ganze Menge durch den Kopf.« Er wies auf den Hang rechter Hand. »Ich bin hier aufgewachsen, dort oben auf einem Einhof.«

Mara blickte in die angegebene Richtung, konnte jedoch nicht mehr als die Wipfel der Lärchen zwischen den Häuserdächern ausmachen.

»Es ist dummes Gerede, dass die Menschen hier besonders seltsam wären«, fuhr Johann fort. »Aber es ist schon so, dass solche abgeschiedenen Gegenden wie diese sich aufs Gemüt auswirken. Als ich von der Sache in der Zeitung gelesen habe, dachte ich jedenfalls sofort, dass es für eine junge Frau, die aus dem Balkan herzieht, eine … sagen wir mal … Herausforderung sein würde, sich mit den Einheimischen gutzustellen. Wenn sie als Braut für einen der Bauernburschen hergekommen wär, das wäre natürlich was anders gewesen. Aber allein? Eigenständig? Noch dazu mit neuen Ideen? Gott bewahre!« Er schnalzte mit der Zunge, als wollte er ausspucken.

Mara nickte zustimmend, ohne ihn zu unterbrechen.

»Ohne jetzt ins Detail zu gehen, hat Aurelio mir ein paar Kleinigkeiten erzählt, die nicht in den Zeitungsartikeln gestanden haben. Für mich gab es keinen Grund mehr zu glauben, dass jemand an dem Unglück beteiligt wäre. Also niemand, der nicht auf vier Beinen läuft und Hörner am Kopf hat.«

»Die Schafbocktheorie«, entfuhr es Mara. »Lenka Jovanović wird von einem der Tiere unglücklich angerempelt und stürzt. Da niemand in der Nähe ist, bleibt es unbemerkt, und sie verstirbt.«

»Ganz genau. Das ist, was die Polizei glaubt und was sich mit den Spuren deckt, die sie im Stall gefunden haben.« Er holte tief Luft, als müsste er sich für die nächsten Worte wappnen. »So, aber jetzt kommt es. Die Frau, die ich hier regelmäßig besuche, heißt Berta Kirchner. Sie ist eine alte Freundin meiner Eltern und hat bis zu ihrem Ruhestand die Bäckerei im Ort geführt. Erinnern Sie sich noch an unseren gemeinsamen Besuch bei diesem alten Herrn in Tramin während des Schnappviech-Mords im letzten Februar?«

»Oh ja, und ob. Sie haben ihn eine wandelnde Dorfchronik genannt, und er erinnerte sich wirklich an eine Menge. Was den Fall betraf, dachten wir, dass er wertvolle Hinweise für uns hätte, aber am Ende war es eher ein wirres Gefasel. Er hatte das Opfer mit einem Beteiligten verwechselt.«

»Ganz genau, das haben Sie perfekt zusammengefasst. Nun, Berta Kirchner ist das genaue Gegenteil. Blitzgescheit und klarer im Kopf als so mancher meiner ehemaligen Kollegen. Und die sind nur halb so alt. Dagegen ist Berta arg gebrechlich. Wegen eines Hüftschadens kommt sie so gut wie nicht mehr aus dem Haus. Und so ist sie Aurelio oder diesem Dacosta, der ihn bei der Ermittlung unterstützt hat, gar nicht begegnet und konnte ihnen auch nichts von dem erzählen, was sie gehört hat.«

»Jetzt machen Sie es aber spannend, Johann.«

»Ja, entschuldigen Sie. Berta ist entgegen dem, was Sie vielleicht hier draußen erwarten würden, nicht sehr gläubig. Das würde sie natürlich niemals öffentlich zugeben, aber sie lässt hin und wieder entsprechende Bemerkungen fallen. Zum Beispiel meinte sie letztens, der Pfarrer habe wieder ein paar Dachziegel ›bekultet‹, als er den Stall eines Bauern gesegnet hat. Schon in meiner Jugendzeit hat sie die Augen verdreht, wenn Erwachsene zu uns Kindern sagten, dass der Herrgott alles sehe. Wenn Sie so wollen, war sie schon vor mehr als fünfzig Jahren eine treue Verbündete.«

Mara ließ den Blick beiläufig über die alten Gebäude schweifen, während sie zuhörte. Diese Berta Kirchner war demnach eine aufgeweckte alte Dame, die sich heimlich gegen einen der Dorffürsten, zu denen der Kirchenmann üblicherweise gehörte, auflehnte. Jetzt wunderte es sie nicht länger, dass Johann Vierweger sich ihr noch so sehr verbunden fühlte, dass er sie regelmäßig besuchte, obwohl er bisher stets behauptet hatte, keinerlei Bindungen mehr an seinen Geburtsort im Passeiertal zu haben.

»Das alles müssen Sie wissen, Fräulein Mara, damit Sie Bertas Aussage einordnen können. Sie sagte nämlich, dass der derzeitige Pfarrer behauptet, Lenka Jovanović würde des Nachts Rituale der Teufelsanbetung durchführen. Und dass einige der geistig ›schwächeren Gemüter‹ – Bertas Worte, nicht meine – das glauben. Namentlich nannte sie den Dorflehrer Theodor Innerlufer.«

»Ausgerechnet der Dorflehrer soll leichtgläubig sein?«

»Berta kennt ihn schon sein ganzes Leben lang. Ich habe keinen Grund, an ihrer Einschätzung zu zweifeln.«

»Und das ist nicht alles, richtig? Glaubt sie etwa, dass jemand diese Verleumdung für bare Münze genommen und etwas gegen die angebliche Hexe und ihre Rituale hat unternehmen wollen?«

Johann zog ein letztes Mal an seiner Zigarette und warf den Stummel auf die Straße. »Genau das. Sie behauptet auch, dass in der Nacht, in der es passiert sein könnte, jemand am Hof gewesen wäre.«

»Woher will sie das wissen, wenn sie sich nicht aus dem Haus rührt?«

Johann wedelte mit beiden Händen in der Luft. »Ich weiß selbst, dass es jetzt ein bisschen vage wird. Sie sagt, es gäbe eine Person, die in der Nacht von Montag auf Dienstag etwas beobachtet hätte. Jemand erzählte ihr, er habe dort zwei Männer herumschleichen sehen. Da wär die Bäuerin aber schon tot gewesen.«

»Und wer könnte das sein? Wieso vertraut sich diese Person der alten Dame an, aber nicht der Polizei?«

»Das kann ich vielleicht erklären. Ich vermute nämlich, dass es einer der Jugendlichen hier aus dem Dorf ist. Hat aus Angst bisher nichts gesagt, weil er oder sie selbst dort verbotenerweise herumgeschlichen ist. Berta ist vertrauenswürdig. Sie hat mir keinen Namen genannt, und es wird unmöglich sein, den aus ihr herauszubekommen. Aber natürlich glaubt sie, dass es wichtig ist, sonst hätte sie es mir nicht erzählt.«

Sie hatten eine Abzweigung erreicht. Rechter Hand führte ein sandiger Pfad steil bergan.

Mara blieb stehen und lächelte wissend. »Dass Ihre Freundin diese Beobachtung für wichtig hält, ist eine Begründung. Oder aber sie hat es Ihnen erzählt, damit Sie tätig werden. Einfach nur, weil es ihr eine diebische Freude bereitet, dem Pfarrer und dem Dorflehrer Schwierigkeiten zu machen. Und das würde es, wenn die Polizei zurückkehrt und abermals Fragen stellt.«

Johann starrte sie verdutzt an, dann lachte er auf. »Also gut, das will ich nicht ausschließen.« Er winkte ihr zu und wies auf den Pfad. »Kommen Sie, noch ein paar Meter bergan, dann sind wir da.«

Kurz darauf standen sie am Ende des Feldwegs, der auf ein Wohnhaus mit seitlich angebautem Stall zuführte. Mara hätte nicht sagen können, was sie erwartet hatte, aber niemals so ein winziges Anwesen. Das Wohnhaus war eingeschossig, ein schmucklos weiß verputzter Bau. Der Stall war ebenfalls schlicht, schien jedoch um einiges älter zu sein, zumindest den dunklen Balken nach zu urteilen, die an der Längsseite unter dem tiefhängenden Dach hervorragten.

Johann blinzelte verwirrt. »Sieh an, das große Wohnhaus wurde abgerissen, und das nicht erst gestern. Wann war ich das letzte Mal hier? Es muss Jahre her sein.« Die letzten Worte murmelte er mehr zu sich.

»Dann ist diese Kate dort gar nicht das ursprüngliche Bauernhaus?«

»Nein, nein, wo denken Sie hin? Das war der Ruhesitz für die ältere Generation. Auf den Anwesen hier im Tal gab es häufig zwei Häuser; ein großes für die Familie, die den Hof bewirtschaftet, samt Gesinde und manchmal auch Heuboden oder Stall, und ein kleines für die Eltern. Der Hof war, wie viele hier draußen, einige hundert Jahre alt.« Er wies auf das kleine Haus. »Der alte Ruhesitz ist Anfang der zwanziger Jahre abgebrannt, daran erinnere ich mich noch gut. Das da ist ein Neubau. Und jetzt ist nur noch der Stall übrig.« Die Stimme des älteren Mannes klang unerwartet rührselig.

Mara gab sich Mühe, darüber hinwegzuhören. »Schauen wir uns diesen Stall mal an?« Nicht, dass sie erwartete, dass es dort noch etwas zu sehen gäbe. Der gesamte Vorfall war inzwischen gute drei Wochen her. Aber vielleicht half es ihr, sich ein besseres Bild zu machen und zu entscheiden, was sie Veronika vor ihrer Abreise nach Mailand sagen konnte.

Johann brummte zustimmend und marschierte auf die Stalltür zu. Sie war verschlossen. Von drinnen drangen das Stampfen und Schnauben von Tieren zu ihnen.

»Was machen Sie da? Sie haben hier nichts zu suchen!«, erklang eine tiefe Stimme hinter ihnen.

Mara und Johann fuhren erschrocken herum. Vor ihnen stand ein Mann wie ein verwitterter Baum. Ein brauner Wollmantel schlotterte um einen dürren Körper mit langen Gliedmaßen. Auf dem Kopf thronte ein breiter Lederhut auf zerzaustem weißgrauem Haar. Der Bart des Mannes unter den faltigen Wangen wirkte so ungepflegt, dass es Mara kaum wundern würde, wenn im nächsten Moment ein dort nistender Vogel aufgeflogen wäre.

Der Deutsche Schäferhund, den der Mann an der Leine führte, imponierte ihr hingegen ordentlich. Das Tier hatte die Ohren wachsam aufgestellt und beobachtete seine Umgebung ganz genau.

»Wastl?« Johann machte einen Schritt nach vorne und verharrte sofort wieder, weil der Hund leise knurrte. »Sebastian Matzoll! Du warst doch der Knecht von der Toten.«

Der Angesprochene senkte die Augenbrauen. Dann schüttelte er ungläubig den Kopf, sagte aber immer noch nichts.

Mara wagte es nicht, sich jetzt einzumischen.

»Ich bin es, Johann. Johann Vierweger. Vom Soltauer Hof.« Wie zuvor wies Johann auf den Hang mit den Lärchen. Dann hob er beide Hände in die Höhe, als wollte er ein scheuendes Pferd beruhigen. Der Hund ließ ihn nicht aus den Augen.

Sebastian Matzoll kniff die Augen zu zwei schmalen Schlitzen zusammen. Dann lachte er auf und entblößte eine Reihe braunschwarzer Zähne. »Der Soltauer Hans. Tut mir leid, ich sehe nicht mehr so gut, ich hab dich nicht erkannt.« Er gab dem Hund einen scharfen Befehl, sodass dieser sich augenblicklich ablegte. Dann trat er einen Schritt auf Johann zu und packte ihn am Ellbogen. Die beiden Männer schienen sich nicht entscheiden zu können, wie sie einander angemessen begrüßen sollten, und einigten sich schließlich auf einen kräftigen Handschlag.

»Und wer ist das? Deine Enkelin?«

»Jetzt mach mal halblang. Nein, das ist Fräulein Mara. Wir haben uns in der Questura in Bozen kennengelernt. Ich bin aber inzwischen im Ruhestand.«

Sebastian Matzoll lüpfte kurz den Hut in ihre Richtung

und kräuselte dann spöttisch die Lippen. »Stimmt, du bist Polizist. Da sollte es mich nicht wundern, dass du an einem Tatort herumschnüffelst.«

»Tatort?«, entfuhr es Mara.

Johann brummte erstaunt.

Zum ersten Mal wandte der Knecht sich Mara zu und schaute sie an, wobei es ihm nicht gelang, seinen Blick richtig zu fokussieren. Mara konnte zudem jetzt erkennen, dass seine Augen einen milchigen Glanz aufwiesen. Er musste wirklich schlecht sehen.

»Es ist nur so ein übles Gefühl, Fräulein. So ein Unbehagen, weil da was nicht stimmt. Aber ich mache der Polizei keinen Vorwurf. Wirklich nicht, Johann. Die beiden, die da ermittelt haben, waren Italiener, aber der eine sprach ein richtig gutes Deutsch. Und ich sehe es ja ein, dass sie nichts tun konnten. Die können nicht die halbe Nachbarschaft verhaften. Ich weiß doch selbst nicht, wer von denen es gewesen ist.« Er geriet ins Stocken und holte Luft. Der Hund setzte sich auf und stupste ihm gegen die Hand. Unbewusst streichelte der alte Mann ihm über den Kopf. Jetzt wirkte das Tier gar nicht mehr so bedrohlich wie vorhin.

»Jedenfalls hat da jemand nachgeholfen, Johann. Ich bin ganz sicher. Aber einen konkreten Hinweis habe ich nicht, und Beweise noch weniger.«

Johann nickte. Mara hatte den Eindruck, dass er davon bereits gewusst hatte.

»Kannst du uns den Stall aufsperren, damit wir uns drinnen einmal umsehen können?«

»Was wollt ihr da finden? In dem Pferch stehen wieder Schafe. Ich hab da sauber gemacht, nachdem der Kommissar mir das erlaubt hatte. Ging ja nicht an, mit dem ganzen Blut.«

»Wir wollen uns nur ein Bild von den Örtlichkeiten machen.«

Der Knecht nickte und bat sie, kurz zu warten, während er zu dem kleinen Haus ging und den Hund wegsperrte. Kurz darauf kehrte er mit einem Schlüsselring zurück und schloss den Stall mit einem riesigen verrosteten Schlüssel auf. »Anfangs war hier gar nicht abgesperrt. Wer kommt schon her und klaut Schafe? Aber seit wir im Spätsommer ein paar Gestalten haben herumlungern sehen, wurde immer alles verriegelt.« Er bat sie mit einem Wink hinein.

Johann ging voraus und duckte sich unter dem Türsturz hindurch. Mara folgte ihm, als Letzter kam Sebastian Matzoll. Wärme sowie der Geruch nach Viehdung und Heu schlug ihnen entgegen.

Bisher hatte Mara nichts gesagt, weil sie sich nicht in das Gespräch der alten Freunde hatte einmischen wollen. Aber jetzt sah sie ihre Gelegenheit. »Es soll Ärger zwischen Lenka und ein paar Nachbarn gegeben haben.«

Sebastian Matzoll wandte sich ihr zu und nickte ernst. »Ja, schon. Das sind Werner Schweigkofler und Alois Schwarz, bei denen war sie gar nicht gut gelitten. Besonders der Alois, der hat ihr zugesetzt. Aber ganz offen gesprochen ist der auch ein feiger Hund. Er bläst sich auf und pöbelt herum. Aber ich hab noch nie erlebt, dass er handgreiflich wird, im Gegenteil. Der hält Abstand, hält sich aus allem heraus, wenn es mal wirklich zur Sache geht.« Er verstummte.

Währenddessen hatten sie den Stall unter den wachsamen dunkelbraunen Augen und neugierig gereckten Nasen der Schafe durchquert, bis sie mehrere abgetrennte Bereiche erreicht hatten, in denen je drei Böcke mit mächtigen Hörnern standen. Der Knecht zeigte auf die Zwischenwände. »Hier stehen die Böcke normalerweise jeder für sich. In der Nacht, in der es passiert ist, waren die Durchgänge zwischen den Verschlägen alle geöffnet. Ihr seht ja, da ganz hinten stehen die Ziegen, und auch da sind vier Böcke vom Rest der Herde getrennt. An dem Mittwoch, an dem ich hergekommen bin, lief hier alles durcheinander. Die Tiere rannten überall herum und hatten alles zertrampelt. Auch ...« Er brach ab. Mit einem Ruck riss er sich den Hut vom Kopf und schlug mit der anderen Hand ein Kreuzzeichen.

Johann wandte sich dem Knecht zu und legte ihm eine Hand auf die Schulter. »Auch die Tote. Ich versteh schon. Kein Grund, uns Details zu beschreiben.« Er beugte sich über eine der Zwischentüren und begutachtete den Riegel. »Gibt es geschicktere Tiere, die das aufbekommen? Oder hat die ein Mensch geöffnet?«

»Die kriegt nur ein Mensch auf. Ich überprüfe die regelmäßig. Fräulein Lenka hat das mit der Zucht sehr ernst genommen. Für sie war das undenkbar, dass die Böcke unkontrolliert die Geißen bespringen. Und ihr seht ja selbst diese Hörner. Wenn die aufeinander losgehen, könnten die sich schwer verletzen.«

Mit einem vielsagenden Blick an Mara richtete sich Johann auf.

»Also hat jemand die Zwischentüren mit Absicht geöffnet. Ist es das, was Sie uns sagen wollen, Herr Matzoll?«

»Sagen Sie Wastl, Fräulein. So nennen mich alle. Ich bin ein einfacher Mann, kein *Herr*.«

»Könnte Lenka Jovanović die Türen geöffnet haben?«, fragte Johann.

»Nein, warum sollte sie? Das ergibt doch gar keinen Sinn.« Energisch schüttelte Wastl den Kopf.

»Haben Sie das der Polizei gesagt?«, wollte Mara wissen.

»Nein.« Der alte Knecht schaute sie verblüfft an. »Um ehrlich zu sein, habe ich gar nicht daran gedacht, dass das wichtig sein könnte.« Er leckte sich nervös mit der Zunge über die Oberlippe. »Die standen offen, um ein Durcheinander zu stiften, meinen Sie, Fräulein? Sagten Sie deshalb, es könnte mit Absicht gemacht worden sein?«

Mara zuckte mit den Schultern. Es war nur ein spontaner Gedanke gewesen. Sie hatte keinen Grund gehabt, an der Unfalltheorie zu zweifeln. Bis jetzt. Nach dem Sturz der Bäuerin musste noch jemand hierhergekommen sein. Wer? Und warum? Und wenn diese Person der armen Lenka nicht geholfen hatte, war sie dann vielleicht beteiligt oder hatte den Unfall verursacht? Mit Absicht?

»Wo hast du sie denn jetzt gefunden?« Johann unterbrach Maras Gedankengang, wofür sie ihm zunächst dankbar war.

Wastl zeigte in den Pferch. »Hier, wo ich stehe. Soll ich den Bock einmal wegsperren?«

»Nicht nötig, solang der mich nicht beißt.« Johann trat nachdenklich an den Pferch. Der Schafbock widmete sich hochkonzentriert seiner Heuraufe und würdigte ihn keines Blicks.

Mara stellte sich neben den ehemaligen Ispettore. Linker Hand befand sich ein gemauerter Trog mit zwei Vertiefungen; eine mit Wasser, die andere vermutlich für Kraftfutter, Gemüse oder was Schafe noch zu fressen bekamen. Die Ecken waren mit reichlich Mörtel abgerundet, dennoch war es sicherlich möglich, sich daran so zu stoßen, dass es für einen ordentlichen blauen Fleck reichte.

Wastl deutete mit dem Finger auf eine Stelle ungefähr einen Meter vom Trog entfernt. »Da hat sie gelegen. Das Holz ist so dunkel, daher könnt ihr das Blut natürlich nicht mehr erkennen. Und das Stroh ist auch längst auf dem Mist. Dieser Pferch war ungefähr zwei Wochen abgesperrt, niemand durfte ihn betreten. Aber irgendwann kam euer Ispettore aus Meran und hat gesagt, dass die Ermittlungen abgeschlossen sind und ich wieder einen der Schafböcke einstellen kann.«

Johann betrat den Pferch und ließ sich ächzend auf ein Knie nieder. Er wischte das Stroh ein wenig zur Seite und ließ die Finger über die Holzbohlen gleiten. Immer noch kaute der Schafbock selbstvergessen auf seinem Heu herum.

Schließlich kehrte Johann zu Mara und Wastl zurück. »Wie oft kommt es denn vor, dass so ein Bock einen Menschen anrempelt?«

»Siehst du doch, den kümmert es gar nicht, was du da machst. Ich könnte mir vorstellen, dass was passiert wär, wenn Lenka einen Eimer Kraftfutter bei sich hatte. Darauf sind sie alle wild. Aber davon gibt es montagabends nichts. Und falls sie eine Ausnahme gemacht hat, hätte ja wenigstens der Eimer noch irgendwo rumliegen müssen. Lag er aber nicht. Hier war gar nichts außer zu vielen Schafen und …« Wieder senkte Wastl den Kopf.

Mara wagte kaum, sich auszumalen, wie ein Leichnam aussehen mochte, der eine Nacht und noch länger dem Herumgetrampel einer Horde Huftiere ausgesetzt gewesen war. Im letzten Dezember hatte sie zum ersten Mal einen Toten gesehen, und der hatte recht friedlich gewirkt, wie er da in der Bibliothek des Hotels gelegen hatte. Hier in diesem Stall dagegen war sie mehr als froh, dass ihr der Anblick der Toten erspart blieb.

»Lass gut sein, Wastl«, sagte Johann. »Ich danke dir. Gehen wir an die frische Luft.«

»Und was habt ihr jetzt vor? Du und das Fräulein?«, fragte der Knecht beim Hinausgehen.

Vor dem Stall suchte Johann erst nach seiner Schachtel Zigaretten, bevor er antwortete. Dieses Mal nahm Mara eine an.

Vielleicht half es ihr, diese grausigen Vorstellungen zu vertreiben.

»Ja, was haben wir vor? Gute Frage. Ich bin ja kein offizieller Ermittler mehr. Und Mara – warum sind Sie eigentlich hier? Wer hat Sie angestiftet?«

»Bestimmt die Vreni, hab ich recht? Die von dem Geschäft in Meran.« Ein wissendes Lächeln breitete sich auf Wastls faltigem Gesicht aus.

Mara stutzte. »Wie kommen Sie darauf?«

»Dann stimmt es, ich sehe es Ihrem Gesicht an. Die Vreni – also Veronika Bacher – ist so eine Rastlose. Wir haben uns zweimal gesehen, seit es passiert ist. Sie war von Anfang an davon überzeugt, dass jemand Fräulein Lenka auf dem Gewissen hat. Die beiden waren sehr vertraut miteinander. Stundenlang ist die Vreni im Stall gewesen und hat nach Beweisen gesucht, nur gefunden hat sie nix.«

Mara nickte. Das klang ganz nach ihrer Freundin.

»Sie hat sich auf den Alois Schwarz eingeschossen. Aber wie ich schon sagte, trau ich dem das nicht zu. Aus der Ferne bellen und geifern, das kann er. Aber der ist ihr niemals näher gekommen, als er spucken kann.«

»Und der andere Nachbar?«

»Der Schweigkofler? Der hat beim Stammtisch schlecht über sie geredet, aber getan hatte er bisher nichts. Ich glaube ja, dass er vor allem den Pfarrer beeindrucken wollte. Der hat Fräulein Lenka immer besonders übel nachgeredet. Hat sie sogar als Hexe bezeichnet.«

»Nicht alle Männer im Dienste des Herrn sind so gottesfürchtig, wie ihr Amt es eigentlich von ihnen verlangt«, murmelte Johann vielsagend.

»Aber der Pfarrer hat auf keinen Fall etwas mit der Sache zu tun. Nicht, dass ich ihm nichts zutrauen würde. Aber er hat Angst vor Ziegen.« Wastl kicherte gehässig wie ein kleiner Junge. »Der könnte den Stall gar nicht betreten, ohne sich in die Hosen zu machen. Und der muss auch immer niesen, sobald er das Heu riecht. Der könnte sich gar nicht heimlich heranschleichen.«

Mara widersprach nicht, obwohl ihr die gehörige Menge Alkohol in den Sinn kam, die die Rechtsmedizin in Lenka Jovanovićs Blut nachgewiesen hatte. Es wäre schon möglich, dass sie einfach nicht bemerkt hatte, wie sich ein schniefender Pfarrer anpirschte. Wobei es allerdings ein starkes Stück wäre, ausgerechnet den Mann Gottes zu verdächtigen.

Johann und der Knecht sprachen noch darüber, was mit der Herde der Toten geschehen sollte, aber Mara hörte nicht mehr zu. Danach bedankten sie sich bei Sebastian Matzoll und gingen zurück in Richtung Kirche.

Erst auf Höhe der Kirchhofmauer brach Johann das Schweigen. »So denn, Fräulein Mara. Und jetzt?«

5. Kapitel, in welchem Frederick ganz unerwartet seine heiße Flamme entzündet

Die gesamte Clique stand wie immer nahe der Kirchhofmauer. Da, wo Pfarrer Huber sein Auto abstellte, und mit Blick auf die Straße und den kleinen Bäckerladen von Marion Kirchner, der neben Brot und Semmeln auch ein paar Konserven und Milchprodukte verkaufte.

Frederick Schweigkofler folgte den Gesprächen der anderen nur mit halbem Ohr. Gerade hielten sein bester Kumpel Matthias Schwarz und Gustav Pfitscher einen hitzigen Dialog darüber, ob sie sich am Wochenende noch einmal zum Wandern auf die Schmugglerpfade ans Timmelsjoch wagen konnten oder es so spät im Jahr zu kalt und gefährlich wäre. Es lag immer noch kein Schnee, und der Nachtfrost taute im Laufe eines Vormittags weg, aber die Schneefallgrenze in den umliegenden Bergen war schon ganz schön weit heruntergekommen.

Insgeheim fragte Frederick sich, was die beiden da oben bei den Almen und Hütten so schön fanden. Warum mussten die bei jeder sich bietenden Gelegenheit dort hochsteigen? Ihn selbst reizte das kein bisschen. Natürlich ging er trotzdem mit hinauf, was sollte er auch sonst machen? Die Berge waren nun einmal da, und sie alle lebten zwischen ihnen. Und es war ja nicht so, dass er es da oben ganz und gar schrecklich fand. Nur fuhr er lieber Ski, statt zu wandern. Berge ohne Schnee, das ergab in seinen Augen keinen Sinn.

Hinzu kam, dass seine heimlichen Träume in eine ganz

andere Richtung gingen. Wenn nämlich Laura Santoro davon erzählte, wie sie an heißen Sommertagen mit einer Vespa eine Küstenstraße Siziliens entlangbrauste, sehnte sich Frederick danach, diese Insel einmal zu besuchen. Es musste wundervoll sein, bis spät in der Nacht draußen zu sitzen und in die Sterne zu schauen, während die Steine ringsum die letzte Wärme abstrahlten. Wenn der Blick über das Meer in die Ferne schweifen konnte, statt an einer undurchdringlichen Mauer aus Lärchen und grauem Fels zu enden. Am besten wäre es natürlich, wenn Laura dann bei ihm wäre; neben ihm barfuß am Strand oder auf dem Sozius der Vespa. Letztere Vorstellung gefiel ihm ganz besonders. Denn dann musste sie sich ja an ihm festhalten.

Gedankenverloren spielte er mit dem Knopf in seiner Jackentasche. Das waren alles sinnlose Träume. Die meiste Zeit lebte Laura hier, nur ein paar Häuser weiter die Straße entlang. Ihr Vater Luigi Santoro, der Carabiniere des Dorfes, hatte ihr verboten, hier im Tal mit einer Vespa zu fahren. Wenn Frederick ehrlich war, erschien ihm das sogar sinnvoll. Im Schatten der Berge gab es immer wieder kritische Situationen, da brauchte es nicht einmal Glatteis. Erst vor wenigen Wochen war ein Motorradfahrer auf rutschigem Laub gestürzt und hatte nur knapp überlebt. Im Sommer gab es nach manchem Regen Sturzbäche, die Steine und Dreck auf die Straße schwemmten, hinzu kamen Kühe oder deren Hinterlassenschaften, die einem schnell zum Verhängnis werden konnten.

Dann doch lieber der Traum von der Fahrt auf Sizilien. Frederick unterdrückte ein Seufzen. Wie sollte er je dorthin gelangen? Er wagte es ja nicht einmal, Laura anzusprechen.

»Was ist los?« Matthias rammte ihm einen Ellbogen in die Seite. Er und Gustav hatten ihre Diskussion offenbar beendet, ohne dass Frederick es bemerkt hatte.

Hastig schüttelte er den Kopf und zog die Hand mit dem Knopf aus der Jackentasche. Er würde seinem besten Kumpel ganz sicher nichts von seinen Gedanken preisgeben. Niemand, auch nicht Matthias, wusste von dieser Schwärmerei für die Sizilianerin. Lauras Familie wurde zwar nach all den Jahren, die ihr Vater hier in Sankt Martin inzwischen stationiert war, freundlich geduldet, aber es gab immer noch genug Alteingesessene, die sich an dieser *italienischen* Familie störten.

Früher, so sagte Fredericks Großvater immer und meinte damit die Zeit zwischen den beiden Weltkriegen, schwebte über allen Menschen in Südtirol das Damoklesschwert der Verschleppung. Wer sich nicht gemäß den Wünschen des Diktators Mussolini italianisieren ließ, wurde bei Nacht und Nebel nach Sizilien deportiert.

Abgesehen davon, dass diese Drohung in den allermeisten Fällen nie mehr als ein Gerücht gewesen war, hatte Frederick nicht verstanden, was daran so schrecklich sein sollte, angesichts einer Insel voller Lebenslust, bunter Farben und ewigem Sommer, die Laura ihm ausmalte. So oder so, diese Drohung der Verschleppung hatte es gegeben, und natürlich wurde das der gesamten Familie Santoro übelgenommen, als wäre sie höchstpersönlich dafür verantwortlich. Dabei war Lauras Vater Luigi in den Dreißigern noch ein Kind gewesen.

»Sag mal, hörst du mir überhaupt zu?«, fuhr Matthias ihn plötzlich an.

Frederick schrak zusammen. »Was? Ja, klar.«

»Ja und?«

»Was, und?«

»Was denkst du?«

»Du weißt doch, dass ich nicht so der Wandervogel bin. Aber wenn ihr nochmal auf die Alm wollt und das Wetter gut genug ist, gehe ich natürlich mit.«

Matthias starrte ihn an, als hätte er gerade die Zehn Gebote verkündet, und winkte dann ab. »Vergiss es. Mit dir ist ja heute wieder nichts anzufangen.«

Erst da fiel Frederick auf, dass sie nur noch zu zweit an der Kirchhofmauer standen. Gustav, Ignatz und Matthias' Bruder Martin warteten bereits in einigen Metern Entfernung am Eingang der Bäckerei und blickten erwartungsvoll in ihre Richtung.

Matthias beugte sich zu ihm. »Was ist das?«

Frederick folgte seinem Blick zu dem Knopf in seiner Hand. »Den hatte ich schon länger in der Hosentasche. Meine Mutter hat ihn jetzt vor dem Waschen gefunden und zu meinem Haustürschlüssel gelegt, weil sie nichts damit anzufangen wusste. Von mir ist der nicht. Ich muss ihn vorhin eingesteckt haben.«

»Sieht ziemlich edel aus.« Matthias streckte die Hand aus. »Darf ich mal?«

»Klar.« Frederick reichte den Knopf weiter.

»Woher hast du den? Der kommt mir bekannt vor.« Sein Freund drehte und betrachtete die silberne Scheibe. Sie war in etwa so groß wie ein Hundert-Lire-Stück, doppelt so dick und deutlich schwerer. In einem der beiden Löcher hing noch ein verfilzter Fadenrest. Jetzt im Licht war das Relief des Hirsches deutlich zu erkennen, das Frederick immer unter den Fingern gespürt hatte, wenn er mit dem Knopf in der Tasche herumgespielt hatte.

»Den habe ich vor der Stalltür von dieser Toten gefunden. Weißt du noch? An dem Abend, an dem ich schauen wollte, ob sie irgend so 'n Teufelszeug macht. Allein. Weil ihr euch alle nicht getraut habt.«

»Das wirst du mir bis in alle Ewigkeit vorwerfen, oder?«

»Nein, schon gut. Du weißt also, wem der gehört?«

Matthias zuckte mit den Schultern und gab den Knopf zurück. »Ich meine, ich hätte so einen schon mal gesehen. An einem teuren Mantel oder Jackett. Aber ich komme nicht drauf, bei wem.«

Frederick nickte. An einem Kleidungsstück von einer Person, die an jenem Abend am Stall der toten Lenka Jovanović gewesen ist, fehlte also jetzt ein Knopf. Er müsste nur die Augen offen halten … und was würde das dann bedeuten?

Der Knopf konnte unmöglich lange dort gelegen haben, sonst wäre er längst in die Erde getrampelt worden. Vage erinnerte er sich daran, dass die beiden Männer, die ihn in jener Nacht im Stall überrascht hatten, davon gesprochen hatten, dass vor ihnen noch jemand da gewesen sein musste.

»Du bist ja heute ein Hans Guckindieluft.« Abermals stieß Matthias ihn mit dem Ellbogen an. »Schau mal, wer da kommt.«

Er blickte in die Richtung, in die sein Freund zeigte. Da kam ein drahtiges schwarzhaariges Mädchen auf sie zu, deren strahlendes Lächeln Frederick stets alle Sorgen vergessen ließ.

Erschrocken wandte er sich Matthias zu. »Was soll ich denn mit der? Die interessiert mich nicht.«

»Klar. Das kannst du deiner Mutter erzählen. Ich bin doch nicht blöd. Also los jetzt, das ist deine Gelegenheit.«

»Gelegenheit? Wofür? Warum?«

»Na, du hältst da in der Hand einen guten Grund, sie anzusprechen.«

»Meinst du, der ist von der Uniform ihres Vaters?« Frederick wog den Knopf in der Hand. Groß und schick genug war er. Ein Hirsch passte jedoch gar nicht.

»Quatsch! Ich meine, dass das doch ein Beweisstück sein könnte, wenn du ihn vor dem Stall gefunden hast.«

»Beweis? Wofür denn? Die haben doch gesagt, dass die Ermittlungen abgeschlossen sind.«

Matthias verdrehte theatralisch die Augen. »Ist doch egal! Wahrscheinlich hat es ja auch gar nichts mit der Toten zu tun, und er gehört dem Postboten oder dem Tierarzt. Was weiß denn ich? Aber darum geht es doch gar nicht! Du kannst jetzt Laura ansprechen, das ist es, was zählt. Gib ihr den Knopf, erzähl ein bisschen was, mach dich wichtig. Und schon hast du sie am Haken. Mit ein wenig Glück steht sie auf dich.«

Frederick blinzelte, versuchte, diese Möglichkeiten bis zu Ende zu denken, aber seine Gedanken überschlugen sich. Er hatte nur noch Augen für Laura, die mittlerweile fast auf Höhe der Bäckerei angekommen war. Die anderen drei Jungen waren inzwischen in den Laden gegangen.

Matthias nahm ihm die Entscheidung ab. Er winkte fröhlich und rief auf Italienisch mit einem fürchterlichen Akzent: *»Buongiorno, Laura, come stai? Bah, c'è un brutto tempo!«*

Frederick fand das furchtbar peinlich. Was, wenn Laura sich jetzt veralbert fühlte? Niemand im gesamten Passeiertal brachte freiwillig ein italienisches Wort über die Lippen.

»Grüß Gott, die Herren«, erwiderte Laura prompt. Sie sprach dagegen akzentfreies Deutsch und verstand sogar den lokalen Dialekt. Kunststück, sie war hier geboren.

Matthias stieß Frederick schon wieder energisch in die Rippen. Wenn der so weitermachte, gab das noch blaue Flecken. »Mein Freund hier hat was gefunden. Vor ein paar Wochen genau vor dem Stall, in dem die tote Fremde lag, erinnerst du dich?«

»Na sicher! Das werden wir wohl alle so bald nicht vergessen.« Laura lachte laut auf.

In Fredericks Ohren klang das wie Musik.

Sie reckte neugierig den Hals. »Was ist es denn?«

Er hielt ihr die offene Handfläche hin. »Diesen Knopf habe ich an dem Abend vor der Stalltür gefunden. Er kann nicht lange dort gelegen haben.«

Irritiert runzelte Laura die Stirn. »An *dem* Abend? An welchem Abend? Der Wastl hat die Tote doch morgens gefunden. Und was hattest du dort überhaupt zu suchen?«

Auch Matthias schaute ihn verwirrt an.

Frederick wurde heiß und kalt. Er hatte sich verplappert. Das war ihm vor ein paar Tagen schon einmal passiert, bei der alten Dame, für die er einkaufen ging. Die hatte versprochen, es für sich zu behalten. Seinen Freunden hatte er dagegen bisher kein Sterbenswort davon erzählt, was an jenem Abend im Stall vor sich gegangen war, sondern nur ganz lapidar erwähnt, dass da eben keine teuflischen Rituale stattgefunden hätten.

»Können wir uns vielleicht im *Lamm* auf eine Cola treffen oder so?«, stotterte er. »Dann kann ich dir das alles in Ruhe erklären.«

Laura grinste. »Jetzt machst du mich aber richtig neugierig. Na klar! Jetzt sofort?«

»Wenn du Zeit hast, warum nicht?«

Matthias setzte an, um zu protestieren, doch er war ein echter Freund. Er winkte betont lässig und setzte sich in Richtung Bäckerei in Bewegung. »Dann sehen wir uns später. Mach's gut, Kumpel!«

Frederick winkte ihm nach und folgte Laura, die ebenfalls schon voranging.

Sie drehte sich zu ihm um und lächelte ihm über die Schulter zu. »Kommst du?«

»Klar doch!« Er trug den Knopf wie eine geweihte Hostie auf dem Handteller vor sich her. Dabei fragte er sich, wie er die nächsten Minuten überstehen wollte, ohne komplett den Verstand zu verlieren.

6. Kapitel, in welchem Tasso in der Person von Johann Vierweger Unheil fürchtet - oder zumindest Unannehmlichkeiten

Skeptisch betrachtete Tasso das Stück Himmel, das er zwischen den klotzigen Gebäuden entlang dem Corso della Libertà erkennen konnte. Eigentlich müsste es bereits dämmern, aber die Straßenbeleuchtung war noch eingeschaltet. Das sah ganz nach einem düsteren Dienstag aus, der nicht recht hell werden würde. Da musste es genügen, wenn es trocken blieb.

Mit einem zweiten Blick, der dem dichten Verkehr auf der Straße vor seiner Haustür galt, entschied sich Tasso, zu Fuß zur Questura zu gehen. Es schien zwar in der Nacht nicht gefroren zu haben, doch Ende November war in Bozen nicht mehr die Zeit, in der er noch gerne mit der Vespa fuhr.

Er zog den Schal um seinen Hals enger und marschierte los. Amüsiert stellte er fest, dass er sogar schneller vorankam als die Autos. Aber ohne ging es auch nicht, das sah er ein. Wer in einem der umliegenden Dörfer wohnte und in Bozen arbeitete, hatte selten eine andere Möglichkeit, als sich in so eine Blechkiste zu setzen, um herzukommen.

Eines Tages, dachte Tasso, *wird diese Stadt noch im Verkehrskollaps enden.* In Meran sei es kaum besser, hatte Mara ihm einmal erklärt. Alle Anreisenden, die über das Timmelsjoch oder den Jaufenpass aus dem Norden kämen, müssten wie durch ein Nadelöhr entlang der Passer durch die Innenstadt.

Ab Saisonbeginn im Juni war dann tagsüber alles verstopft. Aber da würde ja vermutlich die geplante Brennerautobahn Abhilfe schaffen.

Nach einer guten halben Stunde, in der Tasso durch die Bewegung ordentlich warm geworden war, erreichte er die Questura. Er bemerkte eine schwarzgekleidete schlanke Gestalt, die zu seinem Erstaunen auf ihn zukam, während er sich näherte. War das einer der Brüder Girolamo? Der junge Mann zog zur Begrüßung seinen Hut, und so erkannte Tasso ihn.

Erfreut streckte er die Hand aus. »Giulio di Fabar, was für eine schöne Überraschung!« Er hatte den jungen Carabiniere aus Tramin im letzten Februar kennengelernt. Nach einem eher schlechten Start waren sie inzwischen befreundet. Allerdings recht locker, weshalb sich Tasso die Nachfrage verkniff, wie es Mara ging. Damals hatte er den Eindruck bekommen, dass die beiden sich angenähert hatten, aber darüber wusste er viel zu wenig, sodass sein Interesse aufdringlich erscheinen mochte.

Sein Gegenüber reichte ihm seinerseits die Rechte und erwiderte den kräftigen Händedruck. »Ganz meinerseits, Signor Commissario.«

»Sagen Sie Tasso, das reicht doch. Sind Sie dienstlich hier, etwa mit einer Nachricht von Dottore Agnelli?«

»Nein, ganz im Gegenteil, es ist eher privat.« Di Fabar brach mit einem verlegenen Lächeln ab.

Tasso legte ihm rasch eine Hand auf die Schulter, um ihn zu erlösen. »Kommen Sie, ich kann Ihnen gern einen Kaffee anbieten. Es ist ja nicht viel los im Moment. Besser gesagt *war* bis jetzt nicht viel los, und ich hoffe sehr, dass es auch so bleibt.«

»Oh, das kann ich leider nicht behaupten. Es sind zwar keine Todesfälle, aber jetzt, wo die Tage kürzer werden, häufen sich die Einbrüche. Und vielleicht haben Sie von dem Raubüberfall auf die Filiale der Raiffeisenbank in Burgstall gestern Morgen gehört?«

»Selbstverständlich. Ich hatte zwar gestern frei, aber es stand ja heute in allen Zeitungen.« Allerdings nur in der Ausgabe der *Dolomiten* auf der Titelseite. Die anderen Blätter fanden Berichte über die Beerdigung John F. Kennedys wichtiger.

»Dort durfte ich zum ersten Mal direkt am Tatort Spuren sichern.«

»Das klingt, als wären Sie glücklich mit Ihrer neuen Arbeit.« Tasso grüßte im Vorbeigehen flüchtig den diensthabenden Agente am Empfang und lotste seinen Gast in Richtung Treppe.

Di Fabar nickte eifrig. »Das bin ich, ich bereue meine Entscheidung bisher keine Sekunde. Ich bin mir auch sicher, dass diese Art der Arbeit immer wichtiger wird. Ich habe mit meinem Chef vereinbart, dass ich auch tageweise ins Hospital darf, um Dottore Agnelli über die Schulter zu schauen. Offen gestanden würde ich sogar noch lieber in der Rechtsmedizin arbeiten.« Er stockte.

»Aber um die medizinische Ausbildung nachzuholen, gar ein Studium, fehlen Ihnen die Möglichkeiten«, ergänzte Tasso sanft. Er kannte das. Di Fabars Eltern, so viel wusste er, stammten aus einfachen Verhältnissen, genau wie seine eigenen. Er bewunderte den Mut des jungen Mannes, noch einmal vollkommen von vorne anzufangen und sich auf die Arbeit bei der Spurensicherung der Polizia di Stato einzulassen. Als Carabiniere hatte er nicht schlecht verdient. Jetzt lebte er dagegen in einem winzigen Zimmer in einfachsten Verhältnissen, weil er kaum bezahlt wurde und sich auch nichts nebenbei verdienen konnte, da er all seine Freizeit zum Lernen brauchte.

Di Fabar nickte. »Was die Naturwissenschaften anbelangt, reicht mir das, was ich da alles nachholen muss, um im Labor zu arbeiten. Vor allem Chemie fällt mir nicht leicht.«

»Ich traue Ihnen das zu. Sie schaffen das. Kaffee?«

»Gerne, mit Zucker.«

Tasso wies ihn an, sich auf den Besucherstuhl vor seinem Schreibtisch im Großraumbüro zu setzen, und ging in die Küche, in der stets Kannen und Filter bereitstanden. Tasso hatte Filterkaffee nie gemocht. Seit seiner Rückkehr in den Dienst, nachdem er monatelang nur Espresso oder Cappuccino aus Siebträgermaschinen getrunken hatte, war er ihm sogar regelrecht zuwider. Aber es gab nun einmal nichts anderes.

Auch di Fabar verzog vielsagend den Mund, nachdem er den ersten Schluck getrunken hatte, war jedoch zu höflich, um etwas zu sagen.

»Nun, Sie sind nicht hierhergekommen, um dieses exzellente Gebräu zu genießen.« Tasso setzte sich ihm gegenüber an den Schreibtisch. »Was kann ich für Sie tun?«

»Es ist eigentlich nur … Ich wollte Sie fragen, ob Sie zufällig etwas von Mara gehört haben? Sie muss am letzten Wochenende hier gewesen sein.«

»Mara Oberhöller? Nein, gar nichts. Ich habe sie zuletzt Anfang Oktober gesehen, kurz nach meiner Rückkehr aus Spanien. Und auch das nur zufällig.« Damit hatte er immerhin eine Antwort auf die Frage erhalten, ob die beiden in Kontakt geblieben waren, sie womöglich eine engere Freundschaft verband oder sogar mehr. Zugleich wuchs in ihm die Sorge. Seiner ehemaligen Praktikantin war doch nichts zugestoßen?

Giulio di Fabar schien enttäuscht. Statt einer Antwort starrte er auf den halbvollen Kaffeebecher in seinen Händen.

»Ich hoffe ja nur, dass nichts passiert ist, jemandem aus der Familie oder so«, murmelte er und sprach damit, ohne es zu ahnen, Tassos Gedanken aus. »Sie hat am Sonntag eine Nachricht für mich bei meiner Wirtin hinterlassen. Die hat angeblich vergessen, mir das auszurichten, und so habe ich erst gestern Abend davon erfahren.« Er lächelte dünn. »Meine Wirtin ist sehr … auf meine Moral bedacht. Als würden ständig junge Frauen bei mir anrufen und Nachrichten hinterlassen! Sie weiß überhaupt nichts Genaues über Mara und ist ihr noch nicht einmal persönlich begegnet. Ich telefoniere immer auswärts mit ihr, von einem Münzfernsprecher aus.« Er brach ab und blickte Tasso hilflos an.

»Ich kann mich gern umhören. Gleich um zehn Uhr habe ich eine Besprechung mit dem Questore. Der ist mit Maras Vater sehr gut befreundet, vielleicht hat er etwas gehört. Wie kann ich Sie erreichen, Signor di Fabar?«

»Sagen Sie doch Giulio zu mir. Das ist … angemessener. Ich bin schließlich nur noch … Zivilist.«

Falls hinter diesen Worten noch eine tiefere Botschaft lag, entging sie Tasso. »Ist mir recht.« Er hob die Kaffeetasse. »Ich bin Aurelio, einverstanden? Darauf trinken wir.«

»Salute!« Lachend stieß Giulio an und nahm einen Schluck. Jetzt wirkte er aufrichtig erfreut.

Beim ersten Mal waren sie sich unter sehr unglücklichen Umständen begegnet, als während des Egetmann-Umzugs am Faschingsdienstag in Tramin ein Mann inmitten der Menschenmenge erstochen worden war. Tasso, zu dem Zeitpunkt suspendiert und als Privatperson unterwegs, war das selbstherrliche Auftreten des Carabiniere zuwider gewesen. Bei den Ermittlungen hatte Giulio jedoch darauf verzichtet, seine Macht als ortsansässiger Carabiniere auszuspielen und sich als unerwartet hilfreich erwiesen. Das hatte Tasso dazu bewogen, ein paar gute Worte einzulegen, als er von dem Wunsch des jungen Mannes erfuhr, mehr über die Arbeit am Tatort und die Sicherung von Beweismitteln zu erfahren.

Giulio stellte die Kaffeetasse ab. »Haben Sie ein Stück Papier? Ich schreibe Ihnen die Nummer des Labors auf und die meiner Wirtin. Sie heißt Berta Waldner. Sagen Sie am besten, dass es beruflich ist. Sonst glaubt die am Ende noch, ich hätte etwas angestellt.«

Tasso nickte und schob ihm einen Zettel zu. Dabei schielte er auf die Uhr an der gegenüberliegenden Wand.

Giulio bemerkte das und kritzelte hastig die letzten Ziffern. »Ich bin schon weg. Die Arbeit ruft.« Er sprang auf und griff nach seinem Mantel, den er über die Stuhllehne gehängt hatte.

Tasso blickte ihm hinterher. Selten hatte er jemanden so freudig seiner Arbeit entgegenspringen sehen. Er selbst haderte mit sich und seinem Beruf, seit er seine Auszeit zum Pilgern genommen hatte. Zwar hatte er dabei festgestellt, dass er nicht für den Müßiggang, ja nicht einmal für das Kontemplative geschaffen war – er brauchte etwas zu tun, bei dem er nicht nur denken, sondern auch handeln konnte und unterwegs war –, aber eine konkrete Aufgabe zu haben bedeutete zwangsläufig zugleich, dass es ein Verbrechen, oft sogar Tote gegeben hatte. Darauf würde er neuerdings lieber verzichten.

Aber was konnte er schon, außer zu ermitteln? Sich als Verkehrspolizist auf eine Kreuzung zu stellen war nun auch nicht gerade das, was er anstrebte.

Mit einem leisen Seufzen erhob er sich und ließ den Blick über den noch verwaisten Nachbarschreibtisch wandern. Sein Kollege Valerio Amirante hatte in ein paar Tagen endgültig seinen letzten Arbeitstag. Eigentlich war er bereits seit einigen Monaten im Ruhestand, aber er hatte sich bereiterklärt, noch eine Zeit lang Dienst zu schieben, damit Tasso auf seine Pilgerreise gehen konnte. Wie dankbar er dem alten Kollegen dafür war, konnte er kaum in Worte fassen. Hinzu kam, dass mit jedem älteren Kollegen, der seinen Posten aufgab, auch ein Stück Vertrautheit verloren ging. Von Questore Bruno Visconti abgesehen, war Tasso jetzt in den höheren Rängen der Dienstälteste.

Er lächelte grimmig. Es schien, dass ein Generationswechsel in der Questura anstand. Wo würde sein Platz sein?

*

Tasso musste sich auch jetzt noch, nachdem er seit einigen Wochen in den Dienst zurückgekehrt war, bewusst machen, dass er die Treppe nicht hinauf, sondern zurück hinab ins Erdgeschoss nehmen musste. Unten auf dem Absatz erwartete ihn zum zweiten Mal an diesem Morgen ein bekanntes Gesicht.

Erfreut lächelte er. »Johann, was führt dich an deine alte Wirkungsstätte?«

Der große Südtiroler wirkte ein wenig verlegen. »Ich wollte mit dir noch einmal über die Sache mit der toten Bäuerin aus Sankt Martin sprechen. Vielleicht habe ich da eine neue Information.«

Tasso hielt inne. »Der Fall ist abgeschlossen.«

Vierweger hob die Augenbrauen. »So abwehrend? So kenne ich dich ja gar nicht. Es ist wie gesagt eine neue Information. Willst du sie nicht wenigstens anhören?«

»Nein, das ist es nicht … Natürlich höre ich mir das an. Aber erst muss ich zu Bruno. Kann es so lange warten?«

Sofort grinste Vierweger versöhnlich. »Treffen wir uns einfach um halb eins auf dem Obstplatz? Dann schauen wir, wo wir einen Platz fürs Mittagessen finden.«

»Also gut, einverstanden. Bis gleich.« Tasso winkte zum Abschied und wandte sich nach links.

»Wo willst du hin?«, rief Vierweger ihm hinterher. »Hast du nicht gesagt, dass du zum Questore musst?«

Tasso blieb kurz stehen und wandte sich ihm zu. »Stimmt, das weißt du noch gar nicht. Brunos Büro befindet sich jetzt im Erdgeschoss. In dem Raum, in dem früher von den Kollegen am Empfang die Protokolle aufgenommen wurden. Signorina Rosso sitzt nebenan in der ehemaligen Kammer für die Handakten.« Diese Veränderung war eine von denen, die zu akzeptieren Tasso nach seiner Pause mehr als schwergefallen war.

Auch Vierweger wirkte plötzlich betroffen. Er nahm den Hut ab und fuhr sich durch seinen grauen Haarschopf. »Wegen der Treppe, nehme ich an, ja? Stimmt ja, der Questore hat sich im Februar das Knie verdreht. Wir werden alle nicht jünger, was?«

Zum ersten Mal grinste Tasso breit. »Mag sein. Nur du, du wirst anscheinend nicht älter.«

Vierweger setzte den Hut wieder auf und wedelte mit der Hand. »Ach, geh schon. Wir sehen uns nachher.«

Tasso klopfte an die Tür zum Vorzimmer und trat ein, als er keine Antwort erhielt. Der Schreibtisch der Sekretärin Alessia Rosso lag verwaist da. Sie hatte, erinnerte sich Tasso jetzt, ein paar Tage Urlaub genommen, um eine Verwandte in Deutschland zu besuchen. Er klopfte an die nächste Tür und trat ein, nachdem er die Aufforderung dazu vernommen hatte.

Vierwegers Worte noch im Ohr lächelte er Questore Bruno Visconti tapfer entgegen. Sein Weggefährte war im letzten halben Jahr sichtlich gealtert. Sein Haar war zwar immer noch dicht und grau, doch der gepflegte Vollbart, den er sich in den letzten Monaten hatte wachsen lassen, konnte nicht darüber hinwegtäuschen, dass die Falten in seinem Gesicht tiefer geworden waren. Er hatte abgenommen und wirkte ausgezehrt. Die Haut um die Augen war durchscheinend wie Pergament, sodass dunkle Adern darunter zu erkennen waren.

»*Buongiorno*, Bruno. Wie geht es dir?« Tasso bemühte sich, einen fröhlichen Ton anzuschlagen.

Er bekam keine Antwort, wie erwartet. Auf Fragen zu seinem Wohlbefinden verweigerte Bruno Visconti sogar ihm gegenüber jegliche Aussage. Außerdem hasste er die – in seinen Augen – übertriebene Fürsorge oder, noch schlimmer, das Mitleid, das er dahinter vermutete.

»Es tut gut, dich zu sehen, Aurelio.« Geschäftig schlug der Questore eine braune Aktenmappe auf. »Es tut mir leid, ich habe heute Morgen keine Zeit, um mit dir zu plaudern. Ich werde gleich abgeholt, weil ich zum Arzt muss. Hier ist ein erster Bericht zu dem Banküberfall in Burgstall. Die Kollegen vor Ort haben bereits einige Aussagen protokolliert. Drei dunkel gekleidete und maskierte Personen sind gestern Vormittag gegen zehn Uhr in die Bank eingedrungen und haben den Kassierer mit der Waffe in der Hand gezwungen, den Tresor zu öffnen. Wie viel sie erbeutet haben, weiß ich nicht. Aber es soll eine ungewöhnlich hohe Summe gewesen sein. Die Täter sind flüchtig. Du musst die Ermittlungen übernehmen.«

»Natürlich.« Tasso war im Geiste noch bei dem Wort *Arzttermin* hängen geblieben. Auch hier verkniff er sich die Nachfrage, obwohl er zu gern gewusst hätte, was Bruno Visconti während der Dienstzeit dazu trieb. Das sah ihm nicht ähnlich.

»Die Angelegenheit könnte heikel werden«, unterbrach der Questore seine Gedanken. »Es gibt ein Gerücht, nach dem die Täter einen Tipp bekommen haben könnten, dass gestern Morgen besonders viel Geld in dieser Filiale lagerte.

Es hätte im Laufe des Vormittags mit einem Geldtransporter abgeholt werden sollen.«

»Und was ist daran heikel? An solchen Gerüchten ist meistens etwas dran. Wenn wir dem nachgehen, könnte der Fall im Handumdrehen gelöst sein.«

»Dieser Tipp ist angeblich vom Bankdirektor Franco Napoletano höchstpersönlich gekommen.«

Tasso atmete tief durch. »Das ist natürlich eine gewagte Behauptung.«

»Noch dazu, wenn dieser Bankdirektor ein sehr guter Freund von Davide Gallo ist.«

»Wem? Dem Bürgermeister?«

»Höchstpersönlich.« Bruno Visconti klang giftig. »Ich bin Napoletano bei zahllosen gesellschaftlichen Anlässen begegnet. Er rühmt sich gerne mit der Unterstützung einer Vielzahl von Wohltätigkeitsprojekten. Soweit ich weiß, ist das aber nicht mehr als schöner Schein. Dem Bürgermeister ist er seit Jahren freundschaftlich verbunden. Sie sind auch politisch auf einer Wellenlänge und eher im konservativen Lager zu finden.«

Tasso nickte wortlos. Damit bot das Gerücht tatsächlich Sprengstoff. Zwar nur auf lokalpolitischer Ebene, aber dennoch. Wenn der Bankdirektor wirklich als Informant in den Überfall verstrickt war, würden höhere Kräfte den Ermittlern ganz sicher Steine in den Weg legen und versuchen, die Aufklärung zu verhindern. Tasso war zwar bisher nicht bekannt, dass Davide Gallo, der Bürgermeister von Bozen, was seine Freunde anging, parteiisch wäre, oder gar korrupt, aber wenn dem so war, würde er das im schlimmsten Fall bald herausfinden.

Er nahm die Akte an sich. »Dann mache ich mich gleich an die Arbeit.«

»Du kannst dir zwei Leute aussuchen, die dich unterstützen. Falls du weiteres Personal brauchst, sag Bescheid.«

»Natürlich.« Tasso wollte schon gehen, als ihm der Besuch von Giulio di Fabar wieder einfiel. »Ach, und noch etwas: Hast du zufällig etwas von Mara Oberhöller gehört? Ein Freund von ihr hat nach ihr gefragt, sie soll am Wochenende hier gewesen sein.«

»Nein, tut mir leid. Ich war jetzt schon länger nicht mehr in Meran. Ich bin am zweiten Adventswochenende von Maras Vater zum Abendessen eingeladen.«

Tasso merkte auf. Das klang ganz, als würde Bruno Visconti lieber nicht hingehen wollen. Aber auch diese Nachfrage verkniff er sich fürs Erste. Vielleicht ergab sich später eine Gelegenheit. Er verabschiedete sich und kehrte an den Schreibtisch zurück, um sich zunächst einen Überblick über seinen neuen Fall zu verschaffen.

*

»Das ist wirklich eine interessante Information«, brummte Tasso widerwillig. Er hatte sich von seinem ehemaligen Kollegen zum Besuch des Gasthofs *Zur Traube* überreden lassen und Frittatensuppe bestellt, obwohl er viel lieber eine vernünftige Pizza gegessen hätte.

Vierweger ließ sich eine große Portion Knödeltris in Buttersoße schmecken. Mahnend hob er die Gabel. »Sage ich doch. Die Berta Kirchner ist nicht irgendeine senile alte Dame. Wenn die so etwas sagt, hat es eine Bedeutung.«

»Aber mal ehrlich, Johann, was ändert das? Wir könnten den Todeszeitpunkt genauer bestimmen. Aber deine angebliche Zeugin sagt selbst, dass Lenka Jovanović zu dem Zeitpunkt bereits tot war, als sie gesehen hat, dass sich da die beiden Männer im Stall herumgetrieben haben.«

»Nicht sie selbst, hast du nicht zugehört? Es war jemand,

der oder die ihr das erzählt hat. Ich vermute einen der Jugendlichen. Einer der Burschen aus dem Dorf, der sich da draußen wegen irgendeiner Mutprobe herumgetrieben hat. Das machen die so auf dem Land und in den Tälern.«

»Wie auch immer. Das passt doch alles zu dem, was wir bereits wissen. Und es bringt keinerlei neue Erkenntnisse, aufgrund derer ich die Ermittlungen wieder aufnehmen müsste.« Er schüttelte nachdrücklich den Kopf. »Da ist zum Beispiel dieser Knecht Matzoll. Der hat die ganze Zeit dieses Bauchgefühl, dass da jemand nachgeholfen hätte. Aber was nutzt denn das, solange er keinen konkreten Verdacht äußert?«

»Aber Moment mal. Da gibt es ja noch die Freundin von Fräulein Mara. Willst du nicht wenigstens mit der einmal sprechen?«

»Mara? Hast du sie etwa getroffen?«

Vierweger starrte ihn ungläubig an. »Wo bist du mit deinen Gedanken? Das habe ich vorhin schon zweimal erwähnt. Ich bin ihr gestern zufällig in Sankt Martin über den Weg gelaufen. Sie ist heute Morgen mit dem ersten Zug zurück nach Mailand gefahren, will aber voraussichtlich schon am kommenden Freitag zurückkommen.«

»Was macht sie denn überhaupt hier? Muss sie nicht studieren?«, fragte Tasso, um von seiner Unaufmerksamkeit abzulenken. Er hatte tatsächlich nicht ganz zugehört. Der Fall im Passeiertal war abgeschlossen. Es gab weiß Gott genug andere Dinge, um die er sich Sorgen machen musste.

»Ihr Vater hatte Bedenken, es könnte wegen des Attentats auf den amerikanischen Präsidenten zu Ausschreitungen kommen.«

Tasso nickte geistesabwesend. Das schien wirklich viele Leute zu bewegen, er selbst hatte das schon wieder fast vergessen. Amerika, die pompöse Beerdigung, zahllose Staatsoberhäupter – das war alles so weit weg, er wusste wirklich nicht, warum ihn das interessieren sollte.

»Aurelio, was ist los?«, hörte er Vierweger sanft fragen. »Was treibt dich um?«

Tasso lächelte gequält. »Ein unbequemer Fall. Dieser Bankraub gestern Morgen in Burgstall.«

»Oh, ja, darüber habe ich in der Zeitung gelesen. Und du sollst ermitteln?«

»So ist es.« Er seufzte vernehmlich. »Das ist ja eigentlich gar nicht mein Bereich, aber Bruno will, dass ich das übernehme, da er politische Verwicklungen fürchtet.«

»Ich verstehe.« Vierweger nickte mitfühlend. Von Fällen mit gesellschaftlichen Tretminen hatte er sich immer möglichst ferngehalten.

Tasso konnte es ihm nicht verdenken.

»Aber das ist nicht alles, oder?« Vierweger musterte ihn gründlich. »Du ziehst ein Gesicht, als würdest du dich in eines der langweiligeren Klöster zurückwünschen, in denen wir in Spanien übernachtet haben.«

Tasso schwieg lange, doch er wusste, dass er nicht drum herumkommen würde, seinem alten Weggefährten wenigstens eine knappe Erklärung zu liefern. »Es verändert sich gerade vieles«, begann er widerwillig. »Du bist schon weg, Amirante geht in ein paar Tagen in den Ruhestand … Aber vor allem stimmt mit Bruno etwas nicht. Er ist … kurz angebunden, tut sehr geschäftsmäßig. Ich kenne das ja. Wenn er nicht mit mir redet, führt er was im Schilde.« Er brach ab.

»Und du fürchtest, dass er dieses Mal etwas Größeres plant.«

»Mir scheint, dass er dabei ist, seine Nachfolge zu klären.«

»Oha. Das wäre in der Tat das Ende einer Ära. Er hat so viel bewirkt. Vor allem hat er den Menschen hier gezeigt, dass nicht alle Italiener, die hohe Posten besetzen, Tolomeis Lehren noch im Herzen tragen und uns italienisieren wollen.«

Dem konnte Tasso nur beipflichten. Johann Vierwegers Berufung zum Ispettore war ein solches Zeichen gewesen. Er war lange Zeit der einzige Südtiroler, der ein öffentliches Amt bekleidete. Posten bei der Polizei, den Behörden oder der Post wurden in der Regel an die aus dem Süden zugezogenen Italiener vergeben. Von den Einheimischen wurde das so gedeutet, dass damit auf einem inoffizielleren Weg der Versuch fortgeführt wurde, Südtirol seiner alpenländischen Kultur zu berauben. Was in den zwanziger Jahren von Ettore Tolomei, einem Schoßhund des Diktators Mussolini, begonnen worden war, hatte auch über vierzig Jahre und einen Weltkrieg später noch kein Ende gefunden.

»Es hat sich schon vieles geändert und ist auf einem guten Weg. Das ist ja auch richtig so«, erklärte Tasso und meinte es genau so, was die Situation in Südtirol und den Wunsch der Menschen nach Autonomie und Selbstbestimmung anbelangte.

»Aber jetzt wünschst du dir, dass in deinem Umfeld alles so bleibt, wie es bisher war«, stellte Vierweger Tassos Gedanken bezüglich seiner persönlichen Situation unverblümt fest.

»So, wie du es sagst, klingt das kleingeistig.«

»Aber nein, tut mir leid, alter Freund. Ich verstehe schon, was du meinst. Selbst mir ist ja bei unseren gelegentlichen Begegnungen nicht entgangen, dass Bruno seine Entführung vor fast einem Jahr nicht so gut weggesteckt hat, wie er sich selbst es vormacht.«

Tasso runzelte irritiert die Stirn, setzte an, um zu widersprechen. Aber Vierweger hatte den Nagel auf den Kopf getroffen.

»Er war stets unbeugsam, oder? Weder die Trennung von

seiner Frau noch die Amputation und die monatelange Genesung haben ihn brechen können.«

Vierweger legte ebenfalls die Stirn in Falten. »Ich dachte, seine Frau wäre tot?«

Tasso stockte kurz. »Das weiß ich gar nicht genau. Sie verschwand in den Wirren des Krieges. Einer seiner Männer hat mir mal erzählt, dass er verheiratet gewesen sei und seine Frau von den Faschisten verhaftet wurde. Oder sie wurde verschleppt, das kam ja manches Mal auf dasselbe raus. Das war für ihn wohl einer der Gründe, warum er zur *resistenza* gegangen ist. Mir selbst gegenüber hat er seine Frau mit keinem Wort erwähnt. Aber sie muss tot sein, oder? Sonst hätte er doch nach ihr gesucht, als alles vorbei war.«

»Nicht unbedingt. Vielleicht hat er gedacht, dass sie von ihm nichts mehr wissen wollte.«

Tasso nickte schweigend. Das würde Bruno ähnlich sehen.

Der Kellner kam endlich, um die Teller abzuräumen, und sie bestellten noch jeder einen Schwarzen.

»Aber zurück zum Thema«, erklärte Vierweger energisch. »Was soll ich Berta Kirchner denn nun sagen? Ich habe ihr versprochen, dass jemand von der Polizei vorbeikommt und ihre Aussage aufnimmt.«

»Du solltest nichts versprechen, was du nicht halten kannst«, knurrte Tasso unwillig. Das fehlte noch, dass er jetzt abermals in dieses düstere Tal zurückkehrte, um mit dieser alten Dame zu sprechen, so geistreich sie auch sein mochte. Während der Ermittlung hatte es beinahe die gesamte Zeit nur geregnet, und er hatte sich an jedem einzelnen Tag mehrfach gefragt, warum die Menschen hier überhaupt freiwillig lebten. Sogar Johann Vierweger hatte es von dort fortgetrieben, und der war nun wirklich alpines Urgestein.

Der Kellner servierte ihnen den Kaffee. Tasso nahm sich

die Zeit, das starke Gebräu zu genießen. Vierweger trank ebenfalls gemächlich und wartete geduldig schweigend ab. Der ehemalige Ispettore wusste nur zu genau, dass Tasso seine Aufgaben als Ermittler trotz aller Grantelei ernst nahm.

»Also gut, pass auf, Johann: Sprich mit Dacosta. Er soll einen seiner Männer zu deiner alten Freundin schicken und seine Aussage protokollieren. Triffst du Mara?«

»Wie kommst du darauf? Wir sind tatsächlich für Samstagmorgen verabredet.«

Tasso war kein bisschen überrascht. Mara war nicht nur neugierig und würde wissen wollen, was die Polizei weiterhin unternahm, sondern auch verlässlich. Sie hatte ihrer Freundin sicherlich versprochen, der Sache nachzugehen und alles über den Tod der Bäuerin herauszufinden. Dass es da nicht mehr viel herauszufinden gab, würde sie dabei kaum abhalten.

»Gut, also dann richtest du Mara bitte aus, dass ihre Freundin selbst zu Dacosta gehen und eine Aussage machen soll. Wenn diese Signorina schon darauf besteht, dass wir weiterermitteln, darf sie uns keine Informationen vorenthalten. Ach, und Mara soll sich bei Giulio di Fabar melden, der hat nach ihr gefragt. Der arme Kerl war ganz verzweifelt, weil er sie am letzten Wochenende verpasst hat.« Es würde sicher nicht schaden, wenn er da ein wenig übertrieb.

»Wird alles so gemacht.« Vierweger grinste. »Und da schau her, Aurelio Tasso, ein Bote in Liebesdingen.«

»Ach, komm schon, jetzt sei nicht albern. Wer zahlt?«

7. Kapitel, in welchem Mara das letzte Abendmahl auslässt

»... einer der ersten Höhepunkte der Auseinandersetzungen zwischen den papsttreuen della Torre und den kaisertreuen Visconti begann im Jahr 1265. Es war üblich, seine Feinde in Eisenkäfigen aufzuhängen und sie so dem öffentlichen Spott preiszugeben.« Die Stadtführerin wies auf die gemauerte Wand des Brolettos, ließ ihrem Publikum jedoch keine Gelegenheit, wohlig zu schaudern, sondern fuhr sofort in ihrem monotonen Singsang fort.

Mara zog die Schultern hoch und vergrub die Hände tief in den Taschen. Eigentlich hatte sie sich auf diese Stadtführung gefreut. Mailand war so voller Geschichte und Geschichten! Eine blühende Metropole in der Römerzeit, Sitz der einflussreichsten Familien des Mittelalters und der Renaissance, die wiederum die berühmtesten Künstler förderten, nicht zuletzt Leonardo da Vinci. Doch statt die Vergangenheit lebendig werden zu lassen, hatte die Stadtführerin eine Vorliebe dafür, Namen und Jahreszahlen herunterzurattern. Wen das interessierte, der konnte es doch im Brockhaus selbst nachlesen!

Neben Mara gähnte ein braunhaariger Student mit einem schmalen Gesicht verstohlen und grinste verlegen, als er merkte, dass sie es beobachtet hatte.

Sie lächelte. »Keine Sorge, ich finde es auch todlangweilig.«

»Schade, oder? Unser Dozent hat uns geraten, unbedingt

an dieser Stadtführung teilzunehmen. Mir scheint, er wollte, dass wir erleben, wie jemand es schafft, jegliches Interesse abzutöten.«

Dem konnte Mara kaum widersprechen.

»Dieser wandelnde Kalender ist bestimmt die Schwägerin vom Conelli«, meinte sein Kumpel, ein gedrungener blonder Bursche Anfang zwanzig.

»Conelli ist unser Dozent. Wir studieren Kunstgeschichte«, erklärte der erste überflüssigerweise.

Mara nickte freundlich und versuchte zugleich, nicht zu viel Interesse zu heucheln, damit sich die beiden nicht motiviert fühlten, am Ende mit ihr anbandeln zu wollen.

Um sie herum folgte kaum noch jemand dem Monolog der Fremdenführerin. Einige tuschelten miteinander, andere wanderten umher und betrachteten die alten Steine und Ziersockel des Broletto oder schoben mit den Schuhspitzen Steinchen über das Kopfsteinpflaster.

»Mir reicht's, ich hau ab. Kommt ihr mit?«, sagte der Blonde gerade und entfernte sich bereits von der Gruppe.

Sein Kumpel schien entsetzt. »Was ist mit dem letzten Abendmahl? Deswegen sind wir doch überhaupt mitgekommen!«

»Das ist schon tausend Jahre alt. Da wird es auf ein paar Tage mehr oder weniger auch nicht ankommen, bis wir es besuchen.«

»Ja, stimmt schon. Also, was denkst du?« Er sah Mara auffordernd an, hielt ihr sogar den Arm hin, damit sie sich einhaken könnte.

»Kunstgeschichte, ja? Ganz so alt ist das Fresko nun doch nicht.« Sie lachte amüsiert. Sie spürte einige neugierige Blicke, als hofften die Umstehenden, dass es hier eine interessantere Unterhaltung zu belauschen gäbe.

»Nein, das stimmt nicht.« Der blonde Student legte verlegen eine Hand an die Brust. »Wir studieren Maschinenbau. Das kommt nur immer so unsexy bei der Damenwelt an.«

»Aber dann sollte dein Kumpel erst recht wissen, wann Leonardo da Vinci gelebt hat. Er hat ja nicht nur schöne Bilder gemalt, sondern war auch einer der bedeutendsten Ingenieure seiner Zeit.« Mara versuchte, nicht zu belehrend zu wirken, konnte sich die Bemerkung aber nicht verkneifen.

Viel lieber hätte sie gesagt, dass sie es unsexy fand, wenn ihr ein Kerl Halbwahrheiten auftischte, um ihr zu imponieren, und sich dann obendrein noch als ungebildet herausstellte. Wie meilenweit diese beiden Grünschnäbel doch von Giulio entfernt waren. In solchen Momenten vermisste sie ihn ganz besonders.

»Ja, klar.« Ihr Gegenüber ließ den Arm sinken. Er schien zu begreifen, dass sie kein Interesse hatte, ihn näher kennenzulernen.

Mara winkte ihm freundlich zum Abschied zu und folgte der Gruppe, die zwischen den Säulen des Broletto verschwand und sich nach rechts in Richtung Dom wandte. Auf dem Platz vor dem Dom bereute sie sofort, dass sie nicht auch gegangen war, denn jetzt ließ die Fremdenführerin ein regelrechtes Stakkato an Jahreszahlen, Bauherren und bedeutenden Finanziers auf sie herabregnen. Aber sie hatte auch keinen Bedarf an hohlen Phrasen und oberflächlichen Flirts mit den beiden Studenten gehabt.

Es war Freitagmittag, gleich würde sie in einen Zug Richtung Meran steigen und nach Hause fahren. Noch nie seit Beginn ihres Studiums war ihr eine Woche an der Universität so lange vorgekommen. Sie war mit Johann Vierweger verabredet. Sie hatten gemeinsam entschieden, dass es noch Ungereimtheiten gab, was den Unfall von Lenka Jovanović anbelangte, und dass sie das nicht einfach am Telefon besprechen sollten. Also hatte Mara ein weiteres Wochenende zu Hause geplant. Ihren Eltern war sie willkommen. Sie taten zwar ganz nüchtern, freuten sich aber beide sehr, dass sie ungeplant kam.

Nach wenigen weiteren monoton vorgetragenen Sätzen der Stadtführerin hatte Mara endgültig genug. Verstohlen machte sie einige Schritte zur Seite und ließ sich dann von den vielen Menschen mitreißen, die in die Galleria Vittorio Emanuele II eintauchten. Sie mochte das Bauwerk – das ihr, wenn sie ehrlich war, sogar mehr imponierte als der Dom –, doch nun verschwendete sie keinen weiteren Blick auf die Schaufenster der Geschäfte, Marmorsäulen oder Stuckverzierungen. Sie wollte jetzt nur noch ihr Gepäck holen und endlich ihrem Heimweh nachgeben.

*

Früh am nächsten Morgen bummelte Mara am Kurhaus von Meran vorbei und wurde sich bewusst, wie beschaulich es doch in der Kurstadt zuging. Selbst im Hochsommer, im dichtesten Trubel, waren nicht annähernd so viele Leute auf den Beinen wie in Mailand. Die Rollgitter vor den Geschäften wurden gerade erst krachend aufgezogen, und nur wenige Menschen waren unterwegs; zumeist ältere Damen mit Kopftüchern und Weidenkörben auf dem Weg zum samstäglichen Wochenmarkt.

Es war noch Zeit, bis sie sich mit Johann Vierweger zum Frühstück im *Hotel Bristol* treffen wollte. Aber sie hatte schlecht geschlafen, war ruhelos und viel zu früh aufgestanden, damit sie zu Fuß in die Stadt gehen konnte.

Sie bereute es nicht. In der Nacht war endlich der erste

richtige Schnee gefallen und hatte alles in eine dichte weiße Decke gehüllt. Noch bevor die Straßenreinigung mit der Räumung begonnen hatte, war Mara unterwegs gewesen und hatte wie jedes Mal über die Veränderungen gestaunt, die ein Wintereinbruch mit sich brachte. Jegliche Geräusche klangen gedämpfter und schienen zugleich weiter getragen zu werden, die Luft war klar und kalt, und das Licht schimmerte überirdisch blau, als die winterlich späte Morgendämmerung einsetzte.

Bisher war Mara jedes Mal hin- und hergerissen gewesen, wenn sie aus Mailand zurückgekehrt war. Sie mochte das ruhelose und bunte Treiben in der Großstadt eigentlich. In den ersten Stunden kam ihr Meran dann jedes Mal schrecklich verschlafen vor.

Aber jetzt, mit dem Schnee und der Art und Weise, wie die Stadt ganz allmählich begann, sich zu regen, ging eine Gelassenheit auf sie über, die sie in der letzten Woche vermisst hatte. Natürlich hatte sie immer wieder an die tote Bäuerin und Veronikas Verzweiflung denken müssen, wenn sie sich nicht gerade auf die Auslegung der Gesetzestexte Italiens konzentrieren musste. Deshalb war sie äußerst gespannt darauf, was Johann Vierweger ihr zu berichten wüsste. Sie war davon überzeugt, dass Tasso die Ermittlungen wieder aufgenommen und vielleicht schon etwas herausgefunden hatte.

Umso enttäuschter hörte sie eine halbe Stunde später, wie der ehemalige Ispettore ihr über Schinken, Marmelade und frische Semmeln hinweg von seinem Gespräch mit dem Commissario berichtete.

»Es tut mir wirklich leid, Signorina Mara«, erklärte er zwischen zwei Bissen Rührei. »Aber ich kenne das noch sehr gut aus eigener Erfahrung. Diese Sache mit dem Bankraub in Burgstall ist hochbrisant. Es steht außer Frage, dass Aurelio sich im Moment nicht um den Vorfall im Passeiertal kümmern kann. Daher war ich am Mittwochmorgen hier in Meran, um mit diesem Dacosta zu sprechen. Er könnte mein Nachfolger werden, wussten Sie das? Jedenfalls ist er krankgemeldet. Und es scheint eine langwierige Sache zu sein, hier geht mal wieder ein Influenzavirus um. Aber ohne die Polizei kommen wir nicht weiter.«

Enttäuscht nickte Mara. Natürlich verstand sie das. Sie hatte dennoch gehofft, Veronika heute eine bessere Nachricht überbringen zu können. Ihre Freundin würde keine Ruhe geben, bis sie nicht mindestens einen weiteren Beweis bekam, dass Lenka Jovanovićs Tod nur ein Unfall gewesen war.

Mara selbst schwankte, was das anbelangte. Sie glaubte immer noch nicht recht an ein Verbrechen, wurde jedoch seit ihrem Besuch in Sankt Martin am vergangenen Dienstag das Gefühl auch nicht los, dass die Ermittler etwas übersehen hatten. Nur was?

»Diese Männer, die laut Ihrer Freundin am Stall gewesen sein sollen, warum haben die nicht die Polizei verständigt?«, überlegte sie laut.

Vierweger nickte. »Das geht mir auch schon die ganze Zeit im Kopf herum. Wir brauchen die Aussage dieser Person, die in der Nacht etwas gesehen haben will. Aurelio hat schon recht, dass es zunächst einmal nichts an der Beweislage ändert. Wenn es ein Unfall war, ist unerheblich, wann genau der sich zugetragen hat. Der Zeitpunkt wird erst interessant, wenn es darum geht, mögliche Alibis wegen eines Verbrechens zu prüfen.«

»Der, den sie für den Täter halten, war jedenfalls die gesamte fragliche Zeit im Stall.«

»Wie meinen Sie das? Wer sollte das sein?«

»Der Schafbock natürlich.« Mara sprach das mit todernster Miene aus, sodass Johann einen Moment lang stutzte, bevor er schallend lachte.

Mara legte ihr Besteck zusammen und leerte ihre Kaffeetasse. »Ich werde jetzt zu Veronika gehen und sie dazu drängen, eine Aussage zu machen. Genau, wie Sie mir geraten haben. Selbst wenn Dacosta sie nicht persönlich entgegennehmen kann, wird sich dann ja hoffentlich irgendjemand darum kümmern. Und Sie versuchen, Ihre alte Freundin davon zu überzeugen, uns zu verraten, wer ihr von der Beobachtung erzählt hat. Schlagen Sie vor, dass ich mit dieser Person spreche. Ich kann denjenigen ja schlecht verhaften. Damit ist es nichts Offizielles.«

»Gut, Fräulein Mara, genau so machen wir es. Wollen wir uns morgen Abend, bevor Sie zurück nach Mailand fahren, noch einmal treffen oder telefonieren? Ich könnte bei Ihren Eltern anrufen.«

»Nein, das lassen Sie besser. Mein Vater würde es nicht gutheißen, wenn er wüsste, dass ich hier die Hobbyermittlerin spiele. Wie kann ich Sie erreichen?«

»Tut mir leid, ich habe kein Telefon. Aber ich kann abends nach Kaltern ins Wirtshaus gehen und dort auf Ihren Anruf warten. Ich gehe da ohnehin oft sonntagabends zum Essen.«

»Einverstanden.«

Johann wollte sich erheben und griff nach seinem Hut, den er neben sich auf einen Stuhl gelegt hatte. »Ach, das hätte ich beinahe vergessen: Ihr Freund Giulio war in der Questura bei Aurelio und hat sich nach Ihnen erkundigt. Er sagte, dass seine Wirtin eine Nachricht erst sehr spät weitergegeben hat und er Sie deswegen nicht erreichen konnte.«

»Wirklich?« Unwillkürlich malte sich ein erleichtertes Lächeln auf Maras Lippen ab. Er hatte sie also nicht vergessen?

Johann grinste. »Laut Aurelio war der junge Mann äußerst

zerknirscht. Er sagte so etwas wie, dass seine Wirtin sehr um seine Moral besorgt wäre. Oder so ähnlich, ich weiß es nicht mehr genau. Jedenfalls sollen Sie sich schleunigst bei ihm melden.«

»Das werde ich. Vielen Dank, Johann!« Immer noch lächelte sie. Giulio hatte schon einmal erwähnt, dass diese Wirtin sich ziemlich aufspielte. Sie würde gleich von einem Münzfernsprecher versuchen, ihn anzurufen. Samstags arbeitete er normalerweise nicht, vielleicht hatte sie ja Glück.

*

Bevor Mara sich wie verabredet zum Modegeschäft Bacher aufmachte, hielt sie am nächstbesten Münzfernsprecher in der Nähe des Kornplatzes. Während sie wartete, dass jemand am anderen Ende der Leitung abhob, beobachtete sie zwei Jugendliche, einen schlaksigen braunhaarigen Jungen und ein drahtiges Mädchen mit schwarzen Locken, die gerade aus der Questura kamen. Der Junge kam Mara bekannt vor, aber sie konnte ihn nicht einordnen.

Endlich klickte es im Telefonhörer. Doch das gewünschte Glück blieb aus. Giulios Wirtin erklärte ihr näselnd, der junge Signor würde arbeiten. Sie gab Mara weder die Gelegenheit, nachzufragen, warum das so war, noch, wie sie ihn erreichen konnte. Sie dürfe es aber gern später am Tag nochmals versuchen. Frustriert legte sie auf und machte sich wieder auf den Weg.

Immerhin, dachte sie während ihres Gangs durch die Lauben, *gibt es heutzutage Telefone.* Was hatten die Menschen nur früher gemacht, um einander zu erreichen? Sicher, Verliebte lebten selten in verschiedenen Städten; sie als Frau hätte Meran vielleicht nicht einmal verlassen, um in Mailand zu studieren. Daher war es vermutlich die Aufgabe des Auserwählten gewesen, regelmäßig den Kontakt zu pflegen, sowohl mit der Dame des Herzens als auch mit deren Eltern. Wobei es natürlich früher eher nicht um das Herz der Dame ging, sondern um Stand, Geldbeutel oder Gebärfähigkeit der Erwählten.

Es gab noch viel zu tun, was die Gleichberechtigung anbelangte, aber es war schon einiges erreicht, fand Mara. Ihre Eltern legten ihr zumindest keine Steine in den Weg. Sie wussten von ihrer Verbindung mit Giulio. Was sie darüber dachten, hatten sie bislang nicht preisgegeben. Aber sie kannten ihn ja auch noch nicht. Wobei es sich bisher einfach nicht ergeben hatte, sie einander vorzustellen. Vielleicht könnte sich das ja diesen Winter ändern? Offenbar war sie ja nicht die Einzige, die ihre so nach Vernunft klingende und sachlich ausgehandelte Pause in ihrer Beziehung zueinander nur zu gern über den Haufen werfen würde. Giulio hatte sich nach ihr erkundigt und hatte versucht, sie zu erreichen, so viel wusste sie nun. Es war ihm also nicht gleichgültig, dass sie sich am Sonntag bei ihm zu melden versucht hatte.

Sie hätte ihm längst die Telefonnummer ihrer Eltern geben sollen. Aber daran hatte sie bisher gar nicht gedacht, schließlich wohnte sie nicht mehr dort. Zum Telefonieren waren sie immer verabredet. Genau wie sie ihm mitteilte, wenn sie aus Mailand zum Heimatbesuch kam, damit er am Bahnhof auf sie warten konnte – was er bisher stets getan hatte.

Es war verrückt: Da hatten sie schon diese modernen Möglichkeiten und nutzten sie nicht. Und wenn doch, dann stand so eine Torwächterin in Person von Giulios Wirtin zwischen ihnen.

Ganz in Gedanken erreichte Mara das Geschäft von Veronikas Eltern. Frau Bacher, mit Kopftuch und Schürze über einem schlichten Faltenrock und einer hochgeschlossenen Bluse, war gerade dabei, das große Schaufenster mit einigen Seiten Zeitungspapier trockenzuwischen.

»Grüß Gott, Frau Bacher. Ich bin mit Vreni verabredet.«

»Mara, schön dich zu sehen!« Sie wandte sich ihr zu und steckte eine Haarsträhne zurück unter das Kopftuch. »Leider habe ich schlechte Neuigkeiten: Vreni hat sich heute Morgen gemeldet, dass sie vorerst nicht nach Hause kommt.«

»Ist etwas passiert?«

»Ach nein, ihr geht's gut. Mach dir keine Sorgen. Sie ist nur vorgestern nach Innsbruck gereist, um einen Lieferanten zu besuchen. Nun muss aber im Norden letzte Nacht ein ziemlicher Sturm gewütet haben. Vreni sagte, es wären Bäume auf die Bahnstrecke gefallen und nichts geht mehr. In den Nachrichten hieß es auch, dass der Jaufenpass gesperrt wäre. Da müsste sie mit einem Taxi einen ziemlichen Umweg fahren. Ich gehe also nicht davon aus, dass sie am Wochenende zurückkommt. Du bist sicher bald wieder in Mailand, oder nicht?«

»Ja. Ich fahre am Dienstag noch einmal zurück und bleibe dann bis zu den Winterferien dort.« Mara gestand es sich ungern ein, aber sie war ein wenig erleichtert. Sie hatte ihrer Freundin keine Neuigkeiten zu überbringen und schon gar keinen arglistigen Mörder zu präsentieren. Außerdem kam sie so um die unangenehme Aufgabe herum, ihre Freundin davon zu überzeugen, eine Aussage zu machen.

Veronikas Mutter nahm den Putzeimer und den Stoß Zeitungspapier, den sie nicht verwendet hatte. »Ich muss jetzt rein und die Kundschaft bedienen. Möchtest du noch mitkommen? Oder einen Kaffee trinken?«

»Vielen Dank, Frau Bacher. Nein, dann möchte ich Sie nicht aufhalten. Sagen Sie Veronika bitte, sie soll bei meinen

Eltern anrufen, wenn sie zurück ist, damit ich Bescheid weiß. Ich werde versuche, sie von Mailand aus zu erreichen.«

»Mach das. Grüße deine Eltern recht nett von mir!«

*

Unschlüssig, was sie nun machen sollte, bummelte Mara in gemächlichem Tempo unter den Lauben hindurch in Richtung Passeirer Tor und wechselte dann über den Steinernen Steg auf die andere Seite der Passer und ihren Weg nach Hause. Der Wind frischte auf und brachte neue Schneeflocken mit, die immer dichter fielen, bis sie zu Hause ankam. Prüfend blickte sie hinauf in den Himmel. Die Wolkendecke hatte sich komplett geschlossen. Es drang nur wenig Sonnenlicht hindurch. Statt in das angenehme blaue Licht getaucht war nun alles farblos und mattgrau.

Sollte sie noch einmal nach Sankt Martin fahren und sich umhören? Nach dieser alten Bekannten von Johann Vierweger fragen?

Mara betrat das Haus. Stille empfing sie. Sie wunderte sich, bis ihr einfiel, dass ihre Eltern samt ihrer Großmutter und Friedrich auf einem schrecklich wichtigen Empfang des Meraner Tourismusverbandes im Kurhaus waren. Mara hatte dankend abgelehnt. Sie fand solche Versammlungen sterbenslangweilig.

Nach einem weiteren vergeblichen Versuch, Giulio zu erreichen – dieses Mal ging überhaupt niemand ans Telefon –, hatte sie einen Entschluss gefasst. Bevor sie hier herumhockte, konnte ein spätes Mittagessen im Gasthof *Zum Lamm* in Sankt Martin sicher nicht schaden.

8. Kapitel, in welchem Mara die »Schafbocktheorie« bei den Hörnern packt

Der Weg nach Sankt Martin erwies sich schwieriger als erwartet. Der Schnee war zwar geräumt und die Straße problemlos passierbar, aber bis Saltaus waren die Schäden des nächtlichen Wintersturms sichtbar. Veronikas Mutter hatte nicht übertrieben. Überall lagen teils armdicke Äste, die die Verkehrswacht noch nicht beseitigt hatte. An einem Bauernhof rechter Hand der Straße waren einige Männer mit einem Traktor dabei, einen entwurzelten Baum zur Seite zu ziehen. In Sankt Martin schaufelten rund ein Dutzend Männer und Frauen die Reste eines Hangrutsches von der Fahrbahn. Im Schritttempo fuhr Mara vorbei und parkte kurz darauf nahe der Kirche.

Beim Aussteigen fiel ihr das Pärchen wieder ein, das sie am Morgen in Meran vor der Questura beobachtet hatte. Sie blickte sich um. Heute waren keine Jugendlichen zu sehen. Das trübe Wetter lud auch nicht gerade dazu ein, sich länger als nötig im Freien aufzuhalten. Feuchte Wolken trieben am dunklen Himmel. Der Nebel, der sich bis jetzt in Form grauer Inseln zwischen den kahlen Lärchen gesammelt hatte, schien allmählich dichter zu werden und sich von den Berghängen kommend über die Häuser zu legen.

Je länger Mara darüber nachdachte, umso überzeugter wurde sie, dass der Junge aus Meran letzte Woche mit den andern dreien hier herumgelungert hatte: der, der den Fuß gegen die Wand gestützt und neben dem rauchenden Mädchen gestanden hatte. Das war aber nicht das Mädchen gewesen, das ihn in Meran begleitet hatte.

Was wollten die beiden in der Questura? War der Junge der geheimnisvolle Informant von Johann Vierwegers alter Freundin? Hatte er von allein Mut gefasst und zu seinen Beobachtungen in jener Nacht ausgesagt? Oder war das alles ein dummer Zufall?

Zufällen sollten Sie stets skeptisch begegnen, glaubte Mara plötzlich im Geiste Tassos Stimme zu hören, *einen oder auch einen zweiten Zufall mag es geben, aber mehrere können ein Muster bilden. Bleiben Sie da stets aufmerksam.*

In jedem Fall könnte es nicht schaden, mit dem Jungen zu sprechen, nahm Mara sich vor. Er oder einer aus seiner Clique hatte vielleicht etwas mitbekommen, das Erwachsene übersahen oder unwichtig fanden. Alt genug, um des Nachts wegen irgendwelcher Mutproben durchs Dorf zu streifen, waren sie auch.

Nur, wie diese Jugendlichen finden? Maras Blick fiel auf die Bäckerei gegenüber des Gasthofs *Zum Lamm*. Sie hatte bereits geschlossen, aber in einem der hinteren Fenster, wo sich die Backstube befinden mochte, brannte noch Licht. Mara ging um das Haus herum, fand eine Hintertür und klopfte energisch. Es dauerte nicht lang, und ein Riegel wurde zurückgeschoben.

Eine Frau um die vierzig Jahre mit so kurzen Haaren, dass es gerade noch als Damenfrisur durchgehen mochte, öffnete. Ihre dunkelbraunen Augen blickten aufmerksam, doch es wirkte erschöpft. »Was gibt es denn? Ist schon geschlossen.«

»Bitte entschuldigen Sie, ich habe nur eine kurze Frage.« Mara setzte ihr freundlichstes Lächeln auf und wies mit dem Daumen über die Schulter zum Kirchplatz. »Ich habe letztes

Wochenende hier meinen Schal verloren. Da vorne standen ein paar Jugendliche, drei Jungen und ein Mädchen, wenn ich mich recht erinnere. Ich wollte Sie fragen, ob Sie die Clique kennen. Vielleicht hat einer von denen meinen Schal gefunden.«

Die Frau neigte den Kopf zur Seite. Sie wirkte immer noch abweisend. »Natürlich kenne ich die alle. Schal verloren, ja? Sind Sie sicher, dass keiner von den Burschen was ausgefressen hat? Würde mich bei einem oder zweien von denen nicht wundern, also seien Sie ruhig ehrlich.«

Mara stutzte, dann lachte sie auf. »Ist meine Lüge so gut zu durchschauen? Das war das Erste, das mir spontan eingefallen ist.«

Die Frau deutete ihr mit einem kurzen Nicken an, fortzufahren.

»Also gut, dann will ich offen sprechen: Ich habe einen der Jungen heute Morgen in Meran gesehen, als er von der Questura kam. Ich weiß aber nicht, wie er heißt. Ich will ihm nur ein paar Fragen stellen. Vielleicht hat er nämlich vor ein paar Wochen etwas beobachtet oder gehört.«

Ein Schatten huschte über die Miene der Frau. Mara konnte nicht sagen, was ihr Gegenüber gerade dachte. Neugier und Vorsicht schienen miteinander zu ringen. »Sie meinen, ungefähr in den Tagen, als die Lenka tot in ihrem Stall gefunden wurde.«

»Genau.« Mara setzte ein strahlendes Lächeln auf und hoffte, dass es unschuldig genug wirkte.

Die Frau richtete sich ein wenig auf. Ihr Blick wurde wacher. »Vielleicht sollten Sie mit meiner Mutter sprechen. Die Polizei hat es bis jetzt nicht geschafft, ihre Aussage aufzunehmen.«

Bis dahin hatte Mara gedacht, sie spräche mit einer Verkäuferin. Aber dann war das hier ja die Bäckerin, oder? »Meinen Sie zufällig Berta Kirchner?«

»Woher wissen Sie das?« Der misstrauische Unterton in der Stimme kehrte zurück.

»Verzeihen Sie, ich habe mich ja gar nicht vorgestellt. Mein Name ist Mara Oberhöller. Ich habe vor einem Jahr ein Praktikum in der Questura in Bozen absolviert. Bei Commissario Tasso. Dabei durfte ich auch Johann Vierweger kennenlernen, der mir von seiner alten Freundin und deren Beobachtungen erzählt hat. Er hat sich darum bemüht, dass jemand vorbeikommt und eine Aussage aufnimmt, aber auf der Wache in Meran gibt es wohl gerade einige krankheitsbedingte Ausfälle.«

Diese Worte schienen das Eis zu brechen. Endlich entgegnete die Frau das Lächeln. »Und da haben die Sie geschickt.«

Das entsprach nicht ganz der Wahrheit, aber Mara nickte einfach.

»Dann passen Sie auf. Kommen Sie in einer guten halben Stunde zu uns. Sehen Sie da drüben das weiß getünchte Haus? Da wohnen wir. Ich muss hier noch aufräumen und abschließen. Bis gleich!«

Mara hatte sich kaum in die angezeigte Richtung gewandt, da schloss die Bäckerin auch schon die Tür.

Eine Absage schien nicht in Betracht zu kommen, aber Mara wollte die Gelegenheit natürlich nutzen. Da ihr nun nichts anderes übrigblieb, als sich noch ein wenig die Zeit zu vertreiben, schlenderte sie zurück zur Kirche. Hinter dem Gebäude befand sich ein kleiner ummauerter Friedhof.

Sie betrat ihn durch eine schmale Pforte und blickte sich um. Vermutlich war es Einbildung, doch ihr kam es vor, als läge der Nebel über den Gräbern dichter. Laternen mit flackernden Kerzen standen zwischen Gestecken aus Stechpalmen und Tannenzweigen. Im hinteren Teil des Friedhofs war der Grabschmuck zerzaust, vermutlich auch eine Folge des nächtlichen Sturms.

Sie erschrak, als sich hinter einem hölzernen Kreuz eine Gestalt erhob, die sich als zierliche Frau mit Pudelmütze entpuppte, die Mara ihrerseits neugierig entgegenblickte.

»Grüß Gott!«, rief Mara halblaut. »Ich wollte mich nur ein wenig umsehen.« Sie zupfte ihren Schal zurecht. Feine Tröpfchen hatten sich wie ein Spinnennetz auf den Wollfasern gebildet.

»Sie sind nicht von hier! Suchen Sie ein bestimmtes Grab?«

»Nicht direkt. Liegt Lenka Jovanović hier begraben?«

Die Frau war näher gekommen. Sie war älter, als Mara auf den ersten Blick vermutet hatte, sicherlich um die sechzig. Beim Gehen humpelte sie, entlastete die rechte Hüfte mit einem Stock. »Die Jovanović? Nein, Gott bewahre. Die würde vermutlich noch als Tote Unruhe stiften.«

»Unruhe, wieso das denn?«

Statt einer Antwort reckte die Frau das Kinn und blickte prüfend zu ihr hoch.

Mara ließ sich nicht beirren. »Sie konnte wohl kaum etwas dafür, auf welche Weise sie ums Leben gekommen ist.«

»Nein, das meine ich nicht.« Erneut schwieg die Frau, schien mit sich zu ringen, ob sie mehr sagen wollte.

Spontan hielt Mara ihr die Rechte hin. »Ich bin Mara Oberhöller. Es gibt da ein paar Ungereimtheiten, denen ich nachgehen möchte. Es scheint, dass die Polizei nicht alle Informationen erhalten und möglicherweise falsche Schlüsse gezogen hat, was den Hergang in jener Nacht anging.«

»Sehen Sie?« Die Frau ignorierte die Hand und zog stattdessen ein Taschentuch hervor, um sich die Augenwinkel abzutupfen. »Genau das führt ja zu Aufregung unter den Menschen im Dorf. Der eine sagt das, die andere will das gesehen haben … Wenn Sie mich fragen, sollte die Polizei die Sache ruhen lassen und sich mehr um das Gesindel kümmern, das sich neuerdings hier herumtreibt. Fremde, wissen Sie? Erst vorgestern hat hier ein Kerl herumgelungert. Der war mir nicht geheuer. Was der im Schilde geführt hat, war ganz sicher nicht gottgefällig.« Sie bekreuzigte sich.

Mara ließ die Hand sinken und schwieg höflich. Dieses Gespräch führte zu nichts.

»Diese Bäuerin, das war ja auch eine Fremde. Vom Balkan. Was die sich gedacht hat, ihre Ziegen hier einzuschleppen! Als ob die was Besseres wären.« Sie zischte verächtlich. »Und dieses Pack nimmt alles mit, das nicht niet- und nagelfest ist, wissen Sie? Erst kürzlich ist ein guter Gehrock verschwunden. Ein sehr guter, dicker Gehrock aus reiner Wolle. Den habe ich in die Reinigung gebracht, und als ich den wiederhaben wollte, war er weg. Angeblich schon abgeholt, haben die behauptet. Wer hätte das denn tun sollen? Der Herr Innerlufer selbst? Im Leben nicht!«

Mara schielte in Richtung Ausgang, aber die alte Frau versperrte ihr inzwischen den Weg. »Ist das Ihr Arbeitgeber?«, fragte sie aufs Geratewohl.

»Natürlich. Theodor Innerlufer, der Lehrer. Wissen Sie nicht, wer das ist?«

»Doch, selbstverständlich. Ich konnte den Namen nur gerade nicht zuordnen. Es gibt ja eine ganze Menge Innerlufers hier im Tal.« Mara lachte etwas zu laut und versuchte, sich an ihrem Gegenüber vorbeizuschieben. Die grantige alte Schachtel war ihr nicht geheuer. Das fehlte noch, dass die mit dem Stock auf sie losging, weil sie ebenfalls eine Fremde war, die nicht auf diesen Friedhof gehörte.

»Schon recht. Na, jedenfalls ist diese Jugoslawin nicht hier bestattet. Wär ja auch noch schöner.«

»Wo liegt sie denn, wenn ich fragen darf?« Ob nun Unfall oder Mord, Lenka Jovanović stand doch sicher das Recht auf ein ordentliches Begräbnis zu?

»Was weiß ich? Und nun gehen Sie mir aus dem Weg, junges Fräulein. Ich muss nach Hause und kochen für den Herrn Innerlufer. Der muss was Anständiges zu essen auf den Tisch bekommen.«

Mara blickte sich verwirrt um, bis ihr auffiel, dass der Weg zu beiden Seiten zu Portalen in der Mauer führt. Wo war sie hineingekommen? Sie trat zur Seite.

Die Frau hob den Stock. Nun wirkte sie einen kurzen Moment wirklich bedrohlich, doch dann senkte sie ihn wieder. »Einen guten Sonnabend, Kind.«

Mit diesen Worten humpelte sie von dannen. Mara blickte ihr hinterher, bis sie schwerfällig die Gittertür geöffnet hatte und hindurchgeschlüpft war. Die Tür schlug hinter ihr zu. Das Geräusch von Metall auf Metall wirkte endgültig, als wollte sie Mara einsperren – oder vom Dorf fernhalten. Das war eine Frage der Perspektive.

Allein auf dem Friedhof suchte Mara das Grab, an dem sie die Frau zuerst gesehen hatte. Ein Ehepaar Taufers lag dort, beide in den fünfziger Jahren verstorben. Demnach könnte es sich um die Eltern dieser Haushälterin handeln.

Nachdenklich verließ Mara den Friedhof. Es war Zeit, Berta Kirchner zu besuchen.

*

Erst als Mara in der gemütlichen Stube mit der tiefhängenden dunklen Balkendecke saß und sich auf der Sitzbank am Kachelofen wärmte, wurde ihr bewusst, wie sehr ihr die winterfeuchte Kälte in die Glieder gekrochen war. Sie streckte die

Beine unter den Tisch vor ihr. Es war ein Holztisch aus heller Lärche, Mara hatte nichts anderes erwartet.

»Trinken Sie, das wärmt.« Die Bäckerin Marion Kirchner reichte ihr eine Tasse heißen Kakao.

»Danke sehr.« Mara tauchte den Löffel hinein und stieß auf eine feste Oberfläche. Entzückt angelte sie die Haut heraus. Im Gegensatz zu den meisten ihrer Freundinnen liebte sie Haut auf dem Kakao. Dazu stieg ihr der Duft nach Zimt und Muskatnuss in die Nase. Mara probierte – und verbrannte sich prompt die Zunge.

Marion Kirchner verschwand, kehrte mit Tellern und einer Platte Kuchenstücke zurück, die sie vor Mara auf den Tisch stellte. »Mögen Sie Topfenstrudel? Ich habe noch einige Stücke, die ich nicht verkauft habe. Sie sind zwar nicht mehr sehr ansehnlich, aber schmecken tun sie. Wenn Sie möchten, können Sie auch noch welchen mitnehmen.«

»Sehr gern, herzlichen Dank.« Unter dem aufmerksamen Blick der alten Berta Kirchner nippte Mara dieses Mal vorsichtiger an der Tasse und fühlte sich nach dem ersten Schluck von der dicken Creme schon gesättigt. Einen Moment lang kam sie sich wieder wie ein kleines Mädchen vor: Eine Tasse Kakao, und alles Übel der Welt war vergessen.

So fiel es ihr schwer, das Thema anzusprechen, dessentwegen sie hergekommen war. Ihre beiden Gastgeberinnen schienen das zu bemerken und ließen ihr Zeit, sich ein großes Stück Strudel schmecken zu lassen. Marion Kirchner lächelte geschmeichelt, als Mara sie lobte.

Doch kaum war der Teller bis auf den letzten Krümel leer, richtete Berta Kirchner sich auf. Sie saß in einem hochlehnigen Sessel mit einer karierten Wolldecke über den Knien. Neben ihr befand sich ein Gehgestell.

»Meine Tochter hat mir schon alles erzählt. Sie haben mit

diesem italienischen Kommissar zusammengearbeitet, ja? Und Sie kennen den Soltauer Hans? Ein guter Junge.«

Mara brauchte einen Moment, bis sie sich daran erinnerte, dass auch der Knecht Sebastian Matzoll Johann Vierweger so genannt hatte. »Ja, richtig. Er meinte, dass Sie etwas beobachtet hätten und es bisher keine Gelegenheit gab, es der Polizei mitzuteilen. Deswegen bin ich hier.«

Das faltige Gesicht der alten Dame verzog sich zu einem zufriedenen Lächeln. »Sehr schön. Aber nicht *ich* habe etwas beobachtet, sondern ein Zeuge, der unerkannt bleiben möchte.«

»War das vielleicht einer der Jugendlichen aus dem Dorf? Ich habe heute Morgen in Meran einen Jungen um die fünfzehn Jahre gesehen. Er war schlank, hatte braune Haare und kam mit einem gleichaltrigen Mädchen aus der Questura. Das Mädchen hatte schwarze Locken. Ich bin mir sicher, dass ich diesen Jungen letzte Woche mit einigen anderen auf dem Kirchplatz gesehen habe.«

»Da schau her.« Berta Kirchner hob die Augenbrauen. Es sah merkwürdig aus, bis Mara begriff, dass es sich bei dem dauergewellten grauen Haar um eine Perücke handelte.

Marion Kirchner hatte sich mit ihrer Tasse gegenüber von Mara an den Tisch gesetzt. Sie trank schweigend.

»Bitte, Fräulein Oberhöller, können Sie die beiden noch etwas näher beschreiben? Aber vielleicht sind Sie da schon auf der richtigen Spur.«

»Das Mädchen habe ich zum ersten Mal gesehen, sie war letzte Woche bei dieser Gruppe nicht dabei. Sie war einen guten halben Kopf kleiner als der Junge und sehr drahtig. Der Junge sah aus, als wäre er bis jetzt nur in die Höhe geschossen, also eher dürr. Braune Haar, kurz und mit einem fransigen Pony, sehr modisch. Er trug einen schwarzen Mantel, der ihm besonders an den Schultern viel zu groß war.« Mara brach ab. Sie stellte fest, dass sie als Augenzeugin eher wenig taugte. Sie hätte weder sagen können, wie groß die beiden genau waren, noch erinnerte sie sich an weitere Details der Kleidung.

Marion Kirchner schien das jedoch zu reichen. Sie schaute auffordernd zu ihrer Mutter. »Scheint, dass du deinen Zeugen nicht mehr schützen musst. Vermutlich hat die kleine Santoro ihn davon überzeugt. Das ist«, wandte sie sich an Mara, »die Tochter des ortsansässigen Carabiniere. Laura Santoro, ein tolles Mädchen, aus dem mal eine tolle Frau wird. Klug und geradlinig, weiß, was sie will. Aber die ist nicht so gut gelitten. Wundert mich nicht, dass die nicht mit den anderen herumhängt.«

Ihre Mutter nickte versonnen.

»Und jetzt geht mir ein Licht auf. Dann ist es Frederick, habe ich recht?« Triumphierend lachte Marion Kirchner auf. »Das Alter haben Sie gut geschätzt, sechzehn sind die beide. Frederick kommt einmal in der Woche zu meiner Mutter und leistet ihr Gesellschaft.«

Berta Kirchner zeigte auf einen Beistelltisch, auf dem sich ein ansehnlicher Haufen Tageszeitungen stapelte. »Er liest mir Artikel vor, und wir diskutieren anschließend den Inhalt. Der Junge ist ebenfalls blitzgescheit, ganz anders als sein Vater, Werner Schweigkofler. Das ist so ein tumber Trottel, so wie die meisten Bauern im Dorf.«

»Mutter!«

»Ist doch wahr.« Die alte Dame strich die Decke über ihren Beinen glatt und richtete sich ein wenig auf. »Und jetzt hören Sie zu. Vor einigen Wochen haben die anderen Bengel den Frederick angestiftet, auf dem Hof von Lenka Jovanović zu spitzeln. Es hieß nämlich, sie würde dort Rituale abhalten.«

»Das hat Pfarrer Gottlieb Huber behauptet, richtig?«

»Das wissen Sie schon? Na, der und ich, das geht schon lange nicht mehr gut zusammen. Ich habe ein Kind in Schande geboren, wissen Sie?« Sie deutete mit dem Kinn auf Marion Kirchner, die weiter ungerührt zuhörte. »Ihr Vater war ein Italiener, ein fescher Soldat, den ich im Krieg kennengelernt habe. Im Großen Krieg, wohlgemerkt, 1917 war das. Ich bin mit ihm nach Apulien gegangen und habe dort einige glückliche Jahre verbracht. Marion ist da geboren, genau wie ihre Schwester. Geheiratet haben wir nie, das hat sich einfach nicht ergeben.«

»Mutter, du wolltest davon erzählen, was Frederick auf Lenkas Hof beobachtet hat.«

Berta Kirchner wedelte unwirsch mit der Hand. »Ja, schon gut. Aber, Fräulein Oberhöller, Sie sollten das schon wissen. Es ist nämlich wichtig, damit Sie meine Haltung zu diesem Pfaffen und seinem so geschätzten Herrgott einordnen können. Nicht, dass es hinterher heißt, ich wolle ihm übel nachreden, nur weil er meine Tochter nie getauft hat.«

»Schon gut. Ich finde solche Geschichten sehr interessant, machen Sie sich keine Sorgen.« Mara nippte am Kakao, der inzwischen auf eine trinkbare Temperatur abgekühlt war.

»Gut so. Na, jedenfalls erzählt der Huber überall herum, die Lenka Jovanović würde in ihrem Stall den Teufel anbeten. Würde Ziegen oder Lämmer schlachten und Blutopfer darbieten. Na, der muss sich ja auskennen, mit so einem abergläubischen Unsinn, oder?«

»Mutter, bitte.«

»Schon gut. Hören Sie zu. Ich erzähle Ihnen jetzt zwei wichtige Dinge. Ah, ich sehe, Sie haben etwas zum Schreiben mitgebracht. Ja, schreiben Sie es auf, das ist noch besser. Zum Ersten: Diese Theorie, die die Polizei da aufgestellt hat, das mit dem Schafbock. Das ist ein völliger Unsinn.«

»Wieso?«

»Der Name Sebastian Matzoll, der sagt Ihnen was? Der Wastl hat als Knecht bei der Toten gearbeitet. Und der hat von Anfang an erzählt, wie penibel die Lenka die Tiere trennt. Im Dorf werfen die ihr ja vor, sie würde die Blutlinie der Passeirer Ziegen verwässern. Das hat den Wastl immer richtig aufgeregt, das können Sie jeden fragen, der einmal solche Diskussionen im Gasthaus miterlebt hat. Jedenfalls kann da kein Bock die Lenka angerempelt haben. Beziehungsweise falls doch, dann hat da jemand nachgeholfen. Die Türen in den Trennwänden standen nämlich alle offen. Und die haben ganz sicher weder der Wastl noch Lenka selbst geöffnet.«

Mara schrieb eifrig alles in ihr Notizbuch, das sie auf dem Tisch aufgeschlagen hatte. So weit war das bisher nichts Neues. Sebastian Matzoll hatte ihr und Johann Vierweger genau das Gleiche erzählt.

Berta Kirchner hob den Zeigefinger, um die Aufmerksamkeit auf sich zu ziehen. Mara bemerkte, dass ihre Tochter amüsiert den Kopf schüttelte. Ohne Zweifel genoss die alte Dame ihren Auftritt.

»Die Frage ist doch: Wer hat diese Türen geöffnet?«

»Wissen Sie die Antwort?«

»Nicht ganz. Aber Sie müssen mit Frederick reden. Ich wäre sehr erleichtert, sofern er wirklich Mut gefasst und heute Morgen mit der Polizei gesprochen hat. Er ist in der Nacht da gewesen, in der es passiert sein muss.«

»Wie bitte? Wann war das?« Mara legte den Kugelschreiber hin und wandte sich ganz Berta Kirchner zu.

»In der Nacht von Montag auf Dienstag.« Sie legte eine bedeutsame Pause ein. »Da war Vollmond. Laut unserem Pfarrer eine gute Zeit, um sich dem Teufel anzudienen.«

Mara begriff. Der Junge war dort herumgeschlichen, weil

er nachsehen wollte, ob in dem Stall diese angeblichen Rituale abgehalten wurden. Und wenn Berta Kirchners Einschätzung stimmte, war das nicht Fredericks eigene Idee gewesen, sondern die seiner Freunde, die ihn angestiftet hatten.

Mara nickte konzentriert und machte sich eine Notiz. Da fiel ihr ein: Das bedeutete ja, dass Lenka am Montag noch gelebt hatte. Das änderte zwar nichts an den Umständen und möglichen Ursachen für ihren Tod, war aber dennoch ein interessantes Detail.

Berta Kirchner wartete geduldig, bis Mara sich ihr wieder zuwandte. »Frederick ist da gegen Mitternacht herumgeschlichen. Er hat mir erzählt, dass er im Stall war, als er Stimmen gehört hat. Zwei Männer waren dort. Er hat sich vor ihnen zwischen den Tieren versteckt, und sie haben ihn nicht bemerkt. Die haben Lenka entdeckt. Da war sie aber schon tot, zumindest schienen sie davon überzeugt zu sein. Sie haben sie liegen gelassen und sich eilig wieder davongemacht.«

»Warum haben die denn nicht die Polizei verständigt?«

»Dann hätten sie ja erklären müssen, was sie dort um Mitternacht in einem fremden Stall tun. Danach stand ihnen wohl kaum der Sinn.«

»Sie hätten doch anonym von einer Telefonzelle aus anrufen können. Schon damit die Tote da nicht noch länger liegt.« Fassungslos schüttelte Mara den Kopf. Sie erinnerte sich gut daran, was Sebastian Matzoll zum Zustand der Leiche angedeutet hatte und welchen Schaden Tierhufe anrichten konnten. Nicht nur das hätte vermieden werden können. Es wäre auch möglich gewesen, die Todesumstände viel genauer zu untersuchen.

Oder, fiel es Mara nun wie Schuppen von den Augen, *haben diese Männer genau das verhindern wollen?*

»Wegzuschauen war in diesem Fall sicherlich einfacher«,

sagte Berta Kirchner in ihre Gedanken hinein. »Aber für mich ist klar: Wer die Zwischentüren geöffnet hat, wollte, dass die Schafe und Ziegen dort möglichst viele Spuren zertrampeln.« Sie holte Luft. »Frederick war völlig aufgewühlt, aber er ist ja auch noch ein halbes Kind. Er hat nichts davon gesagt, ob er die Tote ebenfalls gesehen hat, und ich habe nicht gefragt. Er hatte genug damit zu kämpfen, dass er zunächst dachte, einer der Männer wäre sein Vater. Jetzt ist er jedoch sicher, dass dem nicht so war. Aber wer die beiden Kerle sind, weiß er nicht.«

»Das sind wirklich interessante Informationen. Ich bin zuversichtlich, dass entweder Commissario Tasso oder Ispettore Dacosta die Ermittlungen wieder aufnehmen werden, wenn Frederick aussagt. Glauben Sie denn, dass es ein Unfall war?«

Berta Kirchner reckte herausfordernd das Kinn. »Nein. Ganz sicher nicht. Und Sie?«

Mara hob abwägend die Hand. »Ich weiß es nicht.«

»Nun, es kann ja auch ein Mordversuch sein, der in einem Unfall endet, nicht wahr? Ist da nicht die Absicht entscheidend? Der Vorsatz? Und ist das nicht am Ende eher eine juristische Spitzfindigkeit?«

Mara lachte auf. »Ich bin erst im zweiten Semester. Ich habe keine Ahnung.«

»Wie auch immer. Es gibt eine Person, die zumindest für das Chaos im Stall verantwortlich ist. Und deren Motive müssen Sie aufdecken. Danach haben Sie auch eine Antwort auf meine Fragen, da bin ich sicher.«

Mara schrieb ein paar letzte Stichworte und klappte das Notizbuch zu. »Wunderbar. Ich danke Ihnen sehr. Ich werde das alles weiterleiten.«

Sie erhob sich und ging zu der alten Dame, um sich zu verabschieden. Dabei bemerkte sie, welche Zeitungen auf dem Beistelltisch lagen, und stutzte. »Der *Corriere della Sera?* Ich kann mich nicht erinnern, jemals eine italienische Zeitung in einem Südtiroler Haushalt gesehen zu haben.« Von ihrem eigenen abgesehen. Aber ihr Vater und Friedrich lasen aus rein beruflichen Gründen verschiedene Tageszeitungen, das zählte nicht.

Berta Kirchner schmunzelte. »Ich habe Ihnen doch gesagt, dass mein Mann Italiener war. Und wenn Frederick wirklich mit der kleinen Santoro anbandelt, wird es ihm nicht schaden, ihre Sprache zu lernen, oder?« Sie wurde ernst. »Der *Corriere* ist eine gute Zeitung. Wussten Sie, dass die Verleger Luigi und Alberto Albertini 1925 von den Faschisten abgesetzt wurden? Das war ein entscheidender Schritt bei der Einschränkung der Meinungsfreiheit während Mussolinis Diktatur!«

»Nein, das wusste ich nicht.« Mara war völlig überrumpelt. Mit so einem Themensprung hatte sie nicht gerechnet.

»Es tut mir leid, aber ich bringe Sie jetzt zur Tür«, unterbrach Marion Kirchner sie. »Ich bin seit heute Morgen um drei auf den Beinen.« Sie erhob sich und verließ den Raum.

Im Flur zog Mara Mantel und Schal an und gab der Bäckerin zum Abschied die Hand. »Danke, dass Sie sich die Zeit genommen haben.«

»Keine Ursache.« Die Bäckerin wirkte inzwischen völlig entspannt und aufrichtig. Aus einer Nische zog sie ein verpacktes Kuchenpaket hervor, das sie Mara in die Hände drückte. »Ich wollte Sie ungern unterbrechen, aber wenn Mutter mit diesem Thema anfängt, gibt es kein Halten mehr. So richtig ich ihre Ansichten auch finde. Möchten Sie?«

»Dem kann ich nur zustimmen. Das wäre mir für heute zu viel geworden.«

»Hat mich gefreut, Sie kennenzulernen. Wenn Sie Kontakt zum Hans – also zu Johann Vierweger – haben, kommen Sie doch mit, wenn er meine Mutter besucht.«

»Sehr gern, falls sich die Gelegenheit ergibt. Allerdings studiere ich in Mailand. Ich bin nur hier, weil ich einer Freundin versprochen habe, mich für sie umzuhören. Ab Januar geht das Studium wieder vor.«

Bei ihren Worten hatte Marion Kirchner große Augen bekommen. »Was studieren Sie?«

»Jura. Ich möchte Rechtsanwältin werden und mich speziell für die Belange von Frauen starkmachen.«

»Oh, das erzähle ich Mutter. Sie wird Sie noch mehr ins Herz schließen, als sie es ohnehin schon getan hat. Aber ich finde es auch gut, wirklich.« Sie nickte nachdrücklich.

Mara musterte ihr Gegenüber mit neu erwachtem Interesse. Ihre Geschlechtsgenossinnen reagierten meistens – im Gegensatz zu vielen Männern – positiv und bestärkend, doch so eine enthusiastische Reaktion hatte sie bisher selten erlebt.

Marion Kirchner bemerkte das. »Haben Sie sich vorhin nicht gefragt, wie ich es hier in diesem Dorf, in diesem Tal aushalte? In Schande gezeugt, mit schmutzigem Blut, nicht einmal getauft? Ständig schiefen Blicken und Vorurteilen ausgesetzt?«

»Das geht mich ... Doch, schon, wenn ich ehrlich bin.« Die beiden Kirchnerfrauen waren ihr die ganze Zeit mit Offenheit begegnet, da wäre es unsinnig, ihre Neugier abzustreiten.

»Es sind nicht alle so schlimm wie der Pfarrer. Der ist wirklich ein ordentliches Kaliber, das muss ich zugeben. Aber ich habe einige Verbündete. Unter anderem die Santoros, Lauras Eltern. Die ganze Familie, das sind ja auch bloß so *Geduldete*. Und noch ein paar andere.« Sie senkte plötzlich den Kopf. »Lenka war auch so eine. Natürlich war sie das.«

Mitfühlend legte Mara ihr eine Hand auf die Schulter. »Ich werde versuchen, alles herauszufinden, was in jener Nacht dort draußen vor sich gegangen ist.«

»Danke. Das reicht mir fast.«

»Fast?«

»Lassen Sie es mich so sagen: Was Recht ist, muss Recht bleiben. Wenn der Pfarrer damit nichts zu tun hat, lassen Sie es gut sein. Aber wenn Sie dem Ärger machen oder sogar etwas anhängen können, wäre ich nun ganz und gar nicht traurig.«

»Ich verstehe.«

Marion Kirchner hatte sich schon wieder gefangen. »Und von ein paar ganz schwierigen Menschen abgesehen, sind die Leute hier nicht schlechter als anderswo. Sie wollen Brot und Kuchen. Ich backe ihnen beides, und dafür sind sie dankbar genug.« Sie winkte zum Abschied.

»Auf Wiedersehen. Und danke für den Kakao!«

*

Es war inzwischen Nachmittag geworden. Es war trocken geblieben, doch die Wolken tauchten den Tag weiterhin in trübes Grau. Ganz in Gedanken ging Mara zurück zum Auto.

Glauben Sie denn, dass es ein Unfall war? – Nein, ganz sicher nicht. Und sie selbst? Ja, was glaubte sie? Nein, bisher hatte sie nicht geglaubt, dass sie etwas herausfinden könnte, das Tasso und seine Kollegen übersehen haben könnten. Und dennoch war sie hier in Sankt Martin, fragte herum und konnte das alles schlecht auf sich beruhen lassen. Bisher hatte sie sogar vor sich selbst behauptet, sie würde das ausschließlich zu Veronikas Beruhigung tun.

Spätestens jetzt sollte sie zugeben, dass sie sich da etwas

vorgemacht hatte. Es war noch längst nicht alles geklärt, sie hatte etwas Neues herausgefunden. Ob das am Ende an den Tatsachen etwas ändern würde und es nicht doch ein Unfall gewesen war, blieb erst einmal dahingestellt.

Und natürlich hatte Berta Kirchner eine sehr wichtige Bemerkung fallen gelassen: Ein Unfall, den eine andere Person vorsätzlich herbeigeführt hatte, war nicht mit einem Ereignis gleichzusetzen, das aus reinem Zufall geschehen war, bloß weil unglückliche Umstände zusammenkamen.

Hatte Tasso das berücksichtigt? Es war doch sicherlich nicht das erste Mal, dass er es mit einem Fall zu tun bekommen hatte, bei dem es zunächst so aussah, als gäbe es kein Fremdverschulden? Sicherlich nicht. Dazu hatte der Commissario bisher nicht den Eindruck auf sie gemacht, als würde er sich einfach mit bequemen Antworten zufriedengeben. Auch in diesem Fall war er bestimmt so gründlich vorgegangen, wie er es vermochte.

Aber dennoch konnte die Polizei nur das berücksichtigen, was sie wusste, darauf hatte ja Johann Vierweger hingewiesen. Und da die Beamten von Frederick Schweigkoflers Beobachtung nichts ahnten, änderte das alles.

Sie erreichte den Kirchplatz. Um sie herum war keine Menschenseele zu sehen, lediglich die beleuchteten Fenster des Gasthofs *Zum Lamm* bewiesen, dass sich noch nicht alle hinter die Öfen ihrer Wohnstuben verkrochen hatten. Ein Fenster stand einen Spaltbreit offen, gedämpft klang Stimmengewirr aus der Schankstube.

Mara überlegte, ob sie zu Frederick Schweigkoflers Elternhaus gehen und mit ihm reden sollte. Da fiel ihr auf, dass sie überhaupt nicht wusste, wo er wohnte. Berta Kirchner hatte davon gesprochen, dass es sich um einen Nachbarhof der Toten handelte, und der Knecht hatte den Namen ebenfalls erwähnt. Aber welcher Hof mochte es sein? Mara erinnerte sich, dass sie auf dem Weg an einigen Gehöften vorbeigekommen waren, und der Begriff »Nachbarschaft« bezog sicherlich das halbe Dorf mit ein. Frustriert brummte sie. Sie war nun wirklich eine feine Ermittlerin, wenn sie immer wieder vergaß, nach den wesentlichen Dingen zu fragen.

Dafür kam ihr eine andere Idee, und den Ort dieses Geschehens kannte sie: Sie würde sich morgen noch einmal auf den Weg hierher machen, um den Gottesdienst zu besuchen. Gab es eine bessere Möglichkeit, sich einen Eindruck von Pfarrer Huber zu verschaffen, als bei einer Sonntagspredigt von der Kanzel?

9. Kapitel, in welchem Tasso mit dem Bankdirektor noch eine Rechnung offen hat

Tasso fuhr sich mit gespreizten Fingern durch die Locken, um sie etwas zu glätten. Ihm graute vor dem bevorstehenden Besuch in diesem prunkvollen Haus, aber er hatte keine Wahl. Dieser Samstagnachmittag war die Krönung einer der schrecklichsten Wochen, die er in seiner gesamten Laufbahn je erlebt hatte. Und sie schien kein Ende zu nehmen. Denn wer konnte schon ahnen, was das Wochenende noch alles für ihn bereithielt …?

Er holte tief Luft. Viel lieber hätte er noch eine Zigarette geraucht, aber das würde die Angelegenheit auch nur wenige Minuten hinauszögern. Besser, sie brachten es hinter sich.

Er wandte sich den sechs Polizisten zu, die hinter ihm bereitstanden. Der junge Agente Cosentino war sichtlich nervös und nestelte ständig an seiner Uniformjacke herum, dass Tasso schon Sorge hatte, er würde sich einen Knopf abreißen. Aber auch den anderen war anzusehen, dass sie sich ganz woanders hinwünschten, Hauptsache weg von der Zufahrt zu dieser repräsentativen Villa in Burgstall.

Tasso straffte die Schultern. »Haben Sie noch Fragen?«

Kopfschütteln, gemurmelte Verneinungen.

»Also gut. *Forza!*« Damit drückte er das Gittertor auf. Geschlossen marschierten die Polizisten über die Einfahrt. Mit Raureif überzogener Kies knirschte unter ihren Stiefeln. Tasso fand das Geräusch verstörend, es erinnerte ihn an Soldatenstiefel im Krieg. Aber was sie hier zu tun gedachten, war etwas völlig anderes. Sie wollten die Villa nicht plündern, hier ging alles nach Recht und Ordnung zu. Und jemand wie dieser feine Bankdirektor Franco Napoletano, der sich nicht an die Gesetze hielt, musste für seine Verbrechen bestraft werden.

Sie erreichten den Eingang, eine wuchtige Eichenholztür zwischen zwei Säulen, die ein ausladendes Vordach trugen.

Tasso klingelte und klopfte zweimal kräftig. Er wartete eine ganze Zeit lang, doch niemand öffnete. Vorhin hatte er gemeint, im ersten Stock ein Gesicht hinter einer Gardine gesehen zu haben. In der Auffahrt standen zudem zwei Autos, eine schwarze Limousine von Mercedes und ein kleiner roter Fiat 500. Es musste also jemand im Haus sein, und wenn es nur der Chauffeur oder eine Haushälterin waren.

Und besser wäre es, sie würden freiwillig öffnen. Tasso war nicht danach, das Stemmeisen zu benutzen, das einer seiner Männer bei sich trug. Er klingelte mehrmals, hieb zugleich mit der Faust gegen das Holz. »Aufmachen, Polizei! Wenn Sie nicht öffnen, werden wir die Tür aufbrechen!«

Er hätte nicht sagen können, ob es nun seine Worte waren oder Zufall, jedenfalls wurde die Tür umgehend aufgerissen, und er sah einen Mann um die vierzig in schwarzem Anzug, weißem Hemd und mit Fliege vor sich. Tasso stutzte kurz. Sein Gegenüber kam ihm bekannt vor, doch er war sicher, dass sie einander noch nie begegnet waren. Er schob den Gedanken beiseite. Vielleicht fiel es ihm später wieder ein.

Beim Anblick des halben Dutzends Uniformierter mit leeren Kartons, dem Stemmeisen und weiterem Werkzeug in den Händen verzog der Mann zunächst keine Miene. »Sie wünschen?«

Tasso entfaltete ein Dokument. »Polizia di Stato, Commissario Tasso. Dies hier ist ein amtlich genehmigter Beschluss, dass wir das Haus von Dottore Franco Napoletano durchsuchen und alles mitnehmen dürfen, was uns für unsere Ermittlung zweckdienlich erscheint.«

Sein Gegenüber reckte die spitze Nase in die Luft, als versuchte er, Witterung aufzunehmen. »Ist das mit Signor Napoletano abgesprochen?«, wollte er näselnd wissen.

»Natürlich nicht.« Tasso fragte sich einen Augenblick, ob der Mann gelegentlich als Komparse einen Butler in den Edgar-Wallace-Filmen mimte, die Johann Vierweger so liebte.

»Dann kann ich Ihnen leider …«

Energisch trat Tasso dem Mann entgegen. »Sie haben keine Wahl. Lassen Sie uns unsere Arbeit machen, umso schneller sind wir wieder verschwunden.«

»Ich muss doch sehr …« Von Tassos Schwung überrumpelt trat der Mann einen Schritt zur Seite und gab so unfreiwillig den Weg frei.

»Wo ist das Büro?« Tasso dirigierte bereits seine Männer, die sich daraufhin im Haus verteilten. Alle wussten, was zu tun war: Schriftstücke, Briefe, Akten, sogar Notizen, alles, was in irgendeiner Form verdächtig schien, war einzusammeln und mitzunehmen.

»Das lasse ich nicht zu! Ich werde Signor Napoletano umgehend informieren!«

»Tun Sie das. Er darf gern seinen Anwalt mitbringen.«

Goldgerahmte Spiegel, ein roter Teppich, Stuck und ein Kristalllüster an der Decke, kurz gesagt gediegener Protz, empfing sie. Auch im Inneren stand das Haus einem kleinen *palazzo* aus den Zeiten der römischen Dekadenz in nichts nach. Im Geiste stellte Tasso sich erneut die Frage, die ihm bereits beim Anblick der Fassade gekommen war, wie nämlich der Bankdirektor einer kleinen Filiale in Burgstall sich so etwas leisten konnte. Die Antwort war möglicherweise in einem Dokument oder anderem Beweis zu finden, nach dem sie heute hier suchten.

»Rühren Sie nichts an, Signor … wie war noch der Name?«

»Tasso, leitender Commissario. *Piacere.*«

Vom Flur aus gelangte er in eine Halle und sah sich staunend um. Gegenüber dem Eingang führten rechts und links je eine Treppe zu einer umlaufenden Balustrade in den ersten Stock. In der Mitte thronte eine menschengroße Venusstatue auf einem marmornen Sockel.

»Sie kommen äußerst ungelegen!«

»Das sind wir gewohnt.«

Eine Leiter und eine gut vier Meter hohe Blaufichte sowie halb ausgepackte Kartons mit Strohsternen und Weihnachtskugeln verrieten, dass sie den Butler, oder was immer dieser Mann auch war, beim Schmücken gestört hatten.

»Keine Sorge, an der Weihnachtsdekoration sind wir nicht interessiert. Für den Fall, dass Sie meine Frage vorhin nicht verstanden haben: Wo ist das Büro?«

Der Butler verlegte sich aufs Flehen. »Bitte, setzen Sie sich doch da vorne in die Sitzecke, und ich lasse Ihnen einen Kaffee bringen. Oder Schnaps, was immer Sie wollen. Und wenn Signor Napoletano eintrifft, können wir sicher eine einvernehmliche Lösung finden!«

Er wies auf eine Sitzecke mit einem niedrigen Tisch und zwei ungemütlich wirkenden Sofas. Vermutlich diente die Ecke als eine Art Wartebereich. Danach, dass sich hier jemand hinsetzte und genüsslich einen Kaffee trank oder Zeitung las, sah es jedenfalls nicht aus.

»Das Büro?« Tasso lächelte ihn freundlich an.

»Ich sage gar nichts mehr!« Die Stimme des Mannes überschlug sich.

Tasso ignorierte ihn und wandte sich der nächstbesten Tür

zur Linken zu. Butler oder nicht, eine Ausbildung nach britischer Tradition hatte er jedenfalls nicht genossen, standen diese doch in dem Ruf, niemals die Fassung zu verlieren.

»Was ist denn los?« Eine Frau mit einer Haube über einem grauen Dutt und einer dunkelblauen Schürze erschien in einem Durchgang hinter der Sitzecke. Einer der Agenti grüßte schüchtern. Ein anderer ließ einen Hammer auf die Fliesen fallen. Der Lärm ließ alle Anwesenden zusammenzucken. Die Frau schlug die Hände vors Gesicht.

»Die Polizei! Sie wollen das Haus durchsuchen!«, kreischte der Butler in schmerzhaftem Falsett.

»Dürfen die das?«

»Sie haben ein Dokument bei sich!«

»Cosentino, Sie kommen mit mir!«, befahl Tasso. Er hatte in einem schmalen Durchgang hinter der dritten Tür, die er willkürlich geöffnet hatte, einen Schreibtisch und ein Bücherregal entdeckt. Das sah vielversprechend aus.

Er achtete nicht weiter auf die beiden zeternden Hausangestellten und betrat den Raum. Der junge Agente folgte ihm, stellte seinen Karton auf dem Schreibtisch ab und blickte sich unsicher um.

Tasso schloss die Tür. »Ich glaube nicht, dass wir mit einem Karton auskommen. Fangen Sie mit den Papieren auf dem Schreibtisch an, einschließlich der Schubladen. Den Aktenschrank dort drüben lassen wir bis zum Schluss.« Tasso graute vor den kommenden Tagen, in denen sie das ganze Material Stunden um Stunden würden sichten müssen. Aber es führte kein Weg daran vorbei, wenn sie diesen windigen Kerl überführen wollten. Er hoffte nur inständig, dass sich die ganze Arbeit auch lohnte. Nicht selten machte ein guter Anwalt mit einem lapidaren Schreiben und dem Verweis auf irgendwelche Paragrafen alles wieder zunichte.

Während Cosentino systematisch sämtliche Dokumente einsammelte, widmete Tasso sich dem Schreibtisch. Er zog die Schubladen heraus, kontrollierte die Böden, tastete nach verborgenen Fächern und Schriftstücken, die an die Rückwände geklebt sein könnten. Danach wiederholte er die Prozedur an den beiden Bücherregalen. Cosentino brachte in der Zwischenzeit den vollen Karton weg und kehrte mit neuen zurück.

Bei einer alten Anrichte vor dem Fenster, auf der eine Vase mit weißen Orchideen stand, wurde Tasso endlich fündig. Andächtig streichelte er das blank polierte rotbraune Holz. »Was mag das sein? Nussbaum?«

»Soll ich die Lade aufbrechen?« Cosentino hielt Eisenkeil und Hammer schon bereit.

Tasso hatte das Geheimfach nur zufällig gefunden, weil er mit dem Daumen an den Rändern des Möbels entlanggeglitten war. Ein kleines Schlüsselloch war so perfekt in die Holzmaserung eingefügt worden, dass es nahezu unsichtbar war.

»Nein, warten Sie damit. Vielleicht kommt der Hausherr ja bald. Dieses Ding ist antik, es wäre eine Schande, es zu beschädigen. Einen Schlüssel haben Sie nicht gefunden? Im Bleistifthalter oder zwischen den Büroklammern?«

»Tut mir leid. Ein Schlüssel für dieses Loch müsste winzig sein. Da war nur ein größerer, der auf die Glastüren des Aktenschranks passt.«

»Immerhin. Dann räumen Sie den aus. Ich schaue noch unter diesen beiden Gemälden nach, ob sich dahinter ein Tresor befindet. So etwas darf doch in keinem guten Haus fehlen, meinen Sie nicht?«

Cosentino grinste. »Niemals. Diese Blumenlandschaft finde ich recht ansprechend. Aber der Ölschinken mit der Familie, der ist schauderhaft. Ob das der Hausherr ist?«

Tasso schielte zu dem Bild hoch. Stolze Eltern, die Frau mit einem Baby auf dem Arm, und drei Kinder wie Orgelpfeifen vor den Erwachsenen – das sah nun wirklich nicht nach großer Kunst aus. Und der Mann hatte tatsächlich Ähnlichkeit mit dem Bankdirektor Franco Napoletano, mit dem er bereits das zweifelhafte Vergnügen gehabt hatte. Daran änderte auch die Kleidung aus dem ausgehenden neunzehnten Jahrhundert samt Zylinder und Gehstock nichts. Vielleicht war es aber auch ein Vorfahr.

»Ich hoffe sehr, dass die Napoletanos in der Realität besser aussehen.«

»Stimmt!« Immer noch grinsend trug Cosentino einen weiteren vollen Karton hinaus. Er hatte den Raum kaum verlassen, als wutentbranntes Geschrei hereinschallte. Das klang ganz danach, als wäre der Hausherr eingetroffen. Tasso rollte mit den Schultern und machte sich auf das bevorstehende Donnerwetter gefasst.

»Wer ist dafür verantwortlich?«, dröhnte es lautstark durch die Halle.

Die Tür flog auf, und Franco Napoletanos massige Gestalt füllte den Türrahmen. Obwohl er an einem Samstag kaum von der Arbeit gekommen sein konnte, trug er einen dunkelblauen Anzug samt Hemd und Krawatte.

Er zeigte anklagend auf Tasso. »Sie!«

»Das ist korrekt. Wir kennen uns ja bereits, Dottore Napoletano.«

»Wie können Sie es wagen, in mein Haus einzudringen?«

»Von Eindringen kann nicht die Rede sein. Ihr Angestellter hat uns eingelassen. Aber wo wir gerade beim Thema sind.« Er drehte sich zu der Anrichte um, wurde jedoch direkt wieder unterbrochen.

»Zeigen Sie mir Ihren Amtswisch. Sofort!«

»Selbstverständlich.« Tasso griff in die Innentasche seines Sakkos, entfaltete den Durchsuchungsbeschluss und hielt ihn in die Höhe. Als Napoletano danach greifen wollte, riss er ihn nachsichtig lächelnd weg. »Sie können ihn sich ansehen, und selbstverständlich gibt es in der Questura ein Duplikat. Aber dieses Dokument übergebe ich Ihrem Anwalt, sonst niemandem.«

Einen Moment lang schien es Tasso, als wollte der Bankdirektor auf ihn losgehen. Innerlich wappnete er sich, spannte die Muskeln an, um einem Schlag auszuweichen. Sein Gegenüber war im gleichen Alter, einen Kopf größer und besaß ein breites Kreuz. Das konnte unschön enden.

Es war keineswegs so, dass Tasso gerne das persönliche Hab und Gut anderer Leute durchwühlte. Sein selbstsicheres Auftreten, die Sprüche, das war alles Fassade, um zu verschleiern, wie schlecht er sich dabei fühlte. Aber es war nun einmal der einzige Weg, solange der Bankdirektor nicht gestand, den Überfall in Auftrag gegeben zu haben. Dass es so gewesen sein musste, davon war Tasso spätestens seit dem Anblick des protzigen Anwesens überzeugt.

Napoletanos Gedanken gingen vielleicht in eine ähnliche Richtung. Plötzlich entwich die gesamte Energie aus seinem Körper, und seine Schultern sackten nach vorne. »Kann ich etwas tun, um den Schaden zu begrenzen?«

»In der Tat. Sie können das Fach in dieser Anrichte öffnen. Wäre zu schade um das schöne Stück.«

»Das ist es. Wollen Sie es haben?« Napoletano fingerte umständlich an seiner Hosentasche herum und zog einen Schlüsselbund hervor.

Tasso wollte im Moment lieber nicht darüber nachdenken, was mit dem Angebot gemeint sein könnte, und gab keine Antwort. Er beobachtete ganz genau, wie der Eigentümer das

Fach mit einem winzigen Schlüssel öffnete. Darin befanden sich Briefe, adressiert an *F. Napoletano* und mit ausländischen Marken frankiert.

»Die nehme ich mit. Befindet sich hinter einem der Gemälde ein Tresor, in den ich einen Blick hineinzuwerfen hätte?«

Fasziniert beobachtete Tasso, wie erneut eine Ader auf der Schläfe des Mannes zu pochen begann. Doch er beherrschte sich und nickte nur stumm. Er ging zu dem Familienporträt über dem Schreibtisch und nahm es von der Wand. Ohne weiteres Zögern öffnete er den Tresor dahinter und trat mit einer einladenden Geste einen Schritt zurück.

»Bedienen Sie sich.«

Tasso genügte ein Blick ins Innere, und er konnte die Doppeldeutigkeit der Worte dieses Mal nicht ignorieren. Napoletano hatte ihm also wirklich vorhin die antike und sicherlich wertvolle Anrichte angeboten. Jetzt versuchte er es mit Geld, dicke Bündel Dollarnoten, die neben mehreren Mappen und Briefen in dem Tresor lagen. Oder bezog sich die Aufforderung auf den kleinen Goldbarren? Was mochte der wert sein?

Sorgfältig nahm er alle Papiere an sich – keine Aktien, soweit er das auf den ersten Blick sehen konnte, dafür einige Besitzurkunden und Kontoauszüge. Das konnte interessant werden.

»Warten Sie. Können Sie das alles in diese Mappe legen? Ich will nicht, dass davon etwas geknickt wird.« Napoletano wedelte mit einer Ledermappe in der Größe eines Aktenordners.

»Aber selbstverständlich.« Tasso wandte sich ihm mit einem strahlenden Lächeln zu. »Das wäre alles. Vielen Dank für Ihre Kooperation.«

Der Bankdirektor zog ein Gesicht, als hätte er auf eine Zitrone gebissen.

Erneut erhoben sich Stimmen in der Halle und ließen sie beide innehalten. Cosentino tauchte in der Tür auf und winkte eilig. »Tasso, wir brauchen Sie.«

»Meinetwegen. Dottore Napoletano, kommen Sie bitte mit.« Er legte die Ledermappe in den halb gefüllten Karton auf dem Schreibtisch.

»Und ich soll den Tresor offen stehen lassen? Sind Sie von Sinnen?«

»Dann bleiben Sie mit Cosentino hier und warten, bis ich zurück bin.«

Die Antwort bestand in einem eifrigen »*Signorsì!*« von Cosentino sowie einem Grollen.

Tasso eilte dem zu erwartenden Streitgespräch entgegen und wünschte nur wenige Augenblicke später, er hätte es nicht getan. Avvocato Fabio Irgendwas – den Nachnamen hatte er vergessen. Ein herausragend schlechtes Beispiel für eine Zunft, die ihren Lebensinhalt darin sah, es Polizei und Staatsanwaltschaft schwer zu machen. Tasso hatte überhaupt nichts gegen das Rechtssystem und war auch der Meinung, dass sich Angeklagte vor Gericht professionelle Unterstützung holen können sollten. Aber dieser Mann, der hier in der Halle stand wie eine lebendig gewordene Vogelscheuche, berührte mit seinem Tun sehr oft die Grenze zur Strafvereitelung.

»Was soll das hier? Haben Sie nichts Besseres zu tun, als einen unbescholtenen Bürger zu belästigen?«, fragte der Anwalt in einem aufreizend nüchternen Ton.

»Das geht alles seinen rechtmäßigen Weg, überzeugen Sie sich selbst.« Tasso überreichte ihm den Durchsuchungsbeschluss und wartete geduldig, bis sein Gegenüber es gelesen hatte.

Das folgende Schweigen sagte ihm, dass der Anwalt für

den Moment nichts für seinen Mandanten tun konnte, außer zuzusehen, wie kartonweise Unterlagen aus dem Haus geschleppt wurden.

»Das ist lächerlich«, erklärte er schließlich und drückte Tasso das Papier in die Hand. »Sie glauben also immer noch, dass mein Mandant den Banküberfall in Auftrag gegeben hat.«

»Seien Sie unbesorgt. Ich bin sicher, dass wir dafür sogar Beweise finden werden.«

»Als ob ein Mann wie Franco Napoletano das nötig hätte.«

»Nun, wenn ich mir dieses Anwesen und die Ausstattung ansehe, kann ich mir schon vorstellen, dass sein finanzieller Bedarf das doch eher bescheidene Gehalt des Leiters einer kleinen Bankfiliale übersteigt.«

»Das hatten wir doch schon geklärt.« Der Anwalt lächelte gespielt nachsichtig. »Der Besitz stammt aus dem Erbe seiner Ehefrau.«

»Ehemaliger österreichischer Adel, Großgrundbesitz in Süd- und Osttirol sowie der Steiermark – ja, schon recht. Wir haben das selbstverständlich überprüft, und das war nicht leicht. Daher weiß ich aber nun auch, dass die Familie 1918 nach dem Großen Krieg aufgrund begangener Kriegsverbrechen enteignet wurde. Falls es Ihnen entgangen ist, gab es danach eine weltweite Wirtschaftskrise und einen zweiten Krieg. Beides hat dazu beigetragen, das Vermögen weiter zu verkleinern. Und entgegen Ihrer Behauptung haben Signor Napoletano und seine Gemahlin das Grundstück hier erst 1957 gekauft und dieses Haus bauen lassen.« Sosehr es wie ein *palazzo* aus der Renaissance anmutete, war das Gebäude doch ein gerade mal wenige Jahre alter Neubau. Was passte, denn soweit Tasso das wusste, hatte es vor fünfhundert Jahren in der Alpenregion gar keine solchen Bauten im toskanischen oder lombardischen Stil gegeben.

»Dennoch ist das Vermögen der Familie immer noch beträchtlich. Sicherlich mehr, als Sie im Dienste des Staates jemals ansparen können.« Der Anwalt strich blasiert über die Aufschläge seines Mantels.

Tasso ignorierte die Provokation und wandte sich ab. Diese Diskussion führte zu nichts. Und vermutlich würde der Anwalt sich in ähnlichem Wortlaut bei der anstehenden Vernehmung wiederholen. Franco Napoletano würde am kommenden Montagmorgen vorgeladen werden, das stand bereits fest. Die belastenden Aussagen mehrerer Zeugen hätten allein schon gereicht. Mit der Hausdurchsuchung hoffte die Staatsanwaltschaft lediglich, zusätzliche Beweise für seine Schuld zu finden. Aber das würde sein Anwalt früh genug erfahren. Und Tasso gestattete sich Genugtuung über diesen Wissensvorsprung.

Der Bankdirektor war in die Halle gekommen, Cosentino gehorsam an seine Fersen geheftet. Offenbar hatte er die letzten Worte des Anwalts gehört.

»Sie sind doch nur neidisch! In Ihrem kleingeistigen Weltbild spielt Geld angeblich keine Rolle. Das ist doch eine große Lüge. Dreckiger Kommunist!«

»Ich bin Polizist, nicht Kommunist.« Tasso winkte dem Anwalt zu. »Sagen Sie Ihrem Mandanten bitte, dass ich ihn wegen Beleidigung anzeigen könnte. Es sei denn, ich hätte mich bei seinem letzten Satz verhört.«

»Sie ...«

»Franco, lass gut sein!«, schnitt ihm der Anwalt das Wort ab.

Tasso blieb vor Franco Napoletano stehen und starrte ihn einen Moment an, doch sein Gegenüber presste nur die Lippen aufeinander und verschränkte die Arme. Jetzt hatte er seine Wut also unter Kontrolle. Fast bedauerte Tasso das, auch wenn er nicht scharf auf eine Auseinandersetzung war. Die würde früh genug auf ihn zukommen, und dann wäre es besser, er hätte neben den Zeugenaussagen weitere Beweise.

Zurück im Büro nahm Cosentino eine letzte Akte und wollte nach der Ledermappe greifen, doch der Bankdirektor kam ihm zuvor.

Mit einer theatralischen Geste überreichte er sie Tasso. »Die sollten Sie persönlich tragen.«

Tasso wusste mit diesem Gebaren wenig anzufangen. Daher dankte er nüchtern und verließ mit raschen Schritten das Haus.

Die frostige Luft war wie ein Schlag ins Gesicht. Cosentino fluchte leise auf die Kälte und zog rasch seine Handschuhe an. Ihr Atem stieg in weißen Wolken in den grauen Himmel.

Die anderen fünf Polizisten warteten bereits an den Autos, die vor dem weit geöffneten Tor parkten. Der Anwalt wendete gerade einen beigefarbenen Sportwagen auf der Auffahrt und gab Vollgas.

Cosentino pfiff anerkennend durch die Zähne. »Ein Volvo P 1800S, das neueste Modell. So einen würde ich auch nicht ausschlagen. Aber da müsste ich lange sparen, damit hatte er wohl recht. Unser Sold reicht für so was nicht.«

Kies spritzte auf. Das Auto machte einen Satz und schoss davon.

Da erst dachte Tasso noch einmal genauer über die letzten Worte des Bankdirektors nach. »Cosentino, warten Sie.«

»Was ist denn?« Der junge Agente blieb stehen und wandte sich ihm zu.

Tasso zog den Reißverschluss der Mappe auf und warf einen Blick hinein. Er hatte es doch geahnt. Zwei dicke Bündel Geldscheine flatterten ihm entgegen. Amerikanische Dollar.

»Cosentino, haben Sie das hier reingelegt, oder war das unser feiner Verdächtiger?«

Er wirkte erschrocken, als Tasso das Bündel hochhob. »Der war das. Ich habe damit nichts zu tun. Er meinte, das wäre mit Ihnen abgestimmt …?«

»Wie bitte?«

Cosentino zog den Kopf zwischen die Schultern. »Nicht?«

»Das ist Bestechungsgeld, begreifen Sie das nicht?«

»Jetzt, wo Sie es sagen … Es kam mir schon seltsam vor.«

»Ich bringe das zurück. Ein Auto soll auf mich warten, die anderen können schon mal losfahren.«

Tasso machte kehrt. Dieses Mal öffnete die grauhaarige Frau ihm, fragte gar nicht erst, sondern winkte ihn hinein. »Sie kennen sich ja aus. Haben Sie etwas vergessen?«

»Eher etwas zu viel mitgenommen. Wo ist Dottore Napoletano?«

»Durch den Hintereingang hinaus und in Richtung Wald. Er wollte seine Ruhe haben.«

Und verbuddelte hoffentlich keine Beweise, die sie übersehen hatten. Tasso verwünschte immer noch diesen windigen Anwalt. Am liebsten hätte er alle beide verhaftet. Und was sollte jetzt dieser Bestechungsversuch? Wollte Napoletano damit den Beweis für seine eigenen Worte antreten und Tassos angeblich kommunistische Gesinnung auf die Probe stellen? Oder war das nur ein armseliger Versuch, seinen Kopf aus der Schlinge zu ziehen?

Er ging ins Büro. Wie erwartet war der Tresor verschlossen, das Bild hing an seinem Platz.

Kurz überlegte er. Dann nahm er einen großen Briefumschlag, legte beide Bündel hinein und schrieb mit großen Buchstaben darauf: *No, grazie!*

So war das Geld nicht auf den ersten Blick zu sehen, und

Napoletano wusste dennoch, woher es kam. Tasso hinterließ den Umschlag auf dem Schreibtisch und machte, dass er hinauskam.

*

Am Abend desselben Tages hastete Tasso durch die menschenleeren Straßen Bozens. Vermutlich war es das schlechte Wetter, das die Menschen in der Nähe ihrer Öfen hielt. Wie immer um diese Jahreszeit war die Dämmerung früh hereingebrochen, und ein eisiger Wind fegte aus den fernen Bergen bis in die hintersten Winkel der Straßen. Tasso war froh, als er endlich die Lauben erreichte, die ihn wenigstens etwas schützen würden. Er schritt dennoch rasch aus, um sich warm zu halten, hatte den Mantelkragen hochgeschlagen und die Hände tief in den Taschen vergraben.

Die Baumeister der alten Tage hatten sich schon etwas dabei gedacht, als sie die Läden und Kontore an der Hauptstraße des mittelalterlichen Handelszentrums mit den Laubengängen angelegt hatten.

Viel zu schnell erreichte er den offenen Platz vor dem Rathaus. Er überquerte ihn und bog nach rechts in die Weintraubengasse ein. Eine kräftige Bö peitschte ihm ins Gesicht, sodass er sein Tempo beschleunigte. Zum Glück war es nicht mehr weit bis zur Gastwirtschaft *Zur lustigen Reblaus*.

Er trat ein und blickte auf die Uhr. Er war eine Viertelstunde zu früh für seine Verabredung und im Moment noch der einzige Gast. »Suchen S' sich einen Platz aus, ist ja genug Auswahl«, rief ihm der bärtige Wirt entgegen.

Tasso wählte einen Ecktisch direkt in der Nähe des Eingangs.

»Was darf's sein, der Herr? Die Küche öffnet erst ab halb

sieben, aber Sie können schon auswählen.« Der Wirt kam an den Tisch und legte ihm die Speisekarte vor.

»Ein Viertel Roten, gern. Danke.« Tasso rieb sich die rot gefrorenen Hände. »Ist ja nicht viel los.«

»Nicht um die Zeit am Wochenende. In der Woche sind immer Angestellte aus dem Rathaus hier, treffen sich mit Handelsvertretern oder was weiß ich und tun wichtig. Aber die normalen Gäste kommen erst heute Abend zu Tisch.«

»*Capito.*« Tatsächlich hatte Tasso sich gewundert, als Ricardo Bosco ihm diesen Treffpunkt vorgeschlagen hatte, denn er ging nicht davon aus, dass der Bürgermeister es gerne sah, wenn sein persönlicher Assistent in der Öffentlichkeit mit der Polizei sprach. Aber die Gefahr, gesehen zu werden, bestand wohl gar nicht, erkannte er jetzt.

Zum ersten Mal seit Tagen erlaubte Tasso es sich, über Johann Vierwegers Besuch in der Questura am letzten Dienstag nachzudenken. Seit sein ehemaliger Ispettore bei ihm gewesen war, wurde er das Gefühl nicht mehr los, dass er bei der Ermittlung in Sankt Martin etwas übersehen hatte. Es gab zwar immer noch keinerlei Hinweise darauf, dass beim Tod der Schafbäuerin jemand nachgeholfen hatte, aber allein die Tatsache, dass es eine Person gab, die etwas Verdächtiges beobachtet hatte und nicht verhört worden war, war nicht hinnehmbar.

Leider hatten die Ermittlungen zum Bankraub in Burgstall ihn vollkommen ausgelastet. Dutzende Spuren und die Aussage des Kassierers der Filiale sowie einer Kundin, die Zeugin des Überfalls geworden war, hatten schon am Donnerstagmorgen zu einer Verhaftung geführt. Diese hatte weitere Stunden an Verhören samt Auswertung neuer Beweise nach sich gezogen.

So wenig aufregend seine Arbeit aus ermittlungstechnischer Sicht war, so zeitintensiv gestaltete sich alles, damit es vor Gericht auch Bestand hatte. In den letzten Tagen hatte Tasso nie weniger als zehn Stunden gearbeitet. Und eine Fahrt ins Passeiertal musste da hintanstehen. Es lag nun einmal nicht gerade um die Ecke, sodass er die Befragung von Johann Vierwegers alter Freundin nicht mal eben in eine Mittagspause schieben konnte.

Wobei ihm so eine bodenständige Befragung mehr als willkommen gewesen wäre. Ganz wie Bruno Visconti prophezeit hatte, barg die Beschuldigung des Bankdirektors als möglicher Auftraggeber eines Raubs politischen Sprengstoff. Die politischen Freunde Franco Napoletanos, allen voran Bürgermeister Gallo, waren außer sich. Dieses Kapitel war noch nicht ausgestanden. Und das war ja noch nicht alles gewesen. Der Höhepunkt würde erst am Montag mit der Vorladung und möglichen Verhaftung des Bankdirektors erfolgen. Tasso hoffte nur inständig, dass Bruno oder Vice-Questore Ferrara einen Teil der Aufgabe, die Meute in Schach zu halten, übernehmen würden. Das konnten beide sehr viel besser.

Vielleicht gelang es ihm dann auch, sich den aktuellen Verpflichtungen für einen Nachmittag zu entziehen, nach Sankt Martin zu fahren und mit dieser Frau zu sprechen. Und dann womöglich herauszufinden, was dieser unbekannte Zeuge, von dem sie gesprochen hatte, beobachtet haben wollte. Das wäre so wichtig für ihn, um diesem nagenden Gefühl zu entgehen, er könnte etwas übersehen und die Sache noch nicht ganz bis zum endgültigen Abschluss gebracht haben.

Tasso hatte kaum an dem Wein genippt, den der Wirt ihm servierte, als seine Verabredung hereinkam.

Ricardo Bosco winkte ihm freudestrahlend zu und zog schon im Näherkommen den Mantel aus. »Tasso, da sind Sie ja. Schön, Sie zu sehen.«

Seinen Posten im Vorzimmer des Bürgermeisters würde er sehr bald aufgeben, aber seinem Stil war der junge Mann treu geblieben. Die kurzen Koteletten und der Seitenscheitel entsprachen der Mode amerikanischer Politiker, von denen Tasso in den letzten Tagen zahllose Bilder in den Zeitungen gesehen hatte, weil jeder meinte, zum Tod seines Präsidenten etwas sagen zu müssen. Und auch sonst bot der junge Mann wie immer einen ausgesprochen feschen Anblick.

»Gut sehen Sie aus, Ricardo«, erwiderte Tasso aufrichtig. »Sie wirken nicht so, als würden Sie mit Ihrem Schicksal hadern.«

»Ganz im Gegenteil.« Der junge Mann setzte sich und winkte dem Wirt, ihm ebenfalls einen Viertelliter Wein zu bringen. »Das vergangene Jahr hat mir gezeigt, dass ich auf dem falschen Weg war. Zum Glück ist es ja noch nicht zu spät, das zu korrigieren. Ich bin zwar froh, dass der Bürgermeister bis zum Schluss zu mir gestanden hat und ich meine Arbeit behalten durfte. Aber noch mehr freue ich mich, wenn ich im Januar etwas Neues beginnen kann.«

Tasso nickte interessiert. »Werden Sie in Revision gehen?«

Ricardo Bosco war vor einigen Monaten – kurz bevor Tasso mit Johann Vierweger zu seiner Pilgerreise aufgebrochen war – der fahrlässigen Tötung angeklagt worden. Eine aus Tassos Sicht unnötige Angelegenheit, denn Bosco hatte einen Mann erschossen, um Tasso das Leben zu retten. Daher hatte er auch versucht, die Schuld auf sich zu nehmen, jedoch die Rechnung ohne die Spurensicherung gemacht. Seine Kollegen hatten herausgefunden, was in jener Nacht wirklich passiert war. Er hatte deswegen immer noch ein schlechtes Gewissen, denn der junge Mann hatte die Folgen seiner eigenen Tollkühnheit bei jenem Einsatz ausbaden müssen.

Entschieden schüttelte Ricardo Bosco den Kopf. »Nein,

keine Revision. Mein Anwalt hat mir geraten, das Urteil anzunehmen, und das habe ich getan. Ich bin froh, dass es jetzt vorbei ist.«

»Und ich bin erleichtert, dass das Gericht sich auf Notwehr eingelassen hat. Alles andere wäre doch lächerlich gewesen.«

»Nur meinen Waffenschein bin ich trotzdem vorerst los.« Seine Miene verdüsterte sich. »Das ist das Einzige, was ich schade finde. Ich war nicht der schlechteste Sportschütze, und es hat mir stets Spaß gemacht. Jetzt werde ich es wohl vorläufig mit Dartpfeilen versuchen.«

»Mit was?«

»Darts sind Wurfpfeile, die auf eine Scheibe mit Punkten geworfen werden. Das ist in den Lokalen in England, diesen Pubs, ein sehr beliebter Sport. Und für die Pfeile benötige ich keinen Waffenschein.« Ricardo Bosco zwinkerte.

»Ich weiß ja nicht.«

»Es ist nicht ganz dasselbe, aber mal sehen. Ich habe auch gute Neuigkeiten. Ich fange im kommenden Frühjahr ein Studium an. Ich habe die Zusage für einen Studienplatz in Mailand an der Universität erhalten.«

»Ich gratuliere. Und was werden Sie studieren?«

»Rechtswissenschaften.«

»In Mailand, sagten Sie? Das hat nicht ganz zufällig etwas mit einer gewissen jungen Frau zu tun?«

»Doch, schon, natürlich hat es das. Mara hat mich ja erst darauf gebracht.« Ricardo Bosco zupfte sich verlegen am Hemdkragen. »Viel lieber würde ich ja nach Amerika gehen und an einer der Universitäten dort studieren. Aber das ist unglaublich teuer. Also fange ich jetzt erst einmal hier an, und dann sehe ich weiter. Vielleicht gibt es noch ein Stipendium. Aber da in den Staaten haben sie ja gerade andere Sorgen.«

Tasso schwieg. Das Attentat auf den amerikanischen Präsidenten war seinem Gegenüber sehr nahegegangen, er hatte bei ihrer letzten Begegnung beinahe geweint, als das Gespräch auf den Tod Kennedys gekommen war. Ganz nachvollziehbar fand er das nicht. Sicher, Kennedy war ein wichtiger und äußerst einflussreicher Mann gewesen. Aber das Leben musste weitergehen, und die Welt stand deswegen doch nicht still.

Ricardo Bosco schien zu spüren, dass es aus Tassos Sicht dringendere Angelegenheiten gab, und lächelte. »Dürfen Sie mir etwas über den Banküberfall verraten? Es gab diese Woche im Rathaus natürlich kaum ein anderes Thema.«

Tasso zögerte. »Haben Sie noch Kontakt zur Presse? Sie waren mit dem Bruder von diesem Schmierfink Girolamo befreundet, oder?«

»Ja, das bin ich auch immer noch. Aber machen Sie sich darum keine Sorgen, dem werde ich nichts erzählen. Ich würde gern so tun, als würde es mir nichts ausmachen, wenn Sie gar nichts preisgeben, aber das wäre eine glatte Lüge.« Er grinste mit schwer verhohlener Neugier.

Tasso lachte auf. »Na, Sie haben schon recht. Verschwiegenheit ist Teil Ihres Berufs. Ich kann Ihnen ein wenig von dem verraten, was wir bereits sicher wissen: Den Überfall haben drei Männer verübt. Einen konnten wir nach Aussage des Kassierers und einer Zeugin verhaften, nach den anderen fahnden wir. Und das Vögelchen, das wir im Käfig haben, hat sofort gesungen und behauptet, der Bankdirektor habe die drei engagiert.«

»Wie bitte?« Der junge Mann zog eine Grimasse. »Wenn das stimmt, wird das dem Bürgermeister aber mal gar nicht gefallen.«

»Das kann ich mir vorstellen. Nun, diese Aussage war für den Staatsanwalt ausreichend, sodass er eine Hausdurchsuchung genehmigt hat. Aber es geht noch weiter: Unser Verdächtiger behauptet, dass die Beute zur Hälfte an Napoletano ging, den Rest durften die drei behalten. Dafür hat er ihnen Fluchthilfe samt einem Sportwagen und im Falle einer Verhaftung einen guten Anwalt zugesichert.«

Ricardo Bosco verzog angewidert das Gesicht. »Da sprach er bestimmt von seinem eigenen Anwalt, die beiden sind gute Kumpel. Bei allem Respekt, Avvocato Fabio ist ein ziemlich übler Zeitgenosse. Ich kenne ihn.«

»Ach, Fabio heißt der? Ich dachte, das wäre sein Vorname. Gut, dann weiß ich das auch. Ja, der ist mir heute Morgen begegnet. Unangenehmer Mensch.«

»Und die anderen beiden Komplizen?«

»Die sind flüchtig. Das Geld haben wir auch noch nicht gefunden. Dazu kann ich leider nicht mehr sagen.«

Ricardo Bosco schwieg nachdenklich. »Ich hätte eigentlich gedacht, dass so ein Bankdirektor ausreichend verdient. Klar, es ist nur eine kleine Filiale, aber dennoch. Wenn ich ihn sehe, trägt er gute Anzüge und maßgefertigte Schuhe. Seine Frau, das habe ich zumindest mal läuten hören, hat wohl Geld in die Ehe eingebracht.«

Tasso räusperte er sich. »Die Frage ist ja nicht, wie groß sein Vermögen ist, sondern wie viel Geld er für seinen Lebensstil benötigt. Wir haben in Napoletanos Haus eine Menge Unterlagen gefunden, die darauf hinweisen, dass er viel Geld für Antiquitäten ausgibt. Viel zu viel Geld und deutlich mehr, als er zur Verfügung haben dürfte. Wir haben Briefe einiger führender Galerien und Auktionshäuser in ganz Europa gefunden, in denen ihm Kleinmöbel und Statuetten, Uhren und dergleichen angeboten werden. Alles legal und nicht im Geringsten zu beanstanden. Solange es denn *sein* Geld ist, mit dem er die Käufe tätigt. Ich habe den Verdacht, dass er da über seine Verhältnisse investiert.« Tasso holte tief Luft. »Er verkauft auch. Das scheint seine eigentliche Leidenschaft zu sein. Günstig einkaufen und mit Gewinn verkaufen. Nur steigen Antiquitäten nicht von heute auf morgen im Preis, dazu braucht es Geduld. Und das Geld aus den Verkäufen deckt nicht einmal ansatzweise seine Kauflust. Aber unsere Ermittlungen dazu stehen noch ganz am Anfang.«

Ricardo Bosco nippte schweigend an seinem Wein. Dann blinzelte er plötzlich aufgeregt. »Diese Antiquitäten, genau das könnte es sein! Vielleicht kann ich damit Ihre Frage beantworten, wofür er so viel Geld benötigt. Bürgermeister Gallo hat ja auch das ein oder andere antike Stück in seinem Büro, vermutlich aus den gleichen Quellen. Am Ende haben er und der Bankdirektor bei Auktionen einander sogar überboten?«

»Wie ich schon sagte, es spricht nichts gegen diese Käufe. Solange die Herren es sich leisten können.«

»Aber warten Sie, Tasso. Es gab da einen Vorfall vor ungefähr einem halben Jahr. Ich erinnere mich an Gallos Empörung, als wäre es gestern gewesen. Da ging es um eine Statuette.«

»Eine Statuette aus Bronze oder Gold, ungefähr dreißig Zentimeter groß? Davon habe ich mehrere in einer Vitrine gesehen.« Tasso war jetzt hochkonzentriert und musste sich davon abhalten, sein Gegenüber zu bedrängen, schneller zu erzählen.

»Sie war aus Gold, wenn ich mich nicht irre.« Ricardo Bosco ließ seinen Blick nachdenklich in die Ferne schweifen, während er nach den richtigen Worten suchte. »Gallo und Napoletano hatten Streit wegen einer Statuette der Diana, der römischen Göttin der Jagd, ganz genau. Der Bürgermeister hat sich fürchterlich über den Kaufpreis aufgeregt. Und noch wütender wurde er, als er erfuhr, dass sein Freund

Franco Napoletano das Stück gekauft hatte. Solange solche Beträge bezahlt würden, hat er gemeint, werde es bloß immer salonfähiger, überhöhte Summen anzusetzen. Und er hat sich laut gefragt, wie ein – seine Worte! – ›Provinzbankmann sich das leisten kann, dessen Frau längst pleite ist.‹«

»Na ja. Pleite ist sie nicht. Ich glaube, die Familie hat immer noch mehr zur Verfügung, als wir beide je verdienen werden. Also, ich zumindest. Aber die geben mehr Geld aus, als sie einnehmen, soweit wir das bis jetzt wissen.«

»Und dann kommt so eine hübsche Summe im Banktresor gerade recht.«

»Ganz genau.« Es gab außerdem Hinweise, dass Napoletano dafür gesorgt hatte, dass das Geld nicht – wie eigentlich üblich – am Freitagnachmittag abgeholt wurde, sondern sich am Montagmorgen noch in der Filiale befand. Aber das behielt Tasso für sich. Diese Vermutung stand auf zu tönernen Füßen, und er konnte noch nicht abschätzen, was noch alles ans Tageslicht kam.

»Ricardo Bosco, ich glaube, Sie haben mir da gerade ein Motiv geliefert. Würden Sie Ihre Aussage auch offiziell zu Protokoll geben, falls das nötig ist?«

»Ich kann allgemein von dem Streit erzählen. Was Gallo gesagt hat, werde ich nicht wiedergeben.«

»Das reicht mir zunächst. Vielen Dank!« Tasso hob sein Glas und prostete ihm zu. »Vielleicht könnten wir Napoletano die Verwicklung in den Überfall auch ohne Ihre Hilfe nachweisen. Ich lasse ihn jedenfalls seit heute Mittag überwachen. Es könnte Fluchtgefahr bestehen.«

»Das klingt fast so, als wünschten Sie sich, dass er versucht, abzuhauen.«

»Das will ich nicht leugnen, denn dann dürfte ich ihn auf jeden Fall verhaften.« Tasso lächelte scheinheilig.

Ricardo Bosco lachte laut auf und nickte beifällig. »Ich bin mir sicher, es trifft den Richtigen.« Er trank seinen Wein aus. »Möchten Sie etwas essen? Das Wildschweingulasch ist gut!«

»Danke, ich bin um acht zum Essen verabredet. Für mich gibt es heute Pizza.« Er wollte endlich seine Einladung bei Giulio di Fabar einlösen. Der hatte sich schon lange erkenntlich zeigen wollen, weil Tasso ein gutes Wort bei den Kollegen der Spurensicherung eingelegt hatte.

Sie bezahlten, schüttelten einander die Hände, und Ricardo Bosco versprach, sich zu melden, falls ihm noch weitere Beobachtungen einfielen, die er als Assistent des Bürgermeisters gemacht hatte.

Einen zu hohen Preis für eine Statuette zahlen und deshalb einen Banküberfall in Auftrag geben? Das ist eine gute Geschichte für Tante Hedwig, dachte Tasso bei sich, während er durch die menschenleeren Straßen nach Hause hastete. Sie würde sich freuen, morgen aus erster Hand den neuesten Klatsch der Bozner Oberschicht serviert zu bekommen.

10. Kapitel, in welchem Mara keinem roten Faden folgt, aber einen schwarzen findet

Maja rieb sich die linke Stiefelspitze am rechten Hosenbein, um wieder Gefühl in die Zehen zu bekommen. Warum war es in allen Kirchen stets kälter als draußen? Die gesamte versammelte Gemeinde von Sankt Martin fror, das war unübersehbar. Immer wieder stampfte jemand auf, zog die Nase hoch oder wickelte seinen Schal noch enger um die Ohren.

Gottlieb Huber dagegen ließ sich alle Zeit der Welt mit seiner Predigt. Vielleicht fand er ja, dass die Gemeinde ein wenig Buße tun müsse, indem sie in der Kälte stand. Der Pfarrer der kleinen Gemeinde schwadronierte von Nächstenliebe und dem Geist des Advents. Erstere galt aber wohl nicht für Zugezogene oder unrechtmäßig Geborene, wie Mara bereits wusste. Sie hatte schon vorher kein gutes Bild von ihm gehabt, seine Worte zum heutigen Sonntag machten es nicht besser. Er war ein untersetzter Mann mit kurzen Armen und ohne Nacken. Das runde Gesicht zierte ein spärlicher Schnurrbart, der eher an einen Rattenschwanz erinnerte. Dazu besaß er eine tiefe Stimme, die vielleicht angenehm anzuhören gewesen wäre, würde er nicht ständig damit grollen und drohen. So klang es, als würde jeden Augenblick ein Donnerwetter über seine Schäflein hereinbrechen, persönlich von Gott gesandt und gerufen von seinem demütigen Stellvertreter auf Erden.

Mara hatte die Hände in die Mantelärmel vergraben und

vertrieb sich die Zeit damit, die Menschen zu beobachten, von denen die wenigsten der Predigt folgten. Ein alter Mann döste sogar mit halboffenem Mund in der Kirchenbank.

Immerhin, dachte Mara bei sich, *ist meine Rechnung aufgegangen.* Vor ihr in der dritten Reihe stand der Junge, der Frederick Schweigkofler sein musste, neben ihm zwei Erwachsene, vermutlich seine Eltern, sowie zwei jüngere Mädchen, vielleicht Schwestern. Immer wieder wandte er seinen Kopf nach links, wo in der ersten Reihe die junge Laura Santoro neben ihrem Vater in der schwarzen Ausgehuniform eines Carabiniere stand. Das Mädchen wagte es nur selten, Frederick einen verstohlenen Blick zuzuwerfen, aber einmal lächelte sie leicht und schaute dann rasch zum Altarraum, wo der Pfarrer, unterstützt von zwei Messdienern, das Abendmahl vorbereitete.

Da schienen sich wirklich zwei gefunden zu haben. Mara spürte ihre eigene Sehnsucht wie kleine Nadelstiche in der Brust. Es war ihr immer noch nicht gelungen, Giulio zu erreichen. Beim letzten Mal hatte sie sogar die Telefonnummer ihrer Eltern bei der Wirtin hinterlassen, allen möglichen Schwierigkeiten, die sich daraus ergeben könnten, zum Trotz. Aber nach dem bisherigen unkooperativen Verhalten von Giulios selbsternannter Sittenwächterin zu urteilen, war Mara nicht einmal sicher, ob diese die Nachricht überhaupt weitergab. Es war wie verhext.

Mit einem letzten Lied wurde die Gemeinde endlich von dieser endlos anmutenden Frostpredigt erlöst. Mara reihte sich in den Strom der Menschen ein, die es alle sehr eilig hatten, dieses Eisloch zu verlassen.

Draußen stellte sie sich ein wenig abseits an die Kirchenmauer und wartete auf die Familie Schweigkofler. Von einigen neugierigen Blicken abgesehen achtete kaum jemand auf sie. Die meisten Leute standen in Gruppen zusammen, genossen die wenige Wärme der fahlen Wintersonne und tauten im wahrsten Sinne des Wortes auf. Es wurde gelacht und gestikuliert, ein halbes Dutzend Männer wandte sich bereits in Richtung Gasthof *Zum Lamm*, wo sie bei einem Frühschoppen das Geschehen der vergangenen Woche besprechen würden.

Dann kam auch Frederick mit seiner Familie aus der Kirche. Und Mara konnte ihr Glück kaum fassen. Die beiden Mädchen rannten lachend davon, während die Eltern sich sofort zu einem anderen Ehepaar gesellten. Der Sohn sagte kurz etwas zu ihnen und stahl sich dann um die nächste Ecke der Kirche davon. Mara folgte ihm und holte ihn auf dem Friedhof ein, wo er zwischen den Gräbern umherschlenderte.

»Frederick?«

Erschrocken fuhr er zu ihr herum.

Mara hob beschwichtigend die Hände. »Tut mir leid, ich wollte dich nicht erschrecken. Mein Name ist Mara Oberhöller. Ich muss mit dir reden.«

Er verschränkte die Arme und blickte ihr erst skeptisch entgegen und dann an ihr vorbei in die Ferne. Mara drehte sich um und sah, dass Laura Santoro sich ihnen näherte.

»Ich will euch beide gar nicht lange stören. Es geht um den Tod von Lenka Jovanović. Du hast in der Nacht jemanden beobachtet, richtig?«

»Woher wissen Sie das? Und wer sind Sie überhaupt? Also, ich meine jetzt nicht Ihren Namen. Sind Sie Reporterin?«

»Ich bin ...« Ja, was eigentlich? Mara entschied sich für die Wahrheit. Zu behaupten, sie wäre von der Polizei, kam ihr Frederick gegenüber nicht richtig vor. Außerdem war das ja selbst früher nur die halbe Wahrheit gewesen und stimmte inzwischen längst nicht mehr. »Das ist etwas komplizierter. Ich bin eine Freundin von Veronika Bacher. Vielleicht sagt dir der Name etwas, oder du bist ihr mal begegnet. Sie war wiederum eine Freundin von Lenka.«

Er schüttelte den Kopf. »Der Name sagt mir nichts.«

»Aber mir.« Laura war inzwischen so nahe herangekommen, dass sie die letzten Sätze mitgehört hatte. »Vreni ist aus Meran. Sie war oft auf dem Hof von Lenka. Der Wastl kannte die auch. Sie hat ein Geschäft und wollte Lenkas Wolle irgendwie verarbeiten, vermarkten.«

Vreni – Laura kannte sogar ihren Kosenamen. Wieder spürte Mara einen Stich Eifersucht, wobei ihr sofort bewusst wurde, wie unangemessen das war. Ihre beste und älteste Freundin hatte dasselbe Recht darauf wie sie, ein eigenes Leben mit eigenen Freundschaften zu führen. Das änderte ja auch nichts daran, wie nahe sie einander standen.

Frederick wirkte nicht mehr ganz so verkrampft, schwieg aber immer noch misstrauisch.

Mara lächelte ihn beschwichtigend an. »Ganz genau. Und sowohl Vreni als auch Wastl glauben ja, dass bei Lenkas Tod etwas nicht mit rechten Dingen zuging. Ich habe dich gestern Morgen in Meran vor der Questura gesehen und gehofft, dass du womöglich eine Aussage machen wolltest, weil du etwas beobachtet hast. Wenn ich handfeste Indizien zusammentrage, nimmt die Polizei die Ermittlungen vielleicht noch einmal auf und kann Licht ins Dunkel bringen.«

»Sie *hoffen*, dass ich etwas beobachtet habe? Nein, das tun Sie nicht, oder? Sie *wissen* das. Hat Berta Kirchner Ihnen das verraten?« Er trat einen Schritt zurück.

»Nein, hat sie nicht. Sie hatte davon gesprochen, dass es einen Zeugen gibt, der in einer Nacht etwas beobachtet hat. Dazu hat sie mir nur bestätigt, dass du derjenige bist, den ich mit deiner Freundin in Meran gesehen habe. Also dachte ich mir, dass du wohl kaum zufällig dort bei der Polizei aufkreuzt, die in dem Fall ermittelt hat. Da liegt es doch nahe, dass du dieser Zeuge sein könntest.«

Bei dem Wort »Freundin« war der Junge rot geworden und hatte hastig den Kopf gesenkt.

Laura wirkte da sehr viel selbstbewusster. »Das stimmt. Ich habe ihn dazu überredet. Aber der Ispettore ist krank, und so haben wir mit niemandem gesprochen.«

»Ispettore Dacosta, richtig? Er hat mit Commissario Tasso aus Bozen ermittelt.«

Frederick nickte zögerlich. »Der Name ist gefallen, glaube ich. Und Sie kennen den, ja?«

»Genau so ist es. Ich habe im letzten Winter bei ihm ein Praktikum gemacht und durfte ihn bei einigen Ermittlungen begleiten.«

»Dann ist das jetzt deine Chance. Erzähl ihr, was du weißt, Ricky.« Laura trat auf ihn zu und packte ihn am Arm.

Mara unterdrückte ein Schmunzeln. *Ricky?* Das klang nicht nach einem Spitznamen, den seine Eltern ihm geben würden.

Er gab sich einen Ruck und begann stockend zu erzählen. »Eigentlich war das ja nicht meine Idee, hören Sie? Wir … Also ich und meine Freunde wollten nur wissen, ob da auf dem Hof wirklich irgendwelche Rituale abgehalten werden. Ich hab das nicht geglaubt, aber die anderen wollten sich mit eigenen Augen überzeugen.« Er lächelte schief. »Am Ende haben die aber alle gekniffen. Und ich dachte, gut, jetzt will ich mal wirklich wissen, wer recht hat. Also bin ich Sonntagnacht dorthin.«

»Moment. Berta Kirchner meinte, es wäre die Nacht von Montag auf Dienstag gewesen.«

»Ja, da auch.« Er zupfte sich verlegen am Ohrläppchen. Laura trat zu ihm und drückte ihm ermutigend den Arm.

»Ich dachte halt, wenn sie da was macht mit Ritualen und so, dann wird sie das ja möglicherweise vorbereiten. Wenn ich dann schon etwas Verdächtiges gesehen hätte, wären die anderen in der folgenden Nacht vielleicht doch mitgekommen. Vollmond war erst am Montag. Und der Botticelli ...«

»Wer? Der Renaissancemaler?«, unterbrach Mara ihn.

»Was für ein Maler?« Frederick runzelte verwirrt die Stirn.

»Na ja, *botticello* bedeutet doch Fässchen.« Laura lachte. »Warum der Maler so hieß, weiß ich nicht. Aber Ricky meint unseren Pfarrer. Der sieht doch aus wie eine kleine wandelnde Tonne, finden Sie nicht?«

»Mit dem hat jedenfalls alles angefangen.« Frederick wurde unwirsch, da er seine Geschichte ganz offensichtlich endlich loswerden wollte. »Er hatte was gegen die Schafbäuerin, und zwar mächtig. Mein Alter, also mein Vater, war auch nicht gut auf die zu sprechen, aber der Botticelli hatte sich so richtig auf die eingeschossen. Wie auch immer, in der Nacht von Sonntag auf Montag bin ich nicht weit gekommen, weil der Hund angeschlagen hat. Und deshalb bin ich in der Nacht darauf auch wieder allein dort gewesen.« Er schluckte unsicher.

Mara zog ihr Notizbuch aus der Manteltasche. »Hast du etwas dagegen, wenn ich das aufschreibe?«

»Nein, machen Sie nur. Muss ich denn nochmal zur Polizei, wenn ich Ihnen das jetzt erzähle?« Seine Stimme verriet deutlich, dass er alles andere lieber täte als das.

»Es schadet ganz sicher nicht, wenn du so schnell wie möglich eine offizielle Aussage machst.«

»Meine Rede.« Laura grinste triumphierend.

Mara fragte sich, ob der Junge ohne ihren Einfluss überhaupt etwas gesagt hätte.

»Ich habe sie gesehen, wissen Sie?«, entfuhr es Frederick plötzlich. »Die Bäuerin, sie lag da. Und dann kamen auch schon die beiden Männer. Bei dem einen dachte ich erst, der wäre mein Vater, aber ich bin mir inzwischen sicher, dass ich mich irre. Ich weiß nicht, wer die waren, das müssen Sie mir glauben!«

»Warum hast du denn nicht die Polizei angerufen?«

»Hab ich ja!« Frederick riss wütend die Augen auf. »Diese Männer meinten, sie wäre tot, aber ich war mir nicht sicher. Ich hab mich bloß nicht getraut, nachzusehen, wissen Sie? Das war … Auch wenn es nichts mit dem Teufel zu tun hatte, war es unheimlich. Ich bin aus dem Stall gerannt, so schnell ich konnte. Dann habe ich an der nächsten Notrufsäule die Polizei verständigt. Aber die haben nichts gemacht.« Hilflos warf er die Hände in die Luft.

Mara runzelte verblüfft die Stirn und wollte nachhaken, aber da bemerkte sie, dass Laura ihr verstohlen zunickte, und beließ es zunächst dabei.

»Frederick? Hier bist du. Kommst du?« Seine Mutter stand an der Friedhofspforte und winkte.

»Ja, Mama! Ich muss los.« Er grinste sie beide an und wollte sich an Mara vorbeischieben.

Hastig rempelte Laura ihn an. »Gib ihr den Knopf.«

»Was? Wieso?«

»Weil der untersucht werden muss. Mach schon.«

Frederick zögerte einen langen Augenblick. Laura wedelte auffordernd mit der Hand und reckte das Kinn.

Er langte in die Tasche und zog einen Knopf hervor. »Den habe ich an dem Abend vor dem Stall gefunden. Vielleicht gehört er der Person, die da vor mir gewesen ist. Er lag jedenfalls noch nicht lange dort, da bin ich sicher. Fingerabdrücke werden die aber nicht mehr finden. Ich hab die ganze Zeit damit herumgespielt. Ich muss los.« Ohne ein weiteres Wort rannte er davon.

*

Mara wog den schweren Knopf in der Hand. »Das ist schon ein auffälliges Stück. Sieht aus wie von einer Uniform oder einem Jägermantel.«

»Wer den Mantel trug, bei dem der fehlt, hat etwas mit Lenkas Tod zu tun, da bin ich ganz sicher«, erklärte Laura.

Mara lächelte. »Wie habe ich mir eigentlich dein Vertrauen verdient? Ich bin eine Fremde, die hier zufällig aufkreuzt, aber du behandelst mich, als wäre ich die zuständige Kommissarin höchstpersönlich.«

»Natürlich sind Sie eine Fremde. Sie können hier geboren worden sein und Ihr ganzes Leben hier verbracht haben und sogar akzentfrei deren Sprache sprechen. Und Sie gehören doch nicht dazu, weil nämlich schon Ihre Eltern die Fremden waren.«

Beklommen nickte Mara bei diesen bitteren Worten, die dazu so abgeklärt und erwachsen herauskamen, dass sie nicht zu dieser bis dahin so munteren Sechzehnjährigen passen wollten.

Und Laura grinste auch schon wieder. »Mein Vater schimpft sogar immer, dass mein Italienisch schlechter wär als mein Deutsch. Aber ich bin stolz drauf.« Sie zwinkerte verschwörerisch. »Zurück zu Ihnen. Sie sind nämlich jetzt schon zum dritten Mal hier im Dorf unterwegs. Sie sind eine Fremde, aber hier wissen sehr viele Leute ganz genau, wer Sie sind. Ich weiß genug, um Ihnen zu vertrauen. Denn Sie waren letzte Woche mit dem Soltauer Hans unterwegs, dem ehemaligen Ispettore Johann Vierweger. Mein Vater kennt ihn gut und hält große Stücke auf ihn. Außerdem habe ich vorhin in der Kirche bemerkt, dass die Bäckerin Marion Kirchner Sie gegrüßt hat. Sie hat sogar gelächelt, und das tut sie selten. Und so wohlwollend schon gar nicht. Auch das spricht für Sie. Die Kirchnerfrauen, Mutter und die Tochter, beide kennen sich mit den Menschen aus.«

Mara erinnerte sich daran, was Berta Kirchner über die Bündnisse derjenigen gesagt hatte, die als *andersartig* abgestempelt wurden. Die Kirchners, weil sie eine unkonventionelle Art zu leben bevorzugten, und die Fremden, wie die Santoros oder Lenka Jovanović, hatten eine eigene Allianz gebildet. Was das Mädchen sagte, passte dazu.

»Danke, Laura, ich werde mein Bestes tun und sehen, was sich in der Sache noch herausfinden lässt. Eines noch: Hast du mir vorhin ein Zeichen gegeben, als Frederick von seinem Anruf erzählt hat?«

»Habe ich. Das ist eine heikle Sache.« Laura nickte, wurde wieder ganz ernst. »Weil Ricky sich nämlich nicht davon abbringen lässt, er hätte einen sachlich informativen Notruf abgegeben.«

»So, wie du es sagst, glaubst du das aber nicht?«

»Ich habe meinen Vater danach gefragt. Sein Kollege hat den Alarm in der Nacht entgegengenommen, meinte aber, er hätte kein Wort verstanden. Es ist leider so, dass die Jungs aus dem Dorf diese Notrufsäule regelmäßig für Spaßanrufe nutzen. Und deshalb hat der Carabiniere dieses wilde Gefasel über den Teufel und Ziegen nicht ernst genommen. *Da liegt eine tote Frau inmitten von Schafen.* Das war eine Formulierung, an die er sich erinnerte, die für ihn aber keinen Sinn ergab.«

»Ich verstehe. Die Carabinieri haben gedacht, dass es bloß wieder ein Lausbubenstreich ist. Und da sie weder Namen noch Adressen hatten, hätten sie sowieso nichts anderes tun können, als abzuwarten.«

»Genau.« Laura seufzte. »Ich glaube, dass Ricky im tiefsten Inneren selbst weiß, was er da für einen Quatsch geredet hat. Das ist nicht ungewöhnlich. Mein Vater erzählt regelmäßig Anekdoten, bei denen die Leute die wesentlichen Informationen vergessen oder in ihrer Panik einfach auflegen. Aber ihm ist es nicht nur peinlich, er macht sich sogar Vorwürfe. Er meinte, er hätte ja warten können, bis eine Streife anrückt, und dann nochmal anrufen, weil das nicht passiert ist. Stattdessen ist er sofort nach Hause gelaufen.«

»Er ist zu hart zu sich. Ich kann es ihm nicht verdenken. Du sagst es ganz richtig, er stand unter Schock. Glaubst du denn, dass er seinen Vater dort im Stall gehört hat?«

Sie zog die Schultern hoch. »Ich kenne seinen Vater nicht sehr gut. Ich weiß nicht, ob ich es ihm zutrauen würde. Und ich kann mir vorstellen, dass Ricky ihn schon erkannt hat, das aber jetzt lieber verdrängen will und sich einredet, dass es ein anderer war.«

»Gut. Ich danke dir sehr, Laura.«

»Darf ich Sie noch zum Auto begleiten?«

»Na klar, warum nicht?« Dieses aufgeweckte Mädchen gefiel Mara immer besser. »Es ist allerdings ein ganzes Stück zu laufen. Ich parke unten an der Pseirerstraße.« An einem Sonntagmorgen hatte Mara direkt an der Kirche natürlich keinen Parkplatz bekommen.

»Dann kann ich Sie doch direkt fragen, was Sie beruflich machen. Würden Sie mir das verraten? Wie kommt es, dass Sie ein Praktikum bei der Polizei gemacht haben?«

»Natürlich erzähle ich dir das, ist ja kein Geheimnis. Ich studiere in Mailand Rechtswissenschaften. Und das Praktikum hat mir ein Freund meines Vaters vermittelt, um einen

Einblick zu bekommen. Damit ich mir ein Bild von den Menschen machen kann, die ich später einmal anklagen oder verteidigen soll.«

»Oder verurteilen?«

»Na ja, mal sehen. Es ist als Frau schon schwer genug, überhaupt in diese Männerdomäne einzudringen. Ob ich dann später gut genug bin, um sogar Richterin zu werden, wird sich erst noch zeigen müssen.«

»Und wollten Sie denn nicht zur Polizei?«

»Nein, ich denke nicht. Mein Praktikum war schon recht aufregend, und mir steht der Sinn nicht so sehr nach Abenteuern.« Dieses Nachforschen hier in Sankt Martin war etwas anderes. Und außerdem konnte sie es ja jederzeit sein lassen. Wobei sie sich allerdings eingestehen musste, dass inzwischen ihr Ehrgeiz angestachelt war. Sie hatte etwas herausgefunden, was der Polizei bisher nicht bekannt war, und es gab offene Fragen.

Laura seufzte dramatisch. »Ich finde das wundervoll, ich beneide Sie. Ich würde auch nichts lieber tun, als zu den Carabinieri zu gehen, genau wie mein Vater. Er will nichts davon wissen. Frauen hätten dort nichts zu suchen, viel zu gefährlich, zu anspruchsvoll und so weiter.«

»Ich kenne diese Argumente.« Mara malte Anführungszeichen um die »Argumente« in die Luft. »Du solltest dich nicht davon abhalten lassen.«

»Will ich auch nicht. Aber vermutlich werde ich an den offiziellen Aufnahmekriterien scheitern. Sportlich könnte ich es so gerade schaffen, aber am Ende bin ich wohl zu klein. Ich müsste noch vierzehn Zentimeter wachsen, und das wird eine Herausforderung.« Sie hielt sich die Hand über den Kopf und lachte schon wieder. »Aber Jura studieren, Staatsanwältin werden? Vielleicht wäre das eine Alternative. Ich wäre noch nah genug dran. Gute Idee. Danke!«

Sie hatten Maras kleinen Fiat erreicht. Sie zog das Notizbuch aus der Tasche und riss die letzte Seite heraus.

»Ich schreibe dir die Nummer meiner Eltern in Meran auf. Melde dich gern, falls du weitere Fragen hast. Wenn ich kann, werde ich dich unterstützen.«

»Oh, wirklich? Das ist großartig.« Laura strahlte übers ganze Gesicht.

Mara freute sich sehr über diese Begeisterung. »Ich weiß ja, wie schwer das ist und wie viele Hindernisse dir noch im Weg stehen. Aber konzentrier dich erst einmal auf deinen Schulabschluss. Je besser deine Noten sind, umso niedriger werden die Hürden.«

»Ist mir vollkommen klar. Und ich *bin* gut!«

Daran hatte Mara keinen Zweifel. Sie gab ihr den Zettel mit der Nummer, riss dann einen zweiten aus dem Notizbuch und wickelte den Knopf darin ein.

»Was diesen Knopf angeht, werde ich mein Möglichstes tun. Ich fürchte aber, dass die technische Untersuchung wenig enthüllen wird, das wir nicht schon wissen. Der Fadenrest ist schwarz, was aber nicht auf die Farbe des Kleidungsstücks schließen lässt. Besser wäre es wirklich, wir würden den Mantel oder die Jacke finden, zu dem er gehört.«

»Nächste Woche Sonntag ist der Adventsbasar. Da werden auch gebrauchte Klamotten gegen eine Spende verkauft. Vielleicht sollten Sie sich da einmal umschauen?«

»Wieso? Und wieso ich?«

»Ich kann mir gut vorstellen, dass der Mantel möglicherweise dort abgegeben worden ist. Ich sage jetzt einfach Mantel, aber Sie wissen, was ich meine, oder? Jedenfalls ist ein solch auffälliger Knopf bestimmt nicht zu ersetzen, und damit wird das Kleidungsstück wertlos.«

»Das wäre eine Möglichkeit. Ich halte das nicht unbedingt

für sehr wahrscheinlich, aber mich dort danach umzusehen schadet sicher nicht. Nur warum ich?«

»Sie haben doch sehr viel mehr Erfahrung, oder nicht?« Laura runzelte nachdenklich die Stirn. »Halt, nein! Ich weiß noch was Besseres. Die Sachen werden am Freitagmittag im Gemeindehaus vorsortiert. Vielleicht gelingt es meiner Mutter, Sie da einzuschmuggeln. Da ist immer jede helfende Hand willkommen. Ich werde auch da sein. Kommen Sie?«

Für einen Moment verschlug es Mara die Sprache. Überrumpelt schüttelte sie den Kopf.

Laura ließ sich nicht beirren. »Dann könnten wir den Mantel auch direkt mitnehmen, und am Ende weiß sogar jemand, wer ihn abgegeben hat. Das ist unauffällig. Niemand wird ahnen, dass wir Lenkas Mörder suchen.«

»Lenkas Mörder? Nicht so voreilig, *ragazzina*. Zunächst einmal wäre es der Mantel einer Person, dessen Knopf unmittelbar vor Lenkas Tod an deren Stall aufgetaucht ist. Es ist nicht einmal gesagt, dass diese Person ihn dort verloren hat, er könnte auch von Lenka selbst irgendwo gefunden worden und dort aus der Tasche gefallen sein.«

»Glaube ich nicht. Die einfachste Erklärung ist immer die wahrscheinlichste. Das ist so ein logisches Prinzip, habe ich gelernt.«

»Du meinst *Ockhams Skalpell*, ein Prinzip aus der Erkenntnistheorie. Ja, das kenne ich. Dein Wissen ist wirklich erstaunlich, Laura. Trotzdem; finden wir erst mal den Mantel. Danach können wir uns immer noch den Kopf darüber zerbrechen, wann und wie der Knopf zu Lenkas Stall gelangt ist.«

»Das heißt, Sie sind dabei?«

Mara zögerte. Sie musste zurück nach Mailand und hatte nicht vorgehabt, vor den Weihnachtsferien noch einmal zurückzukehren. Diesen Mantel oder was auch immer zu finden war Sache der Polizei.

Dann stellte sie sich vor, wie Commissario Tasso in alten Kleidungsstücken herumwühlte. Selbst wenn er das täte – nicht ohne ordentlich darüber zu schimpfen –, würde er vermutlich ziemlich auffallen. Gleiches galt für Ispettore Dacosta, falls er bis dahin überhaupt wieder gesund war, und eigentlich sogar für Johann Vierweger.

Es blieb niemand anderes als sie selbst. Das war noch am unauffälligsten. Denn ganz unrecht hatte Laura ja nicht. Wenn es eine Person gab, die in Lenkas Tod verwickelt war, und die den Knopf vor dem Stall verloren hatte, wäre es besser, wenn diese nichts davon ahnte, dass ihr inzwischen jemand auf die Spur gekommen war.

»Also gut. Sag deiner Mutter, dass ich am Freitag dabei bin. Du kannst bei meinen Eltern anrufen und eine Nachricht hinterlassen, wann ich wo sein soll.«

»Das mache ich. Wie aufregend!«

Mara war sich da nicht so sicher.

Sie verabschiedeten sich voneinander. Nachdenklich fuhr Mara zurück nach Meran. Sie würde diese Woche nach Mailand fahren und mit ihren Dozenten besprechen, wie sie den Stoff in Eigenarbeit nachholen konnte. Ab dem Mittwoch nach dem zweiten Advent war bereits vorlesungsfrei, da würde sie für zwei Tage sicher nicht mehr zurückfahren.

Dazu wurde es wirklich dringend Zeit, einmal mit Commissario Tasso zu sprechen. Der war ganz sicher schon jetzt alles andere als begeistert von ihrer Privatermittlung. Aber das war nun nicht mehr zu ändern. Sie hatte sich schließlich nicht darum gerissen, sondern war eher Stück für Stück da hineingestolpert.

Jetzt wollte sie allerdings auch wissen, wie es ausging.

11. Kapitel, in welchem Tasso das Ende seiner Zeit in den Alpen kommen sieht – und sich unerklärlicherweise nicht darüber freuen kann

Mit gemischten Gefühlen stand Tasso am Fußweg zum Haus seiner Tante Hedwig Vernatscher und starrte auf die mit weißen Christrosen bepflanzten Blumenbeete. Sie lag ganz sicher hinter dem Küchenfenster auf der Lauer und hatte ihren Neffen längst erspäht.

Er tat so, als wollte er noch in Ruhe zu Ende rauchen. Da sie es wegen des Gelbschleiers in den Gardinen nicht schätzte, wenn er sich im Wohnzimmer eine Zigarette anzündete, würde sie jetzt kaum die Tür aufreißen und ihn hereinbitten.

Hatte er sich bei der gestrigen Hausdurchsuchung noch eingestanden, dass ihm die wenigen Minuten, die er damit herausschinden konnte, kaum etwas nutzten, genoss er jetzt jede Sekunde an der frischen Luft. Es herrschte erstaunlich gutes Wetter für Anfang Dezember; eine kalte Wintersonne strahlte vom Himmel, die Luft war klar und trocken.

Doch irgendwann endet auch die längste Zigarette. Tasso trat sie aus, fasste sich ein Herz und ging auf die Haustür zu. Wie erwartet wurde sie aufgerissen, noch bevor er sie erreicht hatte. Seine Tante strahlte übers ganze Gesicht, ihre Wangen waren gerötet. Entweder hatte sie bereits dem Obstbrand zugesprochen, oder sie war sehr aufgeregt.

»Aurelio, wie schön, dass du endlich kommst!«

»Endlich? Ich bin pünktlich, wenn ich mich nicht irre.«

»Aber du warst so viele Wochen lang nicht da. Komm rein, damit ich die Tür zumachen kann. Mir ist klar, dass du viel arbeitest. Soll ich dir den Mantel abnehmen? Du könntest ja auch zwischendurch mal reinschauen, nur auf einen Kaffee. Jaja, ich weiß, dass dir mein Filterkaffee nicht stark genug ist. Aber das sagt sich doch so, oder nicht? Du könntest ja auch ein Stück Kuchen essen. Ich habe immer Kuchen da, das weißt du ja …«

Tasso bemühte sich, auf Durchzug zu stellen. Tante Hedwig redete stets viel, aber wenn sie derart vor sich hin plapperte, war sie wirklich aufgeregt. Er sparte sich die Nachfrage. Er würde früh genug erfahren, was sie beschäftigte.

»Geh schon in die gute Stube, nein, nicht die Treppe hinauf, der Herr Visconti isst mit uns.«

»Bruno? Schön zu hören, aber wieso das?«

»Er mag dich eben, und er weiß meine Küche zu schätzen. Im Gegensatz zu dir.«

»*Capito.*« Das bezweifelte Tasso sehr. Bruno konnte einfach besser lügen. Es war ja nicht so, dass Tante Hedwig schlecht kochte, ganz im Gegenteil. Aber sie bevorzugte die deftige alpenländische Küche, und die war nun mal nicht sein Geschmack – und auch Brunos nicht, das wusste er sehr genau. Er hatte ihm letztens erst hinter vorgehaltener Hand zugeflüstert, dass er für eine *piccata milanese* aus magerem Kalbfleisch statt der von seiner Wirtin bevorzugten Ochsenscheibe sein verbliebenes Bein gäbe.

Tasso betrat den Raum, in dem sich früher das Wohnzimmer seiner Tante befunden hatte. Seit der Questore bei ihr als Untermieter eingezogen war, nutzten sie es beide als Lesezimmer. Und nun stand seit dem Sommer sogar ein Fernseher auf der Anrichte, ein Schwarz-Weiß-Gerät, das Bruno Visconti angeschafft hatte, um auf dem Laufenden zu bleiben.

Für das akkurat ausgerichtete Häkeldeckchen darunter und die Kaktee in einem braunen Tontopf rechts daneben zeichnete wiederum Tante Hedwig verantwortlich.

Bruno saß am bereits gedeckten Tisch und las die gestrige Ausgabe der Tageszeitung *Dolomiten*.

»*Buongiorno*, Bruno.« Tasso ging zu ihm, schüttelte zur Begrüßung herzlich seine Hand und setzte sich unter das Fenster zur Rechten seines väterlichen Freundes.

Er kannte ihn lange genug, um sofort zu spüren, dass es etwas zu besprechen gab. Wobei *besprechen* eigentlich nicht passte, denn meist hatte Bruno eine Entscheidung getroffen, die er Tasso dann lediglich mitteilte und über die er nicht zu diskutieren gedachte. Was ja in den meisten Fällen in Ordnung war, beruflich sowieso.

Aber da lag dieses unbeholfene, etwas peinlich berührte Schweigen in der Luft. Es besagte, dass es sich um ein Thema handelte, bei dem Bruno Widerspruch erwartete, aber nicht dulden würde.

»Schön, dich einmal außerhalb der Questura zu sehen, Aurelio.« Bruno faltete die Zeitung sorgfältig zusammen und legte sie hinter sich auf die Armlehne des Sofas, das die kürzere Seite des Raumes vollständig einnahm.

»Willst du nicht wissen, wie es gestern mit Napoletano lief?«

Tante Hedwig platzte mit zwei dampfenden Schüsseln herein. »Stell dir vor, Aurelio, gestern war der Bürgermeister hier! Signor Gallo höchstpersönlich! Allerdings in Begleitung eines unerträglichen Italieners namens Fabio. Ich spreche doch wirklich ein vorzeigbares Italienisch – dank meines Lieblingsneffen –, aber den habe ich kaum verstanden. Und einen Tonfall hatte der am Leib!«

Aurelio hob stumm die Augenbrauen.

Bruno lächelte ein wenig gequält. »Was deine Frage vermutlich beantwortet. Ich bin über den Einsatz im Bilde. Wart ihr wenigstens erfolgreich?«

»Und ob.« Tasso wartete, bis seine Tante den Raum wieder verlassen hatte, bevor er leise fortfuhr. »Dem Haftbefehl steht nichts mehr im Wege, dagegen werden weder Gallo noch sein schrecklicher Anwalt etwas ausrichten können.«

»Und Napoletano steht unter Beobachtung?«

»Na sicher. Der Staatsanwalt geht im Gegensatz zu mir zwar nicht davon aus, dass Fluchtgefahr besteht, aber ich bin lieber vorsichtig.« Tief im Innersten hoffte Tasso immer noch, dass der Bankdirektor versuchen würde, sich aus dem Staub zu machen. Dann könnte er ihn sofort verhaften, und das wäre eine Genugtuung. Leider sah es nicht danach aus. Franco Napoletano schien sich sicher zu sein, dass sein hochbezahlter Anwalt und die Freundschaft des Bürgermeisters ihn vor dem Gesetz schützten. Nun, er würde noch früh genug feststellen, dass er sich irrte.

Tante Hedwig kam mit einer großen Terrine aus der Küche.

Bruno beugte sich zu Tasso. »Bleibst du nach dem Essen noch ein paar Minuten? Ich möchte etwas mit dir besprechen.«

Tasso nickte stumm, lächelte gleichzeitig seine Tante an und nahm die Terrine entgegen.

»Hirschgulasch in Rotweinsoße. Dazu Wirsingkohl mit Speck und Kartoffeln. Der Weingärtner Josef von nebenan hat gestern frisch geschossen.«

»Was, die Kartoffeln? Oder den Kohl?«

»Sei nicht albern, Aurelio.«

»Das riecht famos, Tante Hedwig.«

Während seine Tante noch ein letztes Mal in die Küche

183

verschwand, legte Tasso allen auf. Er hatte es doch geahnt. Bruno hatte sich im Laufe des Sommers bei seiner neuen Wirtin ganz gut eingelebt. Davon abgesehen, dass er den Trubel der Stadt vermisste, den er bei seiner früheren Wohnung am Obstplatz direkt vor der Haustür gehabt hatte, kam er mit den Umständen zurecht. Hedwig Vernatscher hatte früher zwei Zimmer im ersten Stock vermietet, in die sie nun selbst eingezogen war, um ihrem neuen Untermieter das Erdgeschoss gänzlich zu überlassen. Da Bruno Visconti für zwei zahlte – was er sich mühelos leisten konnte – und dazu den Anbau eines neuen Badezimmers finanziert hatte, hatte sich die Entscheidung eher als Formsache erwiesen.

Tasso erinnerte sich sehr gut daran, wie empört Bruno zunächst gewesen war, dann aber eingesehen hatte, dass ihm da eine sinnvolle und akzeptable Lösung angeboten wurde, denn in seiner alten Wohnung wollte er nicht mehr leben, seit er eines Nachts überfallen und aus dem eigenen Bett entführt worden war.

Beim Essen beschränkten sich die Themen auf die lokalen wie weltlichen Ereignisse der letzten Wochen. Tante Hedwig ließ sich ausschweifend über die Beerdigung John F. Kennedys am vorangegangenen Montag aus, die sie natürlich im Fernsehen verfolgt hatte. Tasso erinnerte sich mehr daran, dass er den Nachmittag für einen Ausflug nach Meran genutzt hatte, um Rosa Marthaler, der Wirtin der *Bunten Kuh*, einen Besuch abzustatten. Er hatte auf ihre exzellenten Knödel gehofft, aber vergeblich, die Gastwirtschaft machte bis zum ersten Advent Betriebsferien.

Tante Hedwig legte mit gezierter Geste ihr Besteck zusammen. »So. Ich mache jetzt den Abwasch, und Sie, Herr Visconti, können Aurelio erklären, was Sie auf dem Herzen haben.«

»Ich kann dir doch helfen, Tante Hedwig!«

»Papperlapapp. Das schaffe ich sehr gut alleine.« Schon rauschte sie mit den Schüsseln davon.

Gequält blickte Tasso sich um, entdeckte jedoch keine Möglichkeit, wie er das Unvermeidliche noch ein wenig vor sich herschieben könnte.

Kaum war Tante Hedwig aus dem Zimmer, holte Bruno Luft. »Ich will dich gar nicht lange auf die Folter spannen, mein lieber Freund. Ich werde zu Ende März meinen Dienst offiziell beenden. Da sich aber ein paar Überstunden und dergleichen angesammelt haben, ist mein letzter Arbeitstag schon der 20. Dezember, also in knapp drei Wochen.«

»Das ist nicht dein Ernst!«, entfuhr es Tasso.

Bruno seufzte tief und rieb sich die Nasenwurzel. »Leider doch. Ich weiß schon, was du sagen willst. Glaub mir, die Entscheidung ist mir nicht leichtgefallen. Aber mein Arzt hat ganz klar gesagt, dass ich es langsamer angehen lassen muss, wenn ich noch ein paar gesunde Jahre auf dieser Erde verbringen möchte.«

Tasso öffnete den Mund und schloss ihn wieder, ohne ein Wort hervorzubringen.

»Ich bin nicht krank, hörst du? Mach dir keine Sorgen. Es ist nur so, dass meine Hüfte ein wenig ausgeleiert ist. Die einseitige Belastung fordert halt ihren Tribut.« Er lächelte. »Der Arzt meinte, ich solle weniger in den Bergen herumkraxeln und auf das Tanzen verzichten.«

»Ein ziemlich müder Scherz, wenn du mich fragst.«

»Wie auch immer. Ich weiß noch nicht, was ich mit der Zeit anfangen werde. Vielleicht schreibe ich meine Memoiren.«

»Wirst du hier wohnen bleiben?« Tasso leckte sich über die Lippen. Er hatte einen ganz trockenen Mund.

»Vorläufig ja. Und ich würde mich sehr freuen, wenn du mich so oft wie möglich besuchen kommst.«

Tasso brummte gereizt. »Diese Worte hat dir doch meine Tante in den Mund gelegt.«

»Hat sie nicht. Aber in dieser Sache wären wir uns ausnahmsweise einig.«

»Wer wird denn dein Nachfolger? Ferrara?«

»Das steht noch nicht fest. Das wird im Innenministerium entschieden. Soll ich dich vorschlagen?«

Tasso unterdrückte den Impuls, sich umzusehen, denn da war natürlich nur die Wand. »Das ist nicht dein Ernst«, wiederholte er seine Worte von vorhin deshalb bloß.

Bruno erwiderte nichts, seine Miene wirkte gleichmütig. Diesen Gesichtsausdruck setzte er in solchen Gesprächen jedes Mal auf. Er ließ sich nicht in die Karten gucken, verriet mit keinem Wimpernzucken, wie es drinnen in ihm aussah und ob es ihm schwerfiel, dieses Gespräch zu führen – und falls ja, wie sehr. Es kam selten vor, dass er die Kontrolle verlor. An das letzte Mal erinnerte sich Tasso höchst ungern. Es war seine eigene Anhörung im Februar gewesen, bei der herausgekommen war, dass er zugunsten Ricardo Boscos gelogen und die Verantwortung für den tödlichen Schuss auf sich genommen hatte.

»Nein danke, kein Interesse«, knurrte Tasso schließlich. »Falls du wirklich mit dem Gedanken spielst: Lass es sein. Damit tun wir niemandem etwas Gutes. Wenn du aus dem Dienst ausscheidest, gibt es für mich schließlich keinen Grund mehr, in Bozen zu bleiben. Oder in Südtirol.«

»Nicht? Was willst du denn machen?«

»Keine Ahnung. Das kommt ein wenig plötzlich, meinst du nicht? Ich hatte noch keine Zeit, darüber nachzudenken. Nur hält mich hier nichts. Ich mag das Wetter nicht, die

Kälte, die mir bis ins Mark dringt. Und den Schnee, der mir das Vorankommen schwer macht. Und die Berge, die überall im Weg herumstehen und die Sonne wegnehmen. Und das Essen, dieses schwere fettige …«

»Aber meinen Apfelstrudel, den magst du schon, oder?« Tante Hedwig stellte die Platte mit dem warmen Strudel so heftig ab, dass Tasso einen Moment fürchtete, sie könnte zerbrechen.

Beschwichtigend hob er die Hände. »Du weißt ganz genau, dass ich …«

»Ich weiß, dass deine Mutter, meine Schwester, mit Haut und Haaren eine Südtirolerin ist, und du damit auch zur Hälfte Südtiroler. Ob dir das nun passt oder nicht. Und wenn dir kalt ist, kauf dir einen neuen Mantel oder dickere Stiefel!«

»Es tut mir leid, wenn ich …«

»Unsere Küche ist auch nicht die schlechteste. Hat dir das Gulasch heute geschmeckt oder nicht?«

»Schon, es ist nur …«

»Ich weiß schon. Aber Spaghetti oder Risotto kommen mir nicht ins Haus. Ich kann nichts dafür, wenn meine Schwester in Rom keine Zutaten für ein ordentliches Essen bekommen hat, als du ein Kind warst. Du bist es nur nicht gewohnt, das ist alles!«

Tasso gab auf. Solche Diskussionen führten zu nichts. Als wäre das Essen sein größtes Problem. Verzweifelt schaute er Bruno an, der immerhin ein wenig schuldbewusst wirkte und seinem Blick auswich.

»Ich hole noch den Schlagobers. Willst du Kaffee, Aurelio, oder ist dir der auch nicht gut genug?«

»Doch, sicher. Ich trinke eine Tasse.«

Tante Hedwig rauschte davon. Tasso starrte ihr nach, unfähig, noch einen sinnvollen Gedanken zu formulieren. Der

Tag hatte gar nicht mal so schlecht angefangen, und jetzt drohte er, in einem Desaster zu enden.

*

Am nächsten Morgen hatte sich der Nebel, der sich wie ein dämpfender Schleier über Tassos Verstand gelegt hatte, immer noch nicht gelichtet. Er war kaum in der Lage, einen klaren Gedanken zu fassen und sich auf seine Arbeit zu konzentrieren. Eigentlich musste er den Bericht über die Hausdurchsuchung vom Samstag verfassen. Stattdessen saß er an seinem Schreibtisch und starrte Löcher in die Luft.

Wie konnte Bruno ihm das antun? Ihn hier im Stich lassen? Er würde bei Tante Hedwig wohnen bleiben, hatte er behauptet. Das sollte er glauben?

Er stammte ursprünglich aus der Lombardei, genauer gesagt aus Lecco am Comer See. Auch da gab es Berge, das war Tasso aus seinen Kriegsjahren wohlbekannt. Daher war es möglich, dass Bruno sich in Südtirol nicht ganz so unwohl fühlte wie er selbst. Aber das Klima war milder, die Menschen aßen lieber Polenta und Risotto als Knödel. Die Zeit, in der die Habsburger Kaiser der Gegend ihren Stempel aufgedrückt hatten, lag deutlich länger zurück. Früher oder später, davon war Tasso überzeugt, würde es ihn dorthin zurückziehen.

Was sollte aus ihm werden? Wo sollte er hin?

Die Konstante in seinem Leben, besonders im beruflichen Teil, war Bruno Visconti. Brach diese weg, war auch der Rest nicht mehr tragfähig. Er mochte Tante Hedwig wirklich, aber sie war die einzige Verwandte hier. Und nur Johann Vierweger war jemand, den er am ehesten als einen Freund bezeichnen würde. Er war nicht verheiratet, es gab nicht einmal eine geeignete Kandidatin.

Ihn hielt hier nichts und niemand. Nach Rom zurückkehren? Es war die Stadt seiner Jugend, der Ort, nach dem er Heimweh verspürte. Nur war er nicht so naiv, anzunehmen, dass es dort wie früher wäre. Er hatte inzwischen länger woanders gelebt als in der Ewigen Stadt. Außerdem war das Verhältnis zu seinem Vater nicht gerade unbeschwert.

Er seufzte tief. Vielleicht sollte er doch das Mönchsleben in Betracht ziehen. Aber nur in einem Kloster im Süden. Eventuell Sizilien?

»Commissario Tasso? Signore? Verzeihen Sie, das wurde gerade für Sie abgegeben.« Ein älterer Agente, der oft am Empfang Dienst schob, legte ihm einen dicken Umschlag hin.

Tasso schielte darauf. »Abgegeben? Von wem?«

»Von einem Boten. Es kam mit der Amtspost aus dem Meraner Rathaus.«

»Danke.« Tasso nahm seinen Brieföffner und schlitzte den Umschlag auf. Ein dicker silberner Knopf und ein Blatt Papier fielen heraus.

Verwundert entfaltete er es und las. Danach war er sich nicht sicher, ob er lachen oder weinen sollte. Nicht nur, weil das Fräulein Mara Oberhöller private Ermittlungen aufgenommen, sondern, weil sie sogar etwas herausgefunden hatte, das er und Dacosta bis jetzt übersehen hatten. Sie behauptete, es gäbe eine Zeugenaussage, nach der in der Nacht von Montag auf Dienstag zwei Unbekannte im Stall gewesen wären und die Bäuerin da bereits tot dalag. Was den Zeitpunkt des eigentlichen Geschehens auf nur noch wenige Stunden eingrenzte.

Nachdenklich wog er den Knopf in der Hand. Fingerabdrücke würden darauf kaum zu finden sein, er musste dennoch ins Labor. Wer konnte schon sagen, was die Kollegen dort alles herausfanden? Am Ende wussten die sogar, wer das

Kleidungsstück, an dem er fehlte, wann und wo gekauft hatte. Manchmal war es faszinierend, was die erreichten.

Tasso nahm eine braune Umlaufmappe, legte seinerseits eine Notiz dazu, dass es sich um ein mögliches Beweisstück handelte, und gab ihn in die Hauspost. Jetzt musste er sich zunächst einmal zusammenreißen. Es galt, einen Haftbefehl für einen Bankdirektor zu erwirken. Und der hatte niet- und nagelfest zu sein, damit Avvocato Fabio auch wirklich nichts dagegen unternehmen konnte.

Leise seufzend rieb er sich mit beiden Händen übers Gesicht. Es schien ganz so, als hätte er sich geirrt. Die vorangegangene Woche war noch nicht schlimm genug gewesen. Diese hier würde schlimmer werden.

12. Kapitel, in welchem Frederick ein Déjà-vu hat. Gibt es doch einen Teufel?

Für Frederick begann die Woche unverhofft mit einem halben Tag schulfrei, weil der Lehrer krank geworden war und der Unterricht am Nachmittag ausfiel.

Gut gelaunt bummelte er von der Bushaltestelle zum Bauernhof seiner Eltern und überlegte, was er mit der gewonnenen Zeit anfangen sollte. Von seinen Freunden war noch keiner zu Hause, und Laura würde er frühestens am Wochenende wiedersehen. Sie lebte die Woche über in einem Internat in Bozen.

Er könnte ihr etwas schnitzen, darin war er ganz gut. Vielleicht ein Herz? Oder war das zu direkt? Zu kitschig? Eine Enzianblüte? Nein, zu rustikal. Vielleicht ein Murmeltier. Frederick liebte Murmeltiere. Er hatte sich noch nie daran versucht, aber das konnte nicht allzu schwer sein. Und falls es ihm nicht gelang, würde sie es eben nie zu sehen bekommen.

Er hatte sich entschieden. Statt die Straße am südlichen Dorfrand weiter nach Hause zu gehen, bog er zurück in Richtung Kirche ab. Er wollte bei seinem Onkel nach einem geeigneten Stück Holz schauen. Vielleicht konnte er sich auch ein oder zwei Werkzeuge ausleihen. Er besaß zwar gute Schnitzmesser, aber die Tischlerei von Lukas Schweigkofler, dem jüngeren Bruder seines Vaters, ließ diesbezüglich natürlich keinerlei Wünsche offen.

Nur wenige Minuten später öffnete er die Werkstatttür.

Ein Glöckchen bimmelte. In der Werkstatt brannte Licht, doch es war niemand zu sehen.

Frederick blieb stehen und atmete den Duft von Holz und Leim ein. Wenn es nach ihm ginge, würde er lieber heute als morgen als Lehrling hier anfangen. Aber seine Eltern bestanden darauf, dass er erst die Schule mit der Matura beendete, um, wie sie sagten, später mehr Möglichkeiten in der Arbeitswelt zu haben. Was sie genau damit meinten, hatte Frederick bisher nicht herausgefunden. Er verstand es auch nicht. Sein Onkel hatte selbst keine Kinder und stellte jedes Jahr einen neuen Lehrling ein. Warum nicht den eigenen Neffen?

»Onkel Lukas?«

Ein mit Staub und Sägespänen bedecktes Transistorradio dudelte auf einem Regalbrett vor sich hin. Frederick glaubte, aus einem der angrenzenden Räume Stimmen zu hören. Er wandte sich nach rechts, wo sich ein Durchgang befand, der zum Lager, einer Teeküche und dem Büro führte.

Die Tür zum Büro war nur angelehnt, und von dort tönten ihm zwei Männerstimmen entgegen. Frederick wollte keinesfalls lauschen, doch es war nicht zu überhören, dass sie sich stritten. Er blieb stehen, um nicht einfach so hereinzuplatzen.

Jetzt erkannte er die Stimmen der beiden, es waren sein Vater Werner und sein Onkel Lukas. Es ging um das Familienessen zu Weihnachten. Beinahe hätte Frederick aufgelacht. Gingen die üblichen Familienstreitigkeiten jetzt schon vor Heiligabend los?

Er spürte, wie seine Hände feucht wurden. Konnte er auf sich aufmerksam machen? Nervös trat er von einem Bein aufs andere. Die Situation war ähnlich wie die vor ein paar Wochen im Stall, kurz nachdem er die tote Bäuerin gefunden hatte. Nur dass er jetzt nichts Verbotenes tat. Er konnte schließlich nichts dafür, wenn sein Onkel die Ladentür nicht verschlossen und das Bimmeln nicht gehört hatte.

Doch dann wurde ihm bewusst, warum er sich zu diesem Moment zurückversetzt fühlte. Damals im Stall waren es zwei Männer gewesen. Die Stimme des einen hatte er zunächst für die seines Vaters gehalten. Später war er sich sicher, dass er sich geirrt hatte.

Weil es nämlich die Stimme seines Onkels gewesen war, wie er jetzt erkannte. Der sprach etwas höher, doch die Sprachmelodie und die Angewohnheit, die letzten Silben zu verschlucken, hatten die Brüder Schweigkofler gemeinsam.

Sein Onkel Lukas war also in jener Nacht im Stall von Lenka Jovanović gewesen. Warum? Was hatte er mit ihrem Tod zu tun? Er hatte die Bäuerin doch nicht einmal näher gekannt. Oder doch?

So leise, wie er konnte, schlich Frederick zurück zur Tür. Das Holz konnte warten.

Draußen rannte er nach Hause und wurde erst langsamer, als der Hof seiner Eltern in Sicht kam.

Dieses Mal war er sicher, dass einer der beiden Männer in jener Nacht sein Onkel gewesen war. Was sollte er jetzt tun? Ihn zur Rede stellen? Es der Polizei sagen?

Am liebsten hätte er sich in den nächsten Bus nach Bozen gesetzt, um Laura zu fragen. Selbst wenn sie ihm keinen Rat geben könnte, würde es helfen, seine Gedanken zu sortieren. Oder sollte er zu Berta Kirchner gehen?

Unschlüssig drehte er sich einmal im Kreis.

»Fredl? Frederick! Was stehst du da herum? Wo kommst du denn um diese Uhrzeit schon her?«

Er schaute auf. Seine Mutter stand in der Tür und winkte.

»Der Lehrer ist krank.«

»Dann komm rein und iss erst einmal was. Draußen holst du dir noch den Tod.«

Frederick nickte, froh, dass ihm für den Moment die Entscheidung, was er nun tun sollte, abgenommen wurde.

13. Kapitel, in welchem Tasso die Flucht ergreift und Mara dort begegnet, wo er sie am wenigsten erwartet hätte

Die vielen, teils aufgeregten Stimmen um ihn herum verkamen zu einem Rauschen. Tasso saß mit mehr als einem Dutzend weiterer Polizisten, teils in Zivil, teils uniformiert, in einem Konferenzraum im zweiten Stock der Questura. Bruno Visconti hatte sich eigens für diese Besprechung die Treppe hinaufbemüht. Er saß am Kopfende der Tischreihe und wartete geduldig, bis sich die Gemüter wieder beruhigt hatten.

Nach einer Weile räusperte Bruno sich. Erwartungsvolle Stille legte sich über die Anwesenden.

»Signori, ich danke Ihnen allen für die gute Ermittlungsarbeit. Vor etwa einer Stunde ist Bankdirektor Franco Napoletano verhaftet worden und wird in den nächsten Minuten dem Richter vorgeführt. Außer ihm konnten wir schon letzte Woche einen der drei Männer festsetzen, die er angestiftet haben soll, den Überfall auf die Bankfiliale zu begehen.«

Bruno öffnete eine braune Mappe und setzte eine Lesebrille auf. »Immerhin wissen wir jetzt, wer die anderen zwei Männer sind. Beide sind flüchtig. Es handelt sich zum einen um Emilio Albasini, neunundzwanzig, ledig, ohne Arbeit, zuletzt gemeldet in Jenesien, Dorfstraße 4. Der zweite ist ein Mann namens Marco Gaia. Er ist siebenunddreißig, ebenfalls ledig. Er hat bis vor Kurzem bei Napoletano als Hausangestellter gearbeitet und auch auf dessen Anwesen gewohnt.«

Und der Grund, warum der Möchtegern-Butler Tasso so bekannt vorgekommen war, obwohl er ihn bis dahin noch nie gesehen hatte, war eine präzise Personenbeschreibung von ihm. Die Kundin, die bei dem Banküberfall anwesend gewesen war, hatte sich an einen Mann erinnert, den sie vor dem Geschehen auf einem Parkplatz in der Nähe der Bank beobachtet hatte. Es sei ihr merkwürdig vorgekommen, so hatte sie zu Protokoll gegeben, dass der Mann auf dem Parkplatz eine Skimaske anprobiert habe, wo es doch gar nicht so kalt gewesen sei und sogar die Sonne geschienen habe. Zum Glück war der Agente, der die Aussage aufgenommen hatte, ebenfalls der Meinung gewesen, dass dieses Verhalten auffällig war, und hatte sich den Mann so genau wie möglich beschreiben lassen.

Nach der Hausdurchsuchung hatte Tasso sich dieses Protokoll noch einmal angesehen und dann die richtigen Schlüsse gezogen. Leider traf das nicht nur auf ihn zu. Marco Gaia, offizieller Hausangestellter und Teilzeit-Bankräuber, hatte kalte Füße bekommen und sich offenbar direkt nach dem Einsatz in der Villa seines Dienstherren aus dem Staub gemacht. Vermutlich mit einem Teil oder sogar der gesamten Beute. Diese war nämlich, und das war der größte Wermutstropfen, bis jetzt nicht aufgetaucht.

Bruno nickte ihm zu.

Tasso ergriff das Wort. »Wir haben von Albasini eine gute Personenbeschreibung und von Gaia sogar ein aktuelles Foto. Diese Informationen wurden bereits an Polizeidienststellen und Grenzposten in ganz Südtirol verteilt. Wir erwarten, dass die beiden Verdächtigen sich über die Landesgrenze nach Österreich oder Jugoslawien abzusetzen versuchen. Albasini wurde gestern Morgen noch von einem Nachbarn in Jenesien gesehen, Gaia könnte sogar schon außer Landes sein.

Aber das wissen wir nicht, und daher werden wir ihn mit allen verfügbaren Mitteln suchen.«

Tasso trank einen Schluck, um seinen trockenen Hals zu befeuchten, bevor er weitersprach. »Außerdem wurde die Presse informiert. Sie alle erhalten von Signorina Rosso gleich eine Abschrift und Abzüge des Fotos. Damit machen Sie sich auf die Suche, zunächst in Jenesien, Burgstall und Bozen. Sie kennen das, Sie wissen, was zu tun ist. Wenn wir die Flüchtigen nicht in den nächsten zwei Tagen finden, werden wir die Fahndung ausweiten. Aber wir zählen auf Sie. Bringen Sie uns die beiden. Deren Aussagen werden elementar für die Anklage sein, die unseren feinen Herrn Bankdirektor erwartet.«

Es konnte nie schaden, die Motivation der Agenti ein wenig zu befeuern. Und die Aussicht, dass ein reicher Mann angeklagt werden könnte, weil er sich die Taschen nur noch voller hatte stopfen wollen, kam da in der Regel sehr gut an.

Beifälliges Nicken und entschlossene Mienen zeigten Tasso, dass diese Rechnung aufgegangen war.

»Haben Sie noch Fragen?«

Das Nicken wurde von einem Kopfschütteln abgelöst. Gemurmelte Verneinungen brummten durch den Raum.

»Vielen Dank. Dann legen Sie los. Bringen Sie uns die beiden!«

Kurz darauf schloss Tasso die Tür hinter dem letzten Agente und blieb mit dem Questore allein zurück.

»Zufrieden, Bruno?« Er setzte sich.

»Mit deiner Arbeit ohne jeden Zweifel.«

»Hast du dich inzwischen entschieden, was wir mit den anderen Unterlagen machen, die wir gefunden haben?«

»Noch nicht. Ich lasse sie von den Kollegen aus dem Bereich Wirtschaftskriminalität prüfen. Wenn es stimmt, was du vermutest, und Napoletano ein eifriger Zahler von Schmiergeldern war, ist das ein weiterer Hinweis darauf, weshalb er so viel Geld benötigt, um einen Banküberfall in Auftrag zu geben.«

»Warum gibst du die Papiere nicht einfach der Guardia di Finanza? Sollen die sich doch damit herumschlagen.«

Bruno zögerte mit der Antwort. »Es behagt mir nicht, wenn so etwas meinen Einflussbereich verlässt. Gerade auf solchen Wegen von einer Behörde zur nächsten ist es schon vorgekommen, dass Unterlagen verschwinden.«

Tasso seufzte zustimmend.

»Die Situation ist und bleibt natürlich heikel. Gallo wurde sicher inzwischen längst informiert.« Bruno nahm die Lesebrille ab und rieb sich die Augen. Er wirkte erschöpft. »Eigentlich wollte ich den Bürgermeister samt seinem Gezeter Ferrara überlassen. Aber der hat mich gebeten, die Kohlen aus dem Feuer zu holen. Ein letztes Mal, meinte er; sozusagen als Abschiedsgeschenk. Na ja, du weißt ja selbst, dass Gallo bereits bei mir zu Hause seine Aufwartung gemacht hat, sehr zur Freude deiner Tante übrigens.«

»Es tut mir wirklich leid, wenn sie dir mit ihrer Neugier unangenehm wird. Dass der Bürgermeister persönlich zu euch kommen könnte, an so etwas habe ich nicht einen Moment gedacht, als ich dir den Vorschlag gemacht habe, dort hinzuziehen.«

»Jetzt ist aber mal gut, Aurelio. Ich kann immer noch selbst entscheiden, wo und wie ich leben möchte. Ich hätte ja nicht darauf eingehen müssen. Deine Tante ist nun wirklich nicht die schlechteste Wirtin. Sie mag ein wenig neugierig sein, aber sie mischt sich nicht ein. Wenn ich daran denke, was du mir von dieser Wirtin des jungen Ex-Carabiniere erzählt hast, gibt es da offenbar ganz andere Kaliber. Wie hieß der noch?«

»Giulio di Fabar. Er kommt gleich her. Ich habe ihn gebeten, ein mögliches Beweisstück zu untersuchen, das im Zusammenhang mit der toten Bäuerin aus dem Passeiertal aufgetaucht ist.«

»Wie meinst du das? Ich dachte, der Fall wäre längst abgeschlossen.«

Tasso grinste unbehaglich. »Ist er auch. Aber nicht nur der liebe Johann Vierweger, sondern auch die Signorina Oberhöller schnüffeln da weiter herum und wollen neue Hinweise darauf gefunden haben, dass zum Hergang des Todes noch Fragen offen sind. Ein Zeuge will dort im Stall in der Nacht von Montag auf Dienstag jemanden gesehen haben. Und er hat, wenn ich das richtig verstanden habe, außerdem einen Knopf gefunden, den die Spurensicherung nun untersucht hat.«

Bruno schüttelte amüsiert den Kopf. »Der Vierweger ist aus dem Ort, in dem es passiert ist, oder? Dann verstehe ich das ja. Aber was hat denn Mara da zu suchen? Die soll sich um ihr Studium kümmern. Als ich ihr vorgeschlagen habe, bei dir das Praktikum zu machen, habe ich damit nicht gemeint, dass sie sich anschließend als Hobbydetektivin anschickt, sich in die Polizeiarbeit einzumischen.«

»Nun, du kennst sie besser als ich. Vielleicht hättest du das einkalkulieren sollen, als du sie mir ans Bein gehängt hast.«

»Trägst du mir das immer noch nach? Ich hatte eher den Eindruck, dass ihr euch gut verstanden habt und sie dir sogar eine Hilfe war.«

Tasso konzentrierte sich darauf, seine Papiere akkurat zusammenzuschieben, um nicht antworten zu müssen. Zu behaupten, Mara Oberhöller würde ihm fehlen, wäre doch etwas zu viel des Guten gewesen. Aber es war angenehm gewesen, mit ihr zusammenzuarbeiten. Und noch angenehmer war es, im vergangenen Winter ein letztes Mal Johann Vierweger an seiner Seite gehabt zu haben. Jetzt waren beide fort, und Bruno würde schon in wenigen Tagen kein Questore mehr sein. War es ihm da zu verdenken, dass er sich von allen im Stich gelassen fühlte?

»Aurelio, ich …«

»*Basta*, kein Wort mehr. Wir haben beide noch viel zu tun. Wollen wir wetten, wer zuerst hier aufkreuzt? Der Bürgermeister oder dieser unerträgliche Avvocato Fabio?«

»Der Anwalt. Gallo wird bei aller Freundschaft zu Napoletano nicht alles stehen und liegen lassen, um herzukommen.« Bruno erhob sich schwerfällig und stützte sich auf den Tisch.

»Die Wette gilt. Um ein Abendessen.«

»*Va bene.*«

Tasso hielt sich mit aller Willenskraft davon ab, seinem alten Freund zu helfen, und wartete, bis der seine Krücken genommen und ausgerichtet hatte. Erst dann erhob er sich, nahm seine sowie Brunos Unterlagen und hielt ihm die Tür auf.

Auf dem Flur wurden sie von erregtem Stimmengewirr empfangen. Vier der Agenti, die zuvor der Besprechung beigewohnt hatten, standen dort und lauschten. Immer lauteres Geschrei drang durch die geschlossene Tür wenige Schritte den Flur entlang.

»Haben Sie nichts zu tun? Oder habe ich mich vorhin nicht klar genug ausgedrückt?«, herrschte Tasso die herumstehenden Männer an.

Die vier zogen die Köpfe ein und verschwanden eilig.

Bruno Visconti schüttelte den Kopf. »Aber was ist da überhaupt los? Wer schreit denn hier so herum?«

»Das kommt aus deinem ehemaligen Vorzimmer.« Jetzt erkannte Tasso die hellere Stimme von Alessia Rosso.

Die Sekretärin hatte zwar neben dem Büro, das im Erdgeschoss für den Questore eingerichtet worden war, ebenfalls einen kleinen Raum bezogen, saß jedoch auch tageweise an ihrem alten Arbeitsplatz, da Vice-Questore Ferrara noch hier oben sein Büro hatte. Dessen Stimme war die zweite, die Tasso in dem Durcheinander ausmachte.

Im selben Moment wurde die Tür aufgerissen.

»Das wollen wir doch mal sehen!«, dröhnte eine tiefe Stimme.

Davide Gallos massige Gestalt füllte den Türrahmen aus.

»Sieht aus, als hätte ich gerade eine Wette verloren«, murmelte Bruno.

»Der Bürgermeister weiß eben, was eine Freundschaft wert ist, da lässt selbst er alles stehen und liegen.«

»Diese garstige Art passt nicht zu dir, Aurelio. Wir reden später darüber.« Bruno straffte die Schultern. »Signor Gallo! Wollten Sie zu mir?«

Der Angesprochene fuhr herum und stieß dabei mit der Schulter gegen die Tür. »Visconti! Ich verlange, unverzüglich mit Ihnen zu reden! Was fällt Ihnen ein, Franco Napoletano, ein hochgeschätztes Mitglied der Gesellschaft, zu verhaften?«

»Nun, wenn Sie das bereits wissen, sind Sie sicher auch darüber im Bild, welche Anschuldigung in seinem Haftbefehl steht.«

»Was denken Sie denn? Natürlich. Aber das ist doch unmöglich. Ich verlange eine Erklärung!« Gallo trat in den Flur. In seinem Rücken erschien Ferrara, der hinter dem riesigen Bürgermeister noch schmaler wirkte, als er ohnehin war. Mit einer Grimasse deutete er an, dass er gegen dessen Herumgepolter nichts hatte ausrichten können.

»Diese Erklärung wird Ihnen Commissario Tasso selbstverständlich liefern. Ferrara, bitten Sie Signorina Rosso, sie soll Signor Gallo in mein Büro bringen. Also in mein altes Büro hier oben. Und dann setzen wir uns zusammen.«

Gallo holte Luft, doch Tasso kam ihm zuvor. »Nein, mit Verlaub, Questore, ich muss mich jetzt um meine anderen Fälle kümmern.«

»Wie bitte?« Brunos Augen verengten sich zu schmalen Schlitzen.

»Ich sagte doch, dass Giulio di Fabar mich erwartet.«

Zu Tassos Überraschung sprang Ferrara ihm bei und nickte, immer noch hinter dem Rücken des Bürgermeisters, Bruno verschwörerisch zu. »Gehen Sie schon, Tasso. Signor Gallo, der Anwalt des Direttore Napoletano, sollte auch jede Minute eintreffen, er hat sich bereits angekündigt.«

Tasso machte, dass er davonkam.

*

In Wahrheit würde es noch eine halbe Stunde dauern, bis Giulio di Fabar eintraf. Tasso wartete dennoch vor dem Eingang der Questura, rauchte eine Zigarette und ging dabei auf und ab. Vergeblich versuchte er, Brunos enttäuschten und zugleich vorwurfsvollen Blick aus seinen Gedanken zu verbannen. Was sollte das? Er, Aurelio Tasso, Sohn eines überzeugten Kommunisten, war nicht für die Politik geschaffen. Ihm fehlte das diplomatische Feingefühl, das für den Umgang mit Männern wie Gallo vonnöten war. Hinzu kam eine gewisse Vorverurteilung seiner Person. Alle gingen sie davon aus, dass er die politische Gesinnung seines Vaters teilte. Dabei hatten die wenigsten Corrado Tasso gekannt; die Familie war schon Anfang der dreißiger Jahre nach Rom zurückgekehrt. Tasso konnte sich nicht einmal erinnern, wieso in seinem Umfeld so viele Menschen über seinen Vater

Bescheid wussten. Er selbst hatte niemals darüber gesprochen und auch nie Position bezogen. Außer gegen den Faschismus, doch das war für ihn eine Selbstverständlichkeit. Aber welche der möglichen demokratischen Parteien er im Geiste unterstützte oder gar wählte, das war allein seine Sache. Und gerade mit dieser Einstellung kam er bei Männern wie Gallo nicht weiter.

»*Buongiorno*, Aurelio! Warten Sie schon lange, oder genießen Sie einfach die Sonne?« Mit einem strahlenden Lächeln kam Giulio ihm entgegen.

»Sie sind eine Viertelstunde zu früh, wie hätte ich da lange warten können?«

»Ich habe heute frei und bin nur im Labor vorbeigefahren, um Ihnen den offiziellen Bericht mitzubringen.« Er klopfte auf einen Umschlag, den er in der Armbeuge trug. »Leider habe ich keine großartig aufschlussreichen Erkenntnisse für Sie.«

Das hatte Tasso nicht anders erwartet. »Ganz herzlichen Dank. Dass Sie heute frei haben, wusste ich nicht. Da hätte es auch bis morgen warten können.«

»*Bah*, keine Sorge. So ein Spaziergang an der frischen Luft tut mir ganz gut. Ich komme kaum noch vor die Tür.«

»Sie bringen mich auf eine Idee! Haben Sie Lust auf einen Ausflug und fahren mit mir ins Passeiertal? Ich würde dort gern mit einer Zeugin sprechen, von der ich erst vor Kurzem erfahren habe. Es ist also dienstlich, da mache ich Ihnen nichts vor. Nicht, dass ich Ihnen am Ende doch noch den freien Tag verderbe.«

»Ich muss eigentlich lernen.« Giulios Tonfall ließ keinen Zweifel daran, dass er bei dem guten Wetter keine rechte Lust hatte, sich hinter seinen Chemiebüchern zu verschanzen.

Tasso trat die Zigarette aus. »Dann kommen Sie mit. Sie

arbeiten ohnehin zu viel. Sie müssen doch mal den Kopf frei-
kriegen.«

»Indem ich Sie zu einer Ermittlung begleite?« Giulio
lachte, schien schon fast überzeugt.

»Ich lade Sie auch zum Mittagessen in Meran ein. Oder
auch in Sankt Martin. Der Gasthof *Zum Lamm* soll ganz gut
sein, ich hatte aber noch keine Gelegenheit, ihn auszuprobie-
ren.«

»Jetzt ist es ein Angebot, dass ich unmöglich ausschlagen
kann.«

»Dann warten Sie hinten am Hoftor, ich besorge mir
rasch einen Wagen und gebe diesen Umschlag bei meinem
Kollegen ab.«

»Einverstanden. Bis gleich.«

Tasso lächelte zufrieden. Er hatte geahnt, dass der junge
Mann eine kostenlose Mahlzeit angesichts seiner prekären Fi-
nanzen nicht ausschlagen würde. Und er musste nicht allein
fahren. Es war eine spontane Idee gewesen. Mit der Fahrt ins
Passeiertal konnte er zwei Fliegen mit einer Klappe schlagen:
sich weiter vor dem Treffen mit dem Bürgermeister drücken
und das Versprechen gegenüber Johann Vierweger einhalten,
sich Lenka Jovanovićs Unfall noch einmal anzuschauen und
vielleicht mit dieser Zeugin zu sprechen.

Am Empfang der Questura ließ er sich die Schlüssel zu
einem neutralen Dienstwagen geben und lehnte einen Fahrer ab. In dem Moment, in dem der wachhabende Agente
das Gittertor öffnete, rollte eine silberne Mercedeslimousine
heran.

»Haben Sie den Schlitten gesehen?« Giulios Augen leuch-
teten begeistert, nachdem er eingestiegen war. »Das ist ein
nagelneuer 300 SE, Luxusklasse. So einen werde ich mir im
ganzen Leben nicht leisten können.«

»Ja, das stimmt schon. Doch wenn ich das richtig gesehen habe, saß da der Anwalt von Napoletano drin.«

»Bis gerade wirkten Sie ganz gut gelaunt, Aurelio. Was ist so schlimm an dem?«

»Oh, Sie irren sich. Ich bin immer noch gut gelaunt, weil ich es noch rechtzeitig hier weggeschafft habe. Aber Avvocato Fabio ist unerträglich.«

»Ich hab von dem gehört. Da muss ich Ihnen zustimmen.« Giulio verdrehte noch einmal den Kopf, um der Limousine nachzublicken, die jetzt auf den Hof einbog. »Er hat eine eher zweifelhafte Moral, heißt es.«

»Sehen Sie? Und eher gehe ich den Rest meines Lebens zu Fuß, als einen Beruf zu wählen, in dem professionelles Lügen an der Tagesordnung ist. Und jetzt reden wir von etwas anderem. Erzählen Sie mir, was Sie über den Knopf herausgefunden haben. Ach, und haben Sie endlich Signorina Oberhöller erreicht?«

»Mara und ich, das ist gerade wie verhext! Sie war am Wochenende hier und hat bei meiner Wirtin eine Nachricht hinterlassen. Ich war leider unterwegs. Aber sie kommt an diesem Wochenende noch einmal. Vielleicht haben wir ja Glück, dass wir uns nicht schon wieder verpassen.«

»Sie war die letzten Wochenenden immer hier, oder nicht?«

»Daran ist wohl ihre Freundin schuld, Veronika Bacher. Ich habe sie nur einmal kurz getroffen, aber sie steht Mara sehr nahe. Signorina Bacher hat Mara, wenn ich das richtig verstanden habe, überhaupt erst darum gebeten, sich wegen dieser Bäuerin noch einmal in Sankt Martin umzuschauen.«

Tasso brummte ungehalten. Das gefiel ihm alles immer weniger. Selbst wenn er und Dacosta das ein oder andere Detail übersehen hatten, ging er fest davon aus, dass in Sankt

Martin kein Mörder frei herumlief. Maras Privatermittlungen würden da nicht gut ankommen. Was dachte die sich nur dabei?

Er schielte zu seinem Beifahrer. Wenn er Giulios Gesichtsausdruck richtig deutete, war er auch nicht gerade begeistert von Maras eigenmächtigem Handeln. Doch er hütete sich, etwas dazu zu sagen.

»Also gut«, sagte Tasso laut. »Sankt Martin, die Bäuerin, der Knopf. Was wissen Sie?«

»Nicht viel. Wo einst dieser Knopf angenäht war, muss jetzt ein ziemliches Loch klaffen. An dem Faden waren nämlich auch Reste des Kleidungsstücks dran. Wir konnten das Gewebe analysieren: rot gefärbte Schurwolle. Mein Chef meinte, dass es ein gefilzter Wintermantel oder so etwas sein könnte.«

»Nicht schlecht.«

»Schon. Nur leider nichts, was Sie weiterbringt. Diese Art Knopf war Mitte der Fünfziger sehr modern. Er wurde nicht nur zu Tausenden an Kleidungsstücken von der Stange verarbeitet, sondern war auch bei den Damen beliebt, die noch alles selbst machen.«

»Woher wissen Sie das denn?«

Triumphierend grinste Giulio. »Ich war bei Kurzwaren Lederer in der Silbergasse. Es hatte sich in einer Mittagspause so ergeben, und da dachte ich, ich könnte Ihnen den Weg abnehmen. Signora Lederer war begeistert von der Gelegenheit, mich an ihrem Fachwissen teilhaben zu lassen.«

Tasso nickte ihm anerkennend zu. »Nicht mehr lange und Sie sitzen an meinem Schreibtisch.«

Giulio lachte. Er konnte ja nicht ahnen, dass in der Questura Umbesetzungen bevorstanden. Und Tasso hatte immer noch keine Idee, welche Konsequenzen er daraus ziehen sollte. Ohne Bruno würde es einfach nicht mehr dasselbe sein.

Den Rest der Fahrt legten sie von gelegentlichen Bemerkungen über den Verkehr oder das Wetter abgesehen schweigend zurück. Als Tasso an der Kirche in Sankt Martin parkte, schlug die Kirchturmuhr eins.

»Genau richtig für das Mittagessen. Was meinen Sie, Giulio?«

Der Jüngere ließ den Blick misstrauisch über die hölzernen Stützbalken und die Fassadenmalerei des Gasthofs *Zum Lamm* gleiten. »Ich bekomme hier keine Pizza, oder was meinen Sie?«

»Probieren wir es aus, vielleicht erleben wir eine Überraschung.«

Die erlebten sie wirklich, wie Tasso erfreut eine halbe Stunde später feststellte. Der Wirt servierte ihnen mit Wildragout gefüllte Schlutzkrapfen.

»Auch nicht anders als Ravioli.« Giulio langte zu, als hätte er seit Tagen nichts gegessen.

Vielleicht stimmte das sogar, wenn Tasso die drahtige Figur seines Begleiters genauer betrachtete. Er hatte ganz eindeutig an Gewicht verloren, seit sie sich Ende Februar beim Fasching in Tramin das erste Mal begegnet waren.

Während sie nach dem Essen jeder noch einen Schwarzen genossen, ließ Tasso den Blick über die wenigen Anwesenden gleiten. Zwei Männer an der Theke in grauen Anzügen und mit mehreren Koffern schienen Handelsvertreter zu sein, die eine Pause einlegten. Kurz fragte er sich, was die in diesem Tal zu suchen hatten. Vier Rentnerinnen saßen um einen runden Tisch. Dem Hochdeutsch nach zu urteilen, kamen sie aus dem Norden Deutschlands, vermutlich eine Vorhut Wintertouristinnen. Außer dem Wirt, der geschäftig Gläser

207

spülte und Zuckerdosen neu füllte, waren keine Einheimischen anwesend. Tasso war ein wenig ratlos, was sie hier nun tun sollten. Berta Kirchner, hatte er vom Wirt zufällig erfahren, als er sich nach der Adresse ihres Hauses erkundigt hatte, sei heute nicht dort, sondern mit ihrer Tochter in Meran bei einer ärztlichen Untersuchung in der Kurklinik. Die Bäckerei hatte deswegen seit dem Mittag geschlossen.

Tasso klopfte auf den Tisch und erhob sich. »Wenn Ihnen noch etwas einfällt, was wir hier tun könnten oder mit wem ich unbedingt sprechen sollte, nur heraus damit.«

»Nein, ich habe auch keine Idee, bedaure.«

Tasso senkte die Stimme. »Ich zahle rasch, und dann nichts wie zurück in die Zivilisation.«

Gemächlich schlenderten sie kurz darauf zurück zum Auto. Es war frostig kalt, eine angenehm trockene Luft. Tasso schloss kurz die Augen und reckte das Gesicht der Sonne entgegen. Das Licht tat gut. Die Tage waren zu kurz, das drückte ihm aufs Gemüt. In weniger als drei Wochen war zum Glück der Stephanstag, die Wintersonnenwende.

»Giulio? Giulio di Fabar? Bist du das?«, vernahm er eine erstaunte Stimme hinter sich.

Sein Begleiter blieb stehen und drehte sich um. »Luigi? Mensch, was machst du denn hier?«

»Soll das ein Witz sein? Ich arbeite hier seit über fünfzehn Jahren.«

Tasso erblickte einen untersetzten Mann mit Schnauzbart und buschigen Augenbrauen, der breitbeinig wie ein Cowboy mitten auf der Straße stand. Er trug die dunkle Uniform eines Carabiniere samt der Wintermütze. Giulio ging auf ihn zu und schüttelte ihm voller Wiedersehensfreude die Hand. »Aurelio, das ist Luigi Santoro. Wir haben uns mehrfach in der Bozner Kaserne auf Lehrgängen und zu Übungen getroffen. Und kann sein, Luigi, dass du erwähnt hast, dass du hier stationiert bist. Das hab ich vergessen.«

»*Buongiorno*, Signor Santoro, schön, Sie wiederzusehen. Giulio, wir kennen uns bereits. Als Ortskundiger war er uns bei den Ermittlungen behilflich.« Mit einem breiten Lächeln reichte Tasso dem Carabiniere ebenfalls die Hand.

»Das hat er sicherlich besser gemacht als meine Kollegen in Tramin damals.« Verlegen lachte Giulio auf.

Santoro ließ den Blick von einem zum anderen wandern. »Das verstehe ich nicht. Wie meinst du das?«

»Im Februar ist in Tramin während des Faschingsumzugs ein junger Mann abgestochen worden. Da habe ich ebenfalls ermittelt. Und Giulios Kollegen aus Tramin waren nicht unbedingt kooperativ.«

Giulio schnaubte belustigt.

Tasso hatte ein wenig untertrieben. »Nicht so wichtig. Hier war die Zusammenarbeit jedenfalls wirklich gut.« Er wusste, dass es vor allem an Luigi Santoro gelegen hatte. Dessen Familie und das Opfer verband eine Gemeinsamkeit: Sie waren Zugezogene, Fremde, und das hatte sie miteinander verbunden. Luigi Santoro hatte ein persönliches Interesse an der Aufklärung gehabt. Die anderen Carabinieri lebten alle woanders. Sie hatten sich bestenfalls interessiert gezeigt und die Polizia di Stato ansonsten ihre Arbeit machen lassen.

Mit halbem Ohr verfolgte er, wie Giulio seinem Kollegen von seiner neuen Berufung als Lehrling bei der Spurensicherung erzählte. Er beneidete den Jüngeren ein wenig darum, wie sehr dieser für seine Arbeit brannte. Um seine eigene Leidenschaft war es seit der Ankündigung von Brunos Ruhestand schlecht bestellt.

»Ein Knopf von einem roten Mantel, meinst du?«, holte Santoro Tasso aus seinen Gedanken zurück.

»Ja, so ist es«, sagte Giulio. »Es kann natürlich auch eine Jacke oder eine dicke Weste sein. Du hast nicht zufällig in den letzten Wochen eine Person mit solch einem Kleidungsstück gesehen, an dem sich ein neuer Knopf oder ein Loch befindet, wo unser Beweisstück fehlt?«

»Tut mir leid, nein. Ich hätte allerdings eine Idee.«

»Nur heraus damit.« Tasso nickte ihm zu.

»Keine Ahnung, ob es Sie weiterbringt, Commissario, aber einen Versuch ist es wert. Am kommenden Freitag wird der große Kleiderbasar vorbereitet. Man sortiert da die Kleiderspenden und bereitet alles für den Verkauf am Wochenende vor, der im Gemeindesaal stattfindet. Vielleicht sollten Sie dort einmal einen Blick auf die abgegebenen Mäntel und Jacken werfen.«

»Sicher. Das wird gar nicht auffallen, wenn ein gestandener Commissario in der Altkleidung wühlt.« Tasso lachte amüsiert.

»Ich hatte auch nicht gemeint, dass Sie das in aller Heimlichkeit tun sollten, im Gegenteil. Von meiner Frau abgesehen würden die anderen Damen Sie wie Luft behandeln. Aber vielleicht ist dieses Kleidungsstück abgegeben worden. Herauszufinden, wem es gehört hat, wäre erst der zweite Schritt.«

»Aber warum glauben Sie, dass wir dort etwas finden? Vielleicht wurde der Mantel einfach weggeworfen.«

Santoro wedelte mit der Hand. »Natürlich wäre es nur ein Strohhalm, nach dem Sie da griffen. Aber die Menschen hier werfen nicht so schnell etwas weg. Giulio sagte, der Knopf stammt aus den Fünfzigern, der Mantel war also schon älter. Entweder wurde er geflickt oder an den Basar abgegeben. Für die meisten Dinge findet hier bei uns immer noch jemand eine Verwendung.«

Versonnen nickte Tasso. Schaden konnte es nicht. Und er hätte eine gute Ausrede, sich in der Questura rarzumachen. Freitag war Nikolaustag. In seinem ersten Jahr als Questore hatte Bruno zum Mittag ein geselliges Beisammensein in der Kantine etabliert, zu dem es Kaffee und Panettone gab. Dahinter steckte kein spezieller Brauch, es war mehr die Idee, sich gemeinsam auf die Adventszeit einzustimmen und dem Jahresende entgegenzublicken. Viele Kollegen lebten fern ihrer ursprünglichen Heimat, und einige wurden in dieser Zeit sentimental. Daher war es eine sofort akzeptierte und liebgewonnene Tradition geworden.

Dieses Mal, wusste Tasso, würde Bruno die Gelegenheit nutzen und am kommenden Freitag offiziell sein Dienstende bekanntgeben.

»Die Damen werden Sie *wie Luft behandeln*, das ist gut«, meinte Giulio. »Eher wie schlechte Luft, nicht wahr?«

Santoro zuckte mit den breiten Schultern. »Sie sind hier nicht besser oder schlechter als anderswo.«

»Aber Sie haben ganz recht«, erklärte Tasso resolut. »Ich werde am Freitag gegen Mittag hier sein. Im Gemeindesaal, sagten Sie?«

»So ist es. Dort wird sortiert und am Samstag ab zehn Uhr verkauft. Gottlieb Huber wird auch dort sein, Sie sind also nicht der einzige Mann.« Santoro zwinkerte ihm zu. Er wusste genau, dass Tasso nicht sehr viel von dem Pfarrer hielt. Die beiden waren während der Ermittlungen aneinandergeraten, da der Gottesmann ständig versucht hatte, an Informationen zu kommen, die – so seine Sicht – die Gemeinde beträfen. Damit hatte er bei Tasso auf Granit gebissen.

»Gott, erbarme dich«, murmelte Tasso deswegen. »Seine Theorien zur Teufelsanbetung muss ich mir nicht noch einmal anhören.« Er wandte sich an Giulio. »Der Pfarrer ist der

Meinung, dass die Bäuerin nur der berechtigte Zorn des Allmächtigen getroffen hätte, weil sie angeblich mit dem Fürsten der Hölle im Bunde stand.«

Die Augen des Jüngeren wurden groß. Hastig schlug er ein Kreuz. »Und? Was denken Sie, ist an den Vorwürfen etwas dran?«

Kurz zögerte Tasso mit der Antwort. Zu Beginn der Ermittlungen hatte er dem Pfarrer sehr aufmerksam zugehört, da er nichts hatte ausschließen wollen. Woher sollte er auch wissen, was Lenka Jovanović da möglicherweise inmitten ihrer Schafherde so alles trieb? Aber am Ende hatten sie nicht die kleinsten Beweise gefunden, nicht einmal einen Kerzenstummel. Nur Salz, doch das diente als Schutz *gegen* böse Geister und nicht zur Teufelsanbetung. Dazu benötigten die Ziegen es, wie der Knecht Tasso erklärt hatte.

Er entschied sich für eine diplomatische Antwort. »Sofern die Bäuerin sich mit dunklen Mächten eingelassen hat, haben wir darauf keine Hinweise gefunden. Und je deutlicher wir das ausgeschlossen haben, umso penetranter wurde dieser Huber mit seinen Anschuldigungen. Gerade deswegen neige ich zu der Vermutung, dass er ihr etwas anhängen wollte.«

Santoro hatte die Arme verschränkt und nickte zustimmend.

»Ich werde am Freitag da sein«, sagte Tasso zu ihm.

»Das freut mich. Um fünf ist meine Schicht zu Ende. Kommen Sie zu uns, Sie wissen ja, wo das ist. Ich bin jetzt doch neugierig, ob sich bei Lenkas Tod etwas Neues ergibt.«

Tasso neigte den Kopf. »Erwarten Sie das?«

Der Carabiniere runzelte erst die Stirn und grinste plötzlich listig. »Nein, nicht so recht. Aber ich würde es dem einen hier im Dorf gönnen, wenn Sie *ihm* ein paar Schwierigkeiten bereiten, so wie er es mit Lenka getan hat. Ich weiß, das ist kleingeistig, aber da kann ich nicht aus meiner Haut. Das ist alles. Machen Sie es gut!«

»Bis Freitag!«

*

Andauernder Schneefall machte Tasso beinahe einen Strich durch die Rechnung, doch am Freitag schien wieder die Sonne, und am Mittag waren die Straßen so weit geräumt, dass er ins Passeiertal fahren konnte. Zum Glück waren tagsüber nicht einmal Schneeketten nötig, und Tasso entschied sich, erneut auf einen Fahrer zu verzichten. Laut hatte er gesagt, dass er keinem Agente zumuten könne, das Treffen in der Kantine zu verpassen. In Wahrheit wollte er nur seine Ruhe haben. Die Gerüchteküche brodelte, und über das bevorstehende Dienstende des Questore Bruno Visconti wurde bereits hinter vorgehaltenen Händen spekuliert. Tasso konnte gar nicht mehr zählen, wie oft er dazu jeglichen Kommentar verweigert hatte. Dazu lief es in Bezug auf den Banküberfall schlecht. Sie waren weder mit der Ermittlung noch mit den Fahndungen weitergekommen, außerdem war Franco Napoletano wieder auf freiem Fuß. Das war zu erwarten gewesen, trug aber zu Tassos gegenwärtiger schlechter Laune genauso viel bei wie Brunos vorwurfsvolles Schweigen, seitdem Tasso sich ihm widersetzt hatte.

Die Landschaft hatte sich verändert. Statt kahler Lärchen und dunkler Felder schimmerte eine dichte Schneedecke auf den Berghängen. Die Häuser wirkten gedrungener, wie sie so aus den Schneewehen oder zusammengeschaufelten Haufen hervorlugten. Tasso dachte an seine erste Begegnung mit Mara und ihr Erstaunen darüber, wie schrecklich er Schnee fand. Jetzt, da er die im Sonnenlicht gleißenden Flächen betrachtete, musste er zugeben, dass der Anblick einen gewissen Zauber hatte. Die Konturen waren weicher, die Helligkeit tat seinen Augen gut.

Viel zu schnell erreichte er Sankt Martin und parkte an der Staatsstraße unterhalb des Ortes. Die restliche Strecke ging er bergan, da er nicht wusste, ob die Straßen innerorts geräumt waren.

Dieses Mal erinnerte er sich an Johann Vierweger, der ihn so viele Kilometer begleitet hatte, und das nicht erst auf ihrer gemeinsamen Pilgerreise. Sein ehemaliger Ispettore hatte die Angewohnheit gehabt, »die paar Meter« gern zu Fuß gehen zu wollen, und nicht selten waren aus Metern Kilometer geworden. Sein Verständnis von Entfernungen deckte sich einfach nicht mit den Gegebenheiten.

Wie gern wüsste er Vierweger jetzt neben sich. Der würde mit den Landfrauen hier sicher besser zurechtkommen als Tasso selbst. Er hatte im Laufe der Woche vergeblich versucht, seinen Exkollegen zu erreichen, um sich mit ihm auszutauschen. Erst da war ihm bewusst geworden, wie sehr er einen Partner an seiner Seite vermisste. Oder eine Partnerin wie Mara Oberhöller. In den ersten Tagen ihres Praktikums hatte er ihre Anwesenheit als lästig und überflüssig empfunden, doch im Laufe der Wochen und vor allem während der Entführung von Bruno Visconti hatte sie sich als verlässliche Begleiterin erwiesen. Es war schon erstaunlich, wie er diesen Umstand erst zu schätzen gelernt hatte, seit er nicht mehr gegeben war.

Vielleicht waren auch die vergangenen Jahre in Südtirol nicht die schlechtesten gewesen. Sollte er bleiben?

»Signore? Sind Sie Commissario Tasso? Schön, dass Sie es geschafft haben!« Vor dem Eingang des Gemeindesaals winkte ihm eine Frau mit schwarzen Locken zu, die in eine riesige alte Armeejacke gehüllt war, die ihr fast bis zu den Knien ging.

»*Buongiorno!* Sie müssen Paola Santoro sein.« Es würde ihn schon sehr wundern, wenn ihn hier außer der Frau des Carabiniere eine weitere Person auf Italienisch ansprach.

Sie hob die Hände, dass die Ärmel der Jacke nach unten flatterten. »Die bin ich, scharf kombiniert. Was schätzen Sie, wie groß muss ein Mann sein, der dieses Stück tragen kann? Das passt doch eher einem Bären, meinen Sie nicht?«

Tasso war vom Gang bergan warm geworden. Er zog die Mütze ab und knöpfte den Mantel auf. »Meinem ehemaligen Ispettore könnte der passen. Aber der hat sich geschworen, nichts mehr anzuziehen, was ihn auch nur entfernt an eine Uniform erinnert.«

»*Capito.* Kommen Sie ins Warme. Sagen Sie gern Paola zu mir, das ist einfacher. Ich freue mich, Sie kennenzulernen.« Sie streifte die Jacke ab und hängte sie sich über den Arm.

Tasso folgte ihr in einen großen Saal mit Holzboden und einer kleinen Bühne zur Linken. In einer langen Reihe waren Tische aufgestellt, auf denen sich Berge von Kleidung, Kisten und Kartons türmten. Beeindruckt blieb Tasso stehen. Solch eine Menge hatte er nicht erwartet.

Paola nahm ihm Mantel, Mütze und Schal ab und versprach, ihm einen Becher Kaffee zu organisieren. Während er auf ihre Rückkehr wartete, beobachtete er die Frauen und versuchte, ihre Beziehungen untereinander zu verstehen. Die meisten hatten ihn noch gar nicht bemerkt. Drei Frauen, alle um die vierzig, arbeiteten effizient im Gleichtakt, während sie Hemden entfalteten, nach Größe und Farbe sortiert auf hölzerne Bügel aufzogen und an eine Kleiderstange hängten. Ein junges Mädchen, vielleicht Paola Santoros Tochter, sortierte bunte Kinderkleidung. Zwei grauhaarige Damen, eine sehr zierlich und mit einem Gehstock ausgerüstet, die andere eher korpulent, taten keinen Handschlag, sondern scharwenzelten nahe der Bühne um den Pfarrer Gottlieb Huber herum. Dessen tonnenförmige Gestalt hätte er unter Tausenden wiedererkannt. Eine Frau mit sehr kurzen Haaren – skandalös kurz, hörte Tasso im Geiste seine Tante Hedwig ausführen – faltete an einem der hinteren Tische etwas. Neben ihr stand, von dem jungen Mädchen abgesehen, die vermutlich jüngste Frau im Raum. Sie war vielleicht Anfang zwanzig, sehr fesch in einen violetten Hosenanzug gekleidet und mit kinnlangen blonden Haaren.

Tasso kniff die Augen zusammen. War das nicht Mara Oberhöller? Der modische Haarschnitt war etwas kürzer, als er in Erinnerung hatte, aber sonst? Doch, das war sie. Spielte sie immer noch die Hobbydetektivin?

Er hatte sich nicht entschieden, ob er zu ihr gehen und sie ansprechen sollte, als sie aufschaute. Erschrocken wandte sie den Kopf erst zu dem Pfarrer, danach zu den anderen Frauen. Nur ganz kurz streifte sie mit dem Zeigefinger die Lippen.

Die Geste war so beiläufig, dass Tasso sie fast nicht beachtet hätte. Doch nach wenigen Sekunden begriff er. Er wandte sich ab und trat zu den drei Frauen mit den Hemden. Aber er nahm sich ganz fest vor, später für eine Gelegenheit zu sorgen, zu der die Signorina Mara ihm ihr Verhalten erklären konnte. Er konnte ihr zwar kaum verbieten, sich bei diesem Basar zu engagieren, aber an einen Zufall glaubte er nicht. Und falls sich seine Befürchtungen bewahrheiteten, dass sie hier gerade »undercover« ermittelte, konnte sie sich auf etwas gefasst machen.

14. Kapitel, in welchem Mara sich fragt, ob Tasso auf eine göttliche Erleuchtung wartet

Mara war erleichtert, dass Tasso ihre Geste im Gemeindesaal richtig verstanden hatte und die gesamte Zeit so tat, als kannten sie einander nicht. Und sie war überglücklich, ihn hier in Sankt Martin zu sehen. Das konnte doch nur bedeuten, dass er den Knopf von Frederick Schweigkofler erhalten hatte und zumindest hergekommen war, um weitere Fragen zu stellen. Das machte zwar Lenka Jovanović nicht mehr lebendig, aber zu erfahren, dass die Polizei noch einmal nachforschte, linderte vielleicht Vrenis Schmerz über ihren Verlust. Jetzt konnte Mara ihr mit gutem Gewissen berichten, dass sie ernst genommen worden war. Am Ende mochte nichts Neues dabei herauskommen, und es blieb ein tragischer Unfall. Aber sie hätten wenigstens versucht, mehr herauszufinden.

Noch etwas hatte Mara an diesem Tag gelernt: Diese Art von Engagement in dörflicher Gemeinschaft war überhaupt nichts für sie. Dieses Herumwühlen in abgelegten Sachen, das Sortieren und die beständige Geräuschkulisse strengten sie mehr an, als eine Tageswanderung auf die Mutspitze es hätte tun können. Am Nachmittag fühlte sie sich ausgelaugt, sie glaubte, in ihren Ohren ein Summen zu vernehmen, und ganz sicher würde sie so schnell keinen Babystrampler mehr in die Hände nehmen. Vielleicht wäre es anders gewesen, wenn sie nicht nur Marion Kirchner gekannt hätte. Sie erinnerte sich aber daran, dass ihre Mutter sie als kleines Mädchen hin und wieder zu solchen Aktivitäten mitgenommen hatte, und die hatten ihr auch nicht gefallen. Nicht einmal das spätere gemeinschaftliche Keksebacken hatte sie reizen können.

Aber für heute war die Sache ausgestanden. Jetzt wartete sie im Foyer des Gemeindesaales auf Paola Santoro, die sie zum Abendessen zu sich nach Hause eingeladen hatte. Mara hatte die zierliche Sizilianerin sofort gemocht. Sie bewunderte, wie stoisch diese ignorierte, dass manche Frauen ihr bestenfalls höflich, schlimmstenfalls feindlich begegneten. Dabei war sie – ganz im Gegenteil zu Mara – ein Organisationstalent, behielt die Übersicht und fand für fehlende Kleiderbügel, zu kleine Tische und jegliche anderen Probleme eine Lösung. Vor allem Paola war es zu verdanken, dass am frühen Abend alles für den Verkauf am folgenden Tag bereit war.

Im Foyer war ein Tisch aufgestellt, an dem beim Basar auch Heimatbücher verkauft werden würden. Ansonsten war der Raum bis auf einige Schaukästen und die Garderobe leer. Dort hing nur noch Paolas Jacke, ein vergessener Regenschirm lag auf der Hutablage.

Mara schlenderte an den Vitrinen entlang, in denen Standarten und Fahnen des örtlichen Schützenvereins präsentiert wurden. Ein Hinweisschild strich die Bedeutung der Schützen für das kulturelle Erbe, die Wehrhaftigkeit der Gemeinde und den Widerstand gegen die Italianisierung Südtirols heraus.

Gereizt starrte Mara auf den Text. War das nicht genau das Problem? Die Abschottung einer Dorfgemeinschaft, einer Kultur, eines Landes gegen eine andere Gruppe? Die Betonung von Unterschieden, statt sich auf die Gemeinsamkeiten zu besinnen? Es stand ja außer Frage, dass in der Zeit des faschistischen Regimes Mussolinis die Menschen in Südtirol gelitten hatten und dass spätestens Ende der zwanziger Jahre die deutsche Sprache, ja ihre gesamte Kultur ausgelöscht werden sollte.

Aber statt es besser zu machen, hatten einige Frauen, gerade die älteren, und allen voran dieser unerträgliche Pfarrer Paola Santoro immer wieder deutlich gemacht, dass sie in dieser Gemeinschaft nichts zu suchen hätte. Dass ihr Mann nur Carabiniere sei, weil er Italiener war – und damit war gemeint, dass er nicht gebürtig aus Südtirol stammte, sondern aus dem Süden eingewandert war. Auf dem Papier waren diese Frauen alle Italienerinnen, und trotzdem war es nicht dasselbe.

Und zu was machte das die Tochter Laura Santoro? Als was identifizierte die sich? Wo gehörte sie hin? Sie war im Krankenhaus von Meran zur Welt gekommen, sprach Deutsch so fließend wie Italienisch – was im Übrigen genauso auf ihre Mutter zutraf, wenn diese auch einen leichten Akzent hatte und hin und wieder einen Artikel verwechselte.

»Mara, bitte entschuldige, dass du so lange warten musstest.« Außer Atem lief Paola auf sie zu und ruderte dabei wild mit den Armen, als müsste sie lästige Fliegen verscheuchen. »Es ist auch nie fertig, oder? Jetzt wollte Botti… der Pfarrer Huber wieder, dass die Tische mit der Kinderkleidung weiter hinten stehen. Als ob das wichtig wäre! So groß ist der Saal nun auch wieder nicht.«

»Ich weiß, dass manche ihn Botticelli nennen, keine Sorge.« Mara lachte.

Paola ließ die Arme sinken und grinste breit. »Das hat sich meine kluge Tochter ausgedacht. Jetzt komm, wir sollten nicht länger herumtrödeln. Mein Mann war heute Mittag hier und hat mir gesagt, dass wir heute Abend einen weiteren Gast zum Essen haben.«

»Frederick Schweigkofler?« In dem Moment, in dem Mara den Namen aussprach, wollte sie sich auf die Zunge beißen. So tolerant und offen Paola wirken mochte, könnte es dennoch sein, dass sie nichts von den zarten Liebesbanden wusste, die ihre Tochter mit dem Sohn eines Bauern knüpfte. Noch weniger hatte Mara eine Ahnung, ob die Eltern dies billigten.

Paolas irritierter Blick verriet, dass die Frage unbedacht gewesen war. »Frederick Schweigkofler? So ist das also, da schau an.« Lauras Mutter schien gerade mehr als nur ein Licht aufzugehen. Sie nickte unbewusst.

Mara biss sich auf die Unterlippe und sandte ein kurzes Stoßgebet gen Himmel, dass sie das Mädchen damit jetzt nicht in Schwierigkeiten gebracht hatte.

Schon hatte Paola sich wieder im Griff. »Nein, der ist es nicht. Doch du kennst ihn. Es ist der Commissario aus Bozen.«

»Tasso? Aber das ist ja großartig! Mit ihm will ich schon lange sprechen.« Noch lieber würde sie endlich mit Giulio reden. Sie hoffte, dass sie ihn an diesem Wochenende erwischte. Sie traute sich inzwischen nicht mehr, bei seiner Wirtin anzurufen, um ihm keinen Ärger zu bereiten. Er selbst konnte nichts tun, außer zu warten, bis sie ihn endlich erwischte. Zumindest hoffte Mara, dass er das immer noch tat.

Paola nahm ihre Jacke vom Haken und zog sie an. »Ich bin nicht so sicher, ob das so großartig wird. Im Gegensatz zu heute Morgen bei seiner Ankunft wirkte der Commissario später sehr übellaunig.«

»Ich kann es ihm nicht verdenken. Die anderen Damen haben es ihm nicht gerade leicht gemacht.«

»Als der Pfarrer dann wieder mit seiner Theorie zur Teufelsanbetung kam, hab ich gedacht, er explodiert.«

»Ich habe gar nicht verstanden, wie das in Bezug zu Lenkas Tod stehen soll.« Außerdem konnte Mara mit solch abergläubischem Gerede sowieso nichts anfangen.

»Das kann ich dir auch nicht beantworten.« Paola zog einen Schlüssel aus der Tasche und bedeutete Mara mit einer Geste, hinauszugehen. Dann schloss sie die Tür des Gemeindesaals gründlich ab. »Der Commissario hat das zu Beginn, als er hier vor ein paar Wochen ermittelt hat, in Betracht gezogen. Aber die Annahme, dass der Teufel höchstpersönlich hinter Lenkas Tod stecken soll, ging ihm dann doch zu weit. Das ergäbe ja auch gar keinen Sinn, oder? Der Fürst der Hölle richtet seine willige Dienerin?«

Mara brummte zustimmend. In Wahrheit hatte sich im Laufe des Tages eine andere Theorie beharrlich in ihren Gedanken eingenistet. Eine, die sie Tasso präsentieren wollte, weshalb sie sich auf die Gelegenheit freute, mit ihm zu sprechen. Zugleich ahnte sie, dass ihr Ansatz eher seiner schlechten Laune neuen Auftrieb geben würde. Was sie zu sagen hatte, wäre keine angenehme und schon gar keine gute Nachricht.

»Nun denn. Schauen wir, was Signor Santoro an meinem Herd gezaubert hat. Er liebt es, zu kochen! In seinen frühen Jahren als Carabiniere, also vor unserer Heirat, hat er mit zwei Kollegen zusammengewohnt und immer die Küchenarbeit übernommen. Er kann das, du wirst sehen. Und da wir Gäste haben, wird er sich ganz besondere Mühe gegeben haben.«

*

Paola hatte nicht zu viel versprochen. Ihr Mann hatte mit der Unterstützung seiner Tochter eine Lasagne gebacken, die ausgezeichnet schmeckte. Sogar Tasso, der Mara einen

Blick zugeworfen hatte, aus dem nicht hervorging, ob er sich freute, sie zu sehen, oder ihr lieber den Hals umdrehen wollte, schien nach dem Essen etwas weniger übellaunig.

Paola klatschte in die Hände. »Wer rauchen möchte, geht bitte in den Garten. Ich kümmere mich freiwillig um den Abwasch. Laura, hilfst du mir?«

»Ja. Aber nicht freiwillig.« Ihre Tochter zog eine Grimasse. Dennoch sprang sie eilig auf und verschwand mit den Tellern in der Küche. Luigi Santoro warf ihr einen stolzen Blick hinterher und folgte mit den Resten der Lasagne.

Tasso zog eine Schachtel Zigaretten hervor und nickte Mara zu. Sie verstand, dass er die Gelegenheit nutzen wollte, und folgte ihm über den Umweg zur Garderobe in den Garten des kleinen Hauses. Ein sternenklarer schwarzblauer Himmel und Eiseskälte empfingen sie.

Schaudernd zog Tasso die Schultern hoch. »Das wird eine kalte Nacht. Hoffentlich springt mein Auto gleich an. Zigarette?«

»Gern.« Mara verkniff sich eine Bemerkung darüber, wie schön sie den Anblick des winterlichen Gartens fand. Die Santoros hatten ein Vogelhäuschen aufgestellt, das den vielen Spuren und leeren Schalen von Sonnenblumenkernen nach gut angenommen wurde. An einem Apfelbaum, dessen knorrige Äste sich unter dem Schnee bogen, hingen fettige Knödel für die Meisen. Beete und Büsche ruhten unter einer glitzernden weißen Decke.

»Schön friedlich.« Tasso nahm einen tiefen Zug und blies den Rauch in die klare Winterluft.

»Haben Sie gerade *schön* gesagt?« Mara stellte wieder einmal fest, dass sie zu selten rauchte, um sich daran zu gewöhnen. Der starke Tabak kratzte, und sie musste ein Husten unterdrücken.

Er kniff sich mit Daumen und Zeigefinger in die Nasenwurzel, als müsste er sich selbst davon überzeugen, was er da
gerade gesagt hatte. »Vielleicht werde ich altersmilde«, murmelte er.

»Alt? Grundgütiger, Sie sind noch keine vierzig!«

»Ich werde fünfunddreißig.« Sein Blick folgte den aufstei-
genden Rauchkringeln. »Manchmal fühlt es sich viel älter
an.«

Mara erwiderte nichts. Sie ahnte, dass sich deutlich mehr
hinter diesen schlichten Worten verbarg. Für die Zeit im Krieg
hatten viele Männer doppelt und dreifach an Lebensjahren
eingezahlt, das konnte sie kaum ermessen. Und sie ahnte, dass
es mit der Andeutung zusammenhing, die ihr Vater heute
Morgen beim Frühstück hatte fallen lassen, dass nämlich
Bruno Visconti in den vorzeitigen Ruhestand gehen werde.

»Wenn Sie darüber sprechen möchten, Tasso, höre ich Ihnen gern zu.«

»Schon gut. Erklären Sie mir lieber, was Sie hier in Sankt
Martin zu suchen haben. Wie sind Sie an diesen Knopf gekommen?«

»Den habe ich von einem Jugendlichen bekommen, der
ihn vor dem Stall gefunden hat.«

»Vor dem Stall und in der Nacht von Montag auf Dienstag, das hatten Sie in dem Begleitschreiben vermerkt.«

»Genau, und ich wollte …«

»Einen Gehrock, zu dem der Knopf passen könnte, hat
der Pfarrer vor ein paar Wochen den Frauen gegeben, die die
Kleiderspenden sammeln.«

Mara blieb der Mund offen stehen. »Wie bitte?«

Tasso griff in seine Manteltasche und zog den Knopf
hervor. »Ihr Freund Giulio hat den Knopf im Labor untersucht. Er stammt von einem Kleidungsstück aus rot gefärbter

Schurwolle. Ich habe den Knopf heute herumgezeigt. Eine der Damen hat sich an einen solchen Gehrock erinnert. Auch daran, dass einer der Knöpfe fehlte. Sie hat das Loch gestopft und einen Ersatz angenäht.«

»Ja, und was jetzt? Wo ist dieser Gehrock? Haben Sie den Pfarrer verhört?«

»Sind Sie von Sinnen? Warum sollte ich?«

»Na, wenn er den Knopf dort vor dem Stall verloren hat, muss er doch auch da gewesen sein.«

»Ich habe damals mit ihm gesprochen, das hätte er mir sicher gesagt. Er hat nichts dergleichen angedeutet. Weiß der Himmel, wie der Knopf dorthin gelangt ist.«

»Vielleicht hat der Pfarrer einen guten Grund, Ihnen das zu verschweigen. Weil er nämlich etwas mit Lenkas Tod zu tun haben könnte!«

»Wieso nennen Sie das Opfer Lenka? Das klingt sehr vertraut. Kannten Sie sie? Warum sind Sie überhaupt hier und schnüffeln herum?« Mit jedem Wort war sein Tonfall schärfer geworfen.

Mara setzte an, die Fragen zu beantworten, aber dann entschied sie sich dagegen. Was ihr den ganzen Tag im Kopf herumgespukt war, musste jetzt ausgesprochen werden. »Ich glaube sogar, dass Gottlieb Huber noch viel mehr damit zu tun hat, als Sie und ich bisher ahnen. Er mochte Lenka nicht. Er tut sich allgemein mit den *Fremden* im Dorf schwer. Aber sie war ihm ein besonderer Dorn im Auge.«

»Dem Pfarrer? Warum denn?«

»Darüber kann ich nur spekulieren. Ich denke mal, weil sie so unangepasst war, sich nichts sagen ließ, wie sie zu leben oder ihr Vieh zu behandeln hatte.«

»Das ist Ihr Ernst, oder? Ein Mann Gottes! Was denken Sie sich als Nächstes aus?«

»Er ist auch nur ein Mensch und damit fehlbar, oder nicht?« Mara reckte störrisch das Kinn.

»Was wollen Sie denn jetzt damit sagen, Signorina Mara?«, fragte Tasso steif. Er bückte sich und drückte seine Zigarette im Schnee aus.

»Ich will erst einmal nur, dass Sie ihn verhören. Oder meinetwegen mit ihm reden. Förmlich zur Sache. Schließlich haben Sie neue Indizien, denen Sie nachgehen. Mehr nicht. Es fiele mir nicht ein, ihn als Täter zu beschuldigen.«

»Aber?«

»Aber was?« Mara versuchte, so unschuldig wie möglich zu klingen, und konzentrierte sich darauf, ihre halb aufgerauchte Zigarette auszutreten. Die Kippe hob sie wieder auf. Sie ahnte, dass Tasso sie bereits durchschaut hatte.

»Mara, verkaufen Sie mich nicht für dumm. Sie glauben, dass Huber etwas mit dem *Unfall* zu tun, ihn vielleicht sogar herbeigeführt hat. Um es einmal vorsichtig auszudrücken.«

Sie holte tief Luft. »Ja, das glaube ich. Mir geht diese Sache mit den Ritualen immer wieder durch den Kopf. Er hat sie leidenschaftlich mehrfach der Teufelsanbetung beschuldigt. Was, wenn er als gehorsamer Diener Gottes dieser Sache auf den Grund gehen wollte? Wenn er eine Gefahr für seine Gemeinde abzuwenden trachtete? Ich behaupte ja nicht, dass er sich zu ihr begab, um sie umzubringen. Vielleicht wollte er sie nur zur Rede stellen, und dann ist sie gestürzt. So etwas in der Art.« Sie brach ab. Jetzt war es heraus.

Tasso schwieg. Er reckte den Kopf in die Höhe und schloss die Augen. Mara wurde der plötzlichen Stille gewahr. Nur ganz entfernt glaubte sie, Geschirrgeklapper aus dem Haus hinter sich zu vernehmen, ansonsten rührte sich in der winterlichen Dunkelheit nichts.

Tasso stapfte durch den Schnee zum Aschekübel an der

Hauswand und entsorgte den Zigarettenstummel. Dann kam er zurück und starrte wieder auf den Apfelbaum. »Ich muss gestehen«, begann er leise zu erklären, »dass ich heute im Laufe des Tages etwas Ähnliches gedacht habe. Aber dann erschien es mir nicht logisch, dass er diesen Gehrock bei der Kleidersammlung abgegeben hat. Wobei er wiederum vielleicht nicht gewusst hat, wann und wo er den Knopf verlor. Es ist … Ich mag es mir einfach nicht vorstellen, dass so ein Mann, der Gott dient, Selbstjustiz übt. Oder es auch nur in Erwägung ziehen könnte.« Seine Schultern sackten herab.

»Reden wir mit ihm. Heute Abend noch. Konfrontieren wir ihn mit den Tatsachen.«

Tasso blinzelte ihr zu. »Wir?«

Mara versuchte sich an einer Unschuldsmiene. »Ohne mich stünden wir nicht hier und würden dieses Gespräch führen, oder?«

»Also gut. Dann bringen wir es jetzt sofort hinter uns. Bedanken wir uns für die Gastfreundschaft und verabschieden uns.«

*

Nur eine Viertelstunde später machten sie sich auf zum Pfarrhaus, das sich nur einen Steinwurf entfernt von der Kirche befand. Mara hatte Mühe, mit dem wütenden Tempo des Commissario zu halten. Sie überlegte krampfhaft, wie sie ein Gespräch beginnen sollte, doch ihr fiel kein unverfängliches Thema ein. Dabei fand sie das Schweigen sehr unangenehm.

Nach einigen Schritten erlöste Tasso sie: »Sie haben mir immer noch nicht verraten, warum Sie hier Privatermittlungen aufgenommen haben. Es ist wegen Ihrer Freundin, Signorina Bacher, so viel weiß ich bereits.«

»Das stimmt. Sie glaubt nicht an einen Unfall. Aber sie ist ja nicht die Einzige. Ich bin hier in Sankt Martin Johann Vierweger begegnet, der ebenfalls so seine Zweifel hat.«

»Ich weiß. Sie denken wohl alle, dass ich meine Arbeit nicht gründlich genug erledige.«

»Nein, ganz und gar nicht, Veronika hat Ihnen beziehungsweise Ispettore Dacosta ja auch Informationen vorenthalten.«

Abrupt blieb Tasso stehen. »Was sagen Sie da?«

Mara spürte, dass ihre Wangen zu glühen begannen, und war froh, dass sie weit weg von Straßenlaternen im Dunkeln standen. »Sie war am Sonntag noch bei Lenka. Die beiden sind gut befreundet.«

»Und warum haben Sie Ihre Freundin nicht davon überzeugt, mir das selbst zu sagen?«

Mara setzte zu einer Erklärung an, doch Tasso schnitt ihr mit einer raschen Handbewegung das Wort ab.

»Nein, stattdessen spielen Sie hier Privatdetektivin. Ich kann das immer noch nicht glauben. Stellen Sie sich doch einmal vor, hier läuft tatsächlich ein Mörder herum! Ja, ich bin doch nicht unfehlbar! Was, wenn ich wirklich etwas übersehen habe? Was, wenn es wirklich kein Unfall war und jemand nachgeholfen hat? Ist Ihnen klar, in welche Gefahr Sie sich damit begeben? Haben Sie aus Ihrem Praktikum und der Sache in Brixen denn gar nichts gelernt?« Er warf die Hände in die Luft und stapfte wieder voran.

Mara folgte ihm kleinlaut. »Ich habe tatsächlich nicht geglaubt, etwas zu finden. Ich habe das nur getan, um Vreni zu beruhigen. Und jetzt ist sie seit letzter Woche verschwunden. Ich verstehe das alles nicht.«

»Verschwunden?« Tasso fuhr herum.

»Ich glaube nicht, dass es damit etwas zu tun hat. Ich bin sicher, dass ihre Mutter weiß, wo sie ist. Sie ist besorgt, aber nicht, weil ihre Tochter nicht aufzufinden wäre. Ich kann es nicht erklären. Sie war in Innsbruck und kam zunächst wegen des Wintereinbruchs letztens nicht zurück. Von da aus ist sie dann angeblich nach Berlin gereist.« Mara brach ab. Erst jetzt, da sie es offen aussprach, wurde ihr bewusst, wie tief dieser Stachel saß. Ihre beste Freundin verfolgte ihre eigenen Pläne, ohne sie einzuweihen. Sogar Vrenis Mutter wusste mehr oder ahnte zumindest etwas, das ihr die konkrete Sorge nahm.

Tasso trat nahe an sie heran und musterte sie aufmerksam. »Sie waren eifersüchtig auf diese Lenka.« Er sprach überraschend einfühlsam.

Mara brachte ein halbherziges Nicken zustande.

Er winkte ihr zu und setzte seinen Weg fort. »Sie waren also nur in Sankt Martin, um Ihrer Freundin einen Gefallen zu tun. Und dann sind Sie Johann im *Lamm* begegnet, der auch nur hier war, weil er eine alte Freundin besucht hat. Ja, das weiß ich bereits, er war ja bei mir. Dann haben Sie beide sich gegenseitig aufgestachelt.«

»So ungefähr war es.«

»Also schön, bringen wir das zu Ende. Ich hoffe nur, dass jetzt nicht noch weitere Personen auftauchen, die uns während der Ermittlungen Informationen vorenthalten haben. Ich habe weiß Gott andere Dinge zu regeln.«

»Der Bankraub? Ich habe darüber in der Zeitung gelesen.«

»Eine höchst ärgerliche Angelegenheit. Der Bankdirektor hat drei Männer angeheuert, um den Überfall zu begehen. Wir haben ihn Anfang der Woche verhaftet.« Er schnaubte wütend. »Es kam, wie es immer kommt, wenn solche Kerle mächtige Freunde haben. Sein feiner Anwalt hat uns alle Beweise und Indizien als zu dürftig vom Tisch gefegt. Der Bürgermeister persönlich hat dafür gesorgt, dass er vorläufig wieder auf freien Fuß kommt.«

»Glauben Sie denn, dass Sie noch unwiderlegbare Beweise finden?«

»Wir müssten die beiden Flüchtigen verhaften und die Beute finden. Mit etwas Geschick könnten wir seine drei Söldner dann gegeneinander ausspielen. Sie in Widersprüche verwickeln oder sie locken, sich als Kronzeugen zur Verfügung zu stellen. Aber wir haben bisher nur einen der drei. Und der schweigt, seit der Anwalt seines feinen Auftraggebers auf den Plan getreten ist. Wie zu erwarten. Immerhin hält Bruno mir den Bürgermeister vom Leib.« Er murmelte etwas bei sich, das Mara nicht verstand.

Rasch versuchte sie, das Gespräch in eine andere Richtung zu lenken, bevor Tasso sich weiter in seinen Groll hineinsteigerte. »Wie sieht es mit der Ermittlung hier aus? Haben Sie diesen Gehrock gefunden? Sie sagten, dass er abgegeben und von einer der Frauen geflickt worden ist.«

»Auch das ist ziemlich ärgerlich. Sie hatte ihn bereits wieder weitergegeben. Letzte Woche ist ein Tagelöhner auf der Durchreise Richtung Innsbruck beim Pfarrhaus gewesen. Der hat ihr im Tausch gegen den Gehrock geholfen, ein paar Sturmschäden auf dem Friedhof zu beseitigen. Der ist längst buchstäblich über alle Berge.« Er blickte auf, obwohl die umliegenden Gipfel in der Dunkelheit nicht auszumachen waren. »Welcher ist es? Der nach Innsbruck?«

»Der Jaufenpass, ein Sattel zwischen Jaufenspitze und Saxner. Ist im Winter tagsüber meistens befahrbar. Das Timmelsjoch ist bereits seit Monaten geschlossen, da käme er allenfalls zu Fuß hinüber.«

Sie hatten das Pfarrhaus erreicht. Im linken Fenster des Erdgeschosses brannte noch Licht. Die Kirchturmuhr schlug gerade neun Mal zur vollen Stunde.

»Dann wollen wir mal.« Tasso hielt sich nicht länger auf und klopfte energisch an die dunkelgrüne Holztür.

Mara vernahm ein leichtes Zittern der Fensterscheiben. Gleich darauf waren Schritte hinter der Tür zu hören.

»Wer da?«

»Pfarrer Huber, es tut mir leid, Sie so spät noch stören zu müssen. Ich bin es, Commissario Tasso.«

Ein Riegel wurde zurückgeschoben und die Tür aufgerissen. Der Pfarrer trug bereits ein bodenlanges Nachtgewand und darüber einen offenen Bademantel. Unter dem locker fallenden Stoff erinnerte seine Statur Mara mehr denn je an ein rundes Fass.

Streng hob der kleine Mann die Augenbrauen. »Ich hoffe für Sie, dass es wirklich wichtig ist.«

»Könnten wir vielleicht kurz hereinkommen?«

»Meinetwegen.«

Er führte sie in das beleuchtete Zimmer, in dem ein Kachelofen wohlige Wärme verströmte. Den ledergebundenen Folianten in den Regalen ringsum nach zu urteilen, schien es sich um eine Schreibstube oder das Archiv zu handeln. Auf einem Pult erkannte Mara mehrere eng beschriebene Seiten, einen Füller und einen Tintenlöscher.

Tasso ließ seinen Blick ebenfalls über die Regale schweifen. Sie waren vollkommen vollgestopft, einiges Papier lagerte sogar in Kartons, die in einer Ecke aufgestapelt waren.

»Die Kirchenmatriken der Gemeinde«, erklärte der Pfarrer auf die unausgesprochene Frage. »Geburten und Taufen, Ehen, Tode und Begräbnisse. Dazu Abschriften von Besitzurkunden und Gerichtsakten. Die gesamte Chronik der letzten vierhundert Jahre, sowohl des kirchlichen als auch des weltlichen Lebens der Menschen an diesem Ort. Die Akten, die Letzteres betreffen, lagern normalerweise im Schulhaus. Aber dort hat es einen Wasserschaden gegeben. Jetzt muss erst umgebaut werden.«

»Auch die Akten der Zugezogenen?«

»Selbstverständlich.«

»Also auch die von Lenka Jovanović?«

Der Pfarrer stieß ein Schnauben aus, was klang, als würde einem Blasebalg die Luft entweichen. »Es ist spät, es war ein langer Tag. Sie haben ja selbst gesehen, um was ich mich alles kümmern musste.«

Soweit Mara das beurteilen konnte, hatte er nichts getan, als herumzusitzen, mit verschiedenen Frauen zu schwatzen und sich von Hildegard Taufers, der Haushälterin des Dorflehrers, hin und wieder einen Kaffee bringen zu lassen.

»Ja, das ist mir in der Tat aufgefallen.« Falls Tasso Maras Eindruck teilte und das ironisch meinte, war ihm das nicht anzumerken.

Der Pfarrer wedelte ungeduldig mit der Hand. »Kommen Sie doch bitte zur Sache. Ich arbeite schon an meiner Weihnachtspredigt.«

»Ich will Sie gar nicht lange aufhalten. Ich habe heute gehört, dass Sie für die Kleidersammlung einen Gehrock aus roter Schurwolle abgegeben hatten.«

»Ja, das ist richtig.«

Tasso reichte ihm den Knopf. »Gehörte der hier an dieses Kleidungsstück?«

Mit gerunzelter Stirn hob der Pfarrer ihn ins Licht und betrachtete ihn von allen Seiten. »Kann sein. Ich erinnere mich nicht mehr. Aber der Gehrock hatte ein Loch in der Knopfleiste. Schön möglich, dass er da abgerissen ist.«

»Dieser Knopf wurde in der Nacht von Montag auf Dienstag vor Signora Jovanovićs Stall gefunden. Irgendeine Idee, wie er da hingekommen ist?«

»Nein! Wieso auch?« Pfarrer Hubers Stimme wurde lauter. »Geht das schon wieder los! Diese Hexe lässt mir auch nach ihrem Tod keine Ruhe, oder was?«

»Mit Verlaub, Pfarrer, ich bin es, der Ihnen hier keine Ruhe lässt. Und das ist meine Pflicht, ganz gleich, was Sie über die Tote denken. Wie also kam der Knopf Ihres Gehrocks dorthin?«

»Ich weiß es nicht. Das war doch nicht mein Gehrock!«

»Was soll das heißen?«

»Ich habe den auf dem Friedhof gefunden und fand ihn zu gut, um ihn wegzuwerfen. Also habe ich ihn einer der Landfrauen gegeben.«

Mara hatte während des Dialogs ausreichend Gelegenheit, den Pfarrer genau zu beobachten. Er wirkte aufgebracht, aber das schien keinem schlechten Gewissen zu entspringen, und noch weniger dem Wunsch, etwas zu verheimlichen.

Tasso steckte den Knopf wieder ein. »Das war nicht Ihr Gehrock? Sie haben ihn gefunden?«

»Wenn ich es doch sage!«

»Würden Sie das auf die Bibel schwören?«

Allmählich wirkte der Kirchenmann eher verzweifelt. »Wenn es sein muss, natürlich. Aber haben Sie sich diesen Gehrock einmal angeschaut? Ihnen mag der vielleicht passen. Mir wäre der viel zu klein. Ich bekäme den nicht einmal übergezogen, das müssten Sie doch bemerkt haben.«

Einen knappen Moment setzte Tasso zu einem verblüfften Nicken an, doch er beherrschte sich. Mara war sicher, dass nur ihr das aufgefallen war. Pfarrer Huber wusste also gar nicht, dass der Gehrock bereits weitergegeben worden war.

Immerhin bestätigte er damit ihren Eindruck, dass er heute im Gemeindesaal nichts getan hatte, außer sich wichtigzumachen, und vermutlich kein einziges Kleidungsstück in den Händen gehalten hatte.

»Gut, Pfarrer Huber, lassen wir das. Aber Sie werden kaum bestreiten, dass Sie und Signora Jovanović nicht gerade gut miteinander ausgekommen sind. Wann haben Sie sie zum letzten Mal vor ihrem Tod gesehen oder gesprochen?«

»Was wollen Sie mir damit unterstellen?«

»*Madonna mia, culpa me!* Ich will Ihnen überhaupt nichts unterstellen, ich will die Wahrheit herausfinden! Ist das so schwer?«

Bei den harschen Worten war der Pfarrer ein wenig zurückgewichen. Er verschränkte die Finger ineinander, sein Kopf zuckte nach rechts und links, doch ihm offenbarte sich kein Ausweg. Schließlich hob er die Hände wie bei einer Predigt. »Wir hatten einige Meinungsverschiedenheiten. Sie war eine Fremde. Sie gehörte hier nicht hin.«

»Ihr Name war Lenka Jovanović.«

Mara nickte beifällig. Es war einfacher, sich über eine Fremde zu empören als über einen Menschen, der einen Namen, ein Gesicht hatte, eine Persönlichkeit war. Der Commissario machte das mit voller Absicht.

Und es zeigte Wirkung. Jetzt verschränkte der Pfarrer abwehrend die Arme und reckte störrisch das Kinn. »Sie wollte ihre Ziegen mit unseren kreuzen. Und auch die Schafe. Der Herrgott allein weiß, was das für eine Mischrasse sein soll. Angeblich eine neue Züchtung, die besonders gut an das raue Bergklima angepasst ist. Minderwertige Viecher, sage ich.«

»Sieh an. Als Hirte Ihrer menschlichen Schäfchen kennen Sie sich auch mit echten Schafen aus?« Jetzt konnte Tasso doch nicht mehr an sich halten. Mara bemerkte, dass er die Hand in der Manteltasche zur Faust ballte.

»Das war denen doch anzusehen. Noch am Montag war ich bei ihr und habe sie beschworen, sich mit ihrer Herde anderswo niederzulassen.«

»Montag? An welchem Montag?«

»Na, an dem Montag vor dem Mittwoch, an dem sie entdeckt wurde.«

»Nur, damit ich das richtig verstehe: Sie hatten am Montag Streit mit dem Opfer dieses Unfalls? Wann genau?«

»Ich bin nach dem Mittagessen zu ihr gegangen. Ich weiß es nicht mehr, vielleicht gegen halb zwei? Aber ich war an dem Tag ganz sicher nicht im Stall! Wir haben in der Küche gesessen. Nicht, dass Sie das falsch verstehen.«

»Und Sie hielten es bisher nicht für nötig, das mir oder meinen Kollegen zu sagen?«

»Nein.«

»Und warum nicht?« Tassos Faust drückte gegen die Außenseite der Tasche. Mara würde es nicht überraschen, wenn er sie jeden Moment hob und zuschlug. Doch rein äußerlich hatte er sich gut im Griff. Der Pfarrer bemerkte nichts.

»Sie haben nicht gefragt.«

»Ist Ihnen nicht der Gedanke gekommen, dass ich diese Information als ermittelnder Commissario wichtig finden könnte?«

»Was sollte das mit dem Unfall zu tun haben?«

»Es hat etwas mit dem Zeitpunkt zu tun, zu dem es passiert sein muss. Und zu ermessen, ob es auch mit Lenka Jovanovićs Tod zu tun hat, ist nicht Ihre Aufgabe, sondern meine!«

»Und die des Herrgotts.«

»Mag sein. Aber bis zum Jüngsten Gericht sorge ich dafür, dass weltliche Sünden auch weltliche Konsequenzen in Form von Strafen nach sich ziehen. Wir sprechen uns noch. Einen schönen Abend, Signore!«

Ohne eine Antwort abzuwarten, rauschte Tasso aus dem Raum. Als er sich auf Maras Höhe befand, raunte er ihr zu: »Kommen Sie schon!«

Sie murmelte eine Verabschiedung in Pfarrer Hubers Richtung, der wie vom Blitz getroffen dastand, und machte, dass sie hinauskam. Draußen hatte Tasso sich bereits eine Zigarette angesteckt und inhalierte in tiefen, hastigen Zügen. Dabei murmelte er etwas vor sich hin, was sehr verdächtig nach einer Collage wildester Verwünschungen klang.

»Tasso? Ist alles in Ordnung?«

»Mara! Ich meine *Signorina* Mara. Sie …«

»Schon gut. Jetzt ist nicht der Zeitpunkt, auf Höflichkeiten zu bestehen. Begleiten Sie mich bitte zum Auto?«

»Selbstverständlich, wo parken Sie?«

»Unten an der Staatsstraße.«

Sie schwiegen, bis sie außer Sichtweite des Pfarrhauses waren.

Dann brach es aus Tasso heraus. »Was erlaubt der sich? Nicht genug, dass der unsere Zeit mit seinen Hirngespinsten über Hexen und Rituale beansprucht hat, nein! Er enthält uns auch noch Informationen vor. Hatte einen Streit mit dem Opfer. Ist das zu fassen?«

»Das hat er mit Absicht getan, oder?«

»Diesen Streit nicht zu erwähnen? Einen Streit über die Reinblütigkeit von Ziegen?«

»Von Schafen. In diesem Fall ging es um Schafe. Obwohl bisher immer von den Ziegen die Rede war.«

»Ja, richtig.« Tasso lachte freudlos auf.

»Dieses Detail können wir vernachlässigen, denke ich«, meinte Mara.

»Das denke ich auch. Aber natürlich hat er das mit voller Absicht getan. Ich verstehe nur noch nicht, warum.«

»Halten Sie ihn jetzt immer noch nicht für verdächtig?«

»Verdächtig, an diesem Unfall beteiligt gewesen zu sein? Oder verdächtig, einen Mord als Unfall getarnt zu haben?«

Mara glaubte, ein Lächeln aus den Worten herauszuhören, und war froh, dass er sich wieder etwas beruhigte. »Ich weiß es nicht«, gab sie zu. »Denn es fällt mir schwer, mir diesen Mann vorzustellen, wie er in einem Stall herumlungert, dort die Hand gegen eine Frau erhebt und sich dann aus dem Staub macht. Seine Waffe sind Worte. Und die sind angesichts seiner Position als Pfarrer mächtig genug. Über kurz oder lang hätte er Lenka vielleicht zermürbt.«

»Wohl wahr.« Er seufzte tief. »Ich denke genauso.« Abermals schimpfte er vor sich hin.

Mara verstand die Worte nicht, aber es klang alles andere als freundlich. »Und was jetzt? Da vorne, da steht mein Auto.«

Tasso blieb neben Maras Fiat Topolino stehen. »In einer Sache hat er ja recht: Es ändert nichts. Er gibt zu, an jenem Montag auf dem Hof gewesen zu sein. Ob ich nun beweisen könnte, dass er auch im Stall war oder nicht, und ob er den Gehrock wirklich auf dem Friedhof gefunden hat, das ist alles unwichtig.«

»Solange Sie ihm nicht beweisen können, an Lenkas Tod aktiv beteiligt gewesen zu sein.« Mara ruckelte an der Fahrertür.

»So ist es.« Tasso beugte sich zu ihr. »Was machen Sie da?«

»Das Schloss ist eingefroren.«

»Warten Sie. Ich halte das Feuerzeug dran.«

Er hielt die Flamme erst an das Schloss und dann an den Türschlitz, bis Mara glaubte, verbranntes Gummi zu riechen.

Dann ruckelten sie abwechselnd so lange an der Fahrertür, bis die endlich schmatzend aufging. Mara beugte sich ins Innere und holte den Eiskratzer heraus. Tasso bot ihr an, ihr zu helfen, doch sie lehnte ab. Schweigend sah er zu, wie sie die Scheiben von Eisblumen befreite.

»So, und was jetzt?« Mara klopfte den Eiskratzer ab und warf ihn in den Fußraum auf der Beifahrerseite.

»Würden Sie mir einen Gefallen tun, Signorina Mara?«

»Lassen Sie doch bitte die Signorina weg, das hat mich vorhin auch nicht gestört. Sagen Sie Mara.«

»Hätten Sie morgen Zeit für einen Gefallen?«

»Um was geht es?«

»Kommen Sie morgen noch einmal her und machen Sie bei diesem Basar mit. Sagen Sie der Frau, die Sie da eingeschleust hat, dass Sie Spaß daran hatten, etwas für das Gemeinwohl zu tun.«

»Das war Marion Kirchner, die Bäckerin. Die wird mir das mit dem Spaß kaum abnehmen, aber das sollte das kleinste Problem sein. Wonach soll ich Ausschau halten?«

»Finden Sie zunächst heraus, welche Frau diesen Gehrock entgegengenommen und geflickt hat. Ich habe leider vergessen, das zu tun. Ich konnte die alle bis auf Paola Santoro aber auch gar nicht auseinanderhalten.«

»Ich verstehe schon. Diejenige wird wissen, wie groß das gute Stück war und ob es dem Pfarrer gepasst haben könnte.«

»Ganz richtig. Lassen Sie sich unbedingt den Namen geben. Ich werde im Laufe der nächsten Woche versuchen, noch einmal mit unserem Phantombildzeichner herzukommen und eine Beschreibung von diesem Tagelöhner anfertigen zu lassen. Aber erst muss ich mich um den Bankraub kümmern. Drücken Sie mir die Daumen, dass ich noch den perfekten Beweis für die Anklage dieses windigen Bankdirektors finde.

Oder wenigstens den einen Söldner, den wir haben, zu einem Geständnis bewegen kann.«

»Das mache ich.« Mara reckte die Faust mit dem gedrückten Daumen in die Höhe.

»Rufen Sie mich am Montag um zehn Uhr in der Questura an und erzählen Sie mir, was Sie herausgefunden haben. Passt das?«

»Das sollte kein Problem sein. So machen wir es.« Mara lächelte ihn an.

Er teilte ihre Zuversicht anscheinend nicht unbedingt, und auch die Energie, die er noch im Pfarrhaus an den Tag gelegt hatte, schien verpufft. Er verabschiedete sich freundlich und wartete dann, bis Mara gestartet hatte und davongefahren war. Im Spiegel sah sie seine Gestalt im Rot der Rücklichter kleiner werden und schließlich verschwinden.

Sie war froh, dass Tasso sie ernst genommen hatte. Aber sie wusste nun gar nicht mehr, was sie über den Tod von Lenka Jovanović denken sollte. Und ihr fiel ein, dass sie den Pfarrer hatte fragen wollen, wo sie begraben lag. Aber vielleicht wusste Vreni das. Ja, eine Aussprache mit ihrer besten Freundin wurde auch allmählich immer dringender. Genau wie ein Wiedersehen mit Giulio. Eigentlich hatte sie nach Bozen fahren wollen. Jetzt sollte es ein weiterer Tag in Sankt Martin werden. Sosehr sie sich freute, dass sie etwas herausgefunden und erreicht hatte, würde sie doch gern allmählich auch wieder Zeit für ihre eigenen Angelegenheiten finden.

15. Kapitel, in welchem Frederick sich an die Legende von Sankt Martin, der den Mantel teilt, erinnert

Draußen vor dem Café in Sankt Leonhard breitete sich ein Wintermärchen aus. An diesem Samstagvormittag war auf den Straßen noch nicht viel los. Der Schneepflug hatte erst vor wenigen Minuten eine zweite Runde durch den Ort gedreht und den Neuschnee der vergangenen Nacht beseitigt.

Frederick Schweigkofler saß mit seinen drei Freunden an einem runden Tisch in der Nähe des Fensters. Gedankenverloren rührte er in seinem Kakao und tauschte hin und wieder einen Blick mit Martin, dem jüngeren Bruder seines Freundes Matthias. Der diskutierte wieder einmal leidenschaftlich mit Gustav, was sie jetzt tun sollten. Eine Schneeschuhwanderung am Timmelsjoch hatte es heute werden sollen, aber nun war viel mehr Schnee als vorhergesagt gefallen. Der Bus würde nicht weiterfahren, für heute war Sankt Leonhard die Endstation. Sie konnten jetzt hier im Ort herumwandern oder mit dem nächsten Bus zurück nach Hause fahren.

Frederick war es einerlei. Laura war am Vormittag mit ihrer Mutter nach Meran gefahren. Später würde sie bei diesem Basar im Gemeindehaus helfen, und niemand würde es ihm abkaufen, wenn er da *zufällig* zwischen Bergen von alten Klamotten und schnatternden Weibern auftauchte.

Er löffelte einen Schluck Kakao und blickte seine Freunde der Reihe nach an. »Und? Habt ihr euch entschieden?«

Matthias boxte ihm in die Seite. »Du kannst doch auch mal was sagen.«

»Wir könnten zu mir gehen und Schallplatten hören.«

Gustav reckte das Kinn. »Hast du noch Zigaretten?«

Frederick nickte. »Aber in meinem Zimmer wird nicht geraucht. Meine Mutter riecht das sofort, die ist der reinste Spürhund.«

»Geht klar.« Gustav legte die Handkante zu einem militärischen Gruß an die Schläfe.

Matthias setzte seine Kaffeetasse ab. »Ich bin auch dafür, zurückzufahren. Der Bus kommt aber erst in einer Stunde. Was machen wir in der Zwischenzeit? Hier drinbleiben?« Er schielte zu der schwarz-weiß gekleideten Kellnerin, die gerade das Kuchenbuffet bestückte.

»Dann müssten wir sicher noch was essen, wenn wir nicht rausfliegen wollen«, meinte Gustav.

Frederick stimmte ihm zu. Noch waren nur wenige Tische belegt, aber das würde nicht lange so bleiben. Bald würden die Gäste der umliegenden Hotels zu Spaziergängen und zum Skilaufen aufbrechen, die Einheimischen vom Markt zurückkehren. Spätestens um die Mittagszeit würde es voll werden.

Er hatte dagegen weder Geld noch Lust auf weiteren Süßkram. Der eine Kakao war genug. Daher rutschte er von der Bank und schloss die Jacke. »Ich sehe mich ein wenig um. Wir treffen uns an der Bushaltestelle. Kann ich die Schneeschuhe hier bei euch lassen?«

Matthias grinste breit. »Damit ich sie dir zur Haltestelle mitschleppe?«

»Also gut, dann komm ich hierher zurück.«

»Geht klar.«

»Verlauf dich nicht.«

»Bis gleich, Kumpel.«

Er winkte ihnen zu und war aus der Tür. Draußen musste er erst einmal blinzeln und seine Sonnenbrille aufsetzen. Er steckte die Hände in die Taschen und lief aufs Geratewohl zwischen den Häusern hindurch. Die Sonne und die trockene Luft taten gut, nachdem es in den vergangenen Tagen so dunkel gewesen war.

Vor dem Rathaus gab es einen kleinen Markt mit Obst und Gemüse, dazu Kleidung und Haushaltsartikel. Frederick schlenderte zwischen den Ständen hindurch, ohne den Waren seine Aufmerksamkeit zu schenken. Er hatte ohnehin kein Geld.

Er wollte gerade in eine weitere Gasse einbiegen, als er einen roten Mantel in der Menge aufblitzen sah.

Sankt Martin mit dem Schwerte teilt den warmen Mantel unverweilt, schoss ihm die Zeile des alten Liedes durch den Kopf. Er kannte dieses altmodisch geschnittene Ding. Sofort jagten unangenehme Erinnerungen durch seinen Kopf, Schläge, Erniedrigungen im Beisein seiner Freunde, Sprüche wie solche, dass er nichts wert wäre und es zu nichts bringen würde. Unwillkürlich duckte er sich und wollte davonlaufen. Nur mit Mühe beherrschte er sich. Er war keine sechs Jahre mehr alt, sondern sechzehn. Das war lange vorbei.

Die Person drehte sich um, und ein Fremder starrte ihm entgegen. Es war ein Mann, Anfang dreißig, dunkelhaarig und eher schmächtig. Er hatte eine Pudelmütze tief ins Gesicht gezogen und trug ebenfalls eine Sonnenbrille. Frederick war sicher, dass er ihn noch nie gesehen hatte. Aber warum trug er diesen Mantel – oder hieß das Gehrock? –, der dem Mann um die Schultern eher locker saß. Der wahre Besitzer war kräftiger gebaut, er hatte das Ding im letzten Winter noch regelmäßig getragen.

Dann fiel sein Blick auf den untersten Knopf. Sogar aus der Entfernung konnte Frederick deutlich erkennen, dass dieser ein anderer war als der Rest.

Er machte ein, zwei Schritte auf den Fremden zu. »Sie da …!« Weiter kam er nicht.

Der Mann drehte sich auf dem Absatz um und rannte davon. Frederick folgte ihm, schlitterte über die geräumten Flächen, wäre beinahe in einer Schneewehe gelandet.

»Hören Sie, ich will Sie nur was fragen!« Warum rannte der Kerl davon? Hatte der was verbrochen? Frederick wollte doch nur wissen, wie er an den Mantel gekommen war. Und noch wichtiger: Wann! Das konnte kein Zufall sein …

Die kalte Luft stach in seiner Lunge. Er rannte um eine Hausecke und fand sich in einem dunklen Innenhof wieder. Ein schneebedeckter Volkswagen rostete hier vor sich hin, einige Fässer lehnten an einer Hauswand. Überall waren Fußspuren im Schnee, die zu mehreren Holztüren führten. Der Mann war nirgendwo zu sehen. Keuchend riss Frederick sich die Sonnenbrille von den Augen, damit er sich besser umschauen konnte. Er hatte keine Ahnung mehr, wo er sich befand.

Er näherte sich dem Auto und spähte durch die milchigen Scheiben ins Innere. Er rüttelte an der Fahrertür, doch sie war verschlossen oder klemmte.

Ratlos drehte Frederick sich einmal um die eigene Achse. »Hören Sie mich?«, rief er. »Ich möchte nur wissen, wer Ihnen diesen Mantel gegeben hat.«

Da, hinter den Fässern, hatte sich da etwas bewegt? Er ging darauf zu.

»Und wann das war, das ist nämlich wichtig. Der Knopf, der da fehlt, den habe ich gefunden, und …«

Zu spät bemerkte er den Mann, der sich zwischen Auto

und Wand versteckt haben musste. Jetzt stand er hinter ihm, den Arm zum Schlag erhoben.

Panisch wollte Frederick schreien. Doch da spürte er schon einen glühenden Schmerz an der Schulter. Er stöhnte, und seine Knie gaben nach.

Dann war da nichts mehr.

16. Kapitel, in welchem Mara am Ende des Tages einen unerwarteten Lohn für ihre Mühe erhält

Niemals hätte Mara gedacht, dass es noch eine Steigerung gab. Aber wenn sie eines schrecklicher fand, als einen Tag lang Kleidung zu sortieren, dann, sich in einem Gemeindesaal unter Fremden die Beine in den Bauch zu stehen und diese Kleidung auch noch zu verkaufen.

Nicht, dass sie viel zu verkaufen gehabt hätte. Und genau darin lag das Problem. Der Zweck dieses Basars bestand überhaupt nicht darin, gebrauchte Kleidung gegen eine Spende zu erwerben. Er diente einzig und allein als riesengroßer Treffpunkt für die Einwohnerinnen Sankt Martins und der umliegenden Höfe. Hin und wieder tauchte ein Ehemann oder Bruder auf, aber immer nur, um etwas zu holen oder abzugeben und dann fluchtartig den Saal wieder zu verlassen. Vermutlich trafen sich die Männer alle vor oder im *Lamm* und tranken Schnaps.

Und Mara war die Einzige, die nicht aus dem Ort stammte und länger blieb. Zwar tauchten auch einige Urlaubspaare oder Gästegruppen aus den Hotels oder Pensionen auf, verschwanden aber ebenso schnell wieder wie die Männer, sodass Mara kaum eine Gelegenheit hatte, wenigstens mit denen ins Gespräch zu kommen. Die anderen Frauen fanden nämlich kaum eine Pause zwischen ihren Unterhaltungen, schienen sich über die Ereignisse und Themen des gesamten Jahres auszutauschen oder Pläne für das kommende zu schmieden.

Maras einzige Verbündete mussten sich um andere Dinge kümmern. Paola war mit ihrer Tochter Laura zu Weihnachtseinkäufen nach Meran gefahren, und Marion Kirchner stand bis mittags hinter der Verkaufstheke ihrer Bäckerei.

Seufzend entfaltete Mara einen Pullover, glättete ihn und faltete ihn wieder zusammen. Kaum eine Frau beachtete die Kleidung überhaupt. Wenn das jedes Jahr so war, was passierte mit diesem ganzen Berg nach dem Basar? Lediglich bei der Kinderkleidung wurde ein bisschen was verkauft oder auch getauscht.

Immerhin hatte sie Tassos Auftrag erfüllt. Sie hatte den Namen der Frau, die den Gehrock an den Tagelöhner weitergegeben hatte, herausgefunden. Und diese bestätigte ihr, keinen Moment davon ausgegangen zu sein, dass der Gehrock jemals dem Pfarrer gehört haben könnte. Der hätte ihm, meinte sie dazu lachend, auch zu dessen schlanksten Zeiten nicht gepasst. Diese Geschichte mit dem Friedhof mochte also stimmen. Jetzt stellte sich nur die Frage, wie er dorthin gelangt war und wem er wirklich gehört hatte. Die Landfrau meinte, sie müsse es eigentlich wissen, sie kenne das gute Stück. Aber sie könne sich gerade nicht erinnern.

Mara hoffte inständig, dass es ihr wieder einfiel. Das war wenigstens eine kleine Aussicht darauf, dass dieser Tag nicht so nutzlos enden würde, wie er begonnen hatte.

Doch ihr Wunsch wurde nicht erfüllt. Ab dem frühen Nachmittag leistete Marion Kirchner ihr Gesellschaft, davon abgesehen änderte sich nichts.

Gegen fünf Uhr wollte sie sich endlich verabschieden, als es an der Tür zum Saal einen kleinen Aufruhr gab. Aus dem Foyer erklangen aufgeregte Stimmen. Mara schaute sich um. Marion war gerade nicht zu sehen. In der Kasse lagen nur ein paar Lire Wechselgeld, und auch die Kleidung würde niemand mitnehmen. Sie nahm ihre Handtasche, in der sich unter anderem ihre geliebte Leica-Kamera befand – sie hatte eigentlich ein paar Schnappschüsse von zufriedenen Kundinnen machen wollen –, und lief hinaus. Dort gestikulierten und redeten alle durcheinander. Suchend schaute sich Mara um, bis sie Luigi Santoro entdeckte, natürlich in Zivil, da sein Dienst längst zu Ende war.

Sie kämpfte sich durch die erregte Menge zu ihm durch. »Was ist los?«

»Drei der Burschen aus dem Dorf sind vorhin aus Sankt Leonhard zurückgekehrt und meinten, dass dem Frederick Schweigkofler was passiert sein muss. Er ist schon seit dem späten Vormittag verschwunden. Sie haben ihn im ganzen Ort gesucht. Er ist wie vom Erdboden verschluckt.« Luigi Santoro musterte Mara durchdringend. »Frederick ist der, der sich an Lenkas Stall herumgetrieben hat, richtig?«

»Ja, so war es.«

»Das gefällt mir nicht.«

Mara runzelte die Stirn. »Ist das nicht ein wenig weit hergeholt? Er war in Sankt Leonhard. Wenn ihm jemand deswegen etwas antun wollte, warum dort, etliche Kilometer von hier entfernt? Und wieso ausgerechnet heute?« Gleichzeitig hörte sie im Geiste Tassos warnende Stimme: *Stellen Sie sich doch einmal vor, hier läuft tatsächlich ein Mörder herum! Was, wenn es wirklich kein Unfall war und jemand nachgeholfen hat?*

»Sie sagen das, als wäre Frederick auf dem Mond verschwunden«, hörte sie Luigi Santoro widersprechen. »Vielleicht hat sich heute Morgen einfach eine gute Gelegenheit ergeben.«

»Was machst du denn jetzt, Santoro?« Ein breitschultriger Mann mit Schlapphut und Vollbart baute sich vor dem Carabiniere auf, die Fäuste in die Seiten gestemmt. »Find meinen Jungen, und zwar schleunigst! Andernfalls knüpf ich dich am nächsten Baum auf!«

Luigi Santoro wich keinen Millimeter. Er verschränkte die Arme und wollte gerade etwas sagen, als sich eine Hand auf die Schulter seines Gegenübers legte. »Jetzt mach mal halblang, Schweigkofler. Der ist doch nicht das Kindermädchen von deinem Jungen!«

Fredericks Vater versuchte, die Hand abzuwehren, doch der Neuankömmling schüttelte ihn kurz und ließ dann los. Er war kleiner und drahtiger, ebenfalls mit einem Schlapphut und einem dunkelgrünen Filzmantel bekleidet. Obwohl er im gleichen Alter wie Fredericks Vater sein musste, war sein wirrer Haarschopf bereits eisgrau.

»Halt dich raus, Alois! Deine Söhne stehen ja unversehrt da draußen.«

»Den Teufel werd ich tun, wenn du dich hier mit dem Carabiniere anlegst. Das geht zu weit!«

Luigi Santoro lächelte dünn. »Werner, ich rechne dir jetzt an, dass du dir Sorgen machst und nicht weißt, was du redest. Aber noch so eine Drohung, und ich zeige dich an. Und dieses Mal werde ich es machen wie die meisten meiner Kollegen: so tun, als würde ich nichts mitbekommen, wenn sie dich in der Zelle verdreschen.«

Schweigkofler hob die Faust. »Du dreckiger ...«

Sein Kumpan Alois fiel ihm in den Arm. »Jetzt lass gut sein, Herrschaftszeiten!«

In dem Moment tauchten mehrere Frauen auf.

Eine großgewachsene Braunhaarige schien die Lage sofort zu erfassen und stürmte auf die Männer zu. »Werner, du hast doch wieder zu viel Schnaps gesoffen!«

»Verschwinde, das geht dich nichts an!« Doch Schweigkoflers Haltung hatte sich verändert. Er hatte den Kopf eingezogen und die Faust ein wenig gesenkt.

»Geht mich nichts an? Du hast sie wohl nicht mehr alle! Was ist mit Frederick? Wo ist mein Sohn?« Sie nickte Alois zu, als wollte sie sagen, dass sie die Situation im Griff hätte. Der legte grüßend den Zeigefinger an die Krempe des Schlapphuts, wich jedoch nicht von der Stelle.

»Dein Sohn ist in Sankt Leonhard verschwunden, Sara«, erklärte Luigi Santoro nüchtern. »Die anderen Burschen sind vorhin ohne ihn mit dem Bus zurückgekommen. Wir sollten hinfahren und nach ihm suchen.«

»Gut, danke.« Sara Schweigkofler nickte knapp.

Mara bemerkte, dass der Carabiniere sich seine Besorgnis, es könnte mehr dahinterstecken, jetzt nicht länger anmerken ließ.

Die nächsten Worte bestätigten ihren Eindruck. »Mach dir nicht zu viele Sorgen, Sara. Er ist sechzehn, wir wissen doch alle, was den Jungs in diesem Alter an Flausen durch den Kopf geht.« Dabei ersparte er sich den Seitenblick auf den Vater.

»Vermutlich ist er über eine Schnapsflasche gestolpert, liegt irgendwo in einer Ecke und schläft seinen Rausch aus«, brummte Alois.

»Das macht es nicht weniger gefährlich«, schrie Werner Schweigkofler. »Bei der Kälte erfriert der noch!«

»Und deshalb fahren wir jetzt los und suchen ihn!« Luigi Santoro schien genug davon zu haben, tatenlos herumzustehen. Er wandte sich an Fredericks Mutter. »Ich telefoniere mit den Kollegen, die sollen eine Mannschaft nach Sankt Leonhard schicken. Sara, sieh zu, dass du so viele Leute wie möglich zusammentrommelst. Wir nehmen da alles auseinander, bis wir ihn gefunden haben. Weit kann er bei dem

Wetter ja nicht gekommen sein, mit dem Schnee und den gesperrten Straßen.«

Werner Schweigkofler hatte sich gegen einen Tisch gelehnt. Er war zusammengesackt und hatte die Hände vors Gesicht geschlagen. Seine Frau trat auf ihn zu und sprach wütend auf ihn ein. Mara war zu weit weg, um zu verstehen, was sie sagte.

Wie aus dem Nichts trat Paola Santoro neben sie. »Die Schweigkoflers haben mal einen Jungen verloren, weil er nicht aufgepasst hat. Michl hieß der. Werner war auf der Alm und hat gesoffen. Sein Sohn war acht und ist beim Spielen in den Bach gefallen. Er hat es nicht einmal gemerkt, bis er am Abend nach Hause gehen wollte und Michl nicht aufgetaucht ist. Da erst hat er ihn gefunden.«

Mara hob die Augenbrauen. »Und du bleibst so gelassen, wenn er deinen Mann bedroht? Findest du das in Ordnung?«

»Nein, natürlich nicht. Aber ich fühle mich wohler damit, wenn ich eine Erklärung habe. Und Luigi kann gut auf sich selbst aufpassen. Der macht das lange genug, um mit solchen Situationen umgehen zu können. Kommst du mit?«

»Natürlich.« Mara hätte gern noch einmal mit Luigi Santoro gesprochen. Vielleicht wusste er mehr darüber, auf welche Weise Frederick verschwunden war oder was für Anzeichen es gab, dass mehr dahintersteckte, als dass ein Halbstarker sich ausprobierte. Und sie hätte zu gern Tasso alarmiert. Aber wie? Oder hatten Fredericks Freunde schon längst einen Notruf getätigt, bevor sie nach Sankt Martin zurückgekehrt waren?

*

Die Antwort bekam Mara ungefähr zwei Stunden später, als sie frierend mit rund zwei Dutzend anderen auf dem Platz vor dem Rathaus in Sankt Leonhard stand. Zwei Fiat mit der Aufschrift *Polizia di Stato* hielten dort am Straßenrand. Außer Tasso und sechs Agenti in Uniform stieg auch ein Junge aus, der, wenn Mara das am Gemeindesaal vorhin richtig mitbekommen hatte, Matthias Schwarz war, Fredericks bester Freund.

Tasso sprach kurz mit einem Carabiniere aus Sankt Leonhard, der die Suche koordinierte. Danach gab er seinen Agenti ein paar Anweisungen, die nickten und sich bis auf einen unter die Menge mischten. In kleinen Gruppen zogen die Leute anschließend los. Tasso wartete einige Augenblicke, bis die meisten sich in Bewegung gesetzt hatten, dann erst trat er an Mara heran und zog sie ein Stück zur Seite. Matthias stand als Einziger ein wenig verloren herum und versuchte vergeblich, sich seine Angst nicht anmerken zu lassen. Seine Miene schien aus der Ferne unbewegt, doch er knetete die Hände und zappelte unruhig auf der Stelle.

»Bitte, Mara, sag mir jetzt, dass das nichts mit unseren Ermittlungen zu tun hat.«

»Ich kann es mir nicht vorstellen, aber ich weiß es wirklich nicht. Im Gemeindesaal ist nichts vorgefallen, was irgendwie verdächtig war.« Sie senkte den Kopf. Obwohl sie sicher war, dass sie nichts falsch gemacht hatte, spukten Schuldgefühle durch ihre Gedanken. Die Ungewissheit machte ihr mehr zu schaffen, als sie zugeben wollte.

Tasso tätschelte ihr kurz den Arm und winkte dann Matthias und den Agente heran.

»*Buonasera*, Signorina Oberhöller.«

»Agente Cosentino, ich habe Sie aus der Entfernung gar nicht erkannt.« Mara winkte ihm zu.

»Ich wünschte, wir würden uns unter besseren Umständen wiedertreffen.« Der junge Agente lächelte. Er hatte ein weiches rundes Gesicht mit Schlupflidern, weshalb er auf Mara zunächst einen trägen Eindruck gemacht hatte, und als wäre er ein wenig schwer von Begriff. Doch sie wusste längst, dass er nicht nur klug handelte, sondern auch verlässlich zu Tasso stand.

»Das bringt unser Beruf nun einmal so mit sich«, meinte Tasso ungeduldig, schob den zaudernden Matthias ein Stück in Maras Richtung und wandte sich direkt an ihn. »Du meintest, Frederick hätte einen nachdenklichen Eindruck gemacht. Was hat er gesagt, als er sich verabschiedete? Denk ganz genau nach!«

»Nichts, wirklich, ich schwöre es! Er wollte sich ein wenig umsehen. Er ist zurück Richtung Marktplatz gegangen, also hierhin, wo wir jetzt stehen. Hier war heute Vormittag ein Wochenmarkt. Wir sind auf dem Weg zum Café dran vorbeigekommen.«

»Ein Wochenmarkt?«

»Ja, ganz normal, Sie wissen schon, Obst, Gemüse, Stoffe, Zeug für den Haushalt … Was es eben immer so gibt.«

Tasso merkte auf. »Kennst du jemanden?«

»Wie meinen Sie das? Auf dem Markt? Da sind immer dieselben. Wenn meine Mutter was Neues braucht, schickt sie mich immer zu Frieda Kostner, die hat Kochlöffel und so was. Die war hier, eine alte Frau mit Buckel und Kopftuch. Sie sieht aus wie eine …« Matthias stockte und zog den Kopf ein.

Märchenhexe hatte er sagen wollen, begriff Mara, und vermutlich deswegen schon mal Ärger bekommen.

Tasso überging den letzten Teil des Satzes. »Weißt du, wo sie wohnt? Kennt sie Frederick womöglich sogar?«

»Kennen? Na ja, so wie mich. Wir waren auch schon zusammen bei ihr.« Matthias schniefte und wischte sich mit dem Jackenärmel über die Nase. »Warten Sie …« Umständlich zog er ein Portemonnaie aus der Hosentasche und fand nach kurzem Suchen eine zerknitterte Pappkarte zwischen den Lirescheinen. »Hier, das ist die Adresse. Die hat sie mir mal gegeben, falls Mama was braucht, wenn grad kein Markttag ist.«

Tasso las die Adresse. »Pseirerstraße, das ist ein Stück zurück Richtung Sankt Martin. Cosentino, fahren Sie dahin und fragen Sie die Signora, ob sie den Jungen heute Vormittag gesehen hat. Seine Personenbeschreibung haben Sie vorhin mitbekommen? Dann los. Wir drei schauen uns hier solange um.«

»Ich bin so schnell wie möglich zurück.« Cosentino lief zu einem der Polizeiwagen.

Tasso schlug den Weg in eine schmale Straße hinter dem Rathaus ein. Sie mündete auf einem Parkplatz, der in einen Fußweg überging. Eine baufällige Scheune mit einem halb eingestürzten Dach war provisorisch mit ein paar Holzlatten abgeriegelt. Das Licht einer starken Taschenlampe blitzte auf. Abseits des geräumten Weges waren überall Fußspuren. Tasso ließ den Strahl über die Ruine huschen. »Würde dein Freund in so was reinkriechen, Matthias?«

»Er ist eher nicht so der Entdeckertyp. Diese Sache mit dem Stall bei der Lenka, die hat er nur gemacht, weil …« Matthias brach ab und schlug sich erschrocken die Hand vor den Mund.

»Der Commissario weiß darüber Bescheid«, beruhigte Mara ihn. »Du hast ihn nicht verpfiffen, mach dir keine Gedanken.«

»Das spielt jetzt keine Rolle. Weiter.« Tasso stapfte voran und umrundete die Scheune.

Der Fußweg führte zwischen der Rückseite mehrerer

Mehrfamilienhäuser aus dem Ortskern hinaus. Nirgendwo gab es Türen oder Verstecke, nur glatte Wände. An seinem Ende wirkte der Weg ungepflegt, Grasbüschel ragten aus dem Schnee empor, und darunter verbargen sich gefrorene Pfützen. Er endete nach einer guten Viertelstunde an einer Weide, die vermutlich zu einem nahegelegenen Bauernhof gehörte. Das rustikale Wohnhaus mit weiß verputzten Fassaden und dunklem Gebälk thronte wie eine kleine Trutzburg auf einem Hügel. In einem modernen Stall mit Flachdach daneben brannte Licht. Mara hörte Kühe muhen.

»Und jetzt?«, meinte Tasso.

Matthias drehte sich einmal um die eigene Achse. »Ich glaube nicht, dass er hier entlanggegangen ist. Wenn er so herumstrolcht, bleibt er eher im Ort. Er hatte auch gar keine Lust auf die geplante Schneeschuhwanderung. Er ist nur mitgekommen, weil wir eben alle dabei waren.«

Mara deutete auf den Boden. »Da sind auch kaum noch Spuren. Hier sind nicht viele langgekommen.«

»Dann gehen wir zurück. Wenn wir Glück haben, ist Cosentino auch wieder da.«

Auf dem Rückweg entdeckte Tasso hinter der baufälligen Scheune den Zugang zu einem Innenhof, den sie übersehen hatten. Tasso leuchtete erst hinein und ging dann vor.

Mara und Matthias folgten ihm auf einen von allen Seiten umschlossenen Platz, der von einer nackten Glühbirne über einer hölzernen Tür spärlich beleuchtet wurde. Ein Volkswagen stand dort, an einer Wand lehnten mehrere Fässer. Tasso trat an das Auto heran, leuchtete hinein.

Mara zeigte auf die Kofferraumhaube. »Schauen Sie mal, hier ist der Schnee heruntergerutscht. Die hat vor Kurzem jemand geöffnet.«

»Na und?«, knurrte Tasso und ließ den Lichtstrahl der

Taschenlampe über die Hinterachse gleiten, an der ein Rad fehlte. »Der fährt nicht mehr. Da werden sich ein paar Kinder den Motor angeschaut haben.«

»Der Motor ist hinten. Das ist der Kofferraum«, stellte Mara richtig.

Tasso hielt irritiert inne und zog fragend die Augenbrauen hoch.

»Ist wirklich so.« Eifrig trat Matthias näher. »In Amerika nennen sie dieses Auto ›Käfer‹, weil er so eine runde Form hat. Der hier muss von Anfang der Fünfziger sein, der hat hinten noch zwei Rückfenster. Wie eine Brezel, sehen Sie? Die bauen sie seit dreiundfünfzig nicht mehr so.«

Tasso blickte einen Moment sprachlos von ihm zu Mara und wandte sich dann dem Auto zu. Er riss die Klappe auf, die sich leicht öffnen ließ. Der leere Kofferraum gähnte ihnen entgegen. Mara trat neben ihn.

Der Commissario beugte sich hinein, schnüffelte wie ein Hund. »Riechen Sie das?«

Tief sog Mara die Luft. Die beißende Kälte betäubte ihren Geruchssinn. »Ich rieche nichts.«

Sie folgte dem hektisch umherhuschenden Licht, bis es an einem dunklen Fleck hängenblieb.

Tasso betrachtete den Fleck, neigte den Kopf, als lausche er, dann brummte er unzufrieden. Mara konnte nicht erkennen, was er herauszufinden versuchte, doch sie wagte nicht, ihn zu stören.

Er richtete sich auf und leuchtete mit der Lampe das Durcheinander der Fußspuren ab. Dann schüttelte er energisch den Kopf.

In dem Moment tauchte ein Agente am Durchgang des Innenhofes auf. »Hier ist er!«, rief er zurück über die Schulter in die Richtung, aus der er gekommen war.

»Suchen Sie uns?«, rief Tasso. Zugleich hob er die Taschenlampe und betrachtete die dunklen Fenster im ersten Stock.

»Ja, so ist es.« Cosentino tauchte neben seinem Kollegen auf und kam schlitternd zum Stehen. »Diese Marktfrau konnte sich tatsächlich daran erinnern, den Jungen heute gesehen zu haben. Sie meinte, er wäre plötzlich einem Mann in einem dunkelroten Mantel hinterhergerannt. Aber warum er das getan hat, das hat sie nicht verstanden.«

Mara setzte bei diesen Worten für einen Moment der Atem aus. Ein Mann in einem dunkelroten Mantel? Das war ganz sicher kein Zufall mehr ...

»Und in welche Richtung sind die gelaufen?« Tassos Tonfall war nicht anzumerken, ob er zu dem gleichen Schluss gekommen war.

»Hier in diese Gasse, wenn ich das richtig verstanden habe. Wo führt die hin?« Cosentino kam näher und blickte sich neugierig um.

»Auf freies Feld. Dort sind kaum noch Spuren zu finden.« Nachdenklich betrachtete Tasso die Tür und hob dann abermals den Kopf zu den Fenstern.

Er winkte die beiden Agenti zu sich. »Wir fangen hier an«, erklärte er halblaut. »Mara, kommen Sie von der Lampe weg und warten Sie hier mit Matthias.«

Tasso zog seine Pistole und gab den beiden Agenti mit einem Nicken einen wortlosen Befehl. Sie zogen beide ihre Waffen. Cosentino knipste eine zweite Taschenlampe an. Mara packte Matthias am Arm und zog ihn mit sich hinter die Autoruine. Unruhig musterte sie die Fassade mit den dunklen Fenstern. Sollte sie besser auf den Rathausplatz zurückkehren?

Tasso hatte die Tür erreicht. Aus Maras Perspektive sah es so aus, als wäre sie unverschlossen, denn sie öffnete sich umgehend. Tasso verschwand lautlos im Inneren, Cosentino folgte ihm rasch, der dritte Kollege blieb an der geöffneten Tür stehen und blickte sich aufmerksam um.

Mara und Matthias reckten die Hälse. Durch die Türöffnung sowie ein winziges verdrecktes Fenster konnten sie einen Lichtstrahl umherhuschen sehen.

Eine Weile blieb es still. Matthias schniefte und fluchte leise über die Kälte. Mara zog ihn an sich, und gemeinsam atmeten und zitterten sie, wagten beide nicht einmal, zu flüstern. Die Zeit dehnte sich. Vermutlich vergingen nur wenige Minuten, aber Mara kamen sie vor wie Stunden. Sie spürte ihre Füße kaum noch.

Plötzlich hörten sie einen Schrei, gefolgt von mehreren Rufen. Mara duckte sich unwillkürlich, fürchtete Schüsse. Doch es folgten nur ein Rumpeln und ein dumpfer Schlag. Der Agente an der Tür hob erst die Waffe und steckte sie dann zurück ins Holster und ging ins Innere.

»Mara, kommen Sie! Keine Gefahr!«, rief Cosentino von drinnen.

»Endlich.« Matthias streckte den Rücken. Er klapperte schon mit den Zähnen.

Mara hüpfte ein paarmal auf der Stelle, um ihre erstarrten Glieder zu wecken. »Lass uns trotzdem vorsichtig sein.«

»Gehen Sie gern voraus.«

Zögernd näherten sie sich der Tür. Mara spähte als Erste hindurch, Matthias blieb ein Stück hinter ihr. Cosentino stand gebeugt über einem Bündel, das vor ihm auf dem Boden lag. Gerade richtete er seine Taschenlampe auf ein Gesicht, das zwischen den Falten einer roten Wolldecke lag.

Er schlug zwei-, dreimal kräftig auf die Wange. »Aufwachen! Frederick, hörst du mich? Komm zu dir, Junge!«

Mit ein paar großen Schritten war Mara heran und ließ

sich auf die Knie. Das Rote war keine Wolldecke, es war dieser Gehrock, mit dem jemand Frederick zugedeckt hatte. Er schien bewusstlos, in einem Mundwinkel klebte Blut, doch seine verkrusteten Augenlider flatterten.

Cosentino gab ihm einen weiteren leichten Klaps, doch er wachte nicht auf. »Wir müssen ihn hier rausbringen, der braucht einen Arzt. Pack mit an.«

Matthias gehorchte und hob die Beine seines Freundes an. Cosentino gab Mara seine Taschenlampe und warf den Gehrock zur Seite. »Nehmen Sie diesen Mantel mit, der Commissario meinte, der sei wichtig.«

»Ich weiß. Wo ist Tasso?«

»Oben im ersten Stock. Warten Sie hier, die kommen sicher gleich herunter. Sie haben jemanden gefunden. Mal sehen, was der zu sagen hat.«

Er packte den immer noch bewusstlosen Frederick an den Schultern und trug ihn gemeinsam mit Matthias hinaus. Mara nahm den Gehrock an sich und leuchtete umher. Es handelte sich um einen Abstellraum, der aber bis auf ein paar Regale und einen Stapel Decken leer war. Eine Stiege führte ins obere Geschoss, aus dem immer noch Stimmen und Gepolter zu vernehmen waren. Beides klang aber weder bedrohlich noch hektisch.

Gerade, als Mara an die steile Treppe herangetreten war und überlegte, ob sie hinaufgehen sollte, kam eine unförmige Gestalt auf dem oberen Absatz in Sicht. Es war der Commissario, der einen Mann vor sich her scheuchte, der ungelenk die Stufen hinabstieg. Der zweite Agente folgte ihnen und leuchtete über Tassos Schulter voraus. Er trug eine Tasche.

»Mara, da sind Sie ja«, rief Tasso erfreut. »Wo ist Frederick? Wie geht es ihm?«

»Cosentino und Matthias haben ihn hinausgetragen. Er ist bis jetzt nicht zu sich gekommen.«

Die beiden Polizisten hatten das Ende der Treppe erreicht. Verstohlen musterte Mara den Verhafteten. Jetzt verstand sie, warum er so unbeholfen ging, er hatte die Hände mit Handschellen auf dem Rücken gefesselt. Er war schmächtig und wirkte noch jung. Er hielt den Kopf gesenkt und war bemüht, allen Anweisungen des Commissario rasch Folge zu leisten. Mara erhaschte nur einen flüchtigen Blick auf sein Gesicht. Den Mann hatte sie noch nie gesehen, dessen war sie sich sicher.

Tasso wandte sich an den Agente. »Schließen Sie diese Tür und halten Sie am Eingang zum Innenhof Wache, bis ich zurückkomme. Mara, Sie kommen mit uns. Haben Sie diesen roten Mantel? Sehr gut. Nehmen Sie die Tasche, bitte.« Er gab dem Verhafteten einen rüden Stoß, sodass er gehorsam voranstolperte.

Mara nahm die Tasche entgegen und hätte sie beinahe fallen gelassen. »Was ist denn dadrin?«

Der Agente grinste. »Etwas, das ich zu gern behalten würde.«

»Geld«, erklärte Tasso unwirsch. »Eine Menge Geld. Und mich soll der Teufel holen, wenn dieses Geld vor noch nicht allzu langer Zeit in einem Banktresor in Burgstall gelegen hat. *Avanti, ragazzo!* Dir steht noch ein gemütlicher Abend in einer Arrestzelle bevor. Ich habe eine Menge Fragen.«

Er packte den schmächtigen Mann an der Schulter und führte ihn ins Freie. Mara folgte ihm. Nur wenige Minuten später erreichten sie den Rathausplatz. Dort hatten sich neben weiteren Polizisten und Beteiligten der Suchtrupps inzwischen auch ein paar Schaulustige eingefunden. Matthias stand neben seinem Freund, den sie auf ein provisorisches Lager aus Decken gelegt hatten.

Sobald Cosentino den Commissario sah, kam er auf ihn zu. »Frederick ist gerade aufgewacht. Er zittert und ist stark unterkühlt. Wollen Sie mit ihm reden?«

»Nein, das hat Zeit. Sehen Sie zu, dass er ins Krankenhaus kommt.«

»Der Krankenwagen müsste jeden Moment hier sein. Soll ich mitfahren?«

»Ja, machen Sie das.« Tasso übergab seinen Verdächtigen zwei wartenden Agenti und ließ sich von Mara Tasche und Gehrock geben. Kurz darauf fuhr einer der Polizeiwagen mit Blaulicht davon.

Tasso stellte sich vor das zweite Auto und pfiff durchdringend auf zwei Fingern. Die Anwesenden verstummten erschrocken und wandten sich ihm zu.

»Signori, wir haben den vermissten Frederick Schweigkofler gefunden und einen Verdächtigen verhaftet. Der Junge ist verletzt und wird ins Krankenhaus gebracht. Bitte gehen Sie jetzt nach Hause. *Arrivederci e grazie!*« Er machte mit beiden Händen eine Geste, als wollte er Hühner verscheuchen. Dann wiederholte er die italienischen Worte auf Deutsch.

Die Menschen entfernten sich nur unwillig, doch nachdem der Krankenwagen mit Frederick Schweigkofler davongefahren war, schienen sie die Hoffnung auf weitere Sensationen aufzugeben. Es war Mara unmöglich, an Tassos Miene abzulesen, was in ihm vorging. Er hatte sich eine Zigarette angezündet und rauchte schweigend.

»Auch eine?« Er hielt ihr die Schachtel hin.

»Jetzt nicht. Was ist mit ihm?« Sie nickte mit dem Kinn in Richtung Rathaus. Matthias Schwarz stand dort mit hochgezogenen Schultern nahe einer Hauswand.

»Den nehme ich gleich mit. Die Väter der beiden, Schweigkofler und Schwarz, das waren die Nachbarn von

Lenka Jovanović. Und sie waren auch immer ganz vorne mit dabei, wenn es darum ging, Unruhe zu stiften. Ich werde mir Alois Schwarz noch einmal vorknöpfen. Er war der Zugänglichere von beiden. Vielleicht macht ihn die Tatsache, dass ich seinen Sohn Matthias unbeschadet abliefere, ein wenig demütiger.«

»Haben Sie davon gehört, dass Fredericks Vater vorhin im Gemeindesaal Carabiniere Santoro gedroht hat?«

»Habe ich. Und es wundert mich kein bisschen. Dieser Schweigkofler ist ein Hitzkopf und Brandstifter. Er hat auch die Heuballen vor Lenka Jovanovićs Zufahrt gekippt. Der Schwarz ist ein Schwätzer und Mitläufer. Was ihn nicht besser macht, mir jedoch mehr Möglichkeiten bietet, an denen ich meine Hebel ansetzen kann.« Schlagartig wirkte Tasso müde, als hätten ihn die letzten Worte sehr angestrengt. Oder er war es leid, immer wieder die gleichen Hebel anzusetzen, ständig dafür zu sorgen, dass Dinge wieder ins Lot kamen, die böswillige Menschen angerichtet hatten, seien sie nun Brandstifter oder Schwätzer.

Doch dann lächelte er unvermittelt. »Immerhin habe ich vermutlich soeben die Beute des Banküberfalls sichergestellt. Wünschen Sie mir Glück, dass der Verhaftete Emilio Albasini ist, einer der Bankräuber. Er war vorhin so verstockt, dass er nicht einmal mit seinem Namen herausrücken wollte. Und alles andere wird sich zeigen.«

Mara lachte auf. »Herzlichen Glückwunsch! Und Sie haben recht, alles andere wird auch ins Lot kommen.«

Sie dachte dabei weniger an den Banküberfall, sondern mehr an Bruno Viscontis Abschied aus dem Dienst. Aber natürlich hütete sie sich, darüber ein Wort zu verlieren. Sie gönnte Tasso den heutigen Triumph von Herzen. Und sie hoffte wirklich, dass er auch ohne seinen Mentor in Bozen blieb. Er war ein wichtiger Vermittler zwischen der süditalienisch geprägten Obrigkeit und den Menschen aus den Alpen hier im Norden.

17. Kapitel, in welchem Tasso an einem Ende des Knotens zieht ...

Natürlich kam wieder einmal alles ganz anders, als Tasso geplant hatte. Es ging inzwischen auf zehn Uhr zu, und auf dem Weg zwischen Sankt Leonhard und Sankt Martin setzte starker Schneefall ein. Als sie den Hof der Familie Schwarz erreichten, konnten sie vor lauter dicken wirbelnden Flocken kaum die Straße durch die Windschutzscheibe erkennen.

Matthias' Vater Alois Schwarz war nicht zu Hause, erfuhren sie von seiner Mutter. Nachdem er sein Vieh versorgt hatte, war auch er Richtung Sankt Leonhard aufgebrochen, um sich der Suche nach Frederick anzuschließen. Vermutlich waren sie auf der Pseirerstraße aneinander vorbeigefahren, ohne es zu bemerken.

Sie warteten nicht allzu lange, da sie befürchteten, nicht mehr bis nach Bozen durchzukommen. Erst weit nach Mitternacht kehrte Tasso nach Hause zurück.

Direkt am folgenden Sonntagmorgen stand das Verhör des Verhafteten an. Fast ein halber Meter Neuschnee war in der Nacht gefallen. Nichts Besonderes für Südtirol, die Straßenwacht hatte auch schon beeindruckende Berge zur Seite geschafft und die Wege gestreut. Der Himmel war grau und kündigte weiteren Schnee an.

In der Questura war es wie erwartet ruhig. Die meisten Menschen waren noch in den Kirchen und würden sich anschließend treffen, um sich über die Ereignisse der Woche auszutauschen. Kurz fragte Tasso sich, welche Themen bei seiner Tante auf den Mittagstisch kamen: eher die Nachwehen von Kennedys Ermordung und der folgenden Ermordung des Tatverdächtigen sowie der möglichen Verstrickungen der Mafia oder die Verhaftung und Freilassung des Direktors einer kleinen Bankfiliale in Burgstall? Wenn Tasso wetten müsste, hätte er sich für Letzteres entschieden. So interessant Jackie Kennedys Garderobe in Tante Hedwigs Augen auch sein mochte, der lokale Tratsch lag ihr näher. Außerdem konnte sie dazu Bruno ausfragen. Mit Pillboxhüten oder Kurzmänteln kannte der sich nicht aus.

»*Buongiorno*, Commissario. Der Häftling wartet bereits unten im Verhörraum«, begrüßte der wachhabende Agente ihn, ein älterer Mann mit eisgrauem Haar und ebensolchem Schnauzbart.

»*Buongiorno*, Agente. Hat er wenigstens inzwischen seinen Namen verraten?«

Der Agente zog eine braune Pappmappe heran. »Indirekt. Er hatte einen Reisepass bei sich, der auf den Namen Emilio Albasini lautet.« Er blickte auf und grinste breit. »Das ist einer der drei Bankräuber, richtig?«

»Das ist der Name eines der drei Beteiligten. Schauen wir mal, was er zugibt, zu sein.« Tasso nahm die Mappe und begab sich zu dem Verhörraum.

Davor ging ein schmal gebauter Mann in einem Anzug auf und ab und rauchte dabei hektisch eine Zigarette.

»Vice-Questore? Das ist aber eine Überraschung. Sie hätte ich heute nicht hier erwartet.«

Lächelnd drückte Ferrara die Zigarette in einem bereitstehenden Aschenbecher aus. »Ich bin wirklich neugierig, was diesen Verdächtigen anbelangt, aber offen gestanden war es auch eine gute Gelegenheit, mich vor dem Besuch meiner

Schwiegermutter zu drücken. Ich liebe meine Frau wirklich von ganzem Herzen, aber an solchen Tagen bereue ich es, geheiratet zu haben.« Er zeigte auf die Tür. »Nach Ihnen. Ich bediene das Tonbandgerät und höre zu.«

»Wird ein Rechtsanwalt dabei sein?«

»Der Kerl hat bis jetzt noch keinen Ton von sich gegeben, also auch keinen angefordert. Der wachhabende Agente heute Morgen hat es gut gemeint und ihn sogar vor ein Telefon gesetzt, aber er hat sich nicht gerührt.«

»Dann schauen wir mal, was wir herausfinden.« Schwungvoll öffnete Tasso die Tür.

Der Verdächtige kauerte auf dem Stuhl am Verhörtisch und sah aus, als versuchte er mit aller Kraft, sich in Rauch aufzulösen. Tasso bemerkte seine abgekauten Fingernägel. Immerhin hatte er geduscht und ein frisches Hemd bekommen. Den Gestank seines ungewaschenen Körpers während der Verhaftung hatte Tasso noch lebhaft im Gedächtnis.

»*Buongiorno.* Ich bin Commissario Tasso, und das hier ist Vice-Questore Dottore Ferrara. Wir möchten uns gern mit Ihnen über den Vorfall gestern Abend sowie das viele Geld unterhalten, das Sie bei sich hatten.«

Sein Gegenüber reagierte nicht. Tasso setzte sich und klappte die Mappe auf. Der Reisepass Emilio Albasinis lag darin. Das Schwarz-Weiß-Foto ähnelte dem mausgesichtigen Mann ihm gegenüber ausreichend.

Er wartete, bis Ferrara Platz genommen und das Tonband angestellt hatte.

»Signor Albasini, Sie machen es nicht nur uns, sondern auch sich selbst viel leichter, wenn Sie mit uns reden. Ich will Sie nicht mit der komplizierten Formulierung Ihrer Anklage belästigen, und Sie können jederzeit einen Avvocato Ihrer Wahl hinzuziehen. Erzählen Sie uns bitte einfach, wer Sie sind und was Sie da gestern in dieser Scheune in Sankt Leonhard mit dem Jungen Frederick Schweigkofler getan haben.«

»Mit dem Jungen? Gar nichts!« Der Mann rutschte unruhig nach vorne auf die Stuhlkante.

»Sie haben ihm gestern Mittag in diesem Innenhof aufgelauert und ihn dann verschleppt.«

»Auf keinen Fall! Ich hab gar nichts getan.« Er wedelte mit beiden Händen.

Mit so einer Reaktion hatte Tasso nicht gerechnet. Es schien, als hätte er sofort einen Schwachpunkt erwischt. Er beugte sich ein wenig nach vorn, straffte die Schultern. »Frederick Schweigkofler. Er war bewusstlos, als wir ihn aufgefunden haben. Verletzt und unterkühlt. Wollten Sie, dass er stirbt? Ein sechzehnjähriger Junge?«

»Auf keinen Fall! Ich hab ihn doch extra zugedeckt!«

»Wollten Sie ihm an die Wäsche? War es das?«

Mit panisch aufgerissenen Augen schüttelte der Mann den Kopf.

»Waren Sie schon mal im Gefängnis? Wissen Sie, was die mit Männern machen, die sich an Kindern vergreifen?«

»Nein, nein, nein!«

»Wenn Sie nicht reden, werde ich Sie denen mit Vergnügen zum Fraß vorwerfen.« Tasso kam sich bei diesen Worten schäbig vor. So wie sie Frederick aufgefunden hatten, sorgfältig auf den Decken abgelegt und zugedeckt, seine Kleidung unberührt, glaubte er selbst nicht, dass dieser Mann ihm etwas hatte antun wollen. Aber um Druck aufzubauen, war ihm dieses Mittel jetzt recht.

»Wie lautet Ihr Name?«

Der Mann presste die Lippen aufeinander.

»Sind Sie Emilio Albasini aus Jenesien?« Dieses Mal glaubte Tasso ein kleines Zucken um die Mundwinkel zu sehen.

Ferrara beugte sich ebenfalls etwas vor. »Sie sollten sich gründlich überlegen, was Sie sagen. Ihr Komplize Marco Gaia wurde von einer Zeugin gesehen, wie er den Zug Richtung Triest bestieg. Wenn wir ihn verhaften und er zuerst aussagt, könnte das schlecht für Sie ausgehen.«

Tasso hatte Mühe, seine Überraschung zu verbergen. Diese Information war ihm neu – sofern sie überhaupt der Wahrheit entsprach.

Albasinis – oder wer immer er nun war – Überlegungen schienen in eine ähnliche Richtung zu gehen. »Das ist doch eine glatte Lüge.«

»Möglicherweise«, meinte Ferrara. »Und Gaia müsste nach der Verhaftung auch erst einmal gestehen. Aber es liegt an Ihnen, welches Risiko Sie in Kauf nehmen möchten.«

Sie ließen dem Verdächtigen Zeit, nachzudenken, bis er sich endlich räusperte. »Ich bin Emilio Albasini. Und ich möchte jetzt meinen Anwalt anrufen.«

»Selbstverständlich. Darum kümmern wir uns sofort. Wer ist es?«

»Dottore Giorgio Fabio aus Bozen.«

Tasso hob die Augenbrauen und grinste breit. »So was! Der Anwalt des Bankdirektors aus Burgstall. Na, das nenne ich aber mal einen Zufall. Und dass Sie sich den leisten können? Alle Achtung.« Er stand auf und winkte Ferrara, ihm zu folgen.

Albasini blickte ihnen höchst verunsichert hinterher und schien sich zu fragen, ob er nicht gerade einen Riesenfehler begangen hatte.

Vor der Tür wandte Tasso sich an Ferrara. »Stimmte das mit Gaia? Ist er wirklich gesehen worden?«

Ferrara nickte aufrichtig. »Ich habe das möglicherweise ein wenig schlampig formuliert. Ich hätte sagen müssen, dass eine Zeugin einen Mann gesehen hat, auf den Gaias Beschreibung passt. Aber das war im Bozner Bahnhof am Zug nach Triest, das ist wahr. Die Kollegen auf der Route und am Ziel halten die Augen offen. Ob er es wirklich ist, finden wir natürlich nur heraus, wenn wir den Verdächtigen verhaften können.«

∗

Gegen Mittag verließ Tasso die Questura. Der Anwalt ließ auf sich warten, sodass sie die Vernehmung auf den Montag vertagt hatten. Immerhin hatte Emilio Albasini zugegeben, dass ihm der rote Gehrock von einer Frau geschenkt worden war, der er letzte Woche in Sankt Martin geholfen hatte, Sturmschäden auf dem Friedhof zu beseitigen. Weitere Verbindungen nach Sankt Martin hatte er angeblich nicht, und warum er in Sankt Leonhard gewesen war, wollte er ohne seinen Anwalt nicht sagen. Wahrscheinlich hatte er mit dem Geld über die Grenze nach Österreich fliehen wollen, ehe ihn das Wetter am Ende des Passeiertals festgesetzt hatte.

Seine Aussage deckte sich mit allem, was Tasso wusste. Einen Zusammenhang mit dem Tod Lenka Jovanović schloss er damit bis auf Weiteres aus. Was diese Ermittlung anbelangte, blieb ihm nur noch das Gespräch mit Alois Schwarz. Er zweifelte sehr, dass es ihm zu neuen Erkenntnissen verhelfen würde. Aber er wollte sicher sein, dass er nicht doch etwas übersehen hatte. Das war der einzige Grund, aus dem er mit Schwarz reden wollte: um diese ganze Sache endgültig und mit gutem Gewissen abschließen zu können.

Die Straßen ins Passeiertal mochten inzwischen geräumt sein. Dennoch entschied er, dass sein nächster Ausflug nach Sankt Martin ebenfalls noch einen Tag warten konnte. Er hatte Matthias eingeschärft, seinem Vater nicht zu verraten, dass die Polizei noch einmal mit ihm über den Tod der Bäuerin sprechen wollte. Dem Jungen war es nicht schwergefallen, ihm Verschwiegenheit zuzusichern, da er sich ohnehin nicht gut mit seinem Vater verstand und sie nur das Nötigste miteinander sprachen. Sofern also dieser unwahrscheinliche Fall eintrat und es doch eine Person gab, die am angeblichen Unfalltod der Bäuerin beteiligt war, bestand kein Grund zu Eile. Entweder war sie durch Mara Oberhöllers Schnüffelei längst aufgeschreckt worden, oder sie wähnte sich weiterhin in Sicherheit. Niemand wusste, dass Tasso wieder ermittelte.

So nahm er sich eine kleine Auszeit und bummelte zum Kino *Eden* in der Via Leonardo da Vinci. Laut den Plakaten sollte *Der schwarze Abt* gezeigt werden, eine Edgar-Wallace-Verfilmung. Außerdem wurde groß auf den Kinostart eines deutschen Abenteuerfilms namens *Winnetou* in der kommenden Woche hingewiesen.

Tasso erinnerte sich vage daran, dass Johann Vierweger ihm diese Wallace-Filme empfohlen hatte. Die Ermittlungen der Polizei wären zwar ein herrlicher Blödsinn, aber genau deswegen fand er diese Streifen so unterhaltsam. In Deutschland waren sie die reinsten Straßenfeger, sodass in diesem Jahr gleich mehrere an den Start gegangen waren, die nicht nur auch in Südtirol, sondern sogar in ganz Italien ein großes Publikum in die Kinos zogen.

Tasso setzte sich in die hinterste Reihe und verbrachte einen angenehmen Nachmittag in dem dunklen und warmen Saal – und ungestörtem Schlaf.

*

268

Am späten Montagvormittag hatte er gerade frisch und ausgeruht seinen Mantel am Schreibtisch ausgezogen, als Cosentino hektisch durch das Großraumbüro auf ihn zulief und dabei verstohlene Blicke in alle Richtungen warf.

Tasso ahnte schlechte Nachrichten und zwang sich dennoch zu einem Lächeln. »*Buongiorno*, Cosentino! Was gibt es?«

»Santa Maria sei Dank, dass ich Sie zuerst erwische. Dieser Anwalt will einen Haftbefehl gegen Sie erwirken!« Der Agente war völlig außer Atem und taumelte unsicher gegen den benachbarten Schreibtisch.

Tasso legte ihm eine Hand auf die Schulter. »Hier, setzen Sie sich auf den Besucherstuhl. Haftbefehl? Gegen mich? Aber warum denn? Welcher Anwalt?«

Cosentino rieb sich über die Wangen und vertiefte die hektischen roten Flecken auf seinem Gesicht. »Ich soll auch aussagen. Soll ich für Sie lügen? Würde ich tun. Ich bin mir sicher, dass Sie nichts dergleichen getan haben. Ich verstehe das alles nicht. Damit rückt er den Bankdirektor doch auch in ein schlechtes Licht.«

»Ich verstehe gerade auch so einiges nicht. Wovon reden Sie?« Er drückte den jungen Agente nachdrücklich auf den Stuhl und blieb gegen den Schreibtisch gelehnt stehen.

Cosentino nickte mehrmals, befeuchtete sich mit der Zunge die Lippen und murmelte vor sich hin. Endlich blickte er auf. »Avvocato Fabio steht unten beim Empfang und wartet darauf, zu Questore Visconti vorgelassen zu werden. Alessia Rosso hat mir Bescheid gegeben und gemeint, ich sollte Sie warnen. Dieser Widerling von Anwalt behauptet, dass Sie Schmiergeld angenommen hätten. Im Beisein eines Zeugen – und damit meint der mich!« Er pochte mit dem Zeigefinger auf seine Brust.

Tasso wurde eiskalt. »Das Geld, das Napoletano bei der Hausdurchsuchung zu den Unterlagen gesteckt hat. Natürlich würde es ihm nützen, mich zu verleumden. Die werden behaupten, das Geld sei nur ein Köder gewesen, um mich auf die Probe zu stellen. Meine gesamte Ermittlung wäre nichtig, wenn er beweisen könnte, dass ich korrupt bin. Die Anklagepunkte gegen Napoletano würden in sich zusammenfallen, und wir müssten komplett von vorne beginnen.«

»Daran habe ich gar nicht gedacht.«

Er blickte Cosentino scharf an. »Aber ich habe es nicht genommen. Ich habe es zurückgebracht.«

Eifrig nickte der Agente. »Das weiß ich. Und das würde ich auch aussagen. Soll ich?«

»Nein, Sie haben es nicht *gesehen*, ich habe Ihnen nur *gesagt*, dass ich es zurücklege! Im Namen aller Heiligen, bleiben Sie in jedem Fall bei der Wahrheit!« Erschrocken senkte Tasso die Stimme. Doch das Büro war um diese Zeit kaum besetzt. Die wenigen anwesenden Kollegen blickten nicht einmal zu ihm herüber.

»Dann kann ich Sie nicht entlasten.« Schnaufend ließ der junge Mann den Kopf hängen.

Bedächtig nickte Tasso. Cosentino wusste von dem Geld, und er wusste, dass Tasso zurück ins Haus gegangen war, um es zurückzulegen. Allein. Darüber, was danach mit dem Geld wirklich passiert war, könnte er nichts sagen. Es gab somit einen Agente, der von dem Bestechungsversuch wusste, der diesen aber nicht entkräften konnte, insofern er nicht log.

Tasso schluckte beklommen. Er würde auf der Stelle suspendiert werden. Schon wieder, dabei gewöhnte er sich gerade erst wieder an seine Arbeit. Und in der Folge möglicherweise angeklagt. Sie hatten keine Beweise, dass er das Geld genommen hatte, aber das ganze Verfahren würde sich über Monate hinziehen.

Besser gesagt, hatten sie keine echten Beweise .... Napoletano hatte drei Söldner gefunden, die für ihn einen Banküberfall durchgeführt hatten. Wie viel Aufwand wäre es wohl für so einen Mann, eine gottlose Ratte aufzutreiben, die in Tassos Apartment einbrach und dort ein paar Dollarscheine oder anderes belastendes Material hinterließ? War das vielleicht bereits passiert? Es war einige Stunden her, seit er das Haus heute Morgen verlassen hatte. Er hatte auf dem Weg in die Questura noch in einer Bar haltgemacht, zwei Schwarze getrunken und den *Corriere della Sera* gelesen.

Energisch schüttelte er den Kopf. »Ich werde Sie auf keinen Fall da mit reinreißen, Cosentino. Bestehen Sie darauf, dass Questore Visconti bei dem Gespräch anwesend ist, der wird Sie mit allen Mitteln unterstützen. Hören Sie auf ihn und tun Sie, was er Ihnen rät. Aber keine Falschaussagen! Sagen Sie nichts als die Wahrheit.« Mit zwei langen Schritten war er am Garderobenständer und riss seinen Mantel so heftig vom Haken, dass der Ständer beinahe umgekippt wäre.

Cosentino sprang auf. »Wo wollen Sie hin?«

»Das verrate ich Ihnen nicht. Dann wissen Sie es nicht und kommen auch in dieser Hinsicht gar nicht erst in Versuchung, zu lügen. Aber bevor ich erneut suspendiert werde, muss ich noch etwas zu Ende bringen. Gehen Sie zum Questore, machen Sie schon!«

Samstagabend und auch Sonntagmittag hatte er noch gedacht, er habe keine Eile, was die Ermittlung im Passeiertal anbelangte. Schon stellte sich das als gewaltiger Irrtum heraus. Das würde ihn lehren, die Befragung eines Zeugen jemals wieder auf die lange Bank zu schieben. Mit einem knappen Gruß lief er aus dem Büro. Über die hintere Treppe und den Innenhof konnte er unbehelligt das Gebäude verlassen. Der wachhabende Agente grüßte ihn lässig und öffnete das Gittertor ohne irgendwelche Fragen. Zwei Nebenstraßen weiter stieg Tasso in ein Taxi. Kurz dachte er darüber nach, sich den Fiat Topolino seiner Tante auszuleihen, doch das würde nur wieder Fragen nach sich ziehen und Erklärungen nötig machen.

Er lehnte sich auf den Kunstledersitz des Taxis zurück. »Einmal zur Kirche nach Sankt Martin, bitte.«

Der Taxifahrer, ein etwa zwanzigjähriger Süditaliener mit Hakennase und schwarzen Locken, wandte sich ihm zu. »San Martino? Wo soll das sein?«

»Im Passeiertal. Wo denn sonst?«

»Es gibt einen Haufen Orte, die so heißen! Und der ist auch über fünfzig Kilometer weg. Da sind wir sicherlich zwei Stunden unterwegs.«

»Dann fahren Sie los, sonst kommen wir heute nicht mehr an.«

»Und ich müsste tanken.«

»Reden Sie nicht darüber, tun Sie's einfach!« Tasso knirschte mit den Zähnen und blickte aus dem Rückfenster. Aber da kam kein Kollege in Sicht, der ihm zuwinkte, er solle sofort wieder in die Questura zurückkommen.

*

Erst als sie über eine Stunde später Meran hinter sich gelassen hatten und auf die Pseirerstraße eingebogen waren, wagte Tasso zu hoffen, dass er wenigstens diese Ermittlung zu einem vernünftigen Ende bringen konnte.

Er ließ sich nahe der Zufahrt zum Hof von Alois Schwarz absetzen, da der Taxifahrer sich weigerte, den Weg hinaufzufahren. Die Auffahrt war nicht geräumt und nur mit etwas Sand gestreut. Das Anwesen lag an der Flanke eines schneebedeckten Hügels. Vom Weg aus konnte Tasso auf die kahlen Lärchen hinter Lenka Jovanovićs Stall hinabsehen. Er erkannte dort unten eine Gestalt, die eine Schubkarre zum Misthaufen fuhr, vermutlich der Knecht, Sebastian Matzoll. Tasso mochte den Mann, das Naturell des Alten hatte ihn an Johann Vierweger erinnert. Offensichtlich sorgte er immer noch für die Schafe und Ziegen der toten Bäuerin. Was wurde aus den Viechern? Wer kümmerte sich darum, sie zu verkaufen, genau wie das gesamte Anwesen? Wem gehörte das jetzt überhaupt?

Er schmunzelte, weil ihm einfiel, dass vielleicht bald ein Commissario aus Rom Zeit hätte, eine neue Karriere zu beginnen. Wenn Johann sich um Bienen kümmerte, warum nicht er um eine Herde Ziegen?

Tante Hedwig wäre sicherlich entsetzt. Ein Grund mehr, es in Erwägung zu ziehen.

Er wandte sich wieder dem alten Bauernhaus zu, ein für die Gegend typisches Gebäude mit mächtigem dunklen Gebälk, bereit, über weitere Jahrhunderte der Witterung und der Zeit zu trotzen. Kaum hatte er die Haustür erreicht, wurde sie geöffnet, und Matthias' Mutter Marie Schwarz begrüßte ihn mit einem Lächeln. »Grüß Gott, wollen Sie zum Matthias? Der ist in der Schule.«

»In der Schule? Geht es ihm nach den ganzen Ereignissen denn so gut?«

Marie Schwarz winkte ihn herein. Sie trug einen Strickpullover und eine Stoffhose, ein buntes Kopftuch sowie eine Schürze. Tasso fielen ihre aufgequollenen roten Hände auf.

Sie bemerkte seinen Blick. »Ich wasche gerade. Meine Maschine ist kaputt, da mache ich es von Hand, wie früher. Kommen Sie mit, ich koche uns einen Tee.«

Ohne eine Antwort abzuwarten, ging sie voraus in die Küche. Neben einem modernen Gasherd gab es dort auch noch einen riesigen gewölbten Ofen, der in alten Zeiten als Backofen und Heizung zugleich gedient hatte. Auf einem Sims vor der Ofenklappe hatte jedoch ein getrockneter Blumenstrauß seinen Platz gefunden.

»Setzen Sie sich.« Sie wies auf einen Tisch mit Eckbank und stellte einen Durchlauferhitzer an, der über dem Spülbecken hing. »Den Matthias hätte ich heute noch nicht zur Schule gelassen, aber er wollte selbst unbedingt. Ich nehme an, dass er darauf hofft, allen aus erster Hand erzählen zu können, was mit seinem Freund Frederick passiert ist. Mit so was steht er schon ganz gern im Mittelpunkt.«

»Ich wollte eigentlich auch zu Ihrem Ehemann. Es sind ein paar neue Fragen aufgetaucht.«

»Wegen der Lenka, nehme ich an.« Sie sagte das mehr zu sich, sodass Tasso nicht antworten musste.

Sie schwiegen, bis das Wasser heiß war und Frau Schwarz zwei Becher mit Kräutertee auf dem Tisch abstellte.

»Trinken Sie, wird Ihnen guttun. Sie sehen aus, als hätten Sie Stress. Kann es Ihnen ja nicht verdenken, nach all dem, was am Wochenende schon wieder los war. Ich hoffe ja nur, dass das Dorf nun endlich zur Ruhe kommen kann. Jetzt, wo die Lenka weg ist und keinen Unfrieden mehr stiften kann.«

»Hat sie das denn getan?« Tasso nippte am Tee und verbrannte sich die Zunge.

»Was denken Sie? Sie hat doch allen Kerlen den Kopf verdreht. Hat es drauf angelegt. Bei meinem Mann hat sie es auch versucht, bis ich ihr klargemacht habe, dass sie ihn in Ruhe lässt. Die hätte es mal wagen sollen, noch weiter zu gehen und sich an ihn ranzuschmeißen.« Sie verstummte jäh, weil ihr offenbar gerade einfiel, dass sie mit dem Commissario sprach, der die Ermittlungen zu dem tödlichen Unfall der Bäuerin geleitet hatte.

Tasso lächelte ihr unverbindlich über den Rand des Bechers zu.

Empört stellte sie ihren Becher ab. »Das werde ich ja wohl in meiner eigenen Küche noch sagen dürfen! Jetzt hängen Sie mir nichts an. Oder meinem Mann. Denken Sie nicht einmal dran. Ja, wir sind froh, dass die weg ist und bald hoffentlich wieder vernünftige Menschen auf den Hof ziehen. Aber mit ihrem Tod haben wir nichts zu tun!«

»Das hat ja auch niemand behauptet.« Tasso hatte seine Meinung dazu bis jetzt nicht geändert. So anders war Marie Schwarz' heutige Aussage zu der von vor ein paar Wochen nicht, nur ein wenig nachdrücklicher formuliert. Ein richtiges Mordmotiv gab das jedenfalls immer noch nicht her. Außerdem wusste Tasso, dass sie in den Tagen, an denen es passiert sein musste, mit einer fiebrigen Grippe im Bett gelegen hatte.

»Mein Mann ist hinterm Haus in der Werkstatt. Gehen Sie außen herum, reden Sie mit ihm. Und dann lassen Sie uns in Ruhe. Bitte.«

So viel zur Demut, weil er den besten Freund ihres Sohnes gefunden und ihren eigenen Sohn Matthias wohlbehalten abgeliefert hatte. Er stand auf, nickte ihr zu und verließ das Haus.

Wie versprochen fand er Alois Schwarz an einer Drechselbank, wo er mit einem Stuhlbein hantierte.

Der Bauer blickte auf. Er schien verlegen. »Das ist meine Winterarbeit. Wenn nicht viel zu tun ist. Die einen weben, die anderen schnitzen, ich repariere Möbel.«

»Dagegen ist nichts zu sagen.« Tasso sog den Duft von frischen Sägespänen ein. Er war handwerklich völlig unbegabt, aber diesen Geruch mochte er.

»Um was geht es, Commissario? Ich nehme ja nicht an, dass das ein Freundschaftsbesuch ist.«

Nach der verunglückten Einladung zum Tee hatte Tasso keine Lust mehr, höflich zu sein, und kam direkt zur Sache.

»Ich habe inzwischen herausgefunden, dass der tödliche Unfall Ihrer Nachbarin am Montagabend geschehen sein muss. Am Mittag jenes Tages war sie noch lebendig genug, um mit dem Pfarrer zu streiten. Und in der Nacht sind zwei Männer im Stall gesehen worden. Da war sie ziemlich sicher schon tot.«

Alois Schwarz legte das Stuhlbein auf der Werkbank ab. »Und warum sind Sie dann hier bei mir?«

»Raten Sie.«

»Wissen Sie, wer die waren?«

»Noch nicht.« Tasso verschränkte die Arme und lehnte sich gegen einen Holzpfosten. »Aber Sie wissen es.«

Alois Schwarz stand mit hängenden Armen vor der Werkbank. Er war ein kleiner Mann von gedrungener Statur mit einem dunklen Vollbart und schwarzen Haarschopf. So wie er da im Gegenlicht stand, konnte er ein Zwerg aus einem Märchen sein.

»Nun reden Sie schon«, meinte Tasso freundlich. »Sehen Sie es als Beichte an. Das erleichtert die Seele.«

»Ist das gestern deswegen passiert? Das mit dem Frederick? Hat dem jemand was angetan?«

Tasso schwieg. Ihm war es recht, wenn Alois Schwarz das für den Moment befürchtete.

Der Bauer hob die Hände. Das Licht bewirkte, dass es so aussah, als wollte er beten. »Ich war da. Mit dem Lukas. Aber sie war tot. Wirklich tot, verstehen Sie? Längst kalt. Ich bin Bauer, ich schlachte selbst. Ich weiß, wie der Tod ausschaut. Da war nichts mehr zu machen. Was hätten wir denn tun sollen?«

»Die Polizei zu verständigen wäre ein guter Anfang gewesen«, knurrte Tasso. Ihm wurde beinahe übel bei dieser Scheinheiligkeit.

»Ich wollte mich nicht verdächtig machen. Ich … Ich war nicht nett zu der, das wissen Sie. Aber eigentlich wollte ich nie was Böses. Der Werner, meine Frau … Es ist irgendwann ein wenig aus dem Ruder gelaufen.«

»Jetzt reden Sie nicht um den heißen Brei herum! Warum haben Sie keinen Notruf abgesetzt?«

»Aber dann hätten wir doch erklären müssen, warum wir da mitten in der Nacht im Stall waren!«

»Ich höre mir Ihre Erklärung gerne jetzt an.« Tasso spürte, wie die Muskeln an seinen Schultern sich verkrampften. Äußerlich blieb er unbewegt. Viel lieber hätte er den Kerl aber gepackt und geschüttelt oder gleich in die nächste Viehtränke getaucht, damit der mal wieder zur Besinnung kam.

»Wer ist der andere? Wer ist Lukas?«, fragte er, weil Alois Schwarz nicht weitersprach.

»Der Tischler, der Bruder vom Werner. Lukas Schweigkofler.«

»Und jetzt noch die Erklärung, dann sind Sie mich auch schon wieder los.« Tasso trat einen Schritt auf sein Gegenüber zu.

Alois Schwarz schaute traurig zu ihm auf. »Es war nichts. Ich wäre gar nicht hingegangen, hatte keinen Grund. Was sollte ich im Stall von der Lenka? Der Innerlufer hatte uns drum gebeten.«

»Der Dorflehrer? Theodor Innerlufer?«

»Genau der. Wir haben abends im *Lamm* gehockt, wie jeden Montag. Der war die ganze Zeit über so unruhig. Später am Abend hat er nach dem Wastl gefragt, also dem Sebastian Matzoll, dem Knecht von der Lenka. Ich hab mich noch gewundert, seit wann der Lehrer mit dem was zu schaffen hatte.« Er atmete schnaufend durch. »Ich habe ihm dann gesagt, dass der Wastl im Nachbardorf wäre, ausnahmsweise hätte er frei. Da wurde der Innerlufer noch nervöser, ist die ganze Zeit auf seinem Stuhl hin- und hergerutscht, hat für zwei getrunken. Das macht er montags sonst nie, er muss ja dienstags unterrichten.« Er starrte gedankenverloren auf das Stuhlbein.

Tasso zwang sich mit aller Macht zur Geduld. Das Risiko, dass der Mann verstockt abbrach, falls er ihn bedrängte, war zu groß.

»Kurz vor der Sperrstunde wollte ich gehen, da hat er mich aufgehalten und gemeint, ich sollte doch auf dem Rückweg bei der Nachbarin vorbeischauen. Nur für den Fall, und weil sie doch ganz allein wäre. Der Wastl war ja nicht da, und die beiden Hunde hatte der wohl auch mit.« Er stockte kurz, schien nachzudenken. »Nicht, dass heute Nacht was passiert, meinte er noch. Es wäre ja Vollmond und der Pfarrer hätte doch in letzter Zeit so viel über dieses Ritualzeug geschwätzt. Nicht, dass da am Ende was dran wäre, hat er gemeint.«

Zum ersten Mal schaute Alois Schwarz Tasso direkt ins Gesicht, ein Flehen lag in seinem Blick, er suchte nach Vergebung. »Ich wollte eigentlich nicht, wollte den Innerlufer nur loswerden. Also habe ich es gemacht. Aber sie war schon tot.«

»Haben Sie wenigstens den Lehrer zur Rede gestellt?« Tasso wurde laut, sah jetzt keinen Grund mehr, sich zurückzuhalten. »Na, es ist doch offensichtlich, dass der was gewusst hat!«

Alois Schwarz senkte sofort den Kopf, betrachtete seine Stiefelspitzen. »Er hat nur gesagt, was Sie – also die Polizei – auch vermutet haben. Dass sie hingeschlagen wär. Er hätte vorher mit ihr geredet, aber sie nicht angerührt. Das hat er mir geschworen. Mir hat es gereicht. Ich dachte, wenn Sie das wissen sollten, wird der Innerlufer es Ihnen schon selbst erzählen. Und dann war es ja irgendwann auch egal. Sie ist halt jetzt tot.«

Beim letzten Satz musste Tasso um seine Beherrschung ringen. Er atmete mehrmals tief durch, bis er sicher war, dass er sich wieder unter Kontrolle hatte.

»War das jetzt alles, Signor Schwarz?«

»Ich glaube schon.«

»Was Sie glauben, interessiert den Pfarrer, nicht mich! Gibt es noch weitere Beteiligte, von denen Sie wissen? Haben sich noch andere im Stall herumgetrieben, die Bäuerin bedroht, Ihnen etwas anvertraut? Was wissen Sie noch?«

»Nein, das war alles, ich bin sicher, wirklich!«

Tasso ließ ab und schwieg. Als Schwätzer und Mitläufer hatte er Alois Schwarz bezeichnet. Gerade hatte dieser Mistkerl es nachdrücklich bewiesen. Er glaubte vermutlich selbst an seine Unschuld und dass er ja nichts hätte ausrichten oder gar ändern können.

Manchmal waren solche Menschen noch schlimmer als die, die tatsächlich die Verbrechen begingen. Denn die konnten bestraft werden. Aber solange es sich nicht um aktive Strafvereitelung handelte, verstieß Untätigkeit oder eine passive Haltung gegen kein Gesetz.

»Ich habe doch nichts gemacht. Und ich hab nicht gewollt, dass es so endet«, fügte Alois Schwarz verzagt hinzu, als wollte er Tassos Gedankengang noch einmal mit allem Nachdruck bestätigen.

»Darüber wird noch zu reden sein, Signor Schwarz. Sie werden sich dafür verantworten.« Tasso zweifelte, dass es so kommen würde. Aber wenn seine Worte diesem selbstgerechten Schwachkopf eine unruhige Nacht bescherten, war das wenigstens eine kleine Genugtuung.

Er ließ ihn ohne einen Abschiedsgruß stehen und verließ die Werkstatt. Draußen dämmerte es schon, die Wintertage wurden immer noch kürzer. Tasso marschierte über den harschen Schnee in Richtung Ortskern. Der Lehrer wohnte nur einen Steinwurf entfernt unterhalb der Kirche.

Was hatte er Lenka Jovanović angetan? Und was davon würde man später beweisen können? Nicht nur, weil es keine Zeugen und auch keine Spuren gab, sondern auch, weil er selbst schon allzu bald nicht mehr im Dienst sein würde. Daran zweifelte er nicht im Mindesten. Avvocato Fabio war einflussreich und skrupellos, er würde alles daransetzen, Tasso als korrupt zu verleumden und für seine Suspendierung sorgen.

In den Häusern gingen die Lichter an. Freundlich gelb schien es ihm aus vielen Fenstern entgegen. Die Schneeflächen jenseits des Ortes schimmerten dagegen blau. Erste Sterne blitzten am Himmel, während ein letzter orangeroter Schein über den Bergspitzen aufglomm. Tasso blieb einen Moment stehen und hob den Kopf. Im Osten lag die Texelgruppe, so viel wusste er. Die Namen der Gipfel kannte er nicht. Verwundert bemerkte er, dass ihn das störte. So hatte er noch nie empfunden, wenn es um Berge ging. Doch in diesem Moment wünschte er sich, dass Mara an seiner Seite stünde und ihm sagte, was er da sah.

Die Sonne ging unter, der Himmel wurde dunkler.

Der Augenblick verging.

Tasso setzte seinen Weg fort.

18. Kapitel, in welchem Mara am anderen Ende des Knotens zieht ...

Auf dem Weg von ihrem Auto zum Haus der Santoros versuchte Mara, sich aufs Atmen zu konzentrieren und ihre Schritte zu zählen; einfach nur, um ihre Gedanken zu beruhigen. Sie hatte den gesamten Tag in ihrem alten Kinderzimmer über den Büchern gesessen und gelernt. Mittags beim Essen mit ihrer Großmutter hatte sie davon erfahren, dass der Zugverkehr in Richtung Süden seit Sonntag eingestellt war, weil irgendwo zwischen Bozen und Trient eine Lawine auf den Schienen lag. Es schien, als wollte ihr das Schicksal beweisen, dass sie mit der Entscheidung, vor Jahresende nicht mehr nach Mailand zu fahren, alles richtig gemacht hatte.

Am Nachmittag hatte sie vergeblich versucht, in der Questura zu Commissario Tasso durchgestellt zu werden. Die Aussagen, mit denen sie abgewimmelt wurde, waren widersprüchlich. Tasso sei in einem Verhör, hieß es erst, dann in einem Gespräch mit dem Questore, und der sei für die Signorina Oberhöller leider auch nicht zu sprechen, *si dispiace*. Zuletzt behauptete der Agente am anderen Ende der Leitung, Tasso sei gar suspendiert worden. Wie, wann und warum konnte oder wollte er ihr nicht verraten.

Das ergab für Mara alles überhaupt keinen Sinn. Tasso war doch erst am Samstagabend nach Bozen als Held zurückgekehrt, der nicht nur den vermissten Frederick Schweigkofler aufgespürt, sondern auch einen der mutmaßlichen Bankräuber verhaftet und die Beute sichergestellt hatte. Was hatte er am Sonntag oder heute anstellen können, um derart in Misskredit zu geraten?

Sie hatte das Haus der Santoros erreicht und klopfte. Aus dem Küchenfenster zur Straße drang Licht in die frühabendliche Dunkelheit.

Paola öffnete und strahlte sofort über das ganze Gesicht, als sie Mara erkannte. »Das ist aber unerwarteter Besuch! Möchtest du hereinkommen?«

»Ich wollte eigentlich fragen, ob es möglich wäre, dass dein Mann mich begleitet zu …« Sie verstummte. Jetzt, da sie hier stand, kam ihr plötzlich alles lächerlich vor, was sie sich da im Laufe des Vormittags zusammengereimt hatte.

Fragend neigte Paola den Kopf. »Er hat heute Spätdienst und ist unterwegs. Du könntest zur Kaserne rüber, das ist nicht weit zu laufen. Weißt du, wo das ist?«

»Es ist gar nicht so wichtig.« Mara druckste herum. »Ich habe heute den ganzen Tag gelernt, und währenddessen ist mir ein Gedanke gekommen, den ich überprüfen wollte. Aber vermutlich ist es völlig albern.«

»Komm doch herein und erzähl's mir, wenn du möchtest. Danach kannst du immer noch zu den Carabinieri gehen.« Paola winkte einladend und öffnete die Tür vollständig.

Mara folgte ihr und dachte wie beim ersten Mal, dass sich die Familie wirklich gemütlich eingerichtet hatte. An den Wänden des schmalen Flurs hingen große Schwarz-Weiß-Fotos von Sizilien, die Luigi selbst geschossen hatte: schroffe Küstenlandschaften, der rauchende Krater des Ätna, die Kathedrale von Palermo – aus allen sprach die Sehnsucht nach der Insel, auf der der Fotograf aufgewachsen war. Paola hatte angedeutet, dass ihr Mann sich gerade an dunklen Wintertagen mit dem Leben in Südtirol schwertat. Sie selbst stammte aus einem Dorf in den Abruzzen und kam mit dem rauen Klima in den Alpen besser zurecht.

»Mara?«

Mara riss sich von den Fotos los. Sie musste sich wirklich besser konzentrieren. Sie folgte Paola in die Küche und knöpfte den Mantel auf, blieb jedoch stehen.

»Ich will gar nicht lange stören. Eigentlich hatte ich heute versucht, Commissario Tasso zu erreichen und ihm von meinen Gedanken zu erzählen. Er scheint aber irgendwie zwischen dem Verhörraum und seinem Schreibtisch verschollen zu sein. Jetzt lässt es mir keine Ruhe. Falls jedoch stimmt, was ich vermute, könnte es gefährlich werden. Und wenn ich in meinem Praktikum eines gelernt habe, dann …«

Amüsiert lachte Paola auf. »Du bist wirklich durcheinander. Sag geradeheraus, was hast du vor? Den großen Bösewicht mit der Wahrheit zu konfrontieren? Dass du weißt, wer es ist, der Lenka auf dem Gewissen hat?«

»So ungefähr.«

Paola runzelte die Stirn. »Na, jetzt machst du mich neugierig. Wer ist es?«

»Ich vermute, dass der Dorflehrer irgendwas mit ihrem Tod zu tun hat. Innerkofler?«

»Innerlufer. Theodor Innerlufer.« Paola ließ sich auf einen Stuhl am Küchentisch sinken. »Das ist auch so ein aufgeblasener Wichtigtuer. Einen der ›Dorffürsten‹ nennt die Berta Kirchner ihn immer, genau wie den Pfarrer. Diese Männer, deren Wort hier Gewicht hat. Ich halte ihn für einen Schwachkopf, gebe ich zu. Und zutrauen würde ich es ihm auch. Der langt bei den Kindern ordentlich zu, wenn die nicht spuren, das ist bekannt. Der hätte meiner Laura auch nur einmal mit dem Rohrstock zu nahe kommen müssen, dann hätte ich ihm erklärt, was ich von seinen mittelalterlichen Unterrichtsmethoden halte. Dazu ist es aber nicht gekommen. Zu schade eigentlich. Entschuldige, ich schweife ab. Was soll der denn mit der Lenka zu schaffen gehabt haben?«

»Das weiß ich nicht. Vielleicht stimmt es ja auch gar nicht, und mein Verstand ist vor lauter Nachdenken zwischen den Gesetzestexten falsch abgebogen.«

»Jetzt raus mit der Sprache. Du wirkst auf mich nicht wie eine, die sich Hirngespinsten ergibt.«

»Dieser rote Gehrock des Verdächtigen, den Tasso gestern mit all dem Geld verhaftet hat – der könnte dem Innerlufer gehört haben. Dem ist nämlich so einer abhandengekommen. Ich bin gestern Abend dabei gewesen und habe gesehen, dass die Knöpfe dem einen, den Frederick gefunden hat, sehr ähnlich sind. Und der unterste war ersetzt. Jetzt will ich mit dieser Haushälterin reden und mir das gute Stück nochmal beschreiben lassen. Ich würde auch gerne erfahren, wann genau es weggekommen ist. Vielleicht ist es derselbe.«

»Du meinst diese furchtbare Taufers, die den lieben langen Tag *ihren* Dorflehrer und auch den Pfarrer hofiert. Woher kennst du die?«

»Ich habe sie auf dem Friedhof getroffen. Und da hat sie mir erzählt, dass ein Gehrock vom Innerlufer aus der Reinigung verschwunden sei. Der wäre bereits abgeholt worden, ist ihr anscheinend gesagt worden. Sie hatte da irgendwelche Fremden in Verdacht.« Mara setzte sich jetzt doch auf die Eckbank.

Paolo hörte ihr aufmerksam zu.

»Heute Vormittag beim Lernen – es ging um die Unterschiede verschiedener Diebstahlsdelikte – kam mir der Gedanke, dass Herr Innerlufer selbst diesen Gehrock abgeholt haben könnte. Wäre es möglich, dass seine Haushälterin das gute Stück gar nicht in die Reinigung bringen sollte, weil er es eigentlich verschwinden lassen wollte? Und nicht etwa, weil der Knopf abgerissen war – wo er den verloren hat, weiß er vielleicht wirklich nicht. Vielmehr könnte es doch sein, dass sich darauf Reste von Stallmist oder andere verräterische Spuren befanden.«

»Spuren wie Blut. Das Blut von Lenka«, ergänzte Paola halblaut.

Mara nickte. »Der Gehrock war rot. Es ist ihm vielleicht zunächst gar nicht aufgefallen. Erst am nächsten Morgen im Tageslicht hat er es gesehen.«

»Und während er in der Schule unterrichtet hat, ist die allzeit beflissene Hildegard Taufers damit zur Reinigung gerannt.«

»Was ich nicht verstehe, ist, wieso der Pfarrer den Gehrock auf dem Friedhof gefunden hat.«

»Das kann dir nur Innerlufer selbst beantworten. Und jetzt verstehe ich. Du willst ihn fragen. Falls er aber der Lenka wirklich was angetan hat, möchtest du nicht allein mit ihm reden. Deshalb soll Luigi mit.« Paola strahlte sie an, stolz, die richtige Schlussfolgerung gezogen zu haben.

Mara erwiderte das Lächeln. »Genau so ist es.« Jetzt, wo es laut ausgesprochen war, klang es in ihren Ohren wieder so plausibel wie in den Gedanken, die sie zwischen den Zeilen ihrer Gesetzestexte entwickelt hatte.

»Na, dann gehen wir beide.« Paola klatschte in die Hände und sprang auf. »Kein Grund, Luigi wegen so was in seiner nachtwächterlichen Kontemplation zu stören.«

»Meinst du wirklich?«

»Das ist mein voller Ernst, natürlich. Ich finde es richtig, dass du nicht allein gehst.« Sie senkte verschwörerisch die Stimme. »Wobei du besser Hildegard Taufers fürchten solltest. Die Alte ist mit ihrem Stock unberechenbar.«

»Jetzt machst du doch Witze, Paola.« Mara lachte wider Willen.

Paola blieb ernst. »Ganz und gar nicht. Die hat so einen Beschützerinstinkt. Wer *ihrem* Lehrer zu nahe tritt, kann was erleben. So oder so müssten sie es ja jetzt mit uns beiden aufnehmen. Einverstanden?«

»Also gut. Ja, gerne sogar. Danke für deine Hilfe.«

»Wenn es gegen die Dorffürsten geht, doch immer. Die stiften oft genug Unfrieden. Ich hole nur schnell meinen Mantel.«

19. ... sodass Mara und Tasso gemeinsam den Knoten entwirren

Wenige Minuten darauf stapfte Mara neben Paola durch die Gassen von Sankt Martin zu dem Haus des Lehrers Theodor Innerlufer nahe der Kirche. Seit die Sonne untergegangen war, wurde es spürbar kälter. Da, wo der Schnee nicht gänzlich geräumt war, knirschte überfrorenes Eis.

»Wohnt diese Haushälterin bei ihm?«

»Ja, tut sie. Er hat ein altes Haus auf der Hauptstraße zur Miete. Normalerweise wird dem Lehrer eine große Dachgeschosswohnung über der Schule gestellt. Aber da gab es einen Wasserschaden, deshalb wohnt er diesen Winter nicht dort. Hier ist es.« Paola blieb stehen und zeigte auf ein schmales weiß verputztes Reihenhaus schräg gegenüber, das sich nicht von seinen Nachbarn unterschied. Im oberen Stockwerk brannte Licht.

Mara zögerte. »Ich überlege gerade, ob das wirklich so eine gute Idee ist, mit denen zu sprechen.« Warum nur war Tasso heute den ganzen Tag nicht erreichbar gewesen?

»Wieso denn nicht? Du willst doch nur herausfinden, ob Innerlufer den Gehrock persönlich abgeholt hat.«

»Ja. Aber wenn er das wirklich getan hat, weil Flecken drauf waren? Falls er etwas mit dem Tod von Lenka zu tun hat, dann scheuchen wir ihn jetzt auf. Was, wenn er flieht? Vielleicht habe ich das nicht gründlich bis zu Ende durchdacht.«

»Du musst es wissen. Wir können auch zurückgehen.«
Paola trug keine Handschuhe und blies sich warme Atemluft
in die Hände. »Ich will nicht, dass du Ärger bekommst. Du
hast schon recht, wenn er etwas getan hat, Lenka geschubst
oder Schlimmeres, dann wäre es doch besser, wenn Luigi dabei ist. Dann ist es schließlich offiziell.«

»Na, da bin ich aber gespannt auf Ihre Erklärung, Signorina Mara Oberhöller«, erklang eine strenge Stimme linker
Hand die Straße hinauf.

Beide Frauen fuhren herum. Ein Mann mit Hut kam auf
sie zu, den Mantelkragen hochgeschlagen und den Schal über
die Nase gezogen, sodass Mara ihn beinahe nicht erkannt hätte.

»Tasso, das ist aber eine Überraschung! Ich habe heute den
ganzen Tag versucht, Sie anzurufen. Aber in der Questura
sagten sie … sie meinten …«

»Was meinten die Kollegen?« Er war herangekommen und
musterte sie mit glänzenden Augen. Beinahe kam es Mara
vor, als freute er sich, sie zu sehen, obwohl er gerade so streng
geklungen hatte.

»Ich bin nicht sicher, ob ich das alles richtig verstanden
habe …«

»Bin ich suspendiert?«

Mara zog die Schultern hoch.

Tasso stieß ein Grollen aus. »Dieses Mal habe ich nichts
falsch gemacht. Dieser von allen guten Geistern verlassene
Avvocato will mir was anhängen. Wenn Sie auch so werden
und später als Anwältin zu solch unmoralischen Tricks greifen, sind wir geschiedene Leute, Mara!«

»Wie bitte?«

»Schon gut. Erkläre ich Ihnen später. Was machen Sie
beide hier? Sie stehen doch nicht zufällig vor dem Haus von
Theodor Innerlufer.«

»Nein.« Mara traute sich nicht recht, ihm die Wahrheit zu sagen.

Tasso würde wütend werden, weil sie wieder ihre eigenen Wege gegangen war, und damit hatte er ja auch völlig recht. Sie sollte nicht einmal hier sein, sondern gehörte nach Mailand an ihren Schreibtisch im Wohnheimzimmer.

»Irgendwie wundere ich mich gar nicht, wissen Sie das?«, fuhr er fort, weil sie nicht antwortete. »Sie sind clever, ganz sicher cleverer als ich. Aber immerhin stehe ich heute Abend auch hier, wir sind also auf verschiedenen Wegen zu dem gleichen Ergebnis gekommen.« Tasso klopfte auf die Manteltasche und zog eine Schachtel Zigaretten hervor. »Möchten Sie?«

Paola lehnte ab, Mara nahm eine – nur damit sie dann doch nicht rauchen konnte, weil Tasso seine Streichhölzer nicht fand.

Leise fluchend steckte er die Zigarette zurück in die Schachtel. »Also gut, begleiten Sie mich. Sie können mir später erklären, warum Sie den Lehrer verdächtigen.«

»Brauchen Sie mich dann noch?«, fragte Paola munter. »Ich bin nur mitgekommen, um Mara Schützenhilfe zu leisten, weil sie nicht allein gehen wollte.«

Tasso brummte etwas, das wie »Wenigstens das« klang. Laut dankte er Paola Santoro, und sie verabschiedeten sich voneinander.

Paola klopfte Mara auf die Schulter. »Aber dass du mir noch einmal auf einen Sprung vorbeikommst und mir aus erster Hand erzählst, wie es ausgegangen ist.«

»Versprochen. Danke, Paola. Grüß deine Familie.«

»Eines noch, bevor wir dort anklopfen.« Tasso hob den Finger. »Ich bin wegen der Aussage eines Zeugen hier, nach der Innerlufer in der Nacht im Stall gewesen sein soll. Es bleibt nach allem, was ich weiß, bis jetzt immer noch ein Unfall, mit dem er vielleicht nichts zu tun hatte. Ändert sich nach Ihrem aktuellen Wissen daran etwas?«

Mara dachte nicht lange nach. »Leider nein.«

»Leider?«

»Nach allem, was ich weiß, ist mir dieser Lehrer nicht gerade sympathisch.«

»Das ist kein Verbrechen. Und zwar zum Glück, möchte ich sagen, denn andernfalls hätte ich eine Menge mehr zu tun.« Er schob den Schal aus dem Gesicht und lächelte grimmig.

Dann klopfte er. Es dauerte nicht lange, bis hinter der Milchglasscheibe Licht aufleuchtete. Mara hörte ein rhythmisches Pochen, bis ihr wieder einfiel, dass die Haushälterin Hildegard Taufers einen Stock zum Gehen benötigte. Schon öffnete sich die Tür einen Spalt, und die alte Frau lugte unter einer gespannten Türkette hindurch.

»Ja?«

Tasso nahm den Hut ab. »Commissario Tasso, ich vermute, Sie wissen noch, wer ich bin. Ich bitte um Entschuldigung für die späte Störung, aber wir müssten mit Signor Innerlufer sprechen.«

»Um was geht's?«

»Das würde ich ihm gern selbst sagen.« Um seiner Forderung Nachdruck zu verleihen, griff Tasso in die Innentasche seines Mantels und zeigte seinen Dienstausweis.

Das Gesicht im Türspalt verzog sich unwillig. Tasso lächelte höflich, an seiner angespannten Körperhaltung erkannte Mara jedoch, dass er kaum die Geduld aufbringen würde, hier an der Tür zu diskutieren.

Hildegard Taufers war immerhin klug genug, ihm nicht länger zu widersprechen. Sie schloss die Tür, löste die Kette und öffnete ganz. Tasso wartete nicht ab, bis er hereingebeten wurde, sondern trat energisch in den Flur. Mara folgte ihm.

»Wo finde ich den Herrn des Hauses?«

»Nach hinten durch ins Wohnzimmer. Beeilen Sie sich, die Abendnachrichten fangen gleich an.« Sie pochte energisch mit dem Gehstock auf den Holzboden, als wollte sie den Commissario antreiben. Von einem gemurmelten *»Grazie«* im Vorbeigehen abgesehen ignorierte der sie.

»Guten Abend, Frau Taufers«, sagte Mara höflich, erntete dafür jedoch nur ein missbilligendes Nicken.

»Fräulein Taufers, wenn schon. Frau? So weit kommt's noch. Das wäre ja noch schöner.«

Was sie damit genau meinte, blieb ihr Geheimnis, Mara verspürte jedenfalls kein Bedürfnis, dem auf den Grund zu gehen. Sie folgte der Haushälterin ins Wohnzimmer, wo Tasso und Theodor Innerlufer einander gegenüberstanden. Hildegard Taufers ging zu einem Sessel und ließ sich schwerfällig darauf nieder. Sie tat unbeteiligt, nahm sogar eine Stickarbeit auf, aber Mara war sicher, dass sie alles mit Adleraugen beobachtete und sich kein Wort entgehen lassen würde.

Aus dem Augenwinkel musterte sie den Lehrer von Sankt Martin. Sie hatte ihn sich anders vorgestellt, er war höchstens Ende dreißig, vielleicht sogar noch jünger, mit einer durchschnittlichen Statur. Aufgrund der biederen Kleidung – beige Hose, hellblaues Hemd und eine viel zu große graue Strickjacke – wirkte er allerdings älter. Verstärkt wurde dieser Eindruck durch die hohe Stirn und ein schlecht rasiertes Kinn. Er war bleich, was gerade im Kontrast zu dem fast schwarzen Haaransatz noch mehr auffiel. Blaue Adern stachen deutlich unter der teigigen Haut hervor.

»Signor Innerlufer, ich habe ein paar Fragen an Sie.«

Der Lehrer zuckte bei der Ansprache leicht zusammen. Er

wirkte unsicher, knetete die Hände vor dem Bauch. »Selbstverständlich, Signor Commissario, zu Diensten.«

»Waren Sie in der Nacht Anfang November, in der die Bäuerin Lenka Jovanović in ihrem Stall tödlich verunglückt ist, bei ihr?«

»Wann soll denn das gewesen sein?« Innerlufer reckte das Kinn. Auf Mara wirkte das trotzig.

Tasso neigte irritiert den Kopf. »Ich verstehe Ihre Frage nicht.«

Beflissen hob Innerlufer die Hände, wirkte schlagartig selbstsicherer. »Na, da müssen Sie mir schon sagen, welche Nacht Sie genau meinen. Dann kann ich das Datum in meinem Kalender nachschlagen. Ich erinnere mich doch nicht mehr, was ich vor sechs Wochen …«

»Wollen Sie mich auf den Arm nehmen?«, donnerte Tasso. »Sie verstehen mich sehr gut! Ich will von Ihnen hören, ob Sie an dem Abend im Stall gewesen sind, als es passiert ist! An dem Abend, als Lenka Jovanović tödlich verunglückt ist. Es ist vollkommen egal, ob es der vierte, fünfte oder sechste November war oder am Sonntag oder Montag. Ich frage geradeheraus: Waren Sie bei ihr? Und jetzt überlegen Sie sich sehr genau, ob Sie mich anlügen wollen!«

Tasso weiß etwas, begriff Mara. Und auch Hildegard Taufers war anzusehen, dass ihr die Fragen nicht gefielen. Sie saß kerzengerade mit lauerndem Blick in ihrem Sessel. Die Stickarbeit lag vergessen auf der Lehne.

Theodor Innerlufer schluckte. Sein Adamsapfel hüpfte nervös auf und ab. »Wer hat behauptet, dass ich dort gewesen bin?«

»Sie selbst haben es gesagt. Gegenüber mindestens zwei Männern am Abend im *Lamm.*« Tasso kreuzte die Arme. »Und Sie erzählen mir jetzt, was vorgefallen ist.«

»Ich kann mir gar nicht vorstellen, was Sie meinen.« Er zappelte auf der Stelle hin und her, fuhr sich mit gespreizten Fingern durchs Haar. Tasso ließ ihm Zeit, nach einer Ausrede zu suchen. Sein Gegenüber schien sich nicht entscheiden zu können, ob er lügen, leugnen oder katzbuckeln sollte.

»Ich höre.« Tasso trommelte mit den Fingern auf seine Ellbogen.

Offenbar war Theodor Innerlufer nicht geübt darin, glaubhaft zu lügen. Er hob beschwichtigend die Hände. »Also gut, ich habe mit der Lenka an jenem Abend ein paar Gläser Schnaps getrunken. Es war am Montag, da ist auch Stammtisch im *Lamm*. Ich war mit ihr in der Küche, wir haben uns unterhalten.« Er zwinkerte verschwörerisch. »Ich habe ihr ein paar Dinge gesagt, die nur ein Mann sagen kann. Sie verstehen?«

»Nein«, sagte Tasso schroff. »Aber das interessiert mich vielleicht später, wenn Sie Ihre Aussage zu Protokoll geben. Was ist dann passiert?«

»Dann hat sie gemeint, sie müsste die Ziegen füttern. Ich wollte ihr helfen. Ich bin ein Gentleman.« Er warf sich in seine Hühnerbrust.

Hildegard Taufers hatte die Augenbrauen missbilligend gesenkt.

Tasso wirkte ungerührt und wedelte kurz mit der Hand, damit der Lehrer weitersprach.

»Es ist eigentlich nicht weiter dramatisch gewesen, das müssen Sie mir glauben.« Er verlegte sich auf einen flehentlichen Ton. »Sie ist gestürzt und dabei auf der Futterkrippe aufgeschlagen. Wir waren ja beide nicht mehr ganz nüchtern. Aber sie hat sich aufgesetzt und gemeint, es wäre alles nicht so schlimm. Ich solle die Gatter zwischen den einzelnen Pferchen öffnen, damit die Ziegen fressen könnten. Und dann bin ich gegangen. Ich konnte doch gar nicht mehr tun!«

»Sie hätten einen Krankenwagen alarmieren sollen.«

»Das sollte ich gerade nicht! Es war Lenkas ausdrücklicher Wunsch, dass ich das nicht tue!« Er reckte in einer dramatischen Geste beide Arme in die Luft. »Sie hatte keine Krankenversicherung, wissen Sie? Sie hätte das nicht bezahlen können. Sie wollte nicht einmal, dass ich den Pertinger hole; das ist der Arzt, der unser Dorf betreut. So war es!«

»Und dann sind Sie einfach gegangen und haben sie ihrem Schicksal überlassen?«

»Was hätte ich denn tun sollen?«

»Sie hätten ihr ins Haus, ins Bett helfen können.«

Theodor Innerlufer besaß wirklich die Dreistigkeit, eine zerknirschte Grimasse zu ziehen, und murmelte etwas, das Mara nicht verstand.

Tasso offenbar auch nicht. »Sie können was?«

»Ich kann kein Blut sehen. Sie hat geblutet. Da wird mir blümerant.« Er wedelte mit der Hand vor dem Gesicht.

»Mir wird auch ganz blümerant bei Ihren Worten«, knurrte Tasso. »Sie kommen jetzt mit und machen in … Ich nehme Sie mit zur Kaserne der Carabinieri, da geben Sie Ihre Aussage zu Protokoll. Ich werde Sie anklagen, darauf können Sie sich verlassen.«

»Anklagen, aber wieso denn? Ich habe ihr nichts getan!«

»Genau, haben Sie nicht! Unterlassene Hilfeleistung, wie wäre es damit? Sie ist tot! Haben Sie das schon wieder vergessen?«

»Aber ich habe … Ich dachte, der Wastl käme an dem Abend auch noch in den Stall, um die Ziegen zu füttern. Der hätte sie doch auch gefunden. Sie wollte nicht, dass ich bleibe, das schwöre ich!«

Mara runzelte die Stirn. Theodor Innerlufer begann, sich in Widersprüche zu verwickeln.

Das entging auch Tasso nicht. »Wieso hätte er kommen sollen, wenn Sie und Lenka die Ziegen bereits gefüttert hatten?«, fragte er lauernd.

Der Lehrer ging nicht darauf ein, holte Luft, setzte zu sprechen an, schloss stattdessen den Mund.

»Er hat aber die beiden andern vorbeigeschickt«, Hildegard Taufers' Stimme knarzte wie ein schlecht geöltes Türscharnier. »Den Schwarz und einen von den Schweigkoflers. Wer von denen hat geschwatzt, Herr Kommissar? Der Schwarz? Und dem glauben Sie mehr als den Worten eines studierten und allseits geachteten Lehrers?«

Gefürchtet wäre wohl das passendere Wort, dachte Mara bei sich. Zumindest, was die Kinder betraf, wenn sie daran dachte, was Paola über Innerlufers Gebrauch des Rohrstocks erwähnt hatte.

Tasso packte den Lehrer am Arm und schubste ihn in Richtung Flur. »Das klären wir noch. Sie kommen jetzt erst einmal mit und machen eine offizielle Aussage.«

»Das tue ich auch freiwillig. Kein Grund, mich so rüde anzupacken. Das ist Polizeiwillkür, und dafür habe ich Zeugen!« Er zeigte erst auf seine Haushälterin, dann auf Mara.

Tasso presste die Lippen aufeinander. Mara warf ihm einen warnenden Blick zu. Sie ahnte, dass es nicht nur diese schwammigen Angaben des Lehrers waren, weshalb der Commissario kurz vor der Explosion stand. Aber genau deshalb durfte er jetzt nicht die Kontrolle verlieren. Sie fragte sich ohnehin schon, warum er sich für die Kaserne hier im Dorf und nicht wenigstens die Wache in Meran entschieden hatte, wenn der Weg nach Bozen zu weit war. Aber er würde seine Gründe haben.

»Schon gut.« Tasso ließ ihn los.

Theodor Innerlufer zog die Strickjacke aus. »Darf ich mir noch etwas Ordentliches anziehen? Das ist meine Hausjacke.«

»Sicherlich. Nur zu.« Tasso winkte müde, mit einem Schlag schien all seine Energie verpufft.

Flink wieselte der Lehrer aus dem Raum, zurück blieb seine Haushälterin, die es mit aller Kraft darauf anzulegen schien, den Commissario mit einem Blick zu töten.

»Möchten Sie mitkommen?«, wandte Tasso sich an Mara.

Sie nickte und versuchte, ihre Begeisterung nicht allzu offen zu zeigen.

Schweigen setzte ein, bis Tasso sich zum Gehen wandte. »Gut, wir warten vor dem Haus, Signora, bemühen Sie sich nicht, wir finden hinaus.«

In dem Moment hörten sie alle die Haustür zuschlagen. Hildegard Taufers lächelte bösartig.

*

»Wenn Sie mich fragen, ist er zu einer der Jagdhütten rauf«, erklärte Luigi Santoro grübelnd eine Stunde später in der Kaserne der Carabinieri.

Tasso und Mara hatten die Gegend um das Haus des Lehrers samt der Kirche, dem Friedhof und einigen Schuppen abgesucht – natürlich vergeblich. Theodor Innerlufer war ortskundig. Sollte darüber hinaus jemand auf die Idee kommen, ihn zu verstecken, würden sie kaum eine Chance haben, ihn aufzuspüren.

»Bei dem Schnee? Ist das nicht gefährlich?« Tassos Blick wanderte zum Fenster. Draußen war es inzwischen stockfinster und klirrend kalt.

Luigi lächelte müde. »Das kommt darauf an, was der Innerlufer als gefährlich ansieht. So, wie Sie das beschrieben haben, ist ihm ein dunkler Wald mit Schnee wohl lieber als ein rasender Commissario.«

»Ich war ganz ruhig. Ich habe nicht mal den kleinen Finger gegen ihn erhoben, auch nicht gedroht.« Tasso sah den Carabiniere aufrichtig empört an.

»Das habe ich auch nicht behauptet. Aber der Lehrer ist ein Hasenfuß. Paola vermutet, dass er genau deswegen so gern Kinder prügelt: weil die sich weder wehren können noch dürfen. Den meisten Eltern hier im Ort kommt's eben gut aus, wenn der Lehrer die *Erziehung* übernimmt.« Aus seiner Miene war deutlich abzulesen, dass er mit seiner Frau in der Verachtung für den Lehrer und seine Methoden übereinstimmte.

»Und was tun wir jetzt?«, wollte Mara wissen. »Warten wir bis morgen früh? Oder steigen wir zu den Hütten hinauf? Sie wissen, wo die sind, oder?«

Luigi nickte. »Na sicher. Illegales Schnapsbrennen, ein paar Gewehre mehr als angemeldet oder ein Lehrer, der sich der Befragung entziehen will … Ein Besuch dort oben lohnt sich fast immer.« Er ging zu einer großformatigen Wandkarte, auf der die Orte, Wege und Gipfel der Umgebung eingezeichnet waren. Mit dem Daumen und Zeigefinger maß er einen Punkt westlich von Sankt Martin ab. »Das hier ist die nächstgelegene Hütte oberhalb des Hofes vom Schweigkofler. Im Sommer grad mal eine Viertelstunde zu laufen. Im Winter bin ich noch nie da gewesen, aber so ewig wird es schon nicht dauern, bis wir oben sind. Hinterm Hof sehen wir ja auch bereits an den Spuren im Schnee, ob da in letzter Zeit jemand langgekommen ist.«

»Die Hütte schauen wir uns auf jeden Fall an. Was ist mit den anderen?«

Luigi zeigte auf einige weitere Punkte im Umkreis von Sankt Martin. »Die sind alle viel weiter weg und höhergelegen. Es ist natürlich ohne Weiteres möglich, dort hinaufzugelangen. Hat er Skier oder Schneeschuhe bei sich?«

»Das wissen wir nicht. Könnte sein, dass er sich ein paar aus einem Gartenschuppen geholt hat oder so. Diese Haushälterin wird es uns bestimmt nicht verraten.«

»Wie gesagt, der Innerlufer käme sicher hin. Er ist mit den Wegen gut vertraut. Es dauert nur länger, das ist alles.«

Tasso wandte sich an Mara. »Was meinen Sie? Sie kennen sich besser mit Schnee und Bergen aus als ich.«

Sie unterdrückte ein Schmunzeln. »Ich hasse Schnee«, war einer der ersten Sätze, die er bei ihrem ersten Aufeinandertreffen vor einem Jahr gesagt hatte. Und dass er auch die Berge nicht sonderlich schätzte, sie ihm aber egal wären, solange er nicht auf welche hinaufkraxeln müsse.

»Wir könnten uns doch sicherlich starke Taschenlampen und Schneeschuhe von den Carabinieri leihen?«, fragte sie.

»Natürlich«, versicherte Luigi. »Das wäre das geringste Problem. Aber Schneeschuhe brauchen wir unter den Bäumen nicht. «

»Dann würde ich diese Hütte in der Nähe ausprobieren. Wenn er sich dort nicht versteckt, können Sie morgen früh immer noch eine groß angelegte Suchaktion starten.«

»Mal sehen, was wir da planen können, Mara.« Tasso verzog säuerlich das Gesicht. »Ich wollte ihn nicht verhaften, erinnern Sie sich? Er sollte nur eine Aussage machen. Und ob ich morgen früh noch in der Position bin, einen Haftbefehl zu erwirken, weil er sich mir widersetzt hat, das wage ich zu bezweifeln. Also gut, gehen wir.«

Immerhin wirkte er bei der Aussicht auf eine nächtliche Bergwanderung erstaunlich gefasst.

Luigi ging zu einem Metallspind. »Ich komme mit. Mein Dienst ist in einer halben Stunde zu Ende. Wenn ich das Telefon jetzt schon umstelle, wird das vermutlich nicht einmal jemand merken.«

»Sehr gut, danke!« Tassos Haltung entspannte sich ein wenig.

Wenige Minuten später zog Mara ihren Schal enger um die Ohren und stapfte hinter Luigi Santoro aus dem Ort hinaus und bergan. Tasso folgte ihr dichtauf. Schon bald erreichten sie den nahen Wald. Dort lag weniger Schnee, sodass sie besser vorankamen und sogar die Lampen löschen konnten, da der Weg gut zu erkennen war. Das Mondlicht genügte, dass die weiße Oberfläche reflektierte. Nur zwei oder drei Personen waren bisher dort entlanggekommen, aber wann, das konnten sie nur raten. Fährten von Hasen, Vögeln und Füchsen oder Katzen kreuzten überall und verloren sich unter den Bäumen.

Bald waren ihr Atem und der knirschende Schnee unter ihren Stiefeln die einzigen Laute in der dunklen Nacht.

Mara war inzwischen warm geworden. Sie versuchte, sich auf die Umgebung zu konzentrieren, aber die gleichmäßige Bewegung und die Stille lullten sie ein. Sie bemerkte erst, dass Luigi Santoro stehen geblieben war, als sie auf ihn auflief.

»Entschul…«

»Leise!«, zischte der Carabiniere ihr zu und wies mit dem Zeigefinger geradeaus. Tasso hatte zu ihnen aufgeschlossen.

Keine hundert Meter voraus schimmerte ein schwacher gelber Schein durch die Bäume.

20. Kapitel, in welchem Tasso seiner Liebe zu den Bergen neuen Auftrieb gibt

Tasso spähte in die Richtung, in die Santoro zeigte, und versuchte, mehr auszumachen als den einen hellen Fleck in einem Meer aus grauen und schwarzen Schatten.

»Was jetzt?«, raunte er den anderen beiden zu. »Ist das die Hütte?«

Er wollte nur diese eine Sache zu Ende bringen. Was ab morgen aus ihm wurde, sobald er die Questura in Bozen betrat, lag nicht mehr in seiner Hand.

»Müsste sie sein.« Santoro reckte den Hals, als könnte er so die Dunkelheit besser durchdringen. Dann packte er Tasso am Arm und zog ihn zur Seite hinter einige Baumstämme. »Wir sollten uns vorsichtig nähern. Kann sein, dass er auf der Lauer liegt und auf alles schießt, was sich bewegt.«

»Schießt? Du meinst, er ist bewaffnet?« Zu spät fiel Tasso auf, dass er mit Luigi Santoro so vertraut sprach wie mit Johann Vierweger oder einem anderen der langjährigen Kollegen.

Der Carabiniere ging gar nicht darauf ein. »Ich denke schon. Ich hab das vorhin ernst gemeint, als ich sagte, dass die Jagdhütten gern als Versteck für überzählige Gewehre und dergleichen benutzt werden. Mich würde es mehr wundern, wenn hier keines lagert.«

»Also gut.« Tasso öffnete den Mantel und tastete nach der Waffe in seinem Holster.

»Ich bleibe hier in Deckung.« Mara wich bereits weiter zurück und brachte weitere Baumstämme zwischen sich und das Licht.

Tasso nickte ihr erleichtert zu. Dann spreizte er Zeige- und kleinen Finger zur *corna* und zeigte damit zum Waldboden, um mögliche böse Geister abzuwehren. Es wäre zu viel gesagt, dass er Angst um Mara hatte, aber ihm war überhaupt nicht wohl dabei, sie hier mitten im Wald allein zu lassen. Sie zu einer Jagdhütte mitzunehmen, in der ein Mann auf der Lauer lag, den sie nicht im Mindesten einschätzen konnten, kam aber auch nicht infrage.

Santoro hatte seine Stabtaschenlampe Mara übergeben und ebenfalls seine Waffe gezogen. »Ich von links, du von rechts?«

»Hat die Hütte einen zweiten Eingang?«

»Weiß ich nicht. Ich glaube nicht.«

»Dann einverstanden, wir teilen uns auf.«

»*Avanti.*«

Sie trennten sich, und Tasso bahnte sich seinen Weg von Baum zu Baum immer näher an die Hütte. Sie war kleiner, als er erwartet hatte, kaum mehr als ein Schuppen von vielleicht zehn, zwölf Quadratmetern. Bald konnte er die Tür in der Mitte der langen Seite erkennen. Links daneben befand sich das Fenster; an der rechten kurzen Seite gab es ein zweites, aus dem weniger Licht drang, als wäre dort ein Möbelstück oder ein Vorhang im Weg.

Er war am Ende der Bäume angelangt. Mit einem Blick zu Santoro, der sich geduckt an das beleuchtete Fenster heranpirschte, huschte Tasso über die freie Fläche und erreichte unbehelligt die Ecke, an der die mächtigen Holzbalken ein Stück hervorragten. Er wollte sich gerade der Tür nähern, als er einen Schrei hörte, der ihm das Blut in den Adern gefrieren ließ. Er fuhr auf dem Absatz herum und schalt sich einen Dummkopf. Das erleuchtete Fenster hatte sie anlocken sollen, und sie waren darauf hereingefallen.

Ein gleißend heller Lichtstrahl blendete ihn sogar aus dieser Entfernung. Mitten im Hellen stand eine Person, die geblendet den linken Arm vors Gesicht hielt. In der rechten Hand hielt sie einen länglichen Gegenstand vor dem Körper weggestreckt. Der Silhouette nach konnte das Theodor Innerlufer sein.

»Stehen bleiben! Hände hoch!«, schrie Tasso. Gleichzeitig rannte er zurück auf die Gestalt zu.

Santoro folgte ihm auf dem Fuß. »Waffe fallen lassen!«, rief er aufs Geratewohl.

Das Licht blendete sie beide, doch Tasso war froh, dass Mara nicht daran dachte, die Taschenlampe herunterzunehmen. Die Gestalt fuhr herum, holte mit dem rechten Arm aus, als wollte sie mit dem Gewehr zuschlagen. Tasso sprang nach rechts und rannte weiter. Der Lichtstrahl wackelte, blitzte hinauf in die kahlen Baumkronen. Schemenhaft erkannte Tasso Mara, die mit der Lampe herumfuchtelte, bevor er erneut von deren Licht geblendet wurde und stehen bleiben musste. Mit einem Aufschrei sackte die Gestalt im Licht zusammen.

Dann war Tasso heran. Es war der Lehrer, wie vermutet. Theodor Innerlufer lag im Schnee und rührte sich nicht. Der längliche Gegenstand war ein Gewehr, das er fallen gelassen hatte. Mara stand schwer atmend über ihm. Sie hatte den Mann mit der Taschenlampe niedergeschlagen.

Santoro ließ sich auf ein Knie fallen und betrachtete den Bewusstlosen. Dann grinste er zu den anderen beiden hoch. »Der wird schon wieder, keine Sorge. Mein Respekt, Mara. Falls es mit Ihren Studienplänen doch nichts wird, können Sie gern einen Antrag bei den Carabinieri stellen.«

Sie neigte den Kopf. »Hatten Sie nicht zu Ihrer Tochter gesagt, das wäre nichts für Frauen?«

Er lachte. »Vielleicht muss ich das noch einmal überdenken.« Er hob das Gewehr auf und reichte es Tasso. »Und jetzt?«

»Wir bringen ihn in die Hütte und warten, bis er wieder zu sich kommt«, entschied Tasso. »Ich schleppe den doch nicht den ganzen Berg wieder herunter.«

»Einverstanden. Sobald er die Augen aufschlägt, dürfen Sie ihn offiziell verhaften. Ich stelle Ihnen dann für den Rest der Nacht gerne eine Arrestzelle zur Verfügung.«

»Das nenne ich mal eine gute Zusammenarbeit.« Tasso prüfte Innerlufers Gewehr und stellte erleichtert fest, dass es nicht geladen gewesen war.

Santoro hatte sich inzwischen erhoben und den Bewusstlosen an den Beinen gepackt. Bevor er die Schultern packte, ging Tasso noch zu Mara und schaute ihr prüfend ins Gesicht. »Geht es Ihnen gut? Bitte seien Sie ehrlich!«

Sie lächelte tapfer. »Es ist alles in Ordnung, glauben Sie mir. Ich bin nur ein wenig wackelig auf den Beinen.«

»Gut.« Er hätte es sich nicht verziehen, wenn ihr etwas zugestoßen wäre. Wieder einmal hatte er die Situation unterschätzt. Ein biederer Dorflehrer, klein und unsportlich, der auf einmal mit einem Gewehr in der Hand auf sie losging. Bezüglich des Unfalltods von Lenka Jovanović ließ das tief blicken. Und dass er das herausgefunden hatte, war Mara zu verdanken. Nicht zum ersten Mal.

Morgen früh würde er sich in Bozen erst einmal Bruno stellen und die drohende Suspendierung entgegennehmen. Aber auch wenn es nicht dazu kam und sich die ganze Sache mit der angeblichen Bestechung in nichts auflöste, so war es ihm allmählich schleierhaft, wie er zukünftig ohne Mara ermitteln sollte.

Il gatto randagio – die Straßenkatze

Manchmal kann auch ich mich nicht von kleingeistiger Rachsucht freisprechen. Es gibt Gesetze, und die gelten für alle. Die meisten Gesetze sind gute Gesetze. Sie wenden Schaden ab, sowohl von der Gesellschaft als auch von einzelnen Menschen.

Aber dann gibt es Menschen, die meinen, dass diese Gesetze für sie nicht gelten. Weil sie Macht und Einfluss, Arroganz und Geld haben, meist alles zusammen, und der Überzeugung sind, damit über allen Gesetzen zu stehen.

Ricardo Bosco und ich haben ein langes Gespräch mit Salvatore Girolamo geführt; dem Reporter, mit dem ich einige unerquickliche Begegnungen hatte und den ich mich nicht schäme, als Schmierfinken zu bezeichnen.

Nichtsdestotrotz folgt auch er einer Moral, die da lautet, dass es ungeachtet sämtlicher Hindernisse – oder Gesetze – seine Pflicht ist, die Öffentlichkeit zu informieren.

Wie gut, dass sich in diesem Fall meine Moral mit der seinen deckt. Was mögliche Gesetzesverstöße anbelangt – nun.

Jetzt haben also Ricardo und ich alles zusammengetragen, was wir über unseren feinen Direttore Franco Napoletano wissen. Auch die Dinge, über die wir von Berufs wegen eigentlich schweigen müssten. Hinzu kommt eine Aussage der Hausangestellten aus Napoletanos Villa. Ob für Letztere Geld geflossen ist, will ich nun wirklich nicht wissen. Solange sie die Wahrheit gesagt hat, und daran zweifele ich nicht, darf

Girolamo mich diesbezüglich gerne in gnädiger Ahnungslosigkeit belassen.

Morgen wird der Bericht in mehreren Zeitungen stehen, auf Deutsch und auf Italienisch. In den *Dolomiten* wird es sogar der Aufmacher auf der Titelseite sein.

Es ist eine Bloßstellung. Es grenzt an Rufmord. Mit Letzterem hatte Napoletanos Anwalt in meinem Fall ja auch Erfolg.

Auge um Auge – kleingeistig, ich weiß.

Und dennoch ungemein befriedigend.

Ich steige heute Abend in den Nachtzug nach Rom. So weit habe ich Tante Hedwig informiert, und damit wird es – vermutlich jetzt schon – auch Bruno wissen. Offiziell ist es der Besuch meiner Familie zu Weihnachten.

Eigentlich hatte ich vorgehabt, nicht zurückzukehren. Doch die immer drängendere Frage, wohin ich dann gehen soll und wo ich endlich einmal Wurzeln schlagen kann, lässt mich an meinen Überzeugungen zweifeln. Vielleicht gehöre ich in diese Mischung aus Norden und Süden, Italienisch und Deutsch. Mehr, als ich mir jemals eingestanden habe.

Aber für den Moment bin ich fort. Und obwohl ich erwartet habe, dieser Gedanke würde mich freuen, ist es anders. Ich bin melancholisch. So, als würde ich erwarten, etwas zu vermissen.

Sollte ich zurückkehren, werde ich verstanden haben, dass ich hier längst gefunden habe, wonach ich so lange suche.

Heimat.

Santo Pietro e Santo Paolo mi proteggete!

1. Epilog, in welchem zwei gute Bekannte sich über Tasso unterhalten

Gut gelaunt betrat Vice-Questore Gianluca Ferrara das Büro von Bruno Visconti. Er konnte sich bereits denken, warum dieser ihn hatte zu sich rufen lassen. Die zufriedene Miene des Questore, der hinter seinem Schreibtisch saß und gerade eine lederne Ablagemappe öffnete, bestätigte seinen Verdacht.

»*Buongiorno,* Gianluca, setz dich. Ich komme gleich zur Sache. Mir liegt eine Anzeige gegen den Reporter Salvatore Girolamo vor. Wir sollen ihn festnehmen und verhören.«

»Ich ahne, warum. Ich habe heute Morgen die Zeitung gelesen.«

»*Bah.*« Bruno schloss die Mappe und faltete die Hände.

»Was machen wir jetzt?«, wollte Ferrara nach einer Weile wissen.

»Was schlägst du vor?«

»Wir könnten einen Krisenstab einberufen. Das sollten wir gründlich besprechen.«

»Gute Idee, Gianluca. Das bedarf einer sorgfältigen Planung. Könntest du dich darum kümmern?«

»Also ...«

»Nur heraus damit.«

»Ich muss eigentlich meinen Schreibtisch aufräumen. Es gibt Unterlagen, die dringend noch vor Ende des Jahres ins Archiv müssen. Du kennst unseren Archivar.«

Bruno verzog den Mund, als hätte er Zahnschmerzen. »Das geht vor, dagegen ist leider nichts zu machen. Nur habe ich gerade auch keine Zeit.« Er zeigte auf seinen von der Briefmappe abgesehen leeren Schreibtisch. »Du siehst es ja selbst.«

»Ja, sehe ich. Zu dumm.«

Sie schauten sich eine Weile mit Unschuldsmienen an.

»Was wird Girolamo denn vorgeworfen?«, fragte Ferrara bedächtig. »Und wer hat ihn angezeigt?«

»Ach ja, das habe ich noch gar nicht erwähnt. Franco Napoletanos Avvocato hat heute Morgen wutschnaubend hier vor mir gestanden und seine Anschuldigungen vorgebracht. Nebenbei hat er außerdem gedroht, Commissario Aurelio Tasso wegen *Geheimnisverrat* vor Gericht zu bringen.«

»Das ist seinerseits jetzt ernst gemeint, oder?« Ferrara setzte sich aufrechter hin. Das war keine Lappalie mehr.

»Er hat nur damit gedroht.« Bruno schnaubte abfällig. »Dazu bräuchte es ja mindestens Hinweise darauf, dass Tasso die Quelle für diesen Zeitungsartikel war. Wir können Girolamo nicht dazu zwingen, ihn zu verraten. Und wir müssen ihn ja auch erst einmal finden und verhaften. Schlau, wie er ist, ist er sicherlich fürs Erste untergetaucht. Das würde ich zumindest an seiner Stelle tun.«

Ferrara nickte zustimmend. »Sagte der Anwalt wirklich etwas von Geheimnisverrat? Damit hat er ja indirekt zugegeben, dass die Machenschaften Napoletanos, die in dem Zeitungsartikel aufgedeckt worden sein sollen, der Wahrheit entsprechen. Ich hätte eher Verleumdung erwartet.«

»Ach ja, Verleumdung kann auch dabei gewesen sein. Die betraf aber, wenn ich mich recht entsinne, eher den Verdacht, Napoletano könnte den Banküberfall in Auftrag gegeben haben. Heute Morgen ging es dem Avvocato vorrangig um diese Schmiergeldzahlungen an mehrere höhere Beamte in Bozen und Umgebung.«

»Du meinst, die *Behauptung*, dass er diese Zahlungen getätigt hätte. Kannst du dir das vorstellen? So ein Bankdirektor, der ein paar lukrative Grundstücke zu besonders günstigen Konditionen kaufen will? Also ich persönlich glaube das nicht.« Ferrara legte mit einer dramatischen Geste beide Hände aufs Herz.

Bruno hob mahnend den Zeigefinger. »Laut dem Anwalt war das alles völlig rechtmäßige Lobbyarbeit. Oder es war ein Privatvergnügen, das in der Öffentlichkeit nichts zu suchen hätte.«

»Das ändert natürlich alles.«

»Es könnte übrigens sein, dass die in der Zeitung genannten Signori gestern Abend bereits Besuch von unseren Kollegen der Guardia di Finanza hatten. Es scheint ganz so, als hätte denen jemand ein oder zwei Tipps gegeben, bevor der Artikel in Druck gegangen ist.«

»Da hat aber jemand ganze Arbeit geleistet.«

»Ein guter Tag für die Gerechtigkeit.«

Sie lächelten einander verschwörerisch zu.

Dann wurde Bruno schlagartig ernst. »So oder so wird dieser Avvocato eine Anklage gegen Aurelio wegen angeblicher Bestechlichkeit in die Wege leiten, jetzt erst recht. Napoletano hat nicht mehr viel zu verlieren.«

»Das wird dann vermutlich meine erste Amtshandlung als dein Nachfolger sein, mich darum zu kümmern.« Ferrara räusperte sich. »Es ist schlimm genug, dass du aufhörst. Gibt es denn gar keine Möglichkeit, den Innenminister umzustimmen und Tassos Suspendierung aufzuheben? Immerhin haben wir die Aussage Albasinis. Die deckt sich mit dem, was in der Zeitung steht.«

Visconti senkte den Kopf. »Das ist ja keine Entscheidung, auf die wir Einfluss haben. Marco Gaia war der Bandenführer, der die anderen beiden rekrutiert hat. Albasini hat nicht selbst verhandelt. Seine Aussage beruht damit auf einer Behauptung seines Komplizen. Vielmehr …«

Es klopfte hektisch an der Tür, und ohne dass einer der beiden die Gelegenheit bekam, zu antworten, wurde sie aufgestoßen. Ferrara wandte sich neugierig um. Viscontis Sekretärin Alessia Rosso stürmte herein und wedelte mit einem Papier. Sie entschuldigte sich nicht einmal für ihr rüdes Eintreten. Es musste wirklich eine außerordentliche Nachricht sein, wenn sie all ihre Manieren vergaß. So kannte Ferrara sie gar nicht.

»Alessia, was gibt es Dringendes?« Visconti lächelte, ohne dass es seine Augen erreichte. Kein Wunder, die Störung kam zur Unzeit. Sie beide hätten diesen quälenden Teil des Gesprächs jetzt lieber schnell hinter sich gebracht.

»Das hier ist ein Fax von den Kollegen aus Triest! Tasso ist unschuldig! Sie haben unseren dritten Bankräuber verhaftet, diesen Marco Gaia! Er wollte über die jugoslawische Grenze ausreisen. Und er hatte Geld dabei!« Sie machte eine dramatische Pause. »Zwei Bündel amerikanische Dollar, die angeblich an Tasso gezahlt worden sind. Er hat gestanden, dass er das Geld nach der Hausdurchsuchung an sich genommen hat. Es hätte da einfach auf dem Schreibtisch gelegen. Das Verhör fand erst heute Morgen statt, die haben sofort Bescheid gegeben.« Alessia Rosso strahlte übers ganze Gesicht, als wäre das ganz allein ihr Verdienst.

Ferrara wandte sich Visconti zu. »Das ist doch großartig! Das ändert doch sicher alles für Tasso, oder nicht?«

»Für die Suspendierung sicherlich. Er könnte seinen Dienst wieder antreten, bis es wirklich zur Anklage kommt.

Wenn es dazu kommt. Aber das muss er natürlich selbst entscheiden.« Er stockte, als müsste er überlegen, ob er ein Geheimnis verraten dürfte, dann sagte er nur: »Er ist heute Morgen nach Rom gefahren, zu seiner Familie.«

Ferrara verstand es dennoch. »Du glaubst nicht, dass er zurückkehrt.«

Viscontis Blick sagte alles. Alessia Rosso ließ die Hand mit dem Fax sinken, ihre Energie verpufft. Beinahe lautlos verließ sie das Büro und schloss die Tür.

Ferrara ließ sich gegen die Stuhllehne sinken. »Und jetzt? Sag ihm, dass er zurückkommen muss. Befiehl es ihm! Ich brauche solche Leute, die sich auf die Menschen hier verstehen.«

Visconti lächelte bloß dünn. Alle gute Laune war dahin. Ferrara wusste nichts mehr zu sagen. Er verabschiedete sich und ging.

Er war nicht gläubig. Aber heute Abend würde er im Bozner Dom eine Kerze anzünden und beten. Schaden konnte es schließlich nicht. Wer waren Tassos Schutzheilige noch gleich?

2. Epilog, in welchem Mara in eine ungewisse Zukunft schaut

Mara schlenderte über den Weihnachtsmarkt am Ufer der Passer entlang. Es war voll und laut und bunt, in wenigen Tagen war Weihnachten. Sie fühlte sich nicht recht wohl in dem Trubel, hatte den Eindruck, nicht dazuzugehören. Zum ersten Mal ahnte sie ein wenig von den Gefühlen, die Tasso vermutlich in den Momenten befielen, wenn er so nachdenklich und in sich gekehrt war.

Vor rund einem Jahr waren sie beide hier entlanggegangen, hatten einander kaum ein paar Tage gekannt. Seitdem war so vieles geschehen, sowohl in der großen als auch in ihrer kleinen Welt.

Das alles sog an ihrer Seele. Zusätzlich. Neben dieser einen großen Sache.

»Mara? Mara! Hier bin ich!«

Sie schreckte auf und blickte sich suchend um. Da stand Giulio an einem Glühweinstand und winkte wie wild. Lachend lief sie hinüber und gab ihm übermütig mehrere Küsse auf die Wangen. Für den Moment wollte sie sich einfach der Wiedersehensfreude hingeben.

»Endlich!«, rief sie. »Ich dachte schon, wir sind für den Rest unseres Lebens dazu verdammt, aneinander vorbei zu telefonieren. Wie schön, dass du es geschafft hast.«

Er nahm ihr Gesicht in beide Hände und küsste sie scheu auf den Mund. »Ich habe dich so vermisst.«

Mehr wagten sie nicht in aller Öffentlichkeit. Schließlich war es jederzeit möglich, dass jemand die Tochter des Bürgermeisters erkannte. Mara wäre das Gerede gleichgültig gewesen, aber sie wollte es ihrem Vater nicht zumuten. Und auch Giulio hatte schon ganz am Anfang darauf hingewiesen, dass er aus Respekt vor ihren Eltern jegliche Regeln des Anstands wahren würde.

Aber sich zu verabreden und in aller Freundschaft ohne Anstandsdame beieinanderzustehen und einen Glühwein zu trinken, das sollte möglich sein. Giulio holte zwei Becher. Mara hatte in der Zwischenzeit einen leeren Stehtisch gefunden und winkte ihn zu sich. Sie stießen an.

»*Salute!*«

»Auf eine gemeinsame Zukunft.« Mara zwinkerte ihm zu.

Giulio trank hastig, aber sie hatte gesehen, wie freudig er lächelte und dass er sogar ein wenig rot geworden war.

»Ich fahre morgen Mittag mit dem Zug nach Hause«, sagte er. »Am zweiten Januar bin ich zurück.«

»Wenn das Wintersemester zu Ende ist und ich in den Ferien hier bin, werde ich dich endlich meinen Eltern vorstellen. Einverstanden?«

»Ich habe dir gesagt, dass es deine Entscheidung ist.« Giulio machte mit der Hand eine weite Geste.

Mara verstand, was er meinte. Das hier war ihre Heimatstadt. Hier war es relevant, ob ihre Eltern ihren Freund aus dem Süden Italiens akzeptierten. Er war buchstäblich weit weg von möglicher Kritik. Hier mussten sie und ihre Liebe vor dem Urteil von Gesellschaft und Verwandtschaft bestehen. Und vor dem Urteil von Maras Freundinnen. Vor ihrer besten Freundin Veronika »Vreni« Bacher. Und mit diesem Gedanken war alles wieder da, was sie für wenige Minuten hatte verdrängen können.

Giulio neigte den Kopf und musterte ihre Miene. »Was ist los? Habe ich etwas Falsches gesagt?«

»Nein, keinesfalls«, beteuerte sie hastig. »Es ist unsere gemeinsame Entscheidung, aber wir sind uns ohnehin einig. Ich muss den geeigneten Zeitpunkt abwarten, da hast du schon recht.«

Hatte sie sich gefragt, wie Vreni über Giulio urteilen würde? Natürlich. Aber es war immer klar gewesen, dass Mara ihr von ihm erzählen würde. Dass sie es noch nicht getan hatte, lag nur an mangelnder Gelegenheit. Es wurde Zeit. Ihr Bruder Friedrich wusste es schon länger, aber bisher hatte er dichtgehalten und kein Wort darüber verloren, warum sie so häufig – rein beruflich natürlich – von diesem Carabiniere aus Tramin erzählt hatte.

Und umgekehrt?

»Ich habe dir doch von meiner besten Freundin erzählt. Du hast sie beim Fasching in Tramin kurz kennengelernt.«

»Ja, Veronika.« Giulio lächelte gut gelaunt, nichtsahnend. »Von Aurelio – also, Commissario Tasso hat mir das Du angeboten – weiß ich, dass sie dich darum gebeten hat, wegen der toten Bäuerin nachzuforschen.«

»Ich war heute im Geschäft von Veronikas Eltern. Ich wollte dich ihr eigentlich bald vorstellen. Aber sie bleibt für längere Zeit in Berlin.«

»Das tut mir leid. Du klingst ziemlich enttäuscht, aber wir haben doch Zeit.« Er stupste abermals seinen Becher an ihren und trank.

Enttäuscht traf es nicht einmal annähernd. Der Vertrauensbruch, den Mara verspürte, war so tief, dass er beinahe körperlich wehtat.

Vreni ist nie in Innsbruck gewesen. Sie ist nach Berlin geflohen. Dort hat sie eine Frau kennengelernt. Deshalb will sie bleiben. Bis sie die richtige Entscheidung für ihr Leben getroffen hat.

Das waren die Worte von Frau Bacher gewesen, nachdem Mara sie angefleht hatte, ihr zu sagen, was mit ihrer besten Freundin wäre und warum sich die eigene Mutter so wenig Sorgen machte. Und danach hatte Mara es endlich begriffen, was schon seit Beginn wie auf dem Präsentierteller gelegen hatte: Lenka Jovanović war nicht irgendeine Bäuerin gewesen, nicht Geschäftspartnerin der Bachers, nicht Freundin. Sie war Vrenis Geliebte.

Nur ihre Mutter hatte davon gewusst, es wohl, wie sie sagte, eher zufällig herausgefunden und ihrer Tochter versprochen, niemandem etwas zu sagen, nicht einmal ihrem Vater.

Auch Mara hatte es nicht begriffen, ja, nicht einmal in Betracht gezogen. Und sie war nicht Freundin und Vertraute genug gewesen, dass Vreni ihr das gestehen konnte. Womöglich war das ja verständlich. Es war vor dem Gesetz nicht verboten, aber gesellschaftlich nicht akzeptiert. Und Mara hatte in ihrer Ahnungslosigkeit unsensibel reagiert, hatte vielleicht ihre Eifersucht – auf die Freundschaft mit einer anderen Frau; nicht mehr, aber es gab kein besseres Wort dafür – zu deutlich gezeigt.

Dennoch stach es tief, zu tief für den Moment.

Natürlich ging ihr seitdem nichts anderes mehr durch den Kopf. Denn auf diese Erkenntnis folgte die Frage, was Giulio darüber denken würde.

Schon jetzt hatte Mara entschieden, dass sie über diesen Vertrauensbruch hinwegkommen wollte. Es würde einiges zu klären sein, und ihr Verhältnis zu Vreni könnte sich geändert haben. Aber sie wusste, dass sie um diese älteste Freundschaft kämpfen wollte, und sie hoffte leidenschaftlich, dass auch Vreni das so sehen würde.

Was aber, wenn Giulio es nicht akzeptierte, gar ablehnte? Sie wusste nur zu gut, wie groß der *maschilismo* in den Reihen der Carabinieri war; darüber hatte er sich selbst häufig genug amüsiert. Er hatte sich nach außen hin stets hart und »männlich« gezeigt, aber seitdem sie sich ein wenig nähergekommen waren und er die Carabinieri verlassen hatte, erzählte er vieles mit einem ironischen Unterton und stellte so manches als übertrieben dar. Leider sagte das nichts über seine Einstellung zu einer Frau aus, die Frauen liebte.

Könnte Mara einen Mann lieben, der einen der wichtigsten Menschen in ihrem Leben, ihre Freundin, nicht so akzeptierte, wie sie war?

Sie bemerkte, dass er sie immer noch beobachtete, wie sie ihre Gedanken wälzte. Er kannte sie inzwischen gut genug, um sie nicht zu bedrängen, ihm zu verraten, was gerade in ihr vorging.

Jetzt hob er den Zeigefinger. »Du grübelst zu viel. Deine Stirn ist ganz zerfurcht. Ich mag deine Lachfalten lieber.«

Sie grinste verlegen. »Ertappt.«

Er lehnte sich auf den Tisch und spielte mit seiner Tasse. »Vielleicht interessiert dich noch ein kleines Detail deiner Detektivarbeit. Wir haben – trotz Reinigung! – Blutspuren auf diesem roten Gehrock gefunden. Lenka Jovanovićs Blut. Es gab die Angabe dieser Haushälterin, dass das Teil dem Lehrer Innerlufer gehört. Dazu haben Lukas Schweigkofler und Alois Schwarz unter Eid ausgesagt, dass sie auf Innerlufers Bitte hin im Stall nachschauen sollten, ob sie noch da liegt. Da war sie aber schon tot. Inzwischen hat der Lehrer offiziell gestanden, dass er an dem Abend mit Lenka im Stall war. Er behauptet immer noch, es wäre alles ein unglücklicher Unfall gewesen. Sie sei gestürzt und er hätte sich nichts dabei gedacht, so seine Aussage. Aber jetzt ist Anklage erhoben worden. Und ob das Urteil am Ende fahrlässige Tötung oder unterlassene Hilfeleistung lautet, ist mir persönlich egal. Er bekommt hoffentlich, was er verdient.« Er reckte energisch das Kinn.

»Du wirkst zufrieden.«

»Ja, natürlich. Ich konnte meinen Teil dazu beitragen. Und obwohl ich nicht länger auf der Straße bin und den Menschen nicht mehr in die Augen schaue, wenn ich ihnen einen Strafzettel verpasse, kommt mir meine Arbeit heute viel sinnvoller vor. Und das befriedigt mich, ich gebe es zu.« Seine Züge wurden hart. »Ich habe auch nochmal mit Luigi Santoro gesprochen, dem Carabiniere. Es ergab sich. Er hat mir erzählt, wie diese Leute der Bäuerin zugesetzt haben, und er konnte nichts dagegen tun. Der eine, Schweigkofler, der hat ihr das Stroh in die Einfahrt gekippt. Lenka hat ihn nicht angezeigt, also waren Santoro die Hände gebunden.«

»Ganz nebenbei habe ich von Veronikas Mutter noch erfahren, dass sie hier in Meran auf dem städtischen Friedhof begraben liegt. Vielleicht könnten wir nachher vorbeigehen?«

»Na sicher, wenn du möchtest, machen wir das.« Er nickte energisch. »Die Lenka, so scheint es mir, war eine, die ihre Angelegenheiten gern selbst geregelt hat. Es gibt Männer, die fühlen sich dadurch … wie soll ich das ausdrücken?«

»Bedroht? Provoziert?«

Giulio zuckte mit den Schultern. »Ich glaube jedenfalls, dass es bei diesem Dorflehrer genauso war. Das war nicht einfach ein Streit. Der wollte ihr an die Wäsche. Die hat sich gewehrt, und dann ist es schiefgegangen.« Er seufzte. »Aber das werden sie ihm niemals nachweisen können.«

»Und vielleicht irrst du dich ja auch. Deshalb ist es wichtig, dass eine Tat für eine Strafe nachgewiesen werden muss.«

Giulio lächelte. »Da höre ich die zukünftige Anwältin.«

»Mal sehen.« Mara lachte. »Vielleicht gehe ich ja doch zur Polizei und werde die erste weibliche Questore. Gibt es ein Wort dafür? Questora? Questrice?«

Er zwinkerte ihr zu. »Bis du dein Studium fertig hast, hast du es herausgefunden. Möchtest du noch einen Glühwein?«

»Gerne.«

Während er zwei neue Becher holte, fasste Mara einen Entschluss. Sie hasste sich dafür, dass sie vielleicht die gute Stimmung zerstörte, aber es rumorte weiterhin in ihrem Hinterkopf und würde ihr keine Ruhe lassen, bis sie es angesprochen hatte. Entweder würde sie heute Abend mit gebrochenem Herzen ins Bett gehen, oder Giulio konnte ihr Mann fürs Leben werden. Dazwischen gab es nichts.

Er lächelte breit, als er mit den dampfenden Bechern zurückkehrte. »Jetzt heckst du etwas aus, Mara, das kann ich dir ansehen. Was ist es? Planst du unsere Hochzeit und die Flitterwochen in Venedig?«

»Vielleicht. Vorher hätte ich aber noch eine andere Frage. Es geht noch einmal um Veronika …«